U0755416

长白山学术文库

The Academic Library of
Changbai Mountain

第二辑

远离鲁迅让我们变得平庸

张福贵 著

吉林人民出版社

出 品 人：常　宏
选题策划：吴文阁
统　　筹：孟广霞
责任编辑：张　娜
装帧设计：尤　蕾

图书在版编目（CIP）数据

远离鲁迅让我们变得平庸 / 张福贵著. -- 长春：
吉林人民出版社，2023.12
　　（长白山学术文库. 第二辑）
　　ISBN 978-7-206-20754-9

　　Ⅰ. ①远… Ⅱ. ①张… Ⅲ. ①鲁迅研究 Ⅳ.
①I210

中国国家版本馆CIP数据核字（2023）第232211号

远离鲁迅让我们变得平庸

YUANLI LUXUN RANG WOMEN BIAN DE PINGYONG

著　　者：张福贵
出版发行：吉林人民出版社
　　　　（长春市人民大街7548号 邮政编码：130022）

咨询电话：0431-85378007
印　　刷：吉林省吉广国际广告股份有限公司
开　　本：710mm×1000mm　1/16
印　　张：23.25
字　　数：380千字
标准书号：ISBN 978-7-206-20754-9
版　　次：2023年12月第1版
印　　次：2023年12月第1次印刷
定　　价：95.80元

出版说明

习近平总书记在全国哲学社会科学工作座谈会上明确指出："一个没有发达的自然科学的国家不可能走在世界前列，一个没有繁荣的哲学社会科学的国家也不可能走在世界前列。"同时强调，"哲学社会科学具有不可替代的重要地位，哲学社会科学工作者具有不可替代的重要作用。"两个"不可替代"充分阐明了建立高水平学术队伍、出版高水平学术著作的重大意义，为新时期学术出版工作指明了前进方向。

吉林历史文化源远流长，学术研究亦早发轫。中华人民共和国成立以来，在党和政府的亲切关怀和指引下，吉林哲学社会科学研究队伍不断发展壮大，涌现出一大批具有理论高度、学理深度、学术厚度的专家学者，有些专家学者不但驰名全国，而且饮誉世界。这支生机勃勃的研究队伍，坚持以辩证唯物主义和历史唯物主义为指导，在哲学社会科学的各个领域孜孜矻矻，上下求索，推出了一大批填补历史空白、具有当代价值，亦能产生历史反响的学术著作。研究队伍为吉林文化大省、理论大省、学术大省建设做出了积极贡献，研究成果是吉林一笔宝贵的精神财富，是吉林人文化自信的一种重要凭倚。

多年来，吉林人民出版社一直以出版学术著作和理论著作为工作的主基调，出版了一大批具有创新性的学术著作，受到学术界的一致好评，尤其是主题出版更是可圈可点，受到社会的广泛赞誉。新时期，新使命，新担当，本社决定投入人力、物力和财力，编辑出版大型丛书《长白山学术文库》（以下简称《文库》）。《文库》分辑推出，每辑收入哲学社会科学和人文学科等学术著作10—15部。通过《文库》出版，荟萃吉林学术经典，延续吉林文脉，弘扬创新精神，增强文化自信，为建设吉林文化高地和学术高地贡献力量，为以中国式现代化实现中华民族伟大复兴做出吉林出版的贡献。为保证《文库》的特色和质量，收入著作坚持如下原则：

——收入吉林籍专家学者的学术著作。

——收入具有正高级专业技术职称专家学者的学术著作。

——收入作者独立完成的学术著作。

——收入已由国内正式出版机构出版过的学术著作。

——收入各个学科有代表性的学术著作，优先收入国家哲学社会科学研究项目、教育部哲学社会科学研究项目以及入选《国家哲学社会科学成果文库》的学术著作。

——收入的学术著作一仍其旧，原则上不做修改。

——适当考虑收入学术著作的学科分布。

——收入的学术著作符合国家的出版规定和要求。

编辑出版一部大型学术丛书，是本社面临的一个全新课题。本社将秉持对历史负责、对人民负责的精神，认真听取各方面意见，不断优化编辑思路，努力编辑出版一部思想精深、学术精湛、做工精美的学术文库。

编　者

张福贵

吉林大学哲学社会科学资深教授、文学院博士生导师，吉林大学中国文化研究所所长，《华夏文化论坛》（CSSCI）主编。

国家级教学名师，教育部长江学者特聘教授，"万人计划"领军人才，教育部跨世纪优秀人才。主要从事中国现当代文学等领域的教学与研究，出版《惯性的终结：鲁迅文化选择的历史价值》《活着的鲁迅：鲁迅文化选择的当代意义》等著作 13 部、译著 2 部，在《中国社会科学》等国内外学术刊物上发表论文 350 多篇，被《新华文摘》等转载 90 余次、引用评价 1000 余次。

前　言

　　像许多同龄人一样，我最早接触鲁迅是从中学语文课本开始的，而且是从"文革"中"学习鲁迅"运动开始的。由于家庭出身不好，作为一个"可以教育好的子女"，在那个疯狂而愚昧的时代，我成为一个单纯而激进的蒙昧少年。我们是在一个不正常的时代接触到一个伟大人物的，因此我们对于这个伟大人物也就带有许多不正常的理解。很长时间里，我对于鲁迅的理解是单一而偏激的，阅读鲁迅作品的结果无外乎是语文课本和老师告诉给我们的——"通过"什么，"揭示了"什么，"批判了"什么，"歌颂了"什么之类的公式化感受。说到底，鲁迅精神世界的本质并没有被我和时代所理解。鲁迅本来是最具思想个性和叛逆性格的启蒙主义思想家，然而"学习鲁迅"的结果恰恰是使我们消泯了个性思想和反叛意识，成为当代政治批量生产的毫无意义的边角料。现在回想起来，觉得当代中国教育的最大失败是使人失去了自我意识，使民族失去了思想的能力，而这祸根从中小学时期就已经种下。我曾经说过，最彻底的觉醒是思想的觉醒，最彻底的专制是思维方式的统治。人的思想是可以改变的，但是人的思维方式是很难改变的。就像挑担的农民梦想自己有朝一日做了皇帝，也要有一根金扁担一样。因此，从心理学的角度来看，中国社会和中国人现代转型的迟滞原因，不仅在于思想观点的落后，更在于思维方式的落后。

深感庆幸的是，在我人生中最宝贵的时光过去之后，我赶上了一个当代中国绝无仅有的思想解放的"八十年代"。阴云密布的天际出现了一缕阳光，而这缕短暂的阳光就照在了我和我们一代人的身上。从此，在人生道路上我每走一步，都遇到了几位学术和人格兼优的老师，他们的指教和培养令我受益匪浅。

恢复高考的第一年，1978年的那个春天，我以高出录取线将近一倍的分数进入延边大学学习。因为那时候高考录取还有政审，我担心自己家庭出身不好，报高了志愿怕有问题。所以，第一志愿报的是延边大学，第二志愿报的是吉林大学。当时我无知地认为，如果成绩好，吉林大学就会录取我。

那时候，好像整个中国的一切都在过渡，从国家到个人，从思想到生活。入大学的第一年，我们是在离学校百里之遥的汪清县山里的仲坪公社延边大学分校度过的。那是一个偏僻而又美丽的山乡，到了那里，我最先看到的是那满山遍野的火红的金达莱花。还有青青的稻田，高高的白杨树。第一个学期给我们上现代文学课的是湘妹子陈琼芝老师。她口才好，知识面广，特别是她参加过人民文学出版社《鲁迅全集》1973年版的注释工作，因此接触了许多现代文学史上的名家。课堂上她常常讲一些教科书之外或者与教科书不同的史料、轶事，令我们十分感兴趣。她的讲解，我们知道了与以往不同的鲁迅。陈老师夫妇后来像延边大学中文系的许多老师一样，离开了延边。前些年的一个秋天，陈老师在北京病逝。大学时代给我们留下深刻印象的还有张德江老师。他当时是延大的副校长，我们第一个学期在汪清山里的时候，他曾经来分校做过报告。大学学习期间的最后一年，张德江老师从朝鲜金日成综合大学留学归来，第一次上课就是给我们班讲授"政治经济学"，这门课和盛玉田老师的"中共党史"成为最受我们欢迎的公共课。我对于茅盾《子夜》中的公债交易基本知识就是从张德江老师讲的课程中弄懂的。毕业留校任教4年之后，经张德江老师的建议和鼓励，1986年的秋天我考入了吉林大学研究生院，跟随刘柏青、刘中树、金训敏等先生攻读硕士研究生。毫无疑问，这是我思想和生活的又一重要转折。

我曾经在以前出版的论著中多次谈到，我先是由对鲁迅研究界诸多前辈先生人格的敬重而踏上真正研究鲁迅之路的。与我结识的几乎所有鲁迅研究界前辈学者都有一种令我肃然起敬的道德人格，与林非先生、严家炎先生、孙玉石先生、袁良骏先生、朱德发先生、陈漱渝先生、陈鸣树先生、王富仁先生、钱理群先生、张梦阳先生、闫庆生先生、王吉鹏先生以及学界诸位仁兄同事相会相知的过程，使我对此更加深信不疑。这其中还有鲁迅研究界以外的诸多先生在我的学习研究中给予了无限的支持和帮助，像曾繁仁先生、董健先生、童庆炳先生、项楚先生、饶芃子、陈洪先生、陈大康先生等。我不仅从先生及同仁们那里学得如何治学，更学得怎样做人。不仅中国的鲁迅研究者如此，海外的学者亦是这样。由于学校的地理与历史关系，我们与日本的学者交往较多。丸山升先生、伊藤虎丸先生、山田敬三先生、片山智行先生、藤井省三先生等也曾多有赐教，他们那种严谨求实认真刻苦的学术风格令人敬仰。我最感可贵的，是在吉林大学学习期间感受到的几位导师那种坦诚、热情和宽容。我们前后几届研究生都与先生们相处得十分和谐，常常去老师家里吃喝，一起争论，一起谈笑，思想上相通，情感上不隔，1988年7月我提前一年通过论文答辩，毕业留校任教，留在了先生们的身边。

1994年春天，我从日本归来一周后，通过了东北师范大学博士生入学考试，继续跟随刘中树、孙中田先生学习。这是我加强学术训练，更进一步走入鲁迅世界的必要途径。

博士毕业论文的选题很快就确定为鲁迅研究，因为导师刘中树老师的主要学术方向之一就是鲁迅研究，也是因为我对于鲁迅的热爱与困惑。在论文写作的过程中，中树老师和我无数次交流，多次修改论文，细致到了每一个标点符号。那个时候，中树老师担任吉林大学校长，工作极忙。最后一稿他带着上了飞机，回来后给我了一个完整的修改稿。

在老师身边至今已经整整27年了，27年是一个孩子由出生到结婚生子的漫长过程，而对于我的学术生涯来说，就是一个孩子的成长过程。在这个过程中，中树老师对我有形与无形的关心和培养令我永生难忘。

我们都知道，鲁迅研究是中国现代文学研究中的显学，是久远的学术高原，也是政治风云变幻的是非之地。鲁迅用这种个人处境的悲凉换得民族的自省和自强，直到今天，我们还要庆幸我们这个民族有鲁迅。我在《惯性的终结：鲁迅文化选择的历史价值》一书的后记中写道：我早就明白自己选择了一个费力而不得好的课题。但从开始到最后，我都没有一丝后悔。因为我一直认为，鲁迅不仅是我学术研究的对象，也是我思想和人格的楷模，研究鲁迅的过程就是对鲁迅的认同并确认自我的过程。当然，这不仅仅是我个人的感受和愿望。几十年过去了，这种感受和愿望没有一丝改变，只是社会的思想环境发生了更大变化。这个变化也使鲁迅文化选择和思想性格与时代有了更大的差异，虽说他所批判的和现实存在的越来越相似。

我曾经说过，对鲁迅评价无论如何高都不过分。这种过分的意识和情感被我带进了博士论文的写作。我记得在答辩时，几位评委老师不约而同地提问：鲁迅的文化选择是否存在着局限性？对此，我只好避实就虚，从思维方式上做出回答：任何事物都存在着历史的局限性。如果没有局限性，事物也就不会发展了。其实，我们不仅要把鲁迅作为一种人文精神的表征，作为一种价值尺度，还要以一种平常心将其作为科学研究的对象。我们在这个激变的时代里缺少的就是那种平常心。

这次出版的文集中的文章写作和发表时间跨度长达30多年，这也是我逐步走近鲁迅的漫长过程。从人类社会的发展历史来看，在不同的社会进程中，时间具有不同的价值和速率，就像个人的生命在和平时期与战争时期价值的差异一样，人类思想和学术在不同的文化时代也存在着很大的价值观差异和变化速率。没有一种不变的思想，即使是先人留下的思想也会因时代的变化而发生价值差异。这种价值差异有时候是增值，有时候是贬值，而最后的价值判断是由历史本身决定的。从鲁迅的思想性格和当下思想环境之间的关系来看，我越来越坚信毛泽东当年对罗稷南"假如鲁迅活着会怎样"的回答的真实性，这是一个被我们思想界有意回避的"罗稷南之问"。我们只要一天不消除这个疑问，社会就不会正常。如果有一天我们这个社会不再需要"活着"的鲁迅了，或者鲁迅只是作为一个历史人物和一种知识修养存在于人们的生活之中，就说明这个社会已经趋于完善了。而作为一个鲁迅研究者，我衷心期待那个时代的早日到来。

研究鲁迅是我自己思想成长的过程，在博士论文出版的后记中我曾经说过，鲁迅是一棵大树，当我走近他，自己的影子就消失在树荫下。应该说，直到今天，我仍然在这片树荫下，没有阴影，只有庇护和感恩。走不出树荫并不只是我自己的选择，因为经过近一个世纪的风风雨雨，我把鲁迅的思想与当下环境对接之后，愈发觉得鲁迅的深刻与高大，愈发觉得这片树荫的广阔和可贵。我最感激鲁迅的不只是他为我们民族留下了精神追求的刻度，而且给我们评价历史与现实提供了一个最有力、最恰当的言说方式。如果没有鲁迅，我们不会言说；如果没有鲁迅，我们不好言说。

树叶绿了又黄了，几绿几黄我们便慢慢变老了。我已经到了怀旧的年龄了，"新事记不住，旧事忘不了"是典型的衰老标志。我曾经在一篇短文中说，回忆往事让我们泪流满面。过去的一切都变得那么美好，一件极其平常的小事也会让自己激动不已。怀旧，作为人生暮年的个人情怀是人类一种普遍的精神现象，往往具有一种超越性的真诚感动；而当怀旧成为一种普遍的社会情绪时，则意味着社会发展的回归与复古的渴望。其中，也包含对于当下现实的失望与拒绝，是今天与昨天两个时代对比反差后形成的一种价值追求。今天，是一个集体怀旧的时代。一个普遍怀旧的时代和一个全民娱乐的时代一样，都不可能是一个昂扬向上的时代。

我在《远离鲁迅让我们变得平庸》一文的结尾中说，"我爱鲁迅，鲁迅害我"，这是我的人生体验和内心感受。我在网上看到2012年武汉市中学语文月考时，选用了我的这篇文章作为阅读理解的试题，其中对于这两句话的标准答案并不与我想的一致，但是，无论如何我们都越来越理解鲁迅了，然而也就是因为理解才更觉得悲哀。作为鲁迅的传人，我们似乎对于一切都无能为力，连自己的呐喊都觉得空洞，真的成了孤独者了，我的朋友李新宇先生把几年前出版的鲁迅研究的著作命名为《愧对鲁迅》，给我的震动和慨叹让我永远难忘。但我们还是要呐喊，哪怕是面对空无一人的旷野。

　　在这20年里发生了很多事情。因此，面对当下中国思想文化的变化，我把自己的对于时代的思考也写在了近年的鲁迅研究文章中。所以说，鲁迅的一些观点不仅是衡量我们社会发展的价值尺度，也是我们言说社会和时代的工具。当然，我自己的变化也很大，这很大的变化不在于我担任了什么领导职务，而在于环境和心境的变化。春夏秋冬轮回，日月星辰变幻。在大学校园里，坚守伦理的善良、学理的端正和真理的执着，应该是教师的一种职责。在我的工作经历中，我深深感到成长环境对于一个人和一个群体特别是青年人的重要。我担任学院领导工作的十四年里，始终坚持这样一种理念：在学术思想上永远要"鼓励个性，保护叛逆"。

　　在人类文明的进程中，有时候时代的差异并不是与时间距离成正比的。也许某一阶段里，五年或十年的差异比半个世纪的差异还要大。因为这是一种思想和价值观的差异。从20世纪80年代走过来的一代人，都明显感受到20世纪90年代是一个文化反思的年代，文化反思即是对20世纪文化选择的重新评价。文化选择是一种观念又是一种行为，它不同于纯粹的文化观，因为它包括从文化价值判断到价值重构的连续过程。文化选择可以发生于同一文化系统内，如雅文化与俗文化之间，精神文化与物质文化之间，但我们在此所说的文化选择主要发生于两种文化系统之间，是指鲁迅在20世纪中西方文化冲突交汇中，所做出的价值判断和价值重构。半个世纪以前，当未来中国的政治领袖毛泽东在延安做出"鲁迅的方向，就是中华民族新文化的方向"的著名判断之后，鲁迅的文化选择的价值和"五四"新文化的基本素质似乎就被确定了。某种激情的消退带来了文化心态的平复，在平复之中，一种以对20世纪新文化反思为内容的文化保守主义思潮便悄然而生。反思也是一种清算，于是，人们对于五四新文化方向新的一次清算，便最终构成了对鲁迅文化选择的历史价值和当代意义的怀疑。鲁迅，在人们心中特别是在新一代人心中的形象正在悄悄发生着改变，阴云缓缓漫向高耸的山峰。

我常想，作为后人，似乎谁都可以对历史做出轻而易举的评价，然而在这轻而易举之中，往往包含着对于历史的曲解。半个多世纪以来，鲁迅的文化选择过程便是这样一段被后人肯定而又多有曲解的历史。近年来海内外文化保守主义论者也正是通过对鲁迅文化选择的怀疑和曲解，来否定中国新文化的价值体系和实践意义的。

文化保守主义以现代新儒学和后殖民主义理论为武器，借助于一种民族情感的保护和出版界唯利是图的商业机制，形成了一个声势浩大的传统文化复兴运动，"国学热"一浪高过一浪。各地操办盛大而不伦不类的祭孔大典，高校纷纷成立国学院、国学班，民间不断涌现各类"大儒"，半人半仙半神经，或中山装或长袍马褂，年老的一定要鹤发美髯，不那么年老的也要老成持重，故作深沉，穿梭于高官的宴席和富豪的写字楼中，发一些不着边际的宏论。还有热心者设立国学私塾，招天资聪慧小儿，行周礼，着汉服，吟诗诵经，摇头晃脑煞是好看。而出版市场也搭国学热的快车，各类"丛书""经典""精选"铺天盖地。真是东风浩荡，浩荡东风，似乎前些年学者们畅想的"中国的世纪"就要到来。在这种文化复古潮流中，作为五四新文化的旗帜，鲁迅及其思想首当其冲受到质疑和否定。面对这种国学热和文化保守主义潮流，现代人文知识分子必须保持足够的冷静乃至警觉。

一个世纪前，鲁迅生活在近代中国那个新旧交替的时代，在那个时代里，他确立了自己的文化选择。鲁迅文化选择的基本取向便是从整体上批判传统文化、促进中国文化的现代化转型、推动中国"深度现代化"的完成。一个世纪之后，我们又生活在一个新旧交替的时代，历史有如一个旋转的大舞台，把昨天和今天、传统与现代又一次展现在我们面前，迫切需要我们再一次做出文化选择。

　　我们有一种直觉，坚守鲁迅精神是痛苦而充满风险的。但是，鲁迅的文化选择，为中国新文化的建构和发展确立了基本尺度，而新文化作为一个尚未完成的历史课题，使我们面对着又一次文化选择。此时，鲁迅的尺度自然又成为我们今天的尺度。因此，重新确认鲁迅文化选择的历史价值便具有至关重要的当代意义。其实，当你阅读完鲁迅再阅读我们社会，你就会发现鲁迅离我们很近。远离的，原来是我们自己，特别是在这个最需要鲁迅的时代。

目　录

上编　鲁迅思想的文化背景

中编　鲁迅文化选择的思想结构

下编　鲁迅研究的历史范式与当代评价

上　编

鲁迅思想的文化背景

思想变革：中国文化的三次转型与
鲁迅文化观的确立

在文化思想上，鲁迅是早熟的。从中国文化发展史的大背景下看，鲁迅的文化选择发生在中国文化系统现代化转型的关键时刻。西方现代文化的冲击与接受，使鲁迅确立了自己一生文化选择的基本价值尺度。这是时代为鲁迅及其同代人所提供的一次历史机遇。

一、中国文化的三次转型：鲁迅文化选择的历史情境

中国文化作为世界上最古老的文化之一，有着完整的生命历程，先后经历了三次转型。中国文化的第一次转型发生在春秋战国到秦汉时期。春秋时代，礼崩乐坏，固有的大一统的西周文化受到地方文化的强烈挑战，所谓贵族化的"天朝文化"逐渐丧失了其正统性，而由世俗化的"豪强文化"所取代。这是一次由下到上的文化变革，变革的主要路向是以世俗的或平民的文化代替贵族的文化。政治上，中央权力衰弱，分封制的政体崩

溃，地方实力政治日渐独立运作；经济上，原有"井田制"在"私田"的冲击下迅速解体，社会的经济结构发生变化，新兴的地主阶级得以确立；思想上，由于政治和经济上的变化，从贵族阶级脱离出来的士族阶层，逐渐成为一个独立的社会群体——知识分子。这些人在一统政治崩溃的情况下，纵谈天下大事，著书立说，招收门徒，并且相互论辩，形成了"百家争鸣"的活跃局面。经过长期的纷争，儒法两家的正统地位随着新的一统政治的建立而被确立。因为"孔子于其生存时代之社会，确足为其社会之中枢，确足为其时代之经哲。其说亦足以代表其社会其时代之道德"①。

在这次转型过程中，中国文化完成了一次较大规模的整合，其文化转型或整合的价值取向主要包括两个方向。第一是上下移动，以地缘政治为界限，发生着下对上的刺激；第二是南北移动，以地域文化为界限发生南与北，即中原文化与荆楚文化的交流。必须看到，中国文化的这次转型仍然是在同一大文化（汉文化）框架下发生的，异民族的外来文化的成分极少，属于同一文化背景下的不同区域、不同等级的文化调整。因此，严格说来，这次变革不是完整意义上的文化转型。

中国文化的第二次转型发生在南北朝及隋唐时期，这是中国文化的第一次真正意义的转型。这次转型可分为前后两个时期。南北朝时期是转型的前期，亦是变化最为激烈的时期。经过第一次转型之后形成的大一统的秦汉文化伴随着政权的更替而崩溃了。而直接的文化冲击来自两个方面。第一是历史上被称作胡狄的北方少数民族文化对大一统的汉文化的冲击，"胡服骑射"，移风易俗，中国文化由北向南出现最初的融合。第二是佛教文化对中国文化的冲击，这也是这次文化转型中的最大特征。佛教传入中国，虽说在汉代已经开始，但到了唐代才达到高潮并获得了"国教"的地位。佛教文化之于中国文化，不仅是一种宗教文化对世俗文化的冲击，更重要的是外来文化对本土文化的冲击，这是中国文化发展过程中前所未有的。它对后来中国文化的发展产生了巨大的影响。此后，它与传统的儒

---

① 李大钊：《自然的伦理观与孔子》，载1917年2月《甲寅》。

教、道教一起成为中国思想文化的主体。

第二次转型之后，中国文化经历了一个长期的发展阶段。到了19世纪，终于开始了第三次也是最为激烈、痛苦和漫长的一次转型。这次转型与前两次相比，具有显著不同的时代特征，其变革的价值取向既不是文化有机体内部上与下之间的层次变化，也并非东方各民族文化之间的地域性移动，而是东西方两种不同文化系统之间的全方位交汇。这次变革不仅是中国文化自身的一次转型，也是世界范围的东西方两大文化系统的世纪性交流，在人类文化史上具有重要的意义。就文化交流的总体倾向来说，这是一次不平衡的交流，基本上是单向的"西学东渐"的过程，是中国文化也是东方文化对西方文化的主动与被动相纠葛的受容过程。

"观今日之世变，盖自秦以来，未有若斯之亟也。"[1]这样一次前所未有的文化动荡，给中国人心理上带来的最大影响莫过于文化价值观的动摇与混乱。近代以前中国文化两次转型的价值取向，主要是以固有文化同化外来（异地域、异民族）文化为主。也就是说，以中国文化为本位，吸收某些外来文化因素，并未改变中国文化的主体性质，因为当时中国文化居于世界文化的前列，远远高于周边文化，也高于伴随着武力而强行进入中国的外族文化。按照文化传播的价值规律，低级文化向高级文化认同，中国文化对周边文化的同化是必然的。所以当蒙古族和满族依赖强悍的武力而在政治上长期统治汉民族时，在文化上却同时被汉文化同化了，虽然其统治者曾采取许多措施强制排斥汉文化以保持自己固有文化的特征。究其原因，就在于蒙、满文化与汉文化之间的巨大差距。结果，蒙、满文化最后被汉文化所同化，而自身的特性则明显淡化。然而，在第三次转型中，中国文化乃至中华文明的处境则与以往截然不同。此次中国文化所面对的是另一个更加强势的西洋文化，这无论是在生活上还是在心理上，都给中国文化带来一种前所未有的强烈冲击。在这种反差明显的文明对比

---

[1] 严复：《论世变之亟》，见石峻主编：《中国近代思想史参考资料简编》，北京：三联书店，1957年，第473页。

中，西方文化作为一种优势文化所具有的冲击力，远在中国文化的原有同化力之上。因此，"西学东渐"，外来文化与传统文化的矛盾才成为20世纪前后中国文明史上的重大课题。

中国传统社会和传统文化作为一个同质性高、同化力强、稳定性大的文明系统，在漫长的历史中，一次又一次地重建和强化固有的文化模式和文化功能，并由此给中国人以恒定的价值意义和长久的心理支持。然而，终于有一天，中国人千百年来沉睡其中的那个传统的价值世界被打破了。马克思指出：

> 英国的大炮破坏了中国皇帝的威权，迫使天朝帝国与地上的世界接触。与外界完全隔绝曾是保存旧中国的首要条件，而当这种隔绝状态在英国的努力之下被暴力所打破的时候，接踵而至的必然是解体的过程，正如小心保存在密闭棺木里的木乃伊一接触新鲜空气便必然要解体一样。①

对于以传统文化为价值意义和心理支持的近代中国人来说，这是难以承受的现实失败和精神失落。然而，这又正如马克思所说的那样，在这种失败和失落中，"会看到世界上最古老的帝国作垂死的挣扎，同时我们也会看到整个亚洲新纪元的曙光"②。也许鲁迅后来所称的"进向'大时代'的时代"，就是从这一天开始的。他认为，这个"所谓大，并不一定指可以由此得生，而也可以由此得死"③。

这"进向'大时代'的时代"，最先给予鲁迅和中国近代知识分子的是强烈的危机感。梁启超曾深感中国正如"一羊处群虎之间"，而自身文

---

① 《马克思恩格斯选集》第2卷，北京：人民出版社，1995年，第3页。

② 《马克思恩格斯选集》第2卷，北京：人民出版社，1995年，第21～22页。

③ 鲁迅：《而已集·〈尘影〉题辞》，见《鲁迅全集》第3卷，北京：人民文学出版社，2005年，第571页。

明又有如"更历千岁，瓦墁毁坏，榱栋崩折"的"巨厦"即将倾倒①。也有人形容中国处于"猛虎斗我前，群魑瞰我后；上有危石之颠坠，下有熔岩之喷涌"②的危急状态。

危急的现实处境对于国家、民族来说，实在不是一件好事，但心理上的危机意识则又不能不说是一件幸事。危机意识产生的心理机制往往包含两种意义：一是正视现实，一是渴望发展。处于危急状态而全然不觉或觉而讳言，甚而粉饰太平，则至少说明其没有正视严酷现实的勇气，是掩盖矛盾，积累问题，最终恶性膨胀，社会以极端的方式发生激变。而当时清王朝便是沿着这一思路走向灭亡的。安于现状、不思进取，也不会产生危机感。中国历史上民族危机感有之，国家危机感有之，而独缺少文化上的危机感。说到底，中国在近代以前作为文化意义上的存在，要远比作为国家意义上的存在来得重要。它经历数千年民族和国家的分合变故，最终仍作为统一的文化系统而长存，并在文化的统一之上建立了统一的国家。这种事实在使中华民族屹立于世界民族之林的同时，也使一些人形成了一种"天不变，道亦不变"的"天朝"文化心态，使人相信普天之下除了那些被中华文明被动同化或主动归化的"四夷"，根本不存在能与中华文明抗衡的其他文明。至于"以夷变夏"的大势更不过是危言耸听而已。直到清政府在中日甲午战争失败之后，一些做着文化白日梦的士大夫们还坚信"中国之道，如洪炉鼓铸，万物都归一冶，若五胡，若元魏，若辽金，若金元，今皆与吾不可辨也，他时（洋人）终必如此"③。

在这种心理的支配下，封建士大夫们重温当年同化异族和融合佛、道的旧梦，幻想洋人也会像四方蛮夷那样仰慕中国文化，被中国文明所教化、同化。曾国藩的幕僚李元度曾写过一篇《国朝柔远记序》，希望像当

---

① 梁启超：《变法通议·论不变法之害》，《时务报》，1896年8月19日。

② 大我：《新社会之理论》，载《浙江潮》，1904年第8期。

③ 邓嘉绩：《扁善斋文存》上卷《复杨缉安书》，转引自萧功秦：《儒家文化的困境》，成都：四川人民出版社，1986年，第85页。

年孔子说的那样"柔远人，则四方归之"，无知地认为，"目下泰西诸国皆能识华文，仿中制译读四子五经书，丕变其陋俗"。在强力角逐的世界舞台上，在西方列强已是刀俎而我为鱼肉的紧急关头，封建士大夫们仍然幻想用中国传统文化的伦理价值和道德意义去规范列强，德服洋人，认为西方文化同样会把其所有心智用在所谓用人道变其陋俗上，迂腐地认为只有中国文化才是道德文章，西方世界只不过是一群蛮人①。无独有偶，半个世纪后的1935年，即又一次中日战争即将开始的时候，身为国民党显贵的陈立夫还津津乐道于中华民族的"至大"："惟其伟大，故能容化，什么文物到中华来，我们都能融化它。元清以塞外悍族入主中原，都给汉族同化了；就是外国的东西到中国来，也能将它融化掉。"②这种文化的痴迷只能表示这样一种意义：中国的传统文化是人类最高文明的标志，它为世界文化确立唯一的价值尺度。其实，这个文化白日梦很长，许多人直到今天还未曾醒来。

但是，无论如何，在进入近代之后，随着西学东渐的步步深入，文化的危机感在国家、民族危机感发生之后发生了。然而，与国家、民族危机感的普遍救亡意识的一致有所不同，文化的危机感所表现出来的价值判断和价值重构的取向则不相同。"梦者自梦，觉者是之。"③"梦者"的焦虑来自对传统文化的价值失落，危机之后的奋起变成了保护固有文化价值体系的努力，而这努力越执着便使中国距离世界越远，这是一个反现代化或曲解现代化的努力。究其根本，就是因为他们对于中西方文化价值判断的失误。

从鸦片战争的炮声响起，一种对中华民族与文化困境根源的探求便

---

① 详见陆人：《在传统与现代的十字架前》，西安：西安交通大学出版社，1988年，第27页。

② 陈立夫：《新生活运动之理论与实际》，载《政治月刊》，1935年第2期。

③ 鲁迅：《集外集拾遗补编·破恶声论》，见《鲁迅全集》第8卷，北京：人民文学出版社，2005年，第26页。

从未停止过。"梦者"从坚信和维护传统文化的价值体系出发,自然认定中国文化的危机主要源于外部,即西方现代文化的冲击。他们认为中国文化的困境就在于未能保卫和强化传统自身,而中国社会和中国文化的出路就在于采用防御战略,拒敌于国门之外。于是,当世界市场已经形成,西方资本主义"列国经济竞争之中心点,一转而至于太平洋,注乎中国"①时,人们不是抛却"重义轻利""重本抑末"的价值观念,而是拼命去抵制"日货""美货"。这是在民族精神感召下所发生的一种正义之举,但也是在用一种伦理行为去抵抗一种经济行为。事实的结局可想而知,而抵制者所追求的亦主要是实现一种伦理价值和心理平衡。

应该说,西方列强的殖民主义侵略、掠夺和压迫,是近代中国落后的外部原因,但就中国传统文化和社会的命运来说,其整体性衰落的根本原因还在于其内部,在于其文化价值体系的总体功能和传统的社会结构与世界现代化趋势的不适应。外来文化的威胁不过是使长期以来被"永恒"和"完美"所遮蔽的内部腐朽暴露出来、加速其腐朽而已,它使中国这个"老大帝国"由封闭的"幼稚时代"进入世界近代化大系统之中。因此,就这一意义来说,外来威胁对于文化和社会变革来说实在又是一件幸事、一个契机。谭嗣同在甲午之战刚败之际便称"向令战胜日本,于中国全局无裨益,转恐因以骄贪,而人心之疵疠永远于深痛。故败者未必非幸"②。孙中山亦认为中华民族"沉梦不起,万事堕坏,幸为风潮所激,醒其渴睡,旦夕之间,奋发振强,励精不已"③。从政治学角度看,这无疑是中华民族屈辱历史的开始,但从文化学角度来说,又是中国进入世界、走上现代化的开始。因此后来便有了维新变法,有了辛亥革命,有了五四运动。

① 雨尘子:《论世界经济竞争之大势》,载《新民丛报》,1902年第11、14期。

② 谭嗣同:《思纬氤氲短书·报贝元征》,见石峻主编:《中国近代思想史参考资料简编》,北京:三联书店,1957年,第564页。

③ 孙中山:《〈民报〉发刊词》,载《民报》,1905年11月25日第一号。

　　鲁迅的文化选择就在这一历史情境中形成。最初，同一般中国近代知识分子一样，鲁迅的危机感亦是来自对国家和民族命运的焦虑。但是，鲁迅通过中西方文化的对比，很快把这种危机感扩大为一种文化的危机感。而且和那些同样抱有中国文化危机感的保守者截然不同，鲁迅的文化危机感来自对中国文化的非现代化特征，即滞后于世界文化发展的焦虑。这样一种危机感已经不再是对个别事实的认识，而是对历史整体价值的判断，并由此带来对传统文化心理的批判和文化重构的欲望。他在《忽然想到》中指出：

　　中国的精神文明，早被枪炮打败了，经过了许多经验，已经要证明所有的还是一无所有。讳言这"一无所有"，自然可以聊以自慰；倘更铺排得好听一点，还可以寒天烘火炉一样，使人舒服得要打盹儿。但那报应是永远无药可医，一切牺牲全都白费，因为在大家打着盹儿的时候，狐鬼反将牺牲吃尽，更加肥胖了。①

　　鲁迅认为，文化自崇心理是中国人缺少危机感的根本原因。而这一自崇心理形成于中国过去文化的过于早熟、过于辉煌的历史：

　　中国之在天下，见夫四夷之则效上国，革面来宾者有之；或野心怒发，狡焉思逞者有之；若其文化昭明，诚足以相上下者，盖未之有也。屹然出中央而无校雠，则其益自尊大，宝自有而傲睨万物，固人情所宜然，亦非甚背于理极者矣。虽然，惟无校雠故，则宴安日久，苶落以胎，迫拶不来，上征亦辍，使人荼，使人屯，其极为见善而不思式。有新国林起于西，以其殊异之方术

———————————

① 鲁迅：《华盖集·忽然想到（十一）》，见《鲁迅全集》第3卷，北京：人民文学出版社，1981年，第102页。

来向，一施吹拂，块然踣偃，人心始自危。①

对于近代的中国人来说，一般存在着两个世界。一个是现实的世界：在列强的强权政治入侵和经济掠夺之下，"天朝"大国地位丧失，中国处于刀俎之下任人宰割。这个世界的存在，使一般中国人忧愤不平而又伤心不已，遂起救亡图存之心。另一个是意义的世界：面对西方文化的冲击，中国固有的文化体系受到挑战。但辉煌的历史构成对传统文化自崇心理最有力的支持，从而坚信中国的精神文明"世界第一"，坚信在现实世界之外有一个永恒的意义世界。如果仅把这一意义世界，作为失望的传统中国人现实世界之外的精神家园的话，倒也是一种思想逃亡和心理寄托。但是，如果把后一个世界作为前一个世界，即现实世界存在之上的真实存在、本质存在的话，则会带来无穷的灾难。用意义世界代替现实世界，必然造成人们不肯正视现实，甚至出现将虚幻当作真实，而把真实视为假象的可怕局面。鲁迅的文化危机感可以说是从现实世界中深入下去，构成了对意义世界的颠覆，从而把握住近代中国在现实世界里衰败的精神根源。

由于现实衰败的内在原因来自传统文化的自崇心理，因此，外来冲击的连带结果有可能促使人们从自崇和自迷之中醒觉过来。近代杰出的革命家陈天华在蹈海前，曾针对中国衰败的内部根源，做出如此明确的推论：中国"自有可亡之道，岂能怨人之亡我？吾无可亡之道，彼能亡我乎？"②与鲁迅同时代的觉醒者们也大都持有同样的观点，认为中国之亡"无天可怨，无人可忧，我中国之自取也"。而所谓"自亡之道""中国之自取"者有"远因""近因"各一。"中国二千年之学术、政治、法律及一切，一人一家之私教养成之者也，此为自取之远因"；"举物质之文明而津津乐道之，于精神之文明固未尝梦见也。……不敢复一言及

① 鲁迅：《坟·文化偏至论》，见《鲁迅全集》第1卷，北京：人民文学出版社，1981年，第45页。

② 陈天华：《绝命书》，载《民报》第3、8号，1905年12月、1906年2月出版。

于民权。……民权之集，是为国权；民而无权，国权何有？此为自取之因"①。作为近代中国思想先驱者之一的梁启超则以进化论为原理，以变法为目的，指出中国政治体制落后、衰败的原因："法行十年，或数十年，或百年而必敝。"②应该看到，近代中国的落后和文化的困境既有外在原因，又有内在原因。但对于两种原因的不同强调却表现出两种完全不同的文化价值观，开放与封闭、变革与保守的区别，一目了然。

作为近代中国思想界的后来者，鲁迅的文化危机感不仅来自中国文化自身的困境，更进一步来自对人们为摆脱困境所做出的文化选择的超前性忧虑。他在1908年所作的重要论文《破恶声论》中写道："洎夫今兹，大势复变，殊异之思，诐诡之物，渐渐入中国，志士多危心，亦相率赴欧墨，欲采掇其文化，而纳之宗邦。"③他早期关于中西方文化价值判断和价值重构的思考，包含了复杂的因素。

二、"大时代"之前的思考：浓缩文化时代

20世纪初的中国，处于一个被浓缩了的思想时代。正如鲁迅所言，"中国社会上的状态，简直是将几十世纪缩在一时：自油松片以至电灯，自独轮车以至飞机，自镖枪以至机关炮，自不许'妄谈法理'以至护法，自'食肉寝皮'的吃人思想以至人道主义，自迎尸拜蛇以至美育代宗教，

---

① 薛锦江：《二十世纪之中国》，载《国民报》，1901年5月10日第1期。
② 梁启超：《变法通议·论不变法之害》，载《时务报》，1896年8月19日。
③ 鲁迅：《集外集拾遗补编·破恶声论》，见《鲁迅全集》第8卷，北京：人民文学出版社，1981年，第26页。

都摩肩挨背的存在"①。前面说过，中国文化经历了三次转型，而近代开始的以"西学东渐"为中心的第三次转型又经历了三个阶段，即物质变革、制度变革、观念变革阶段。

第一个阶段，物质文化的变革。这一层次的变革之中以"洋务运动"为主要过程，其基本思想框架是"中学为体，西学为用"。面对前所未有的"西学东渐"热潮，当时居于领导地位的士大夫们对于固有文化在"保"的前提下，实行小"变"，以应付"三千年未有之大变局"。"体用"之说虽然承认中国固有文明亦有不足之处，需要西洋文化来补充，较之那种"自命正人者……动以不谈洋务为高，见有讲求西学者，则斥之曰名教罪人"②的极端保守派有所进步。但是，无论是对中国文化还是对西方文化，他们的认识都是十分肤浅和片面的。他们认为"中国学术精微，纲常名教，以及经世大法无不具备，但取西人制造之长，补我不逮足矣"③。而且这种对文化有机体"体"与"用"的认识本身，即是悖逻辑的。究其根本，这种文化观是通过对西方近代发达的器物文化"外壳"的优势认识而产生的。因此是一种被迫的、有限的摄取，而其效力与作用也必然是有限的、短暂的。当这种"变器不变道"的物质层次的文化变革被现实推入困境之后，中国文化第三次转型也就进入了一个新的阶段。

第二个阶段，制度文化的变革。这一层次的变革以"维新变法"和"辛亥革命"为主要过程，其基本思想框架是"要救国，只有维新，要维新，只有学外国"④。初期为引入西方政体，变法图强。后期则融进民族革命因素，激变为"辛亥革命"。与第一阶段中"物"的变革有根本的不同，这次变革以变"法"为目的，把文化转型推进到一个新的也是一个更

---

① 鲁迅：《热风·随感录五十四》，见《鲁迅全集》第1卷，北京：人民文学出版社，1981年，第360页。

② 见何兆武式《中国思想火》，北京：中国青年出版社，1980年，第70页。

③ 张之洞：《劝学篇·自序》，郑州：中州古籍出版社，1998年，第3页。

④ 毛泽东：《论人民民主专政》，载《人民日报》，1949年7月1日第9期。

根本的层次。如果说前一阶段对于西方文化的摄取还限于外在的"用"的层面，那么此时则开始向"体"的方面转换，因此也遭到保守派愈来愈激烈的反对。他们不仅在言论上提出一些如"宁可亡国，不可变法"①之类的极端口号，而且利用固有的专制政体使用极端的政治手段来防止"体"的变革。然而中国文化最终还是通过"辛亥革命"在制度层面上进行了变革。也正是由于这一层面的变革，才为下一阶段的变革提供了可能。

第三个阶段，观念文化的变革。这一层次的变革以五四新文化运动为主要过程，其基本思想框架是"科学""民主""个性解放"。辛亥革命完成了制度层面上的变革，使传统的观念文化或精神文化失去了最重要的保护层，封建伦理道德因此"受到了致命的打击"。五四新文化运动便是在这样一种政治前提下发生的。因此，这一变革实质上是文化转型中必不可少的关键性环节。物质文化、制度文化、观念文化是按照循序渐进的逻辑顺序来依次变化的。五四的观念文化变革直接受西方人道主义、个性主义的影响，对传统的封建礼法进行全面否定，意欲从根本精神上改造国民性。这被当时的新文化运动的先驱者们称为"吾人最后觉悟之最后觉悟"②，赋之以极为崇高的地位。

鲁迅的早期文化选择主要发生在第三次转型过程中第二阶段尚未结束、第三阶段尚未开始之际。前人文化选择的意义积累和鲁迅卓越的思想能力，为其早期文化价值判断和价值重构提供了历史机遇，为其铺垫了一个思想基础，使其具有超越前人，即近代的可能。"以是为二十世纪文化始基，虽云早计，然其为将来新思想之朕兆，亦新生活之先驱。"③于是，鲁迅将近代文化转型中已经开始和尚未开始的三个阶段，浓缩为一个存在整体，将过去、现在和未来联结为一个连续的思想过程，从而完成了对近代的超越，成

---

① 侯外庐：《中国近代哲学史》，北京：人民出版社，1978年，第166页。

② 陈独秀：《吾人最后之觉悟》，载《青年杂志》，1916年2月15日1卷6号。

③ 鲁迅：《坟·文化偏至论》，见《鲁迅全集》第1卷，北京：人民文学出版社，2005年，第51页。

为20世纪中国现代化进程的一个伟大预言。然而，他早期文化选择的全部复杂性就体现于其所谓的"早计"，即对中国社会和文化变革的超前设计中。

鲁迅早期文化选择具有时代的超前性。

文化、社会改造和精神变革，一般都存在着两种路向，即求新向前的与复古向后的。而在向前的路向中，又有适时批判和超前批判两个阶段。适时表现为现实性，超前带来预见性。适时批判需要正视现实的勇气，而超前批判还要再加上透视未来的思想能力。适时批判只有一个敌人，那便是复古路向；而超前批判往往有两个敌人，除复古向后者之外还有适时批判者。所以，超前批判者的精神孤独往往是必然的。

鲁迅生活于一个"被浓缩"的思想时代，他吸收了20世纪西方最新也是最激烈的思想——现代主义哲学，首先使自己完成一种思想和人格上的认同，然后进一步为自己的思想赋形，确立为中国文化与社会转型的超前性标准，并以此来批判中国近代一般求新之士这些所谓的适时批判者。他他认为，这些"号称识时之士"，以"物质""众数"为"圭臬"，"崇奉逾度，倾向偏趋"，"终致被所谓新文明者，举而纳之中国，而此迁流偏至之物，已陈旧于殊方者，馨香顶礼"。他认为，"诚若为今立计，所当稽求既往，相度方来，掊物质而张灵明，任个人而排众数。人既发扬踔厉矣，则邦国亦以兴起。奚事抱枝拾叶，徒金铁国会立宪之云乎？夫势利之念昌狂于中，则是非之辨为之昧，措置张主，辄失其宜，况乎志行污下，将借新文明之名，以大遂其私欲者乎？"[1]在与众不同的认识中，我们惊叹鲁迅文化选择的先锋性，他是最先介绍并深刻理解西方现代主义哲学的少数中国知识分子中的一位，而将其运用于中国文化和社会的变革实践中，鲁迅更是先行者！他引入西方最前沿的思想，确立了自己早期的文化选择。这使鲁迅与中国文化和社会变革的进程拉大了距离，使他超越了近代一般思想先驱者，成为中国最前沿的思想家。

---

[1] 鲁迅：《坟·文化偏至论》，见《鲁迅全集》第1卷，北京：人民文学出版社，2005年，第47页。

超前与错位："众治"的批判与鲁迅个性本位意识的强化

鲁迅文化选择超越近代的一个最突出的特征，就是预告了中国近代文化转型中最后一个阶段的到来。他不仅把物质变革、制度变革、观念变革浓缩为一个过程，而且在这一过程中尤其注重观念变革这一主题。观念变革包含两种意义，一种是思想意识的变革，一种是道德人格的变革，二者共同构成了鲁迅思想启蒙和道德救赎的完整人学理论。

一、思想的超前：现代个性意识对近代政治哲学的否定

思想启蒙是鲁迅文化选择的主要价值取向，也是中国新文化运动的基本方向。应该说，鲁迅早期文化选择中的思想变革意识要比道德变革意识来得强烈，他不仅以现代个性意识来批判传统道德体系，而且以现代个性意识来批判近代政治哲学。引人注目而又让人费解，他对于当时在中国尚

未实现的议会政体"众治"，表示了明确的否定。

辛亥革命前的1907年，鲁迅在《文化偏至论》中针对时人"姑拾他人之绪余，思鸠大群以抗御"的主张，明确指出"托言众治，压制乃尤烈于暴君"①。从而对近代以来维新人士和革命党的政治理想做了一个否定判断，并给后人留下一个辨析鲁迅早期文化选择与时代关系的难题。

其实，鲁迅与时代的关系主要表现为一种思想对现实的超前关系。

如果把鲁迅早期文化选择的价值判断置于20世纪中国社会的思想环境之中，就会发现，鲁迅对"众治"的批判与一般时论不合，他对一般反对专制，要求政治变革的适时批判者做了大胆的思想批判。而就思想批判而言，表明了二者之间在同一时间内、同一问题上的不同"时代"的思想差异，表明了鲁迅在思想上的超前性。

"众治"作为代议制政体是西方近代经验理性的产物，是人类社会历史的一种积累。然而，鲁迅等人则从历史行为之中寻找到否定的口实：形式的合理性下掩盖着实质的不合理性。当时中国一般"识时之士"适应中国社会的政治现实需要，以西方18世纪、19世纪理性主义思潮为中国社会和文化变革的思想武器，以西方现代社会政治、经济和文化发展的实际状态为社会楷模。而鲁迅之所以"不合众嚣""力抗时俗"，成为一般"识时之士"中的独出者，即先觉者，就在于他所使用的思想武器来自另外一个思想时代——20世纪西方唯意志论和生命哲学的思想时代。

鲁迅最早接受的西方外来思想，无疑是以进化论为核心的西方近代理性主义。达尔文的进化论、海克尔的生物哲学一元论、约翰·穆勒和斯宾塞以及梅契尼珂夫的人类文明进化观等，都对鲁迅早期文化选择中的人类文明整体观提供了强有力的思想支持。但几乎与此同时，他又接受了叔本华、尼采、施蒂纳以及克尔凯郭尔的现代主义哲学的思想影响。从批判的武器的掌握上，鲁迅比一般的维新人士、革命人士多了一些，先行了一

---

① 鲁迅：《坟·文化偏至论》，见《鲁迅全集》第1卷，北京：人民文学出版社，1981年，第46页。

步。他不仅能够使近现代西方理性主义和非理性主义两大思想体系同时并存于自己早期的精神世界，而且能够运用后者来批判前者，批判中国一般"识时之士"，亦批判自己。

这一批判不只是针对中国一般时论和西方社会现状的，实质上是在文明的大视野下以一种文化时代代替另外一种文化时代，以一种思想反思另外一种思想。从西方社会文明进程的得失评价中，鲁迅有了如下的发现：

> 欧洲十九世纪之文明，其度越前古，凌驾亚东，诚不俟明察而见矣。然既以改革而胎，反抗为本，则偏于一极，固理势所必然。洎夫末流，弊乃自显。于是新宗蹶起，特反其初，复以热烈之情，勇猛之行，起大波而加之涤荡。直至今日，益复浩然。其将来之结果若何，盖未可以率测。然作旧弊之药石，造新生之津梁，流衍方长，曼不遽已，则相其本质，察其精神，有可得而征信者。意者文化常进于幽深，人心不安于固定，二十世纪之文明，当必沉邃庄严，至与十九世纪之文明异趣。[1]

这样，在鲁迅早期的文化选择中便出现了这样一种复杂的构图：生存在前近代的"老大帝国"里，使用了西方现代文化中最前沿的思想武器，在批判"老大帝国"的同时，更批判那些批判"老大帝国"者。最终，鲁迅出于"任个人而排众数"的思想认识，超越中国社会具体进程而否定"众治"的主张。

---

[1] 鲁迅：《坟·文化偏至论》，见《鲁迅全集》第1卷，北京：人民文学出版社，2005年，第56页。

二、近代政治思想史回顾：对"众治"的第五种批判

议会政治作为"西体"在中国的倡议，始于1883年进士崔国因的一份奏折。他认为设立上下议院，"因势利导而为自强之关键也"①。经何启、胡礼垣、郑观应、张树声等人的继续倡导，至康梁维新派大力宣传、筹划，逐渐成为20世纪中国社会变革的热点与难点。对于议会政治的否定力量在绝大多数的时间里远远大于肯定力量，但反对者们的价值标准和目的设想又不尽相同。其中有政治层面的反对派：保皇派与革命派，有精神层面的反对派：思想论者和道德论者。在不同的时间里，对于议会政治的否定，中国先后存在过这样四种思想层次和步骤。

政治上反共和的保皇派以后期的康梁为代表，梁启超反对共和，主张君主立宪，由"开民智""兴民权"，最后走向"开官智"和"保吾皇"，虽然其中包含封建宗法社会中所谓"知遇之恩"等道德性因素，但主要反对依据还是政治社会学性的。他认为，"今日中国国民非有可以为共和国民之资格"②，不仅不能建立民主共和，而且连君主立宪亦难：

> 问今日欲强中国，宜莫亟于复议院？曰：未也。凡国必风气已开，文学已盛，民智已成，乃可设议院。今日而开议院，取乱之道也。③

梁启超反对"众治"，主张"开明专制论"。其理论依据主要来自波伦哈克的国家客体论。波伦哈克在《国家论》中提出，国土国民为国家

---

① 崔国因：《象宝子存稿》，转引自熊月之：《中国近代民主思想史》，上海：上海人民出版社，1986年，第129页。

② 梁启超：《开明专制论》，载《新民丛报》，1906年3月第75、76期。

③ 梁启超：《古议院考》，载《时务报》，1896年11月5日第10期。

之客体，而君主为国家之主体。他认为，所谓"共和国者，于人民之上，别无独立之国权者也。故调和各种利害之责任，不得求之于人民自己之中"。而人民利益竞争，自己之外无他人能调和之，因此国家必破坏纷扰，而不得不复归于专制，即所谓"议会专制"或"民主专制"。梁启超依此而反对共和，主张君主立宪，认为"经开明专制后十年，乃开议院，可不至有此"。因为以政府形式实行开明专制，可以十年见效。相反，靠国民自觉，则数十年、数百年而犹未有成绩[1]。应该说，在近代思想史上梁启超和鲁迅是两位独特的伟大思想家，其思想的深邃独到是无人企及的，但两人的思想路向却大不一致。

从反对"众治"到肯定"众治"，再到反对"众治"，鲁迅比梁启超等政治上的保皇派对待共和政体的观点要快了两拍。而且，他反对"众治"的思想立场又与激进的革命派和道德派有所不同，存在着明显的思想差异。鲁迅通过对"众治"的否定而表现出来的时代超越性，除了来自西方现代主义思潮的影响，亦有中国当时的政治革命先驱者孙中山的直接影响。在鲁迅集中阐述自己早期这一文化选择的前两年，革命先驱者孙中山曾在为《民报》创刊周年所发表的演说中，先后两次提出变革中国的整体性、连续性构想，并表现出对西方社会弊端给予中国影响的忧虑：

> 欧美所虑积重难返者，中国独受病未深，而去之易，是故或于人为既往之陈迹，或于我为方来之大患，要为缮吾群所有事，则不可不并时而弛张之。嗟夫！所陋卑者其所视不远，游五都之市，见美服而求之，忘其身之未称也，又但以当前者至美。近时志士舌敝唇枯，惟企强中国以比欧美。然而欧美强矣，其民实困，观大同盟罢工与无政府党、社会党之日炽，社会革命其将不远。吾国纵能媲迹欧美，犹不能免于第二次之革命，而况追逐于人已然之末轨者之终无成耶。夫欧美社会之祸，伏之数十年，

---

[1] 梁启超：《开明专制论》，载《新民丛报》，1906年3月第75、76期。

及今而后发见之，又不能使之遽去。吾国治民生主义者，发达最先，睹其祸害于未萌，诚可举政治革命、社会革命毕其功于一役。

而且，与鲁迅一样，孙中山亦将此希望和责任寄托于少数"英士"："惟夫一群之中，有少数最良在心理能策其群而进之，使最宜之治法适应于吾群，吾群之进步适应于世界，此先知先觉之天职。"①

《民报》是孙中山流亡日本期间于1905年11月26日创办于东京的。作为同盟会的机关刊物，在与以梁启超为首的维新派报纸《新民从报》的论战中，成为留日学生的必读报刊。而此时，鲁迅正在东京。他曾数次听过孙中山的演讲，《民报》是他最爱看的报刊之一。后来，他还曾到章太炎的寓所东京《民报》社听其讲课。1921年，鲁迅曾用反讽的语气谈到自己所受孙中山革命派和《民报》的影响："大约十五六年以前，我竟受了革命党的骗了。"②但是，正像当时鲁迅对西方现代主义思想没有像王国维那样做纯哲学的接受一样，他对于近代中国变革历程的浓缩设想，也未像孙中山那样做纯政治学的理解。孙中山所谓"毕其功于一役"者，主要还是指近代中国具体的民族复兴、政治革命和经济改良。"我们革命的目的，是为中国谋幸福……因不愿少数富人专利，故要社会革命。这三样有一样做不到，也不是我们的本意。达到了这三样目的之后，我们中国当成为至完美的国家。"③

孙中山通过对西方资本主义社会，特别是他原先所崇拜的美国社会的深入分析，从阶级压迫的角度对原来的共和理想做出否定："夫美洲之不

---

① 孙中山：《〈民报〉发刊词》，载《民报》，1905年11月25日第一号。

② 鲁迅：《集外集拾遗补编·生降死不降》，见《鲁迅全集》第8卷，北京：人民文学出版社：2005年，第121页。

③ 孙中山：《三民主义与中国之前途》，见东京《民报》创刊周年庆祝大会上的演说，1906年12月2日。

自由，更甚于专制国。"①这和鲁迅的"托言众治，压制乃尤烈于暴君"之说具有极其接近的言语表述，但在思考角度和目的上则有大的差异。鲁迅以西方现代主义唯意志论和生命哲学为思想来源，反对"同是者是，独是者非，以多数临天下而暴独特者"②的思想评价尺度。而孙中山等所关注的还是政体的阶级基础：

> 欧美各国、善果被富人享尽，贫民反食恶果，总有少数人把持文明幸福，故成此不平等的世界。③

孙中山主要还是以平等为政体变革的最终目的。到了后期，特别是受俄国十月革命的影响，孙中山在原有的对"众治"的否定中，又增添了更明显的阶级论色彩："近世各国所谓民权制度，往往为资产阶级所专有，适成为压迫平民之工具，若国民党之民权主义，则为一般平民所共有，非少数人所得而私也。"④在反对议会政治的时候，与鲁迅的思想逻辑亦大相径庭，陈独秀反对的原因是"众治"不代表多数意见："法律是强权的护符，特殊势力是民权的仇故，代议员是欺骗，决不能代表公众的意见。""要直接行动"，"不诉请法律，不利用特殊势力，不依赖代表"⑤。鲁迅反对的依据，则是因为议会政治"借众以陵寡"，即不能发表个人意见。可以清楚地看到，孙中山、陈独秀等是从政治学意义出发，

① 孙中山：《社会革命谈》，见《孙中山选集（上卷）》，北京：人民出版社，1956年，第95页。

② 鲁迅：《坟·文化偏至论》，见《鲁迅全集》第1卷，北京：人民文学出版社，2005年，第49页。

③ 孙中山：《三民主义与中国之前途》见东京《民报》创刊周年庆祝大会上的演说，1906年12月2日。

④ 孙中山：《中国国民党第一次全国代表大会宣言》，见《孙中山全集》第9卷，北京：中华书局，1981年，第328页。

⑤ 陈独秀：《陈独秀文章选编（上）》，北京：三联书店，1984年，第518页。

以多数原则来否定"众治"的，而鲁迅却是从哲学意义出发，以少数原则来否定"众治"的。

在"众治"观评价上，也许鲁迅与章太炎的思想是最为直接和接近的了，但二者之间仍有不同，两人作为师生和革命团体的同志，在政治学层面上对于"众治"即共和，表现出极大的一致，都主张用暴力来推翻专制政治而建立共和政治。鲁迅在1903年写作的论文《中国地质略论》中，以地质结构的不整为例，认为"谭人类史者，昌言专制立宪共和，为政体进化之公例"。但是由于"专制方严，一血刃而骤列于共和者，宁不能得之历史间哉？"① 当辛亥革命发生之际，鲁迅不仅身体力行，参加具体的活动，而且在理论上从政治权利平等的角度对其加以肯定，得出"共和之治，人仔于肩，同为主人，有殊台隶"② 的结论。

章太炎于同年发表著名文章《驳康有为论革命书》中，也针对康有为用"流血""死人"来反对革命和共和的观点，指出必须要经过"血战"而民众方能得到"自由议政之权"。章太炎是民族主义革命者和传统学者，他关注的是中国的民族和伦理问题。因此，他从"民皆平等"的伦理角度批判西方议会政治，称"被选者必在显贵仕官之流……徒令豪民得志，苞苴横流"③，而且"是数者，皆汉族之所为，而异种之所特有，是议权仍不在汉人也"。而且，因为选举区域的限定，"数愈阔疏，则众所周知者愈在土豪"，最后结果又是往昔"上品无寒门，而下品无膏粱，名曰国会，实为奸府"。由于选举过程的"作奸树伪"和代议过程的"坐而论道，惟以必抒党见为期，不以抒民意为期，乃及工商诸政，则

---

① 鲁迅：《集外集拾遗补编·中国地质略论》，见《鲁迅全集》第8卷，北京：人民文学出版社，2005年，第9页。

② 鲁迅：《集外集拾遗补编·〈越铎〉出世辞》，见《鲁迅全集》第8卷，北京：人民文学出版社，2005年，第41页。

③ 章太炎：《论政闻社大会破坏状》，见汤志钧编：《章太炎政论选集（下）》，北京：中华书局，1977年，第374页。

未有不徇私自环者"，结果，议会中"要之豪右占据其多数寡不当则不胜"。于是，章太炎最终对议会做了道德否定："故议院者，民之仇，非民之友。""共和之名不足多，专制之名不足讳。"最后，他再进一步，转而肯定"专制"："代议政体必不如专制为善。""不如王者一人秉权于上。规摹廓落，则苛察不遍行，民犹得以纾其死。"①这是开明君主制的同义语！我们终于从这里找到了前几年风行于海外"新权威主义"的声源。章太炎的后一愿望也许可以视为鲁迅那句"压制尤烈于暴君"的解释，但二者之间的思想差异还是存在的。章太炎是道德家，以多数和平等为原则；鲁迅是思想家，以少数和独立为原则。他呼唤"精神界之战士"出现，以破"人界之荒凉"。

议会政治在个人专制的集权社会中，通过多数而抑制少数无疑具有积极功效和意义。此时，它可以表现为一种公平的伦理。议会政治萌生于人们向专制统治者分得政治权利的渴望，这就是卢梭所说的"公众意志"。然而，这一统一意志的含义和体现，必须具有操作和规范，从而又可能造就一个完成者、一个集权者。与"朕即国家"这一被公众不认同的专制暴君相比，"众治"政体下形成的集权者便通过"公众意志"的程序，而获得了更大的权威。由此而言，鲁迅所说的"压制尤烈于暴君"，即在于"以独制众者古，而众或反离，以众虐独者今，而不许其抵拒"②，即在于他反复说到的"共和使人们变成沉默"③。这种结论与约翰·穆勒的"专制使人们变成冷嘲"④的判断相对应，表现出鲁迅思想的深入一步。

---

① 章太炎：《代议然否论》，见《章太炎全集》（四），上海：上海人民出版社，1985年，第302页。

② 鲁迅：《集外集拾遗补编·破恶声论》，见《鲁迅全集》第8卷，北京：人民文学出版社，2005年，第28页。

③ 鲁迅：《而已集·小杂感》，见《鲁迅全集》第3卷，北京：人民文学出版社，2005年，第554页。

④ 转引自鹤见佑辅《思想·山水·人物》中的《书斋生活与其危险》，见《鲁迅全集》第10卷，北京：人民文学出版社，2005年，第277页。

三、"众治"的思想本质：对个性意志扼杀的合法化

处于自然状态的人的自由意志是人性发展的最佳境界，一旦提出规范前提便是对人性的束缚。理想的社会形态便是最大限度地减少人为规范，最大限度地表现人的自由意志。"众治"的社会基础是多数原则。约翰·穆勒那句被近代中国知识分子反复强调的"最大多数人的最大幸福"的名言，便是这多数原则的具体表述。但多数主义应是一种伦理或利益原则，而不应成为一种思想原则、人学原则。思想的价值尺度不是道德或功利的尺度，而是一种个人和自由的尺度。正如康有为所说，"人各分原质""各具一魂""人人各有自主之权"①。康有为是按照"天赋人权"，即人人平等的西方思想，来理解道德尺度和思想尺度的差异的。思想的尺度或者"人"的尺度，不能像社会物质财富那样以平均分配为原则，思想的原则应是少数原则，思想的新与变都是从少数人那里开始的。如果以多数为原则，必是求同而灭异，不仅扼杀个体人的思想个性，而且使整个社会的精神状态趋于凝固，并不断制造"党同伐异"的惨剧。当它通过"社会舆论"的形式实现非人道德的普遍化时，便成了鲁迅所言的"无物之阵"②和"无主名无意识的杀人团"，这些"社会上多数古人模模糊糊传下来的道理，实在无理可讲；能用历史和数目的力量，挤死不合意的人"③。

"众治"政体在形式上给予了人们参与政治的权利，但其以多数原则

---

① 康有为：《实理公法全书》，见朱维铮编：《中国现代学术经典·康有为卷》，石家庄：河北教育出版社，1996年，第28页。

② 鲁迅：《野草·这样的战士》，见《鲁迅全集》第2卷，北京：人民文学出版社，2005年，第219页。

③ 鲁迅：《坟·我之节烈观》，见《鲁迅全集》第1卷，北京：人民文学出版社，2005年，第129页。

为基础，可能带来对个性意志扼杀的合法化。当人们在社会生活层面缺少个人自由，而空有作为政治层面的"众数"之一的有限平等权利，那么必定是个人主权和个性意识的丧失。个人自由需要一种政治的保障，而"众治"的多数原则并未能充分给人提供这种保障。没有自由保障的"众治"实质上是"党同伐异""借众以陵寡"的"多数主义"思想和道德原则的法律化体现。它可能导致两种消极的后果：一是"庸众"对"英士"的道德围剿和人身攻击，导致社会思想的同一进而停滞；一是在"众意"的名义和程序下，使独裁手段得以合道德化、合法律化。在这样一种可能状态中，任何暴政和恶行都可以假"众意"和"人民"之名义而行。

前面说过，鲁迅对"众治"的批判主要不是政治学意义而是人学或生命哲学意义的。"众治"不是作为一种单纯的政治形态和国家学说进入鲁迅文化批判的视野的，而是作为一种群体本位的生命价值观而受到鲁迅的否定的。其批判的积极意义不在于历史存在，而在于历史逻辑，不在于政治史而在于思想史。在这里，鲁迅对"众治"的超前性批判，便具有变群体本位为个人本位的反传统的生命价值与自由意志，具有与近代一般思想家和革命家不同的现代素质。

群体与个人关系如何确立，从近代以来一直困扰着中国的知识分子。甚至可以说，中国知识分子的所有痛苦和兴奋无不根源于此。鲁迅在形成和发展自己"立人"思想的过程中，对于个性意识的坚持从未动摇过（即使"立人"思想之中，在原有的肯定民众的道德人格的基础之上，后来又加入了阶级意识的肯定）。鲁迅是中国近代独出的思想家。

维新派和革命派对"新民"或"民本"的强调，虽然也都包含"立人"的思考，但由于他们的人生经历和意识焦点，都太靠近近代中国文化转型中的规范文化"法"的变革，所以，其所表现出来的思想启蒙的价值取向多停留在政治变革或民族革命的层面。维新派认为中国民众素质低下，还不具备成为共和国公民的资格，主张君主立宪亦即"开明专制"，把民族革命与政治革命区别开来，极力维护以光绪为首的皇权统治的合理性。而革命派则强调没有民族革命就没有政治革命的成功，坚持把政治革命和民族革命联系在一起，其"立人"的基点便是着眼于种族的解放和皇权的颠覆，将"奴隶的奴隶"提拔为"国民"①。例如，汪精卫发表文章认为"吾国民有国民思想矣；然专制之毒，足以摧抑之；有民族思想矣，然君臣之义，足以克灭之"。"吾之目的，欲我民族的国民，创立民权立宪政体（普通谓之民主立宪政体）者也。故非政治革命、种族革命，不能达其目的。"②因此，以梁启超为首的《新民丛报》和以孙中山为首的《民报》进行了激烈的论争。这场论争最终以辛亥革命的发生而告终。但是，时代和自身的需要，革命派民族的复兴和政治的变革的要求，决定了他们必以"排满"和"众治"为最高境界，而这两种社会变革的思想力便是"复古"意识（以"光复大汉"为口号）和群体意识，都不是以关注个人层面的权利为中心的。

说到底，如果从理论上硬要把中国近代的"启蒙"与"救亡"分开来看的话，那么，"启蒙"本身则可以分为"生存的启蒙"和"自由的启蒙"，虽然二者之间并无具体的时代界限。前者的实现要依赖群体的觉醒，因此，它强调群体意识本位；后者的实现要依赖个体的觉醒，因此，它强调个体意识的本位。而把二者置入中西方文化冲突的思想环境中，就不难发现其不同的文化价值取向。

鲁迅对西方现代主义哲学的接受和对"众治"的生命哲学意义的否定，其本身便明确地显示出文化选择的现代文化价值取向；而革命派和维新派的传统文化价值取向也是显而易见的。

在中国近代文化变革之初，黄遵宪便称中国人为"三无之民"："无权利思想，无政治思想，无国家思想。"③也是从这里开始，近代中国知

---

① 陈天华：《猛回头》，见《中国近代思想史参考资料简编》，北京：三联书店，1957年，第702页。

② 汪精卫：《驳〈新民丛报〉最近之非革命论》，载《民报》，1906年4月第四号。

③ 黄遵宪：《驳革命书》，载《新民丛报》，1903年第24期。

识分子对国民性改造的政治学理解，便远远重于伦理学和生命哲学的理解。"众治"在政治权利要求上无疑是对君权的巨大颠覆，但其中所包含的个人权利要求，还仅限于政治学意义上的民权对君权的破坏。这里需要指出的是，民权不简单等同于"个性"或"人权"。民权的原始意义是一种政治要求，其道德标准是以"多数"和"平民"为尺度的，即穆勒所谓的"最大多数人的最大幸福"。它可以通过政治权利上的平等和道德评价的群体原则，而轻易地转化为政治与道德的完美结合——"人民"。从而在激进的政治学意义和普遍的伦理学意义下，完成对于思想与道德"个性"的扼杀。事实上，在中国近代文化转型的第三个阶段——观念变革阶段到来之前，群体本位是中国普遍的人生价值尺度。而在第三阶段过去之后，普遍的人生价值尺度仍旧是以群体为本位。人们无论对群体原则做出多么极端的理解，仍能获得崇高的道德评价。相反，个体本位的价值观从未获得过如此好名声，最多不过是"群己一体""小我与大我结合"而已。

在这样一种思想传统和现实背景下，鲁迅认为从专制到"众治"，是以个人独裁和群体本位贯之，没能实现"张个性"的思想要求。他通过对"众治"群体本位意识的否定，而表现出来对个体本位的张扬，在中国思想史上具有重要的价值，并使他成为五四新文化运动"观念变革"阶段的真正意义的先行者。"任个人而排众数"的思想主张是鲁迅的人格理想境界，而作为"多数"意志下的"众治"，则成了"裂灭个我"的最大敌人。鲁迅强调"意盖谓凡一个人，其思想行为，必以己为中枢，亦以己为终极"[①]。这种对个性自我的极端化追求，从思想形式上带来这样一种意义：作为一种人类普遍精神，对当下实存的人类最合理的政体的批判，最终导致他对政治完美性的一般怀疑。

在被认为是鲁迅思想转折点的1927年，鲁迅曾在上海国立暨南大学发

---

① 鲁迅：《坟·文化偏至论》，见《鲁迅全集》第1卷，北京：人民文学出版社，2005年，第52页。

表了关于《文艺与政治的歧途》的演讲，这是一篇经常被人有意回避的文章。其内容核心虽说谈的是政治与文艺、政治家与艺术家的关系，但究其实质，则是政治统治功能与思想个性本能及其关系的哲学阐述，表明鲁迅对于包括"众治"和专制以及其他一般非现代性政治的普遍否定，从而把早期对"众治"和后来对专制的具体政治学意义的批判，上升为一种形而上的政治哲学的批判。

首先，鲁迅对政治与文艺的功能和价值进行了辨析，他认为"政治是要维持现状"的，而文艺则是"不安于现状"的，这便本能地决定了政治与文艺"永远"的矛盾。鲁迅在这里对于"不安于现状"的理解，很显然不仅仅就文艺而言，实质上是指一般的先进思想。文艺与政治的冲突是思想与权威、理想与现实的冲突。这里，已经与早期对"众治"的否定在思想流脉上相当一致，而鲁迅对于19世纪以后才兴起来的，"不安于现状的文艺"思想的肯定也是显而易见的。对于这种文艺和政治的价值冲突，鲁迅做了一种普遍解释："政治想维系现状使它统一，文艺催促社会进化使它渐渐分离；文艺虽使社会分裂，但是社会这样才进步起来。"①社会的发展不是来自思想的同一，而是来自思想的多样；社会的进步不是来自"安于现状"，而是来自"不安于现状"。鲁迅曾对此做过箴言式的概括："不满是向上的车轮，能够载着不自满的人类，向人道前进。多不自满的人的种族，永远前进，永远有希望。多有只知责人不知反省的人的种族，祸哉祸哉！"②鲁迅把思想的个性化视为一种社会发展的动力机制，保持自己的个性化的思想意识，也就是服从于历史的和社会发展的整体需要。

这一认识来自早期思想超前性的惯性影响。永远"不安于现状"，

---

① 鲁迅：《集外集·文艺与政治的歧途》，《鲁迅全集》第7卷，北京：人民文学出版社，2005年，第116页。

② 鲁迅：《热风·随感录六十一》，见《鲁迅全集》第1卷，北京：人民文学出版社，2005年，第376页。

始终居于时代思想的前沿，也正是这一思想惯性的作用。鲁迅通过自己对中国社会变革之路的经验总结，主动接受并坚持了20世纪最尖端的革命思想，他以自己对这一思想的深刻理解来对当时社会进行政治批判和思想批判。然而，政治意识对于鲁迅来说是单一的，而文化意识才是整体的。于是，他又从一般的文艺与政治，亦即思想与权威、理想与现实的关系入手，对政治进行形而上的剖析。其中，最令人惊心动魄的是对未来无产阶级政权与作家关系的分析预测。在鲁迅看来，从思想个性与政治规范的关系来看，二者的矛盾是永恒的，这是理想与现实的矛盾。因此，文艺家的悲剧将是普遍的：

> 政治家既永远怪文艺家破坏他们的统一，偏见如此，所以我从来不肯和政治家去说。
>
> 从前文艺家的话，政治革命家原是赞同过；直到革命成功，政治家把从前所反对那些人用过的老法子重新采用起来，在文艺家仍不免于不满意，又非被排轧出去不可，或是割掉他的头。割掉他的头，前面我讲过，那是顶好的法子喽。从十九世纪到现在，世界文艺的趋势，大都如此。①

鲁迅还以苏俄革命后的事实为鉴："叶赛宁和梭波里，他们都讴歌过革命，直到后来，他们还是碰死在自己所讴歌希望的现实碑上，那时，苏维埃是成立了！"联想到他后来在致胡风的信中，关于自己在无产阶级革命阵营"总觉缚了一条铁索，有一个工头在背后用鞭子打我，无论我怎样起劲的做，也是打"②的内心痛苦的慨叹和《醉眼中的朦胧》中对"黄金

---

① 鲁迅：《集外集·文艺与政治的歧途》，见《鲁迅全集》第7卷，北京：人民文学出版社，2005年，第119、120页。

② 鲁迅：《鲁迅书信集·1935年9月12日致胡风》，见《鲁迅全集》第13卷，北京：人民文学出版社，2005年，第543页。

世界"的怀疑、对革命成功后"至少也总得充军到北极圈内去""译著的书都禁止"的断定，都叫当时人和现在人有不寒而栗之感。应该说，鲁迅的这种怀疑和悲观既是像人们一般所认定的那样，是对"惟我是无产阶级"的极左倾向、宗派主义的批判，同时也是带有对于一般政治的不完满性的否定意识，表明了鲁迅对哲学上的否定之否定规律的理解。在鲁迅那里，任何事物都不过是"中间物"，是进化链条上的一环，因此也就都不具有完美、终极的意义。无产阶级革命和文艺是政治意识进化链条上最先锋的一环，因此，鲁迅即使对于当时中共党内文艺界某些领导人带有些许不满和悲观的预测，但仍义无反顾地选择了无产阶级革命道路。因为他知道政治有政治的逻辑，艺术有艺术的逻辑，思想有思想的逻辑。

叛依无产阶级革命和文艺阵营，是事实的"教训"以及鲁迅自身思想发展的必然选择。而鲁迅对于政治的一般评价，亦是符合其一贯的个性主义思想主张的，它反映了鲁迅对于政治学、政治哲学和人学的不同评价尺度和理论构想以及现实操作的差异。

四、由超前带来的错位："众治"批判的时差与异质

鲁迅对于"众治"的批判，说到底是对一种价值观念的变革与确立。他身处专制社会时代，以一种形而上的生命哲学对正与封建专制抗争的共和政治理想，表现出道德和思想上的怀疑，从而在思想与现实关系的判定上出现了错位。

错位在思想史上应该说是自然而又必要的现象，亦是一个时代诸多思想矛盾产生的根源。错位的本质是价值判断与时代社会对应关系的矛盾与间隔，它一般表现为两种路向：一是思想超越于时代，具有超前性；一是思想滞后于时代，具有落后性。即使用前一时代或复古形态范畴去归类和认定，其中也往往包含复杂乃至颠倒的价值意义。鲁迅的早期文化选择无疑多属于超前者，主要表现为对社会发展的当下批判和未来预测的积极意义，这一点使他具备近代中国最深刻的思想家的素质。

但是，文化的超前选择本身就是一把双刃剑。一方面使思想具有先驱性，成为社会引导，永远给人以"不安于现状"的动力；另一方面，又可能走入这样一种思想逻辑：因超前而导致错位，由错位而带来滞后，虽说这种滞后多是形式的而非内容的。

超前与滞后本身就是一个难解的思想之谜。鲁迅以个性主义思想对"众治"及一般政治的否定，具有思想史上的积极意义。但是，思想史上的积极意义（文化学、生命哲学），并不完全等同于社会发展史上（具体社会制度变革）的积极意义。历史的合逻辑性并不等同于历史的实存性，历史本身与逻辑构想应该是一致的，但二者的一致往往只发生在最后时刻，即历史已经过去、后人对历史总结反思之时。而鲁迅早期文化选择的超前性也多是重视历史逻辑而又合于历史逻辑的，然而却不一定都合于历史进程本身，错位的根源就在于鲁迅视思想过程重于事实过程。

在鲁迅的早期文化选择中表现最突出的，便是对"众治"的具体否定和对"复古"倾向的道德好感。我们来看鲁迅对"众治"的否定所可能带来的消极意义。以"立人"为目的，鲁迅的早期文化选择从"任个人而排众数"的思想起点出发，终于走向对中国社会变革合理性进程"众治"的否定。从而造成了这样一种结果：从一般的人学理论建构看，鲁迅为中国思想提供了一种全新的内容，为中国的民族人格发展确定了一种普遍的理想尺度；而从具体的社会变革过程来看，鲁迅对"众治"的否定，在超越中国社会一般思想的同时，也超越了中国社会的一般现实。其最大的原因即在于，他把西方19世纪社会现实作为中国社会发展前车之鉴的时候，忽视了中西方社会发展的时差，即相对于世界文化，中国思想、现实的落后性。

作为鲁迅批判"众治"和"物质"思想武器的现代主义哲学，产生于西方物质文明烂熟和共和政体僵化的19世纪文化时代。它所针对的批判对象是两种"十九世纪大潮"：一是"以多数临天下而暴独特者"；一是物质文明"视若一切存在之本根，且将以之范围精神界所有事"①。因此鲁迅确定了在自己的文化选择中"掊物质而张灵明，任个人而排众数"的价值取向。

可以说叔本华、尼采等人对于西方19世纪文明的否定是一种适时批判，因为其所批判的对象不仅已构成普遍的事实，而且具有主潮的力量。鲁迅从19世纪西方社会这只带疤的苹果中，剥出叔本华、尼采等人的现代主义哲学之核，而用于同时代却不同质的中国社会之中。也就是把一种现代主义思想移入中国封建主义时代，由适时到不适时，便形成一个较大的思想间隔，一个较大的时空错位。因此，同样对"众治"的批判，便具有不同的意义。坦诚地说，鲁迅对于"众治"的批判，深刻的思想意义毋庸置疑，而其现实意义的大小、利弊则不能简单判定。

就当时的中国社会来说，无论是政治、经济还是文化，无论是物质文明、制度规范还是观念意识都滞后于西方。从文化时代而言，西方社会属于19世纪，中国社会则属于前一个世纪，中国尚未走出中世纪。在这样一种状态之下，在西方已趋僵化的共和政体在中国还是一个尚未实现的政治理想，有无数的仁人志士，还在为之流血奋斗。经过洋务运动、维新变法和争取共和，作为循序渐进的社会变革，"众治"政体在中国应具有特别重要的实际意义和价值，这是由中国社会的发展进程所决定的，虽说西方议会制并不能真正解决中国的所有问题。

---

① 鲁迅：《坟·文化偏至论》，见《鲁迅全集》第1卷，北京：人民文学出版社，2005年，第49页。

应该说，早期鲁迅精神世界中抽象思辨的色彩浓于具体实践的色彩。早期他对"众治"思想道德的批判——"托言众治，压迫尤烈于暴君"，超越了一个重要的事实前提，那就是中国封建专制社会扼杀基本人性的漫长历史和封建专制政体的当下存在。他把自己的文化选择确定在这样一个尺度上：既超越西方议会政体又超越中国传统的封建专制，而追求充分的个性自由，追求"立人"。

自由是一种人类天性，追求自由是人类的终极境界。而人类的自由又必然受制于具体社会规范的限制，在对个性自由的压迫中，专制"尤烈"于"众治"倒是人类社会中一个更为普遍的事实。"众治"作为一种民主政治代议制，虽然亦可能以多数原则构成对少数"英士"的扼杀，但多数原则又正是对"朕即国家"个人独裁的最有力限制，这是人类社会几百年来的经验总结，是通向人类自由之"桥"。

而作为一种民主政体的"众治"在中国清末社会尚未形成，尚受到来自封建专制政治的极力抵制，以儒家道德学说为价值体系的中国专制政治是个性自由的最大障碍。所以，主张"众治"本身即是对封建专制最直接的批判。

梁启超在走向"开明专制论"之前，曾对封建专制政治做过最有力、最深刻的批判。他从否定儒家特别是荀卿的"人治"国家学说入手，认为中国"以国家为君主所私有，则君主之法必利一人；使众人操其权，则所立之法必利众人"。他以穆勒的"最大多数人的最大幸福"的名言为尺度，提出了"众人之利重于一人，民之利重于吏，多数之利重于少数"的政治伦理观。然而，据梁启超所言，"中华数千年，国为无法之国，民为无法之民"①。他借用日本学者高材世雄的观点，谓中国为"数千年脓血之历史，果无一事焉而非专制政体贻之毒也"。他把中国政治之弊概括为"十种恶业"。这"十种恶业"的发生根源"莫不在专制政体。专制政体

---

① 梁启超：《论立法权》，载《新民丛报》，1902年第2期。

者，实数千年来破家亡国之总根源也"①。这种对于专制害国害人的认识是当时一般进步知识分子的共识，它既是一种历史批判又是一种现实反抗。许多激情澎湃的革命党人不断发出呼号："专制哉！专制哉！压抑之效果，复亡之原因也。"②"天下之政体，莫毒于专制；天下之苦，莫惨于专制政府之压制。"③

封建专制政体留给人类的最大灾难是扼杀个性思想，通过政治强权和道德教化培养人的奴性意识，令人丧失自我。关于这一点，黄遵宪以明代后期专制政治的恶行为例，做了深入的分析：

> 有明中叶以后，直臣之死谏争，党人之议朝政，最为盛事，逮于国初，余波未沬，矫其弊者极力铲削，渐次销除。间有二、三骨鲠强项之臣，必再三磨折，其今夕前席明夕下狱，今日西市明日南面者，踵趾相接。务摧抑其可杀不可夺之气，束缚之，驰骤之，鞭笞之，执乾纲独断之说，俾一切士夫习为奴隶而后心安。④

经过几千年的营造，中国的封建专制政治与封建道德体系相配合，已成为一种极为严密乃至"完美"的体系。被统治者可能会对一时的专制和暴政"不适应"而发生抗争，而在一个封闭的文化环境下长期的专制则可能使民众产生适应性，从而养成一种奴隶根性。因此，可以说，一时的专制可能产生叛徒，而长期的专制则必是制造奴隶。专制政治最后可以演

---

① 这"十种恶业"是："一曰贵族专政，二曰女主擅权，三曰嫡庶争位，四曰统绝拥立，五曰宗藩移国，六曰权臣篡弑，七曰军人跋扈，八曰外戚横恣，九曰金削，十曰宦寺盗柄。"见《论专制政体有百害于君主而无一利》，载《新民丛报》，1902年第21期。
② 遁园：《论民族之自治》，载《扬子江》，1904年第3期。
③ 辕孙：《露西亚虚无党》，载《江苏》，1904年第4期。
④ 黄遵宪：《水苍雁红馆主人来简》，载《新民丛报》，1903年第24期。

化成一种伦理秩序、思想状态甚至文化特性。相对于尚未实现的政体"众治"而言，专制无疑是个性自由的最大敌人。

鲁迅不是一个政治家，甚至不是一个政治学家，对于思想家和诗人这一角色的适宜和看重，使他具有超前的思想能力，也使他有时难免对政治学做一种诗化哲学的理解。清末中国社会的现实是：个性思想的对立面是封建专制政体而不是"众治"政体。鲁迅对封建专制的思想批判，不一定能通过批判封建专制的敌人——"众治"来完成。把生命哲学或诗化人学的批判对象超越时空，错接到历史对象上，可能反而会起到淡化对专制批判的色彩，甚至由于对批判者的批判，而沿着否定之否定的超前思维路线，不自觉地走向"敌人的敌人是我的朋友"的逻辑怪圈。

在人类思想发展史上，往往存在着这样一种现象：当超前和复古都以现实为批判对象时，二者可能会在价值判断上达成现象或思想的一致，连续地向左转最终和向右转的人站到了同一方向。鲁迅以西方现代主义哲学为武器，对"众治"的批判便具有这样一种客观后果的嫌疑。当人们在严冬里需要炉火时，鲁迅却已预见到春天即将到来之际炉火过热的可能，而为人们递上了扇子，过大的时空超越最后竟然在直接的客观效果上与反对炉火的人达成了一致。

鲁迅早期文化选择的超前性、预见性，最后竟奇妙地在某种形式上与最保守的文化选择不期而遇：对"众治"的批判和对"复古"的尊崇，达到了对象的一致。也许给人造成这样一种感觉：鲁迅对于"众治"的批判虽说源于超前的思想，却可能终结于保守的效果。因为对于处在前近代，即鲁迅所说的"预备时代"，或"正在进向'大时代'的时代"的中国社会政治和思想的变革来说，批判专制总比批判共和、批判复古总比批判求新更有实际的意义，更适于社会时代的迫切需要。至少，鲁迅在早期文化选择中"取今复古"的价值取向，带有些许文化价值判断的二重性和价值重构的调和、折中论的色调。

五、丰富的深刻与复杂的统一：思想启蒙
和政治救亡的整体设计

愈走近20世纪初的鲁迅，我愈感到我所面对的是一个无比复杂的精神世界。但是，这并不是一个"迷魂阵"，不是一个没有主体价值判断和价值取向的思想谜团。鲁迅是伟大而独出的思想家，我们差不多用了一个世纪的时间才证明了他真正的伟大。他又是一个"人之子"，是一个"战士"。这种政治与文化、思想与道德、历史与今天互相扭结，乃至有所冲突的思想构造表明其思想内容的无比丰富性。它是一个严密的整体，需要我们从不同层面、不同角度去全面认识、理解鲁迅的文化选择。

如果从共时性层面看，"众治"的否定与共和的向往呈现一种思想与行为的矛盾，但如果从历时性层面看，这矛盾恰恰表明鲁迅早期文化选择中的完整性和连续性。就精神结构来说，其可分为形而上的思想逻辑和形而下的社会实践；就精神历程来说，其可分为现在思考和未来思考。从对"众治"的复杂理解中可以看出鲁迅早期文化选择在政治学和生命哲学不同层面的不同价值取向，从而表现出其"立人"思想对政治变革与思想变革关系的集中思考。从生命哲学的角度，他强调对个性思想的发扬，进而否定"众治"；从政治学的角度，强调"现在"和"行动"的意义，所以他积极参与中国社会的政治变革行动，从"血刃共和"到无产阶级革命，从来如此。统摄于二者之上的，便是他贯穿始终的"立人"主张。对"众治"的批判和参加革命党、对政治的形而上否定和投身无产阶级解放运动，其中种种矛盾，种种困惑，都可以从"立人""致人性于全"那里得到解释。"立人"，不仅仅是纯思想的，更是具体的行动，思想永远要超前而行动则必须要适时。"人国"的崩塌是由于传统思想的负累和政治的毒害。因此，"人国"重建的两大前提便是思想的启蒙和政治的拯救。鲁迅在这两大行动中都站在了前列，他用自己的思想和行为把二者集于一身，即使他内心永远承受着其中价值悖论的痛苦。痛苦来自思想的深刻，

思想的痛苦可以转化为价值资源。今天，我们终于能从这痛苦中领悟出这样一种意义：政治革命的胜利决不等于思想、道德上的成功，"中国新文化的方向"尚未最终确立，"人国"离我们还相当遥远。

鲁迅早期的文化选择是鲁迅思想发展的始基，是一个艰难历程的逻辑起点，后来的许多文化命题都可以从这里找到它最原始的基因。但是正像鲁迅对世界存在方式本身的认识一样，他的思想也是一个抱定初衷而又有所发展的过程。当我们按照时间的逻辑从头闯入他早期的世界时，会在许多迷障面前徘徊不定；可是，当我们暂时抛掉从迷障之下寻门而入的念头，而从那墙头一跃而过，沿着他后来思想的河流漂流而下，然后再回溯源头时，不觉豁然开朗。他精神世界的矛盾性便转化为丰富性，层层叠叠、错落有序，是一个完整而流动的世界。从生命哲学、政治实践和道德复归等层面，浓缩地展现了近代以来中国社会与文化变革的具体过程、时间差异和历史意义，并建构了自己系统化的"致人性于全"的人学理论。

从鲁迅早期的文化选择这一思想起点，展望其整个文化价值判断和价值重构的轨迹，其轨迹是一个由诗学走向伦理学、由哲学走向历史学、由思想逻辑走向思想实践的演化过程。从而进一步表明，鲁迅的文化选择在以东西方文化冲突为特质的中国文化第三次转型中，经历了一个由中西互补到现代本位的变革过程，完成了近代中国较为完整、科学的文化哲学的理论建构。

鲁迅留给世界最宝贵的文化遗产是：形而上的普遍人文精神与形而下的具体社会变革的思想实践的结合。他不仅贯彻历史也提供逻辑，"他把自己的注意力转向了对历史的考察、对现实的剖析，把笔触引向现实，更深沉、执着，注重于冷静分析"[1]，从合理性的境界和现实性的存在来构筑历史。鲁迅早期的文化选择是丰富而复杂的，从"致人性于全"的主张中已经看到人性构成的不同内容，而"掊物质而张灵明，任个人而排众数"表明他早期文化选择中最重要的思考，即确立了"立人"的基本思

---

① 刘中树：《鲁迅的文学观》，长春：吉林大学出版社，1986年，第67页。

想："个性张。"这是鲁迅作为近代中国最伟大的思想家的基本素质的体现。它始终未变，沿着进化论和思想启蒙的思想轨道，高悬于自己精神世界的顶端，统摄着其他思想和实践活动。

概括地说，鲁迅早期的文化选择，并没有对中国文化第三次转型过程中的三个阶段的不同重心做出简单的取舍判断，而是将其加以浓缩逐渐向第三阶段转移而已。从1902年的《中国地质略论》到1908年的《破恶声论》，其间，便存在着一个由肯定"物"的变革到"法"的变革，最后确定为"心"的变革的清晰思路。而从其具体的人生行为来看，亦有一系列转换、变化，与思想进程相伴随：从学采矿、学医到最后终生为文，而其中又不放弃对一系列政治事件的参与。

由思想对现实的超前所带来的历史空缺，终于被鲁迅用自己具体社会变革的实践以及自己对这一实践的理解填充。迷雾散去，我们发现的是一个无与伦比的完整世界。

"尚德"的本质：鲁迅人学思想的
传统模式与现代意识

  鲁迅文化选择中的思想超前和道德回归，都表明他对中国变革过程和最终境界的一种理解。强调"立人"，使他的文化选择具有一种很明显的以精神变革为先的传统"尚德"的价值模式。其实，在近代中国知识分子中，无论是所谓的文化保守派、激进派还是折中派，大体上都持有这种思想路线。说到底，20世纪中国文化变革反映在中国知识分子的精神世界之中，就是一种价值观念或道德体系的变革，人们歌于斯而哀于斯。特别是进入中国文化近代转型的第三个阶段，对于思想道德的攻击或保卫都达到一个前所未有的程度。而在此前的物质文化和制度文化变革之中，观念文化的变革却未成为时代关注的焦点。

  在物质文化变革阶段，由列强的武力入侵所表现出来的西方物质文化的发达，使人们对"物"的关注成为时代的重心；制度文化变革阶段，由权力与暴力的对抗所表现出来的民族斗争和政治斗争成为时代的重心。它把中国文化的变革由外层"物"的变革，推进到"法"的变革层次，即由"用"的层面转向"体"的层面。从"戊戌变法"到"辛亥革命"，思想问题仍让位于后者，未能成为最引人关注的焦点。但有一点必须引起足够的重视，那就是辛亥革命的思想史价值，其作为一种政治革命和民族革命是被确认无疑的。而且时至今日，人们也不原谅辛亥革命的"不彻底"（鲁迅亦曾如此），但正是由此而完成的制度文化的变革，使传统的观念文化失去了它最重要的保护层，坚硬的政治外壳被铁拳打碎，露出了思想的软体，从而使人们对其批判成为可能。因此说，辛亥革命为新文化运动的先驱者们进行思想革命，提供了一种政治上、法律上的保障。于是，历史把近代中国文化的转型推进到第三个阶段——观念文化变革阶段。

鲁迅是超前的，他用独出的思想能力把近代中国文化转型的三个阶段加以浓缩；鲁迅又是"尚德"的，他从思想意义上超越了物质和制度变革的两个阶段，超越"尚物""尚法"，而把自己文化选择的逻辑起点确定在思想道德的变革上，从而提前进入近代中国文化转型的观念文化变革阶段。

鲁迅确定了以思想道德革命为中心的文化选择，抓住了中国传统文化价值体系的本质。

儒家文化基本上是以伦理政治为本位的，而现代文化相对来说是以利益和人为本位的。儒家文化是"尚德"的，"尚德"是中国文化的基本特征。中国哲学中宇宙本体论的先天不足，导致道德哲学的超常发达。"尚德"的价值模式在哲学上表现为这样一种认识：追求世界的意义超过对世界本身存在的关注，对人的关系的认识，超过对人的本体价值的认识。与西方文化相比，中国文化更注重道德文化的建构，知识结构不过是关于道德的学说。它将道德本体化，营造了一个外在于自然和真实存在的伦理世界，一个久远流传的神话，从而使人缺少对自身与外在世界真实存在的价值和意义的判断、求索。中国古代思想史关于人的本体论的学说，不过是一部长篇伦理巨著的简短序言。儒家文化的伦理本位不是关于"人"的思考，而是关于"做人"的要求。在这样一种价值模式下，人们建立起一个个规范人的思想和道德的栅栏，塑造着固定的人格模式，围困着新思想的羔羊。中国传统道德体系中的一切不合理都发生在这里。

儒家伦理本位的价值尺度是群体至上，否定个体价值的。所以，中国古代哲学范畴中只有关于"大"的概念，而绝少有关于"小"的概念。
"道""天""太极""理"等是无形的无限大，而"小"则只有"鸿
毛""蝼蚁""沙"之类，它们不仅是有限的具体形象，而且是表述上的
比喻而已，并非一种本体认识。至于"原子""乙太"等西方哲学和科
学中形而上和形而下的"小"的概念，直到近代才进入中国。在三纲五
常的伦理秩序中，人是否具有社会价值，是否能为社会所认可和保护，不
在于其思想的独出与人格的真诚，而在于其是否适应了"君君臣臣父父子
子"的社会关系。一个男性，为官出仕，只有服从皇帝，作为臣子时才有
价值；在家事亲，只有服从父亲，作为孝子时，才有价值。一个女性，必
须要"在家从父，出嫁从夫，夫死从子"，而始终没有自己的独立存在。
人被确定在某一位置上，而不同位置又限定一种具体的道德义务。若脱离
或有悖于这种关系，就会失去价值，而成为"乱臣贼子"，成为孤独者，
从而受到这既定伦理关系的排斥，被社会所抛弃。于是"露头的椽子先
烂""枪打出头鸟""木秀于林风必摧之"等便成了代代相传的立身处世
的箴言。在鲁迅的小说《孤独者》中，魏连殳便是这样以反叛社会、反叛
传统始，而以回归社会、回归传统终，即使这并不符合他自己真正的内心
愿望。由于思想与行为的与众不同，魏连殳被本家们视为一个"异类"，
成为生活和思想的孤独者。鲁迅自己亦曾有过类似的思想历程。五四新文化
运动初起，鲁迅沉寂于梦醒后无路可走的痛苦中。他后来把这一思想历程再
叙于《呐喊·自序》当中：

> 只是我自己的寂寞是不可不驱除的，因为这于我太痛苦。我
> 于是用了种种法，来麻醉自己的灵魂，使我沉入于国民中，使我
> 回到古代去，后来也亲历或旁观过几样更寂寞、更悲哀的事，都
> 为我所不愿追怀，甘心使他们和我的脑一同消灭在泥土里的，但
> 我的麻醉法却也似乎已经奏了功，再没有青年时候的慷慨激昂的

意思了。①

　　从人的本体价值认识和思想、社会变革意义来说，魏连殳也好，作者鲁迅也好，其作为一种"异类"的存在，比那些"庸众"式的同类存在意义要大得多，它破坏了儒家合"礼"而不合情的道德秩序。千百年来，人们所津津乐道的"孔融让梨"的故事就是在告诉孩子：要遏止自己内心真正的欲望，要注意来自长者和尊者的眼色，要学会说谎。传统的儒家道德体系制造虚伪而且也需要虚伪，其道德价值观是矛盾的，这种矛盾必然培养出两重人格。一方面，强调"万恶淫为首"，另一方面，又主张"不孝有三，无后为大"。对同一行为具有两种完全不同的道德评价。表面的德行成为儒士的存在之本，而本能强烈的欲望又难以抑制，于是只能以言行不符、表里不一，即"满口仁义道德，一肚子男盗女娼"这种虚伪矛盾的人生行为，来实现这种严格而虚假的道德要求和不可扼制的本能欲望。鲁迅对此有着格外深刻的认识，批判虚伪便因此成为鲁迅毕生的文化主题。

　　20世纪初，鲁迅便指出："父恩谕之于先，皇恩施之于后，然而割股的人物，究属寥寥。足可证明中国的旧学说旧手段，实在从古以来，并无良效，无非使坏人增长些虚伪，好人无端的多受些人我都无利益的苦痛罢了。"②据《马上日记》中记叙，在1926年7月的一个酷暑之夜，鲁迅在蚊虫叮咬之中，读完了日本学者安冈秀夫做的《从小说看来的支那民族性》一书。这书读过之后使鲁迅"不免汗流浃背"，这当然并不只是因为气候的炎热。安冈对中国民族性的最后概括是"体面"。而在鲁迅看来，就是虚伪。虚伪的国民中，鲁迅着重批判了那些"上等人"："他们的对于神，宗教，传统的权威，是'信'和'从'呢，还是'怕'和'利用'？

---

① 鲁迅：《呐喊·自序》，见《鲁迅全集》第1卷，北京：人民文学出版社，2005年，第440页。

② 鲁迅：《坟·我们现在怎样做父亲》，见《鲁迅全集》第1卷，北京：人民文学出版社，2005年，第142页。

只要看他们的善于变化，毫无特操，是什么也不信从的，但总要摆出和内心两样的架子来。"①人生行为的矛盾来自人的私欲，在长期的虚伪道德的熏陶下，儒家某些道德规范实质上已成为一种人类"私德"。表面看来，儒家道德的群体本位原则是追求一种公德，但在群体至上的价值取向中泯灭自我，认同群体，则表明无个性社会的一种私愿：安全需求。从私德本质上说来，是以自我形象为中心而非以他人、社会形象为中心。我以为，主要依据如下：

第一，家族观念与人类公德相背。"父为子隐，子为父隐"，即为一种众所周知的"私德"。而孔子后代孔融为管阳秋兄弟"天雨雪，粮绝"而吃掉同伴的罪责开脱，则使"私德"达到了极致。他认为，"管阳秋爱先人遗体，食伴无嫌也"，因为"所杀者，犹鸟兽而能言耳"②。这是一种实实在在的"以礼吃人"。

第二，自我道德形象与社会正义相背。儒家文化的"尚德"使人对一种精神需求，即道德的自我实现感来得格外强烈，从而使道德实现者表现出一种"崇高的自私"：为了自我道德形象的完善，而以德报怨，或以善对恶，从而让他人承受道义的心理重负，自己成为道义英雄，他人都成为"小人"。而且，以善对恶，等于鼓励坏人作恶而委屈了好人，最后破坏了社会的正义。这里，私德并非仅是直接的自私，而是以"礼""仁"等伦理规范为中间环节和名义，来获得自我形象崇高感，最终实现"自私的"个人道德目的。道德的自我形象欲求导致中国人重虚名而不务实际的行为特征，鲁迅将此称为中国人的"面子"，并且认为"面子"问题是"中国精神的纲领"。因为中国儒家道德规范与人之天性的背反，所以较多的时候，这种道德规范和道德行为是向外展示给人们看的，愈来愈被形式化了。因此，在"面子"的心理机制下，自我形象感或他人形象感成了

① 鲁迅：《华盖集续编·马上支日记》，见《鲁迅全集》第3卷，北京：人民文学出版社，2005年，第346页。

② 傅云：《傅子》，见严可均《全晋文》卷四九。

道德的主要内容和目的。

第三，"尚德"本质的功利目的与"尚德"要求的人格境界的矛盾。儒家的道德是世俗化的，其"尚德"的动力不仅在于道德心，更在于功利心：德行可生利，求利必先"尚德"。如"孝"为儒家文化的一种伦理要求，但深层的本质和结果仍还是一种利益需求。事父、事君，最后可立身扬名得利：

> 凡人未仕在家，则以事亲为孝；出仕在朝，则以事君为孝。能事亲，事君，乃可谓之为能立身，然后可以扬名于世。由事父推之事君、事长，皆能忠顺，则既可扬名，又可保持禄位。居家能孝，则可由无禄位而为官。然孝敬忠顺之事，皆利于尊贵长上，而不利于卑贱，虽奖之以名誉，诱之以禄位，而对于尊贵长上，终不免有极不平等之感。①

"儒者之泽深且远"，鲁迅称，"汉有举孝，唐有孝悌力田科，清末也还有孝廉方正，都能换到官做"②。孝，由一种道德人格需求过渡为一种利益需求。"即小见大，我们由此可以明白'儒术'，知道'儒效'了。"③在儒学词典上，人生与"功名"是同义语。家族、阶级、民族是"私德"不断拓展的境界，但很少有过"人类"的眼光。

在"尚德"的价值模式下，一切都被泛道德化了。儒家文化成为一种道德学说，国家成为道德实体，道德至上渗透于中国传统社会的各个层

---

① 吴虞：《家族制度为专制主义之根据论》，见石峻主编：《中国近代思想参考资料简编》，北京：三联书店，1957年，第1036页。

② 鲁迅：《坟·我们现在怎样做父亲》，见《鲁迅全集》第1卷，北京：人民文学出版社，2005年，第142页。

③ 鲁迅：《且介亭杂文·儒术》，见《鲁迅全集》第6卷，北京：人民文学出版社，2005年，第34页。

面，如政治、经济、法律、哲学、宗教、习俗等。

中国传统政治不是一种法制政治，而是一种伦理政治。"尚德"的价值模式的沃土，是人治社会，人治社会的支撑是道德。因为人治社会缺少合理的制度规范，当社会的政治运作中出现欠缺和有悖人性时，就必然需要崇高甚至超乎于本性的道德去补充、去美化。入为孝，出为忠，始于孝而止于忠。对君主政治的无条件服从是儒家伦理政治的最大特征，君权是放大了的父权。章士钊早年就指出，"礼"为"君主之大柄"，是"独夫民贼普度世人超人奴隶之宝筏"①，重等级尊卑的"三纲五常"和"说礼尊君的精义"，"都带君主专制的臭味"②。儒家封建礼教道德与传统封建专制政治是互为表里、相辅相成的。"逆命而利君谓之忠"③，违背人的生命本能和个体意识，绝对保持对君主的敬畏之心，是一般臣民的当然义务。这种道德信条极大地影响了人的正常判断能力，桎梏了活跃的思想，加强了封建专制的绝对权力，因为道德上的"愚忠"必然培养和助长政治上的专制。正如《礼记·表记》中所说的那样："事君可贵可贱，可富可贫，可生可杀，而不可使为乱。"在这种信念的支配下，中国古代便不断出现臣子接受皇帝"赐死"还要"谢主隆恩"、三呼万岁的奇特现象。这种人类罕见的处罚方式是典型的"以理杀人"，它让人凭借自身的道德信念来克制生存欲望而毁灭自己的生命。这种忠君观念在中国政治史上一直占有重要的位置④。

伦理政治是一种非现代政治，现代政治应是一种民主法制政治。伦理政治的运行规则是等级制和德行论，儒家的宗法观念在政治上必定表现

① 《箴奴隶》，见张枬、王忍之编：《辛亥革命前十年间时论选集》第1卷下册，北京：三联书店，1963年，第706页。

② 陈独秀：《旧思想与国体问题》，载《新青年》，1917年5月1日第3卷第三号。

③ 杨惊注，耿之标校：《荀子·臣道》，上海：上海古籍出版社，1996年。

④ 见张福贵、刘三富：《儒教道德体系与时代文化精神的价值错位》，载郝长海等编：《沉思集》，长春：吉林人民出版社，1996年。该文曾以后一作者名义发表于《吉林大学学报（社会科学版）》，1995年第3期。本节有些内容出自于此。

为一种等级制。由于伦理秩序的"等贵贱，明尊卑"①，必然出现"礼不下庶人，刑不上大夫"的具体政治制度，等级制的本质是人的不平等。作为民，特别是最弱者，便只有义务而没有权利。庶民社会最大的政治理想便是有一个"父母官"，"为民作主""爱民如子"，在其统治之下，能平静地服役、纳粮、交税。因此鲁迅认为，中国人"向来就没有争到过'人'的价格"。"假如有一种暴力，'将人不当人'，不但不当人，还不及牛马，不算什么东西；待到人们羡慕牛马，发生'乱离人，不及太平犬'的叹息的时候，然后给与他略等于牛马的价格，有如元朝定律，打死别人的奴隶，赔一头牛，则人们便要心悦诚服，恭颂太平的盛世。为什么呢？因为他虽不算人，究竟已等于牛马了。"②等级，是一种社会阶层、阶级的具体存在形式，更是一种普遍观念的存在形式。

小说《孔乙己》历来被视为是对封建科举制和知识分子弱点的批判，其实鲁迅真正所指，应该是对封建等级制和愚昧庸众的批判，不然的话，就无法解释作者对于孔乙己所表现出的那种沉入心底的人道主义同情。小说选择的孩子视角，本身便具有这样一种意义：等级制的价值观念已渗透于整个社会，包括涉世不深的孩子。"孔乙己是站着喝酒而穿长衫的唯一的人"，表明在中国传统社会，无论知识还是道德都必须通过权力环节才能获得价值的实现。同是读书人，丁举人不仅受到社会的普遍敬畏，而且人们认定连他家的东西也是偷不得的。至于未能进入权力阶层的这位读书人，腿被那位进入权力阶层的读书人打折，也理所当然了。未能进入权力阶层，孔乙己甚至连实现自己的知识价值的资格也丧失了。当他向"我"讲解"茴"字时，"我想讨饭一样的人，也配考我么？便回过脸去不再理会"。也就是说，当德行不能进入政治权力结构之中，也就不能转化为功

---

① （汉）戴德：《大戴礼记·盛论》（影印本），北京：北京图书馆出版社，2004年。

② 鲁迅：《坟·灯下漫笔》，见《鲁迅全集》第1卷，北京：人民文学出版社，2005年，第223页。

利价值，人也就最终失去了一般的社会地位。如果孔乙己仍然坚守儒家道德的形而上信条，便只能依靠自身的道德修养而实现意义世界的规范，即"独善其身"。但这只能加重精神负担，带来道德与境遇反差的痛苦，甚至只能做一个地狱里的"好鬼"而已。当他的意义世界面对另一个真实的外在世界时，"独善其身"的道德神话便悄然破灭，显示出其本质的虚幻性，"魔鬼来敲门了"。

伦理政治的心理基础是道德的自我完善。儒家文化特别强调政治家的德行，它以"内圣外王"的理想模式，塑造出尧、舜、禹、文王、周公等一个个"人格神"。然而，鲁迅在《关于中国的王道》中指出，"在中国，其实是彻底的未曾有过王道"，"人民之所讴歌，就为了希望霸道的减轻，或者不更加重的缘故"，"据长久的历史上的事实所证明，则倘说先前曾有真的王道者，是妄言，说现在还有者，是新药"[①]。道德在传统社会的政治生活中，被虚饰化、形式化了。在中国，政治家必须是英雄与君子的统一，权力必须与权威结合。成功者不仅要以力量改变天下，还要以德行征服天下。君明臣贤，天下有道；昏君奸臣，天下无道。个人的品行是绝对重要的，道德成为决定性的判断标准。伦理政治最明显的运行轨迹是非逻辑、非法理性，不可预测其政治局势的未来走向，因为作为统治者其个人的变数太大了。伦理政治可能给人们带来"开明君主"的恩泽，但更多可能造成昏君无道或"皇帝圣明，奸臣当道"的混乱、黑暗局面。没有法理规范，以及君王权力的不可约束，个人德行便成了唯一的也是最后的政治希望。以德为尚的解释，制造和加剧了政治波动，并且掩盖了丑恶和权力欲望，统治者可以随时做出适合于封建政治的任何合法性与合理性解释。

儒家文化通过"尚德"建构了一个精神系统伦理秩序，而这伦理秩序又转化为一个现实的政治秩序伦理政体，将伦理政治化，将政治伦理化。

---

① 鲁迅：《且介亭杂文·关于中国的两三件事》，见《鲁迅全集》第6卷，北京：人民文学出版社，2005年，第10页。

西方中世纪社会的政治是非理性的，其非理性来自宗教的泛化，即政教合一，中国传统社会政治的不合理则来自政治与道德的过度合一。在现实政治的运作中，儒家所构造的价值理性世界必须依靠政治权力这一具体环节来实现、来解释。

儒家文化的伦理本位观念社会化、具体化的极端形态是封建道德的法律化。

道德观念是人的一种行为准则，具有个人性和公共性。道德转变为一种法律形式，是道德准则的国家化，道德公共性被进一步强化。道德行为源于相应的"道德之心"，人同此心便形成了一种道德环境，道德的自律本来不具有强迫性的约束力，但是被法律化之后便获得了对全社会的强制性约束。鲁迅在《我之节烈观》中认为，"道德这事，必须普遍，人人应做，人人能行，又于自他两利，才有存在的价值"①。对于不具有"道德之心"，又不惧怕社会舆论者，道德规范便失去了效力。一种道德体系要获得统治地位，再没有比使其法律化更有效的方式了。当儒家道德被确定为官方法律时，它便有了强制性质。违背三纲五常伦理秩序者，都可以被判定为有罪，而接受具体的惩处。

儒家道德经典《孝经·开宗明义》认为，"身体发肤，受之父母，不敢毁伤，孝之始也；立身行道，扬名于后世，以显父母，孝之终也。夫孝，始于事亲，中于事君，终于立身"。"孝"是人生行为规范的起点，放大之后就成了"忠"。于是，孝就由一种个人道德上升为一种政治品格，也就有了更高、更迫切的要求，法律化也就成为必然。《孝经·五刑》认为，"五刑之属三千，而罪莫大于不孝"。孝道在中国被法律化的历史很长，有人认为在夏代就已经被纳入法律系统中。孔子推崇西周的礼法传统，强调孝的核心地位。《论语·学而》中称，"君子务本，本立而道生，孝悌也者，其为仁之本也"。北齐时期有"重罪十条"，第五

---

① 鲁迅：《坟·我之节烈观》，见《鲁迅全集》第1卷，北京：人民文学出版社，2005年，第124页。

条是"恶逆",第八条就是"不孝"。隋朝的《开皇律》继承了北齐的条律,只不过把"重罪十条"改为"十恶",而其中的"恶逆"和"不孝"都是针对子女对待父母或尊长行为的戒律,所谓"十恶不赦"就是源于此。此后,"不孝"就一直是封建法典中居于首位的不可赦免的罪名。唐代的《贞观律》在《开皇律》和《武德律》的基础上进一步确定了"五刑""十恶"的条律,其后的《唐律疏议》中规定了"恶逆"和"不孝"罪名的具体解释。"恶逆"是指殴打及谋杀祖父母、父母等直系尊长;而"不孝"不仅是指不能"善事父母","既有违犯",更进一步把"闻祖父母父母丧,匿不举哀"也归为"不孝"的罪名之中。在《清律》所规定的"十恶"中,"大不敬"和"不孝"分列于一二位。《清律》还规定,凡居父母丧及夫丧,而身自嫁娶者,杖一百。命妇夫亡再嫁者,罪亦如之。"忠"本来就是比"孝"具有更强的政治含义的行为,被法律化理所当然,而"孝道"的法律化则对人们具有更广泛、更细化的约束性。

经历了历代统治者的细化与强化,"忠""孝"不再是一种道德感召和利益诱惑,而成为法律威慑,"不忠""不孝"行为被历代统治者视为"十恶不赦"之罪。道德之剑通过法律的魔手变得更加锋利,切断了一个个叛逆者的喉管。需要指出的是,在那个被民间社会代代传诵的"包青天"的神话中,当包拯力抗强权,秉承"王子犯法与庶民同罪"的法理而掀开正义之铡时,人们在欢呼和赞美声中,忽略了包大人那三口铡刀的形状和用途差异的伦理意义:王子与庶民同罪中仍表明不同的等级差异。也就是说,行使平等的法律时,仍使用了不平等的手段。皇亲国戚用龙头铡,王公大臣用虎头铡,而平民百姓则只配使用狗头铡,伦理秩序由生伴随到死。

一种道德体系的建立不仅要有政治的强力保护,而且要有学理和逻辑上的支持。传统的道德要驯服人,首先要说服人。哲学化,是儒家文化伦理本位价值观的系统化建构,使之成为说服人的理论体系,是儒家思想在雅文化层面的一种表现形态。

　　原儒是世俗化的道德学说，它缺少构筑形而上的意义世界的哲学范畴，但已经显示出欲把伦理哲学化的趋势。儒家伦理哲学化的突出特征是"天人合一"论和礼教的理学化。人间之"礼"，"本于天，淆于地"，"失之者死，得之者生"①，汉儒董仲舒系统地提出了"天人合一"的宇宙观："人副天数"，"行有伦理副天地"②，"王道之三纲可求于天"③。至程朱理学，儒学终于在本体论层面上最后完成了伦理哲学化的过程，把原儒时代的伦理之"礼"上升为一种先验存在的"天理"："未有这事，先有这理。如未有君臣，已先有君臣之理；未有父子，已先有父子之理。"④所以要"去人欲，存天理"。这种宇宙观在中国古代社会被视为人生观的根本，而在当代社会，又作为人与自然和谐之说而得到现代意义的积极解释。然而，从本质上说来，它所反映的不是自然观，而是逆天而行的伦理观。如果儒学是把天理解为自然的话，就不应该也不可能出现"存天理而灭人欲"的逻辑，因为"人欲"也是一种"天理"。鲁迅认为，人性或道德都应该是一种天性，即自然欲望的表现。他在《我们现在怎样做父亲》一文中，以父母与子女的天然关系来否定后天的儒家长者本位道德观："父母生了子女，同时又有天性的爱，这爱又很深广，很长久，不会即离。"爱力之外的"恩威、名分、天经、地义"之类，并不能真正使其"钩连"。鲁迅从生命进化论出发，对于儒家的孝道予以根本的否定："超越便须改变，所以子孙对于祖先的事，应该改变，'三年无改父之道可谓孝矣'，当然是曲说，是退婴的病根。"⑤所以，他认为作为

①　《礼记·礼运篇》，上海：上海古籍出版社，1987年。

②　（汉）董仲舒：《春秋繁露·人副天数》，上海：上海古籍出版社，1989年。

③　（汉）董仲舒：《春秋繁露·基义》，上海：上海古籍出版社，1989年。

④　（宋）黎靖德：《朱子语类》卷九十五，北京：中华书局，1986年。

⑤　鲁迅：《坟·我们现在怎样做父亲》，见《鲁迅全集》第1卷，北京：人民文学出版社，2005年，第140页。

人类，后代对于长辈，将来对于现在，总是一种超越。郭居敬《二十四孝》中的"郭巨埋儿"式的长者本位伦理观，本质上即是对弱小的扼杀："中国的社会，虽说'道德好'，实际却太缺乏相爱相助的心思。便是'孝''烈'这类道德，也都是旁人毫不负责，一味收拾幼者弱者的方法。"①

道德始于人之本性。儒家文化所主张的"天人合一"之说，并不是以自然为本位确立人的伦理价值观，而是人为自然确立道德法则，使自然成为"礼"和"理"的实证。"天人合一"中的"天"，并非自然本体，而是儒家道德的喻体。自然不是外在于人的伦理观念而存在的，而是由人的伦理观念来定性的。自然之天，成了人性之天，儒家宇宙观终于成了人性论。伦理上升为形而上的"理"，高悬于人本体和自然之上，万事万物被笼罩在一张无穷大的伦理之网中。毫无疑问，这是儒家所编造的一张伦理之网。"殊不知自然界的安排，却件件与这要求反对，我们从古以来，逆天行事，于是人的能力，十分萎缩，社会的进步，也就跟着停顿。"②鲁迅在这里把思想之剑指向了儒家伦理之网的纲绳，揭示出儒家"天人合一"的道德哲学，对自然法则的歪曲和对人之主体性的扼杀。在这一道德世界里，天与人都成了封建礼教的奴仆，而礼教寒光闪闪镶嵌在皇冠上。儒家文化通过自然伦理化的过程，传统的道德和王权都获得了一种神圣感和恒久性。

儒家文化的伦理本位是经济领域的典型表现形态，是"重义轻利"的价值观和"重本抑末"的经济政策。

伦理本位的儒家文化精神强调人的"心性"、品德，逐渐建立起一整套以人的精神生活为基础的"重义轻利"的道德评价体系。这种评价

---

① 鲁迅：《坟·我们现在怎样做父亲》，见《鲁迅全集》第1卷，北京：人民文学出版社，2005年，第142页。

② 鲁迅：《坟·我们现在怎样做父亲》，见《鲁迅全集》第1卷，北京：人民文学出版社，2005年，第137页。

体系一直是中国人公开性的主导人生观，并作为一种民族美德而标榜于世界。原儒以"克己复礼"为目的，必然强调克制自己的本能欲望以成大义，必然主张重义而轻利。孔子以义利之辩作为君子与小人之辩："君子喻于义，小人喻于利。"作为"君子"必须要无欲无我，"安贫乐道"，因为"君子固穷"。因此孔子一生"罕言利"，认为"放于利而行"的结果必然"多怨"①。孟子向梁惠王陈言"何必曰利"，亦认为"上下交征利而国危矣"②。到了汉儒董仲舒那里，义利之辩更进一步成了人与非人之辩："天之为人性，命使行仁义而羞可耻，非若鸟兽然，苟为生苟为利己。"③重利成为实现礼、义的障碍，是祸乱之源。排斥利欲、物欲一直是受儒家伦理本位影响的中国知识分子的传统价值观，"重义轻利"价值观的经济基础是社会物质财富匮乏的小农经济，其社会心理基础是"均贫富"的理想境界。

儒家伦理体现了农业经济稳定、重复、和谐、宁静的社会特征，这种社会特征最适于封建政体的需要。于是，在中国人生存需要的基础之上，历代统治者制定了一种共同的经济政策："重农抑商"。以农为本，以商为末，实质上是儒家"重义轻利"道德观的经济行为转化形态。

道德的习俗化，是儒家伦理本位价值观在俗文化层面的表现形态。

习俗，是一个民族历史形成和专门规定而延续成习的风俗，是历史文化的一种积淀，具有俗文化特征。儒家文化作为一种农业社会的价值体系，在中国具有广泛而长久的影响力。它通过师范教育、官方意志和国民素质等因素的作用，日渐向下层社会和个人内心渗透，逐渐演化成一种社会习俗和民族心理，成为一种比法律等物化的规范更普遍、更深入也更久远的习惯力量，"忠孝节义"等伦理范畴逐渐演化成一种礼俗仪式或民间

---

① 分见于《论语》"里仁""卫灵公""子罕""里仁"篇，上海：上海古籍出版社，1991年。

② 《孟子·梁惠王章句上》，上海：上海古籍出版社，1991年。

③ （汉）董仲舒：《春秋繁露·竹林》，上海：上海古籍出版社，1989年。

规范。

据1903年发表于《大陆》杂志的文章记叙，清末有西洋人来华，对于"亲死而踊假哭如儿戏"，"复雇善哭者为之终日号，而操其业者如讴师"的习俗迷惑不解，而且视觐见皇帝"三跪九叩首诸名号，而习其劳者如体操"。作者发出慨叹："痛夫文胜之国莫不有虚伪之习俗，而我支那者尤文胜中之文胜者也；专制之国莫不以虚伪为元气，而我支那者尤专制中之专制胜者也。"而在民间，孝道演化为新娘的"哭轿"，男尊女卑演化出新婚之夜的"杀威棒"，也都是儒家伦理被习俗化的极端表现。对于每个民族成员来说，儒家思想道德的习俗化在某种程度上已经成为与生俱来的，生活中的一种固定仪式，贯穿于人的生老病死所有生活的细节。而且由于长期形成的特定的礼俗仪式，在日渐扩大的文化交流之中显得更加独特，具有巨大的文化神秘感和艺术审美性。

与习俗化相似，儒家道德的准宗教化，是儒家伦理本位价值观在俗文化层面的又一表现形态。

儒家不重视来世，没有鬼神观念，"子不语怪力乱神"，其所建构的是一种现世的道德世界。但是由于"理"的先验存在和"礼"的法律化、习俗化的现实存在，儒家伦理本位价值观被赋予一种天命权威，它融合了佛家的因果律，在传统中国人特别是中国农民心目中和日常生活中被日渐神学化。例如，皇权崇拜、等级观念和宗法意识等就形成了一个超越世俗社会的神话系统，先天地制约着中国人的思想和生活。而在代代相传的习得和神化之下，人们有意无意地形成了儒家道德观念的来世系统。在鲁迅的小说《祝福》中，祥林嫂因反抗"寡妇再嫁"不成而被迫再次成婚，最终未能实现传统社会为女性所规定的道德操守，因而惧怕死后到了阴间被阎罗锯成两半儿分给两个"死鬼"丈夫。于是，用自己多年的血汗钱到庙里捐了一条"赎罪"的门槛。当她获得这样一种"任千人踏万人跨"的屈辱资格后，她反倒认为自己已是一个符合儒教社会规范要求的"人"了。儒家道德通过"天命观"而制造愚昧，因为其专制政治学就必须建立在民众的愚昧之上。儒教不是宗教，没有严格的教规、教仪，因此没有纯正宗教传播过程中的限定性。所以与纯正宗教相比，儒家观念系统具有一个明显的优势是，具备宗教的神圣性而不具备宗教的神秘性，是世俗化的准宗教。神圣性使其获得了纯正宗教的权威性，世俗化又使其获得了纯正宗教所没有的广泛性。所以，儒家道德观念不仅高悬于殿堂之上，亦散布于穷乡僻壤之间，它渗透于中国人世代传承的血液中。

可以看出，儒家道德在历史的进程中，从各个层面和环节逐渐被神圣化、细节化，以德为上的"尚德"成为既定的传统。面对这样一种历史事实和思想传统，与早期文化选择中的政治观构成相一致，鲁迅通过思想和文化变革来推进中国文化转型和国民性改造，是适应中国传统社会"尚德"价值观的。也就是说，鲁迅是抓住了中国传统社会和文化的本质，采用"以其人之道，还治其人之身"的方式，对封建思想文化体系进行了批判。

鲁迅的"尚德"价值观也并非一元的和不变的。鲁迅从来就不是一个单纯思辨的哲学家，他是一个战士、一个现代的实践性的思想家。在他的思考中，中国的现代化过程就是一个社会整体转型的过程。不同层面具有不尽相同的变革重心、不尽一致的变革顺序。例如，鲁迅在强调形而上的道德和思想变革的同时，并没有放弃对形而下的政治规范、经济制度变革的关注，只不过他作为哲人和诗人更重视精神的变革而已。

说到底，鲁迅以传统"尚德"的价值判断方式，批判了传统道德体系本身。仅就此而言，鲁迅并没有表现出十分明显的现代意义，当我们深入到其"尚德"的价值判断的内容时，却看到了一个全新的思想家的身影。他由对传统文化的破坏走向对现代文化的建设，利用"尚德"的形式，改变"尚德"的内容。鲁迅最终以现代人类的道德体系取代了传统的非人的道德体系，由对伦理或"礼"的重视，转向对人本身的关注，从而把思想启蒙的主题移入"尚德"的形式之中。

就"尚德"与鲁迅早期以"立人"为核心的文化选择之间的关系来

说，现在可以做出这样的结论：以传统的"尚德"价值判断方式确立了反传统的价值重构内容，而这个价值内容就是逐渐明晰的对传统伦理道德的全面否定。他以思想革命为先的文化选择的确立，就是看破了"黑暗的闸门"里面封建礼教"吃人"的秘密。20世纪初，鲁迅思想革命的文化选择的确立，是对稍后发生的辛亥革命主题的预先提示，而其后的坚持和发展则又是对辛亥革命主题的事后补充。他与另外一些新文化运动的先行者一起，以思想革命的主题填补了政治革命和民族革命留下的精神空白。因为有鲁迅们在，中国近代史才变得充实。

"盗取"的现代化：鲁迅翻译活动的意义与中国社会的思想进程

如何评价鲁迅的翻译及翻译批评，并为其在中国文化史上定位，不单单是一个学术史问题，而且是一个思想史问题。因为技术问题既不是鲁迅翻译中最具特色、最有价值的部分，也不是中国近现代翻译史的主导方向。

必须看到，翻译作为两种文化符号的转换活动，与文化交流有着密不可分的关系。一部中国近现代史，正是中国文化转型的历史。文化发展的方向规约着翻译的历史，翻译是文化转型的中介和缩影。所以不站在文化史的高度就不足以看清翻译的方向，就不足以评价翻译家的历史地位。鲁迅作为中国近现代史上的文化巨人，指示着中国文化转型时期翻译的发展方向，是其历史时代翻译主流的代言人。因此，从探寻近现代翻译史的大致走向及鲁迅翻译和翻译批评的特质入手，对其做出思想史和文化史的评价，是重新走近鲁迅世界、走近历史，把握中国文化转型进程的重要途径。

一、"西学东渐"与救亡图存之路：
中国近代翻译思想史的逻辑发展

鸦片战争的失败使中国被拉进了世界历史发展的链条中，这是古代社会与现代社会的相遇，面对强势的西洋文明中国人节节败退，这个败退的过程是以军事上的失利为开端的。随着历史的展开，中国的精英们逐渐承认了自己原有文化——器物、制度、思想观念各个层面的落后，也渐渐承认了西方文化——器物、制度、思想观念各个层面的先进。翻译的发展过程就是与这一认同的演进过程同步的。中国人每承认自己的一项不足，赞叹西方文化于此项的先进时，就在这一方面进行大量的翻译引进，中国近现代翻译史乃至中西文化交流史就是在这样一种心态下展开的。因此，功利性追求从一开始就成为中国翻译史的思想起点。

首先兴起的洋务运动，是以"中学为体，西学为用"的思维方式为价值取向的。洋务派兴办兵工厂、造船厂，希望不改变中国文化的制度和观念层面，仅仅引进西方的坚船利炮即能以后者保卫前者。基于此，其时的翻译也是为这一思想所规约的。著名的江南制造总局不仅引进和制造近代机器，而且成为近代翻译的重要基地。当然，翻译的重点在兵工、科技类书，著名的翻译家有李善兰、徐寿、华蘅芳、傅兰雅、伟烈亚力、林乐知等。

随着中日甲午战争清王朝的惨败，洋务派的"坚船利炮"说宣告破产。康有为、梁启超、谭嗣同等人起而鼓吹变法，开展致力于从制度层面上改变中国落后地位的维新运动。翻译的重点也从兵工技艺、声光化电转向了政治法律及各类学术。康梁之翻译论的主张源于其急务之维新变法，翻译成为其输入精神原料的战斗的一翼，有着极强烈的功利性。

百日维新失败后，梁启超流亡日本，接触到大量西方资产阶级启蒙思想家的著作，其著名的"新民说"理论于是在此基础上形成。以对日本政治小说（本质上是西方政治小说的变种）的引入为例，他提出了翻译与国民素质之间的关系问题，这一思想对其后的翻译活动产生了重大影响，鲁迅等五四新文化运动先驱者即是这一思想的继承者、发扬者。

中日甲午战争前后，中国出现了两位从事外国思想文化译介的巨子：严复和林纾。

严复主要从事社会科学理论的译介活动。他翻译的《天演论》为中国人带来了影响深远的进化论，这一理论为后来的五四新文化运动乃至其后的社会主义运动奠定了思想基础。除《天演论》，他还翻译了亚当·斯密的《原富》、约翰·穆勒的《群己权界论》等著作，与《天演论》一起被称为"八大名译"。这八部著作的翻译，为中国引进了全新的思想意识和思想方法。前期翻译的《天演论》被他自己称为"达旨"之作，是以华美的桐城体古文意译的；后期他转向直译，但文词依然务求古雅。后期的译作影响远远不如最初的《天演论》，除其原著本身的艰涩，与其直译方式及古雅的文言翻译亦不无关系。梁启超批评他"太务渊雅，刻意摹仿先秦文体"，而不够"流畅锐达"，而严复回答说："吾译正以待多读中国古书之人。使其未睹中国之古书，而欲稗贩吾译者，此其过在读者，而译者不任受也。"①

梁启超与严复同样重视翻译的功利性，但梁启超似乎对于功利性的需求更加急切。他所求于翻译的，是易读易懂、可以广泛传播并且迅速产生作用的思想原料；而严复作为一个专职翻译者，除追求翻译的外在功利作用，还要求其工作结果的美感即"雅"，而他所理解的"雅"是建立在多读古书，具备传统文化素养之上的。在中国近现代历史上，人们对救亡和启蒙的迫切要求，决定了翻译的走向，所以严梁的争论以梁的胜利而告终，后来的白话文运动即是一个明证。

与严复同时，林纾开始了外国小说的翻译，这使他成为中国近代史上翻译西方小说的第一人。第一部译作《巴黎茶花女遗事》以其优美凄婉的

---

① 转引自陈福康《中国译学理论史稿》，上海：上海外语教育出版社，2000年，第122页。

文笔风行海内，其后便一发不可收。他一生翻译的西方小说有180余种，共1000多万字。林纾自述其翻译目的也是为救亡图存：

> 亚之不足抗欧，正以欧人日励于学，亚则昏昏沉沉，转以欧之所学为淫奇而不之许，又漫与之角，自以为可胜，此谓不习水性而斗游者尔！吾谓欲开民智，必立学堂；学堂功缓，不如立会演说；演说又不易举，终之唯有译书。[①]

必须看到，林纾对于西方小说的翻译，与梁启超、严复等人相比，具有别样的意义。由于是对文学世界的引入，使得其翻译活动对于社会的价值理解更注重人情，与前者相比，那种直接的功利性追求有所淡化。

然而，中国迫切的社会需要，使文化引进的功利性追求很快压倒了翻译上自我抒发的主张，而救亡性质的阶级革命的实践对翻译的功利要求，又压倒了文化引进的功利要求。经过20世纪20年代的论争和整合，30年代中国翻译界在翻译的目的、译名、译法等基本问题上达成了一致，文学研究会的主张成为不可逆挡的主流。同时，一些译者对"神味""神韵"的强调也补充了直译法的不足。基于中国社会实践对文艺宣传性的功利价值要求，"纯粹的白话"，即译文的通俗晓畅更加受到重视。随着中国政治革命实践的展开，民族化、大众化的译论主张渐渐被纳入政治意识形态之中，而成为具有纪律性的规章，直到20世纪80年代。

通过以上概述我们看到，中国近现代文化的转型和发展都与翻译活动的演进有着密不可分的关系。翻译作为有意识有目的的人类活动，其存在本质是功能性的，即这一活动的存在是以有利于主体的作用为前提的。中国近现代史表明，这一时期人们对翻译的要求是以它所带来的异质文化拯救民族危亡。因此，救亡是翻译活动的最根本目的。在文化引进活动本身已不足以拯救民族危亡时，翻译的目标即转向为政治革命实践的服务

---

① 林纾：《译林·序》，1901年第1期。

上来。这一时期民族精英们对民族衰亡的深深焦虑和对民族重生的殷殷期盼，使翻译无法不带有激进的功利色彩，它与汉唐之译佛经的那种平和的文化借鉴心态有着本质的不同。

近现代中西文化的碰撞与交流不仅涉及观念价值层面，还十分明显地涉及中国在政治军事上的败退这一尴尬现实。居于两种文化碰撞交流之中介位置的翻译的发展历程，很好地展示了中西文化且战且融的过程。当老大帝国的传统知识分子看到自己的军事失败时，千年沿袭的自尊使他们只能看到失败的直接原因：船不坚炮不利。于是他们组织洋务运动，翻译兵工技艺、声光化电书籍。当中国拥有的庞大舰队被击垮后，他们才肯后退一步（也是前进一步），认识并承认了以庞大军事力量为后盾的中国政治制度的黑暗和腐朽，于是开始鼓吹并组织翻译变法类、政治理论类书籍，以具体的文化行为从事维新变法运动。当这一政治改良的设想被强大的传统势力所粉碎后，他们开始痛感本民族观念文化的迂腐与落后，于是大力鼓吹西方观念文化，并进行大量的翻译介绍。

这一进程的背后隐含着一个观念：中华民族作为一个历史的延续和整体的存在，自觉为民族的重生而不断做出努力。所采取的手段都是平和的、改良的，它忽视了本民族内部尖锐的利益分歧，所以这一连串的努力都不足以在根本上改变中国，真正强力搅动局势的力量是政治革命——工农暴动。于是，转型期的文化变革，最后走上了以工农暴动为主要过程的政治变革，翻译自然也成为其意识形态宣传的重要工具。

由于在中外文化交流过程中，中国人步步后退、步步被迫自我否定，使中华民族所依附的、具有自我身份确证意义的传统文化逐渐丧失了神圣性，乃至被疏远和抛弃。对于作为一个在此种文化哺育下长成的中国人来说，这无疑是个极端痛苦的过程。所以这种自我否定每前进一步，即有强大的反对力量随之而来。对于一个尚有活力、有容纳精神的民族要争得在世界上的生存和崛起，这一自我否定进程是不可逆挡的，但是并不是说传统文化完全失去了它的价值，正是传统文化所提供的民族身份确证，使先进的民族分子有着强烈的民族责任感，使他们坚定确认自己为这一落后民族的一分子，使他们在西方文化面前感到了强烈的屈辱，也使他们为重新赢回尊严而殉身不恤。也正因为如此，他们在世界文化的原野中不停地为中国搜寻着治病药草，于是世界文化被源源不断地翻译进来，其中，有利于本民族奋进自强的成分被提炼出来，而其中对于个人人生幸福、对于整个人类关怀的部分则被弃置不顾。这是近现代历史所赋予翻译的特质，也是其局限性的深刻来源。

翻译是服务于历史的，作为一种人类活动，它必然与主体的中心情结紧紧相连。我们要评价翻译家在翻译史上的地位，无法不考察翻译家对时代情境下，主体中心情结所赋予翻译的任务的完成情况。

要评价和确认一位翻译家在翻译史上的地位，首先应明了翻译在中国特定历史时期之文化上的位置；而要明了翻译在中国特定历史时期的文化上的位置，又要明了这种文化在中国整个历史情境中的位置。因为无论翻译还是文化之建设、交流或毁坏，都不是孤立的人类活动，它必定和人类的其他活动交织在一起，为其他各种领域的人类活动所制约和影响，而所有的人类活动都受制于特定的时代愿望和信仰。

一部中国近现代史，是古老的中国古代社会与先进的西方社会碰撞后，所发生的政治、经济、文化的嬗变史。中国借鉴外来西方文化，是为了催生一种令人向往的存在。从这个角度说，中国转型期文化是存在的母亲。由此，中国社会的转型是从文化转型开始的，中国近现代社会的发展是文化先行的。

这一古老社会的文化转型肩负着挽救民族危亡、促进中国社会近现代化的重任。这一文化转型并不是由中国传统文化干净利落地转变成西方文化。因为无论如何，它是由有着强大的历史文化遗留的中国人自己完成的，它不可能完全摆脱传统的影响；西方文化的一些弊端已暴露无遗，也不可能全盘照搬；而且在自身危急的时刻，一些对人类的终极关怀和对个人细致理解的部分也不可能进入他们的视野。这种特定的历史情势所导致的是一种充满危机意识的救亡文化。这种新型的文化一面要面对传统文化保守势力的压力，一面要面对西方列强的窥视，必然带有激进的色彩。它为中国近现代社会所做出的贡献和它所带来的弊病，都是由这一危急的历史情境造成的，是一种迫不得已同时也是毅然决然的选择。

在这一文化转型过程中，各个阶级阶层的人物纷纷登上历史舞台，从事各式各样的文化或政治活动。这些活动无疑都是由文化转型催生的，同时这些活动又在某种程度上塑造了转型中的中国文化，如康梁的维新变法，孙中山、蒋介石的民主革命，毛泽东的工农革命等。他们基于对中国社会的理解和对中国未来的期望，提倡甚至创造着不同的文化。

在新文化建设的初期，是以文化交流为主的翻译的主要任务（"任务"是一个权宜的说法，新文化本身是人类的创造物，它不具有主体性，还会下达"任务"，所谓"任务"，是翻译家及后来学者对历史情境下正确的行为选择的理解）是引进西方文化，同时对中国传统文化展开批判。当文化革命本身不足以救亡，新文化的传播催生出的政治革命成为历史的主角时，文化革命就成为政治革命之一翼，其内容和形式也就浸满了政治革命的色彩。自然而然，翻译也就成了为政治革命服务的手段。

通过以上对近现代史上文化及翻译大致发展态势的考察，结合以上对鲁迅翻译及翻译批评特质之分析，我们就可以对鲁迅在翻译史乃至文化发展史上的地位做出适当的评价了。

二、思想启蒙与政治革命的一翼：
鲁迅翻译及翻译批评功利观的确立

　　鲁迅的翻译及翻译批评，是中国近现代翻译思想史的逻辑发展以及中国社会和文化近代化过渡和转型的重要标志。他最自觉地执行并深化着近现代史上翻译的主题任务，通过自己的翻译活动，把20世纪中国最重大的两个主题——"思想启蒙"和"政治救亡"做了一致性的思考，从而使中国近代翻译史成为中国思想史的真正组成部分。

　　如前所述，从洋务派组织翻译兵工科技开始，中国近代史的翻译目的就被定位在救亡图存上。康有为、梁启超、严复等人都以翻译作为救亡图存的工具，政治意义、种族意义在翻译思想中占据重要位置。思想是有惯性的，这惯性不仅体现在个人的精神历程中，更体现在一种文化的历史中。按照中国近代翻译思想的逻辑发展，鲁迅最初作为近代中国翻译思想史中救亡图存传统的自觉继承者的角色，远比作为思想启蒙者的角色来得明显。

　　鲁迅于1903年翻译出版了凡尔纳的《月界旅行》，开始了他的翻译生涯。至1936年5月译成《死魂录》第二部第一章为止，一生译介工作历时32年有余，贯穿了他的创作生涯。共有译作30余部，另有零散短篇译作70余篇，计320余万字（包括译后附记、前记、小引、译者序等）。最初的《月界旅行》《地底旅行》《域外小说集》，以及《裴彖飞诗论》《艺术玩赏之教育》《社会教育与趣味》《儿童之好奇心》等为文言，其余皆为白话。

　　中国近现代史上所遭遇的民族危机，使中国人面临着一个两难选择：如果保持自己的文化本色，以这种文化本色确证自己作为这一民族的身份，则将随这一文化的衰亡而灭亡；如果改变自己的文化特色，学习西方的长处，虽有望兴盛发达，可兴盛发达的是西洋之人还是作为中华民族的"我"？人的存在，是一种文化性的存在。但是，是人的存在第一还是它的文化性第一？对这一问题的不同回答导致了中国知识分子不同的文化选择。

国粹派所固守的正是在世界民族中确证自我身份的传统文化，担心着"中国人"这一名目的消灭。陈寅恪在为王国维写的悼文里说："凡一种文化值衰落时，为此文化所化之人，必感苦痛，其表现此文化之程度愈宏，则其所受之苦痛亦愈甚。""盖今日之赤县神州值数千年未有之巨劫奇变，劫尽变穷，则此文化精神所凝聚之人，安得不与之共命而同尽？"①其眷恋凄怆，几不忍睹。然而这一选择虽壮烈，亦不免于灭亡。

鲁迅则做出了截然不同的选择，他很快就对传统文化做出了明确的否定：

> 我有一位朋友说得好："要我们保存国粹，也须国粹能保存我们。"
>
> 保存我们，的确是第一义。只要问他有无保存我们的力量，不管它是否国粹。②
>
> 我们目下的当务之急，是：一要生存，二要温饱，三要发展。苟有阻碍这前途者，无论是古是今，是人是鬼，是《三坟》《五典》，百宋千元，天球河图，金人玉佛，祖传丸散，秘制膏丹，全都踏倒他。③

生存第一，文化第二。为了生存，原有的文化可以踏倒，再建立一种适应生存的新文化。

---

① 陈寅恪：《王观堂先生挽词附序》，北京：三联书店，2001年，第13页。
② 鲁迅：《热风·随感录三十五》，见《鲁迅全集》第1卷，北京：人民文学出版社，2005年，第322页。
③ 鲁迅：《华盖集·忽然想到（六）》，见《鲁迅全集》第3卷，北京：人民文学出版社，2005年，第47页。

鲁迅在《文化偏至论》中提出了创建这一文化的理想性原则："此所为明哲之士，必洞达世界之大势，权衡较量，去其偏颇，得其神明，施之国中，翕合无间。外之既不后于世界之思潮，内之仍弗失固有之血脉，取今复古，别立新宗……"既然要"洞达世界之大势，权衡较量，去其偏颇，得其神明"①，则翻译——世界文化的引进——自然成为实践这一理想性原则的重要手段和前提，成为建立新文化则是翻译的原动力，而挽救民族危亡则是建立新文化的动机。由此，翻译最终是受制于中国人"救亡"的中心情结的。

按照中国近代翻译思想的逻辑发展，鲁迅在他的第一部译作《月界旅行》的《辨言》里，就确立了自己基本的翻译价值观："我国说部，若言情谈故刺时志怪者，架栋汗牛，而独于科学小说，乃如麟角。智识荒隘，此实一端。故苟欲弥今日译界之缺点，导中国人群以进行，必自科学小说始。"②很明显，这种表述在思想和语句上，都与梁启超的《论小说与群治之关系》有着直接的联系。无论是对于文学还是科学，鲁迅都持有一种明确的功利目的。

要建立新文化，就要一面引进外国文化的新因素，一面铲除旧有文化的痼疾。这是一场文化革命，翻译在其中承担着破旧、迎新这两项任务。鲁迅在其早期的翻译活动中，一面广泛翻译介绍外国文学作品和文艺理论，一面在外国文化中寻找批判传统文化痼疾的武器。

应该说，鲁迅通过翻译活动对外来思想和文化进行引入，其中是有着不同内容和阶段的。前期的引入以艺术性、思想性的内容为主，后期在保持原有内容的基础之上，又加入了政治性的内容。

在《〈一个青年的梦〉译者序二》中，鲁迅说："所以我以为这剧本

---

① 鲁迅：《坟·文化偏至论》，见《鲁迅全集》第1卷，北京：人民文学出版社，2005年，第57页。

② 鲁迅：《译文序跋集·〈月界旅行〉》，见《鲁迅全集》第10卷，北京：人民文学出版社，2005年，第164页。

种价值尺度的确立。鲁迅以此为标准，确定了自己始终不渝的思想启蒙的内容和文化批判的对象。

以知识者思想启蒙为主张的新文化革命是有着自身局限的。用以"立人"的新的文化，在鲁迅心中的蓝图里，只有一种理想性原则："外之既不后于世界之思潮，内之仍弗失固有之血脉"，但它的具体内容是付之阙如的。如前所述，鲁迅对科学和民主是存疑的，他所看重的独有"新神思宗"，而"新神思宗"是对西方文明的警示性批判，也没有可以具体操作的理想的文化内容。鲁迅通过其早期的翻译活动所表现出的改造社会的基本思路，还是基于人自身的道德完善。他要人们"自己背着因袭的重担，肩住了黑暗的闸门，放他到宽阔光明的地方去……"①他要人们"我们还要发愿：要人类都受正当的幸福"②。他鼓吹武者小路实笃的思想："人人都是人类的相待，不是国家的相待，才得永久和平，但非从民众觉醒不可。"③这种要人们首先通过自省，摇身一变而为新人，世界由此而成为一个新世界的想法未免太天真，因为不是每个人都对世界不满并寻求改变的。所以，鲁迅的这一文化革命理想之不能圆满实现是注定的，鲁迅中期的翻译作品中那种悲怆迷茫而又不肯绝望的气息也正源于此。但是它鼓起了被压迫者的激情，使他们睁开了眼睛，或在一定程度上促生了政治革命的意识，其历史作用是不可低估的。

如前所述，鲁迅所从事的文化革命的动机是救亡，当他感到文化革命不足以担此重任时，他只能另寻出路："各种文学，都是应环境而产生的，推崇文艺的人，虽喜欢说文艺足以煽起风波来，但在事实上，却是政

---

① 鲁迅：《坟·我们现在怎样做父亲》，见《鲁迅全集》第1卷，北京：人民文学出版社，2005年，第145页。

② 鲁迅：《坟·我之节烈观》，见《鲁迅全集》第1卷，北京：人民文学出版社，2005年，第125页。

③ 鲁迅：《译文序跋集·〈一个青年的梦〉》，见《鲁迅全集》第10卷，北京：人民文学出版社，2005年，第209页。

治先行，文艺后变。倘以为文艺可以改变环境，那是'唯心'之谈，事实的出现，并不如文学家所预想。"①

鲁迅的思想是具有连贯性的，在连贯之中又是不断丰富和发展着的。20世纪20年代后期，随着中国社会政治格局的变化，鲁迅的思想也发生了变化。在原有的思想启蒙和道德救赎的基础上，加入了政治革命和阶级斗争的新内容。这一方面来自鲁迅自身思想认识的深化，同时也与社会的思想环境和现实环境的强迫有直接的关系。在此之后，他对于外来思想和文化的输入有了更加明确的政治意识。

在《祝中俄文字之交》中，通过对生活情趣和思想武器的引入相比较，对于苏俄文学的译介，鲁迅具有明确的政治目的："包探，冒险家，英国姑娘，非洲野蛮的故事，是只能当醉饱之后，在发胀的身体上搔搔痒的，然而我们的一部分青年却已经觉得压迫，只有痛楚，他要挣扎，用不着痒痒的抚摩，只在寻切实的指示了。那时就看见了俄国文学。那时就知道了俄国文学是我们的导师和朋友。"②在《且介亭杂文·答国际文学社问》中，鲁迅进一步表明了译介的政治功利目的："我看苏维埃文学，是大半因为想介绍给中国，而对于中国，现在也还是战斗的作品更为紧要。"③

在翻译活动的后期，鲁迅被创造社"挤"着看了几本马克思主义文艺论著，思想有了较大转变，由上述引文中已经可以看出，他认识到文化革命的局限，开始鼓吹"政治先行"了。但他转向政治革命并不是直接去参加战斗，而是自觉地使自己所从事的文化革命服从于政治革命。所以他后

---

① 鲁迅：《三闲集·现今的新文学的概观》，见《鲁迅全集》第4卷，北京：人民文学出版社，2005年，第137页。

② 鲁迅：《南腔北调集·祝中俄文字之交》，见《鲁迅全集》第4卷，北京：人民文学出版社，2005年，第473页。

③ 鲁迅：《且介亭杂文·答国际文学社问》，见《鲁迅全集》第6卷，北京：人民文学出版社，2005年，第19页。

期的翻译活动从广泛介绍外国文化，转向集中引进苏俄文学和马克思主义文艺理论，使其成为政治革命之一翼。对马克思主义的信仰和对无产阶级革命的认同，使"外之不落后于世界思潮，内之仍弗失固有之血脉"的新文化原则有了充实的内容——无产阶级革命意识形态。由此，鲁迅的"立人"思想变成培养无产阶级战士的手段。先进知识分子站在社会文化的前沿，"一导众从"，窃来"天火"提升无产者的信仰，鼓舞他们的斗志，促使他们战斗，建成一个全新的社会。鲁迅后期译著甚丰，与他这种坚定乐观的心态不无关系。

在最初介绍外国文学时，鲁迅就侧重介绍东南欧等弱小民族的文学，认为被压迫者的呻吟和呐喊易为中国引为同调。他以东南欧弱小民族及苏俄文艺作品的翻译，给中国带来了呻吟、"战叫"、铁与火，也就是在国人的情感中注入仇恨和反抗。这不仅开辟了一个翻译领域，而且鼓舞了国内被压迫者反抗的热情，强烈冲击了中国传统文化的"和合""内倾"的痼疾。而晚期对苏俄文艺作品的翻译，又构筑了无产阶级文学翻译的主潮。这不仅是一个全新的领域，而且以其尚力的精神对中国传统文化的和合性、内倾性形成了强有力的冲击，为新型文化的建立拓展了道路。鲁迅早在《摩罗诗力说》中就曾指出："中国之治，理想在不撄，而意异于前说（按：指摩罗宗之说）。有人撄人，或有人得撄者，为帝大禁，其意在保位，使子孙王千万世，无有底止，故性解（Genius）之出，必竭全力死之；有人撄我，或有能撄人者，为民大禁，其意在安生，宁蜷伏堕落而恶进取，故性解之出，亦必竭全力死之。"[①]

中国的和合文化，重在调节人内心的和与外在人际关系的调和，容易造成人心的僵死和"借众以陵寡"的倾向，而"借众以陵寡"的倾向又助长了个体求诸自我，以心灵的内在冲突化解外在矛盾的倾向。这样就会缺少对世界的改造而形成人与自然、人与社会之间的低层次和谐，由此造成

---

① 鲁迅：《坟·摩罗诗力说》，见《鲁迅全集》第1卷，北京：人民文学出版社，2005年，第70页。

人的适应力极强而对环境的控制力、改造力极弱的现象，所以中国传统文化与斗争型、外向型的西方文化一碰撞就败下阵来。同时，这种内倾性文化对道德完善性的极高要求和对肉身自然要求的高度压抑，是常人难以承受的，这就助长了中国人人格的虚伪。鲁迅翻译具有高度鼓动性的呻吟、"战叫"、铁与火的外国文学作品以之"撄"中国的人心，使他们看到外在世界的黑暗，鼓舞起战斗的勇气，这正是对传统的内倾、和合文化的一次有力冲击和反拨，为中国文化注入了一剂强心剂。唐君毅认为，西方文化先裂而后求合，先有异而求同。而中国文化则自始不裂，未尝有异，鲁迅把这种尚力、尚反抗的作品译介到中国，在某种程度上打破了中国传统文化所维持的低层次和谐，使中国走上了裂而求合的世界化道路。

鲁迅这种对外来文化的引入，有时不只是为了其内容自身，而是为改变一种思维方式。在《现代新兴文学的诸问题》的译者"小引"中，鲁迅说："新潮之进中国，往往只有几个名词，主张者以为可以咒死敌人，敌对者也以为将被咒死，喧嚷一年半载，终于火灭烟消。……现在借这一篇，看看理论和事实，知道势所必至，平平常常，空嚷力禁，两皆无用，必先使外国的新兴文学在中国脱离'符咒'气味，而跟着的中国文学才有新生的希望——如此而已。"①这是对苏俄文学理论输入的一种现实性理解，所纠正的不仅仅是思想内容。

以上是鲁迅关于翻译动机的具体论述，可视为鲁迅翻译观的直接显示。从引进科学、引进异域"文述新宗"、引进充满"童心和美"的童话、引进血与火的苏俄文学、引进马克思主义文艺理论上，我们可以看出鲁迅的翻译目的在于把中国传统文化所缺少的文化因素输入进来，借助日本近代文化、西洋文化对中国传统文化的痼疾进行批判和改造。目的在

---

① 鲁迅：《译文序跋集·〈现代新兴文学的诸问题〉》，见《鲁迅全集》第10卷，北京：人民文学出版社，2005年，第321～322页。

于"从文艺推出人生"①，在于以翻译为工具建立一种新文化，以翻译活动帮助中国人改造社会和改造自身的实践活动。鲁迅翻译活动的背后，隐藏着急切的救亡情结。对完成救亡这一任务的道路的不同选择决定了他的翻译内容和翻译方式，对中国传统文化的不满，对西方文化的基本肯定以至信仰，使他坚守着直译方式，也使他的翻译具有密切服务现时实践的特质。

应该看到，在鲁迅漫长的翻译生涯中，其翻译思想虽然有一个变化、转移过程，但是基本观念是既定的，那就是以思想启蒙与政治救亡为目的的功利翻译观。无论是思想启蒙还是政治救亡，其思想动机都是功利性的，都起点于作家的社会使命感和责任感。与鲁迅同时的早期创造社的翻译家，多注重自我情感的投入和抒发，主张为艺术而艺术，强调翻译的无功利性。郭沫若就曾批判对翻译功利性的强调是"阻遏人的自由"，是"专擅君主的态度"②；与鲁迅一起提出直译主张的周作人也强调翻译的个人趣味性，从他译著的内容即可见一斑（周作人的译著多为民间故事、古希腊悲剧、日本狂言等，对现实政治有切实相关者较少）。与郭沫若、周作人等一些同时代人相比，鲁迅自始至终坚守着翻译服务于政治救亡和思想启蒙的主张，并以终生的翻译服务于此。可以说，鲁迅的翻译比其创作表现出更强烈的功利性色彩。

以上对鲁迅翻译及翻译批评活动做了大致的扫描，做的是累积展示材料的工作。在此基础上，联系鲁迅整个创作生命中所展现出来的文化态度乃至生命态度，就可以对这些材料进行一种解说，即把它们纳入鲁迅整个生命过程中考察，就更能看清鲁迅翻译及翻译批评的独特内质及其由来。

---

① 鲁迅：《而已集·〈尘影〉题辞》，见《鲁迅全集》第3卷，北京：人民文学出版社，2005年，第571页。

② 郭沫若：《论文学的研究与介绍》，载《时事新报·学灯》，1922年7月27日。

三、"直译"：鲁迅对外国文化原质性的寻求

鲁迅是主张"直译"的。对此，我们不能做一般的方法论的理解，它包含深刻的文化意义。鲁迅在《且介亭杂文二集·题未定草（二）》中说：

> 还是翻译《死魂灵》的事情。……动笔之前，就先得解决一个问题：竭力使它归化，还是尽量保存洋气呢？日本文的译者上田进君，是主张用前一法的。他以为讽刺作品的翻译，第一当求其易懂，愈易懂，效力也愈广大。所以他的译文，有时就化一句为数句，很近于解释。我的意见却两样的。只求易懂，不如创作，或者改作，将事改为中国事，人也化为中国人，如果还是翻译，那么，首先的目的，就在博览外国的作品，不但移情，也要益智，至少是知道何地何时，有这等事，和旅行外国，是很相像的：它必须有异国情调，就是所谓洋气。其实世界上也不会有完全归化的译文，倘有，就是貌合神离，从严辨别起来，它算不得翻译。凡是翻译，必须兼顾着两面，一当然力求其易解，一则保存原作的丰姿，但这保存，却又常常和易懂相矛盾：看不惯了。不过它原是洋鬼子，当然谁也看不惯，为比较的顺眼起见，只能改换他的衣裳，却不该削低他的鼻子，剜掉他的眼睛。我是不主张削鼻剜眼的，所以有些地方仍然宁可译得不顺口。①

这是鲁迅对自己直译法的最好概括。

近代以来，在翻译方式上，一开始无论是翻译者还是接受者，都运用着自己所惯熟的方式进行翻译和阅读。这时候传统习惯和自傲心理还很强大，直译和白话注定是不被接受的。西方文化的浸入是个渐进的过程，在

---

① 鲁迅：《且介亭杂文二集·题未定草（二）》，见《鲁迅全集》第6卷，北京：人民文学出版社，2005年，第365页。

初始阶段，桐城体古文的意译已足以让曾经闭目塞听的国人感到，西方文化绝不是以前所想象的那种粗鄙的蛮夷文化。当他们渐渐从西方文化中发现异彩时，就会校正自己自负、封闭的偏见，这就给直译的出现打下了基础。当人们感到意译有以本土文化改编涂抹西方文化的嫌疑，而想见识一下西方文化的原貌时，直译就应运而生了。但如前所述，中国历史进程从文化革命过渡到政治革命阶段后，政治革命实践所要求于文艺的宣传性，不仅使翻译的内容为之一变，也使难以避免生硬、隔阂的直译方式向明白晓畅、通俗易懂的"民族形式"靠拢，变得不是纯粹的直译了。

当年，也许正是因为林纾不懂外文，其深厚的桐城古文功底才得以全部显现。译文流畅优美，甚至胜于原文，所以容易流传。但是也正是由于他不懂外文，所以误译很多，而且选译不精，多为西方二三流作品。加之他抱守桐城体古文、唐小说的残韵，成为新文化运动先驱者钱玄同、刘半农著名的"双簧信"攻击的重要对象。刘半农在信中的一段话非常有意义："第三层是林先生之所以能成其为'当代文豪'，先生之所以拜林先生，都因为他'能以唐代小说之神韵……译外洋小说'，不知这件事，实在是林先生最大的病根。……当知译书与著书不同，著书以本身为主体，译书应以原本为主体；所以译书的文笔，只能把本国文去凑就外国文，决不能把外国文字的意义神韵硬改了来凑就本国文。"①

像当时日本译介西方政治小说一样，晚清的翻译也是以意译为主的。译者经常可以对原文进行增删、颠倒次序、改变原文语言风格等（在政治小说的译介中，被称之为"豪杰译"），林译小说和严复的"达旨"之作即是其代表，而前文所引述的刘半农对林纾的批评，其观点则出自对直译的推崇。直译方式的首次力倡及实践者，即为鲁迅、周作人兄弟二人。他们于1909年出版的《域外小说集》即是不折不扣的直译之作。在《序言》中，他们对翻译的动机和方法做了如下说明：

① 转引自陈福康：《中国译学理论史稿》，上海：上海外语教育出版社，2000年，第209页。

《域外小说集》为书，词致朴讷，不足方近世名人译本。特收录至审慎，迻译亦期弗失文情。异域文术新宗，自此始入华土。使有士卓特，不为常俗所囿，必将犁然有当于心，按邦国时期，籀读其心声，以相度神思之所在。则此虽大涛之微沤与，而性解思维，实寓于此。中国译界，亦由是无迟莫之感矣。①

从这段颇具自信的序言中可以看出，周氏兄弟是抱着介绍"异域文术新宗"、给中国译界引入"性解思维"、挽救中国译界"迟莫之感"的功利目的进行翻译的，而其采用的翻译方法则是力图"弗失文情"的直译。他们的直译主张及实践在当时并未收到预期的效果，《域外小说集》两册只售出41本。但"直译"无论是作为一种方法，还是作为一种观念登上中国翻译史的舞台，却具有划时代的意义。

鲁迅所主张和实践的直译方式，是近代翻译史上的革命，是中国引进外国文化的"直通车"。

晚清以来的意译翻译，使保守的中国人容易接受被中国文化包装过的西方文化，容易产生文化思想的认同感，降低文化传播和接受的异质感，但是这种经过包装的"西方文化"已失去它作为西方文化的真味。严格说来，中国人通过改造后的翻译作品已经无法了解西方文化的真貌，也就难以吸取它的精髓。

对西方文化的防范心理，在洋务派的译论中即已开始显露："戒袭用外国无谓名词，以存国文，端世风"，"倘中外文法参用杂糅，久之必渐将中国文法字义尽行改变，恐中国之学术风教，亦将随之俱亡矣"②。这

---

① 鲁迅：《译文序跋集·〈域外小说集序言〉》，见《鲁迅全集》第10卷，北京：人民文学出版社，2005年，第168页。

② 转引自陈福康：《中国译学理论史稿》，上海：上海外语教育出版社，2000年，第81页。

种对外来文化的防范心理严重阻碍着原质外国文化的引进，不利于中外文化的深入交流。鲁迅、周作人的直译主张及实践撕破了传统文化遮蔽西方文化的面纱，使国人看到了西方文化的原貌，这是对外来文化进行认真审视与借鉴的一次飞跃。其后，鲁迅从事了大量的外国文学及文学理论的翻译工作，最后转向苏俄文学和马克思主义文艺理论的翻译工作，成为左翼译界的执牛耳者。与鲁迅不同，周作人则仍然沿着原初翻译活动的思想起点行驶，在外国民间故事、古希腊悲剧、日本狂言等的翻译方面取得了突出的成就。

由于原始思维的遗留，中国传统文化带有较强的模糊性、直觉性。这种思维短于精确的推理和分析，所以中国人的实践活动往往只能依靠经验的教条。当全新的环境出现时，经验的教条失去效用，分析推理的素质却不具备，则被动挨打就是当然的了。鲁迅所强调的"真""睁了眼看"，就是对这一思维习惯的警醒和补救，而他通过翻译所引入的，正是对外在世界具有清醒的理性认知的外国文化。鲁迅用此催生中国人清醒的理性思维以及由这一思维方式所带来的认真的生命态度，为此译介者不惜采用直译而让读者费力吃苦。这是中国人自觉的意识提升，是一次深刻的文化内省和改造行动。

鲁迅的直译主张及实践是基于对中外文化的深刻理解之上的选择，其目的是引进外国文化的原质。因此，他对直译的传播效果是有着清醒的自觉认识的。同时，他寄希望于读者的理解——基于提升本民族文化水准和价值的共同愿望。

应该说，与翻译的功利观不同，鲁迅的直译主张和实践并不是从一开始就十分明确的。在《月界旅行辨言》中，译者说："《月界旅行》原书，为日本井上勤氏译本，凡二十八章，例若杂记。仿截长补短，得十四回。初拟择以俗语，稍逸读者之思索，然纯用俗语，复嫌冗繁，因参用文言，以省篇页。其措词无味，不适于我国人者，删易少许。""截长补短""删易少许"是十足的晚清译法，但鲁迅认为这种翻译方式对于科学小说倒是适合的："盖胪陈科学，常人厌之，阅不终卷，辄欲睡去，强人所难，势必然矣。惟假小说之能力，被优孟之衣冠；则虽析理谈玄，变能浸淫脑筋，不生厌倦……故掇取学理，去计而谐，使读者触目会心，不劳思索，则必能于不知不觉间，获一斑之智识。破遗传之迷信，改良思想，补助文学，势力之伟，有如此者！"《月界旅行》《地底旅行》这样的"科学小说"，似现在的科普读物，其接受对象为一般大众，要在消闲中长见识，也只能采取这种他们喜闻乐见的方式。而他的译作《斯巴达之魂》也同晚清的一般翻译一样，具有再创作的性质。

从《域外小说集》开始，鲁迅公开声明并实践了他著名的"直译法"。据陈福康考证，当时并未提"直译"二字，用的可能是"对译"的提法。但"直译"的意义已全部显现①。必须注意到，鲁迅翻译方式改变的时期正是其文化观发生重大变化的时期，也就是说，是文化观的变化引起了翻译法的变化。所以，就不能简单从翻译学、翻译法的角度，来理解鲁迅的"直译"。

《域外小说集》之后，鲁迅的译作基本上属于直译。他几乎在所有译作的序言或后记中都阐明了这一点：

1．《译了〈工人绥惠略夫〉之后》："除了几处不得已的地方，几乎是逐字译。"②

2．《苦闷的象征·引言》："文句大概是直译的，也极愿意一并保存原文的口吻。"③

3．《出了象牙塔·后记》："文句仍然是直译，和我历来所取的

① 见陈福康：《中国译学理论史稿》，上海：上海外语教育出版社，2000年，第289页。

② 鲁迅：《译文序跋集·〈工人绥惠略夫〉》，见《鲁迅全集》第10卷，北京：人民文学出版社，2005年，第184页。

③ 鲁迅：《译文序跋集·〈苦闷的象征〉》，见《鲁迅全集》第10卷，北京：人民文学出版社，2005年，第257页。

方法一样；也竭力想保存原书的口吻，大抵连语句的前后次序也不甚颠倒。"①

4. 《文艺与批评译者附记》："从译本看来，（笔者按：应指日译本，鲁迅之译文为间接译），卢那卡尔斯基的论说就已经很够明白，痛快了。但因为译者的能力不够和中国文本来的缺点，译完一看，晦涩，甚而至于难解之处也真多；倘将仂句拆下来呢，又失了原来的精悍的语气。在我是除了还是这样硬译，只有'束手'这一条路——就是所谓'没有出路'了，所余的唯一希望，只在读者还肯硬着头皮看下去而已。"②

5. 《文艺政策·后记》："但我自信并无故意的曲译……却决不有所增减，这也是终究'硬译'的一个原因。自然，世间总会有较好的翻译者，能够译成既不曲，也不'硬'或'死'的文章的，那时我的译本当然就被淘汰，我就只要填这从"无有"到"较好"的空间罢了。"③

······

严格说来，直译和意译作为翻译的两种基本方式，是无所谓优劣的。语言是文化的重要载体和形式，在异质文化间的碰撞和交流中，语言的翻译成为必不可少的工具。由于语言本身即是文化的一种形式，所以语言符号的转换本身即是对异质文化的认识和改造，而以翻译语言呈现出的本来由被翻译语言所承载的文化，更是带来了全新的认识内容和认识方式。一种相对封闭、稳定的文化，其内部蓄积着大量的固有观念和旧有认知方式，其"前理解"的凝固的大量沉积，势必造成这种文化本身发展的障碍，即"前理解"的凝固和沉积影响着理解的更新，影响着再理解的

---

① 鲁迅：《译文序跋集·〈出了象牙之塔〉》，见《鲁迅全集》第10卷，北京：人民文学出版社，2005年，第271页。

② 鲁迅：《译文序跋集·〈文艺与批评〉》，见《鲁迅全集》第10卷，北京：人民文学出版社，2005年，第329~330页。

③ 鲁迅：《译文序跋集·〈文艺政策〉》，见《鲁迅全集》第10卷，北京：人民文学出版社，2005年，第342页。

发生，而翻译所带来的异质文化的不同认识内容和认知方式，则冲击着原有文化的"前理解"，使原有文化增强了反思力和容纳力，从而促进理解的深化和更新。所以翻译是一种促进文化发展的重要活动，是不同文化系统之间相互理解和融合的过程。但是，由于原有文化"前理解"的强大作用，在翻译过程中，会带来外来文化本身独特信息的大量丧失，而又被附加上原有文化的大量信息，即在翻译过程中原有文化对外来文化进行了以自身为模式的改造。这就使读者戴上了有色眼镜（更不用说读者本身就戴着有色眼镜了）。从根本上说，这是一个不可避免的现象，从来就没有理想上的等值翻译和等值传播，但不同的翻译方式所带来的原有文化信息损耗量和本土文化信息附和量是不同的。我们是否可以这样说：当一种翻译以外来文化为本位，尽量保存其信息的原貌时，就是直译；当一种翻译以固有文化为本位，尽量以固有文化为模式对外来文化进行改造时，即为意译。由此可见，直译绝不单纯是一种翻译方法和语言形式的选择。究其根本，是对异质文化的一种认同尺度。

毫无疑问，任何翻译都没有百分之百的直译，也没有百分之百的意译；直译无法避免外来文化信息的损耗和被改造，意译也无法完全将外来文化恢复到固有文化的原貌。就承载信息的原质性来说，直译对文化交流的作用要大于意译。但从传播的角度来说则正相反，直译所带来的外来文化的陌生与隔阂会导致读者心理上的拒斥，从而不利于其传播；意译所带来的经过处理的外来文化具有某种亲切感，则有利于其传播。至于译者对直译和意译之采取，则与翻译者对本土文化与外来文化的态度有关。当翻译者深深眷恋着本土文化，并认为外来文化的引入会对本土文化构成威胁时，他往往愿意选择意译的方式，以自己对外来文化的本土化改造作为一道栅栏，防止外来文化的长驱直入；当翻译者对本土文化充满不满，而对外来文化充满信任和期待时，他往往愿意采取直译的方式，以尽量保持外来文化的原质性。还有一种情况，就是翻译者对本土文化充满自信，对外来文化也充满好奇时，也愿意采取直译的方式，如汉译佛经。但最后这种情况与中国近现代史关联不大，中国近现代史上只能出现前两种情况。

鲁迅选择直译的方式，是基于他对中西文化深刻理解及其对中国传统文化所采取的激烈批判态度。他最痛恨的就是中国传统文化的"糊涂"、无是非观。很明显，鲁迅所批判的不仅是传统文化的思想内容，也包括由内容所带来的思维方式："糊涂主义，唯无是非观等等——本来是中国的高尚道德。"[1]"中国人的不敢正视各方面，用瞒和骗，造出奇妙的逃路来，而自以为正路。"[2]

鲁迅认为，这种无人思考、无人睁眼看的糊涂观中所传下来的道理，"实在无理可讲；能用历史和数目的力量，挤死不合意的人"[3]。

这种糊涂观作为一种人生观，它渗透于人的精神活动的各个方面。表现在文艺创作上，就是鲁迅所说的"作文的秘诀"："作文真就毫无秘诀么？却也并不。……简而言之，实不过要做得'今天天气，哈哈哈……'而已。这是说内容。至于修辞，也有一点秘诀：一要蒙胧，二要难懂。"[4]表现在翻译上，就是鲁迅在《几条"顺"的翻译》中所列举的"糊涂译"，鲁迅一连用了两个"我们姑且模模胡胡罢"[5]。

鲁迅认为，这种糊涂文化不仅自己糊涂，还具有极强的同化力。将外国文化的真貌涂抹得一塌糊涂，所以新声不起，旧习依旧：

---

① 鲁迅：《准风月谈·难得糊涂》，见《鲁迅全集》第5卷，北京：人民文学出版社，2005年，第392页。

② 鲁迅：《坟·论睁了眼看》，见《鲁迅全集》第1卷，北京：人民文学出版社，2005年，第254页。

③ 鲁迅：《坟·我之节烈观》，见《鲁迅全集》第1卷，北京：人民文学出版社，2005年，第129页。

④ 鲁迅：《南腔北调集·作文秘诀》，见《鲁迅全集》第4卷，北京：人民文学出版社，2005年，第629页。

⑤ 鲁迅：《二心集·几条"顺"的翻译》，见《鲁迅全集》第4卷，北京：人民文学出版社，2005年，第351页。

> 加以旧染既深，辄以习惯之目光，观察一切，凡所然否，谬解为多，此所为呼维新既二十年，而新声迄不起于中国也。①

> 可怜外国事物，一到中国，便如落在黑色染缸里似的，无不失了颜色。②

> 我想，我们中国本不是发生新主义的地方，也没有容纳新主义的处所，即使偶然有些外来思想，也立刻变了颜色，而且许多论者反要以此自豪。我们只要留心译本上的序跋，以及各样对于外国事情的批评议论，便能发见我们和别人的思想中间，的确还隔着几重铁壁。他们是说家庭问题的，我们却以为他鼓吹打仗；他们是写社会缺点的，我们却说他讲笑话；他们以为好的，我们说来却是坏的。若再留心看看别国的国民性格，国民文学，再翻一本文人的评传，便更能明白别国著作里写出的性情，作者的思想，几乎全不是中国所有。所以不会了解，不会同情，不会感应；甚至彼我间的是非爱憎，也免不了得到一个相反的结果。③

鲁迅对这"糊涂"的染缸文化主宰下的中国前景深感忧虑："恃着固有而陈旧的文明，害得一切硬化，终于要走到灭亡的路。"④

要挽救民族危亡，一方面要"别求新声于异邦"，一方面就要求"真"，"睁了眼看"："只有真的声音才能感动中国的人和世界的人；

---

① 鲁迅：《坟·摩罗诗力说》，见《鲁迅全集》第1卷，北京：人民文学出版社，2005年，第101页。

② 鲁迅：《热风·随感录四十三》，见《鲁迅全集》第1卷，北京：人民文学出版社，2005年，第346页。

③ 鲁迅：《热风·随感录五十九"圣武"》，见《鲁迅全集》第1卷，北京：人民文学出版社，2005年，第371页。

④ 鲁迅：《译文序跋集·〈出了象牙之塔·后记〉》，见《鲁迅全集》第10卷，北京：人民文学出版社，2005年，第269页。

必须有了真的声音，才能和世界的人同在世界上生活。"①所以说，求"真"是构成鲁迅直译翻译观的主要思想基础。在这种思想的支配下，鲁迅对直译的追求与对中国传统文化虚伪性的批判便保持一致。在《作文的秘诀》中，鲁迅借作文揭露中国文化的虚伪性，也借"白描"的手法作为治疗这一虚伪病的药方："'白描'却并没有秘诀。如果要说有，也不过是和障眼法反一调：有真意，去粉饰，少做作，勿卖弄而已。"②

对传统文化的否定也必然表现在语言本身上：

> 中国的文或话，法子实在太不精密了，作文的秘诀，是在避去熟字，删掉虚字，就是好文章，讲话的时候，也时时要辞不达意，这就是话不够用，所以教员讲书，也必须借助于粉笔。这语法的不精密，就在证明思路的不精密，换一句话，就是脑筋有些胡涂。③

而对西方文化的了解和涵养，使鲁迅惊叹于西方语言的精妙，更感叹着汉语和自己语言功力的不足："例如末尾的紧要而有力的一句……那下半，被我译成这样拙劣的'上了走向那大而黑暗的都市即人性和他们的悲痛之所在的艰难的路'了，冗长而且费解，但我别无更好的译法，因为倘一解散，精神和力量就很不同。"④"从译本看来，卢那卡尔斯基的论说就已经很够明白，痛快了。但因为译者的能力不够和中国文本来的缺点，

---

① 鲁迅：《三闲集·无声的中国》，见《鲁迅全集》第4卷，北京：人民文学出版社，2005年，第15页。

② 鲁迅：《南腔北调集·作文秘诀》，见《鲁迅全集》第4卷，北京：人民文学出版社，2005年，第631页。

③ 鲁迅：《二心集·关于翻译的通信》，见《鲁迅全集》第4卷，北京：人民文学出版社，2005年，第391页。

④ 鲁迅：《译文序跋集（四）·〈小约翰·引言〉》，见《鲁迅全集》第10卷，北京：人民文学出版社，1985年，第284～285页。

译完一看，晦涩，甚而至于难解之处也真多；倘将仂句拆下来呢，又失了原来的精悍的语气。"①

基于这种对中国传统文化及其语言符号的尖锐否定态度，和对西方文化及其语言符号的基本肯定态度，在转换两种文化的语言符号——翻译时，他所选择的必然是以西方文化为本位的直译方式。只有直译才能尽量减少西方文化在翻译过程中的损失和变形，尤其是减少中国传统文化的"染缸化"。也就是说，鲁迅以直译所表明的是一种文化态度，所呼吁和寻求的是西方文化的原质发生。

例如，在《工人绥惠略夫》中，有一种特殊的茶具，鲁迅把它音译成"撒摩跋尔"，下面加注："Samorar，俄国特有的一种茶具，金属制，可以生火煮茶。"这样，中国的读者就会知道俄国有一种和中国不同的茶具和饮茶方式，又会联想到寒冷的俄国独特的生活方式，这对于读者来说是全新的。如果只译成"端上茶来"，读者就只能以中国的茶具来想象当时的情形，则俄国独特的茶具、独特的饮茶方式乃至于独特的生活方式都被封杀在译文之外了，于读者的见识没有真正意义上的扩展，则俄国的生活还是中国的生活，只不过换了一个地名而已。这就是直译的长处，"不但移情，而且益智"。

上例的直译方式是鲁迅译文的主导倾向，但即使是"直译"的鼓吹者偶尔也会忘记贯彻这一原则。如同是在《工人绥惠略夫》中，阿伦加对玛克希摩跋说她要到"庵院"去做"道姑"，而说这段话时，她们刚从"教堂"回来。按理说，刚从"教堂"回来的俄罗斯姑娘阿伦加应该是个东正教徒，她向往的应该是修道院而不是佛教的"庵院"，即使她改信佛教，去庵院所做的也该是"尼姑"而非"道姑"，这是鲁迅的一处误译。由此误译，读者从文本中无从知道俄国有着与中国道教全然不同的东正教及其修炼场所，他们只能以所熟知的佛道的内容去揣想东正教的内容，则读者

---

① 鲁迅：《译文序跋集（六）·〈文艺与批评·译者附记〉》，见《鲁迅全集》第10卷，北京：人民文学出版社，2005年，第329页。

的见识止于本土。严格说来，除了庵院与道姑的矛盾，它还不算误译，中国人修炼的地方就可以是"庵院"，在"修炼的场所"这一意义上，"庵院"和"修道院"是同质的。但如此翻译则忽略了二者的差别，抹杀了修道院的原质性，从这一角度上来说非直译不可。由此例可见译者在不留心时，会直觉地以自己的"前理解"去指称被理解的事物。由此亦可理解直译的重要和艰难。

但是，目的的需要和实现目的的方法往往并不是一致的，鲁迅这种追求外来文化原质性的直译方式必然带来读者接受上的困难。从以上的例证可以看出，鲁迅的译作基本上是直译的。他对直译也并不完全满意，因为从读者的角度来看，晦涩难解自然是令人不易接受的：

> 务欲直译，文句反成蹇涩；欧文清晰，我的力量实不足以达之。①
>
> 自然，世间总会有较好的翻译者，能够译成既不曲，也不"硬"或"死"的文章的，那时我的译本当然就被淘汰，我就只要来填这从"未有"到"较好"的空间罢了。②
>
> 但自省译文，这回也还是"硬译"能力只此，仍须读者伸指来寻线索，如读地图：这实在是非常抱歉的。③

值得注意的是，他的译作也不全是直译，虽说这不是他在文化本质价值观方面发生的改变。他在《小约翰·引言》中说："和文字的务欲近于

① 鲁迅：《译文序跋集（四）·〈小约翰·引言〉》，见《鲁迅全集》第10卷，北京：人民文学出版社，1985年，第284页。
② 鲁迅：《译文序跋集（六）·〈文艺政策·后记〉》，见《鲁迅全集》第10卷，北京：人民文学出版社，2005年，第342页。
③ 鲁迅：《二心集·〈艺术论·译本序〉》，见《鲁迅全集》第4卷，北京：人民文学出版社，2005年，第271页。

直译相反，人物名却意译，因为它是象征。"①

《小彼得·译本序》中说："凡学习外国文字的，开手不久便选读童话，我以为不能算不对，然而开手就翻译童话，却很有些不相宜的地方，因为容易拘泥原文，不敢意译，令读者看得费力。这译本原先就很有这弊病，所以我当校改之际，就大加改译了一通，比较地近于流畅了。"②

在某种程度上说，鲁迅对直译的追求往往是与译材本身的特点有关的：写实主义作品与理论文章尽量直译；而象征性的译名、普及性的童话以及科学小说，却不妨意译。

虽然对直译并不满意，鲁迅还是坚持着这种方式："在我，是除了还是这样'硬译'之外，只有'束手'这一条路——就是所谓'没有出路'了，所作的唯一希望，只在读者还肯硬着头皮看下去而已。"③但为传播效果较好起见，译者不做改变，只好希求读者改变欣赏习惯，硬着头皮读下去后，会有所得，而这也正是鲁迅所开出的拯救中国文化的药方之一。很明显，直译不是一种翻译法的选择，因为如果仅是翻译法的话，为了读者的阅读，鲁迅必然会改变这一方法；而只有是作为一种文化价值观的认定时，即使再艰涩、接受再痛苦，也必须坚持这种方法：

> 为什么不完全中国化，给读者省些力气呢？这样费解，怎样还可以称为翻译呢？我的答案是：这也是译本。这样的译本，不但在输入新的内容，也在输入新的表现法。④

---

① 鲁迅：《译文序跋集·〈小约翰·引言〉》，见《鲁迅全集》第10卷，北京：人民文学出版社，2005年，第285页。

② 鲁迅：《三闲集·〈小彼得·译本序〉》，见《鲁迅全集》第4卷，北京：人民文学出版社，2005年，第168页。

③ 鲁迅：《译文序跋集（六）·〈文艺与批评·译者附记〉》，见《鲁迅全集》第10卷，北京：人民文学出版社，2005年，第329~330页。

④ 鲁迅：《二心集·关于翻译的通信》，见《鲁迅全集》第4卷，北京：人民文学出版社，2005年，第391页。

要医这病，我以为只好陆续吃一点苦，装进异样的句法去，古的，外省外府的，外国的，接下来便可以据为己有。

基于这一思想，鲁迅最后总结道："所以在现在容忍'多少的不顺'，倒并不能算'防守'，其实也还是一种的'进攻'。"[1]

鲁迅之所以牺牲翻译学的通畅，即技术上的完美而选择了直译，就足以说明他对于翻译的理解恰恰不是仅着眼于翻译本身的。思想上的关注超越于技术上的关注，因为鲁迅终究是一个思想家。

四、复译、间接译和"剜烂苹果"的翻译观：鲁迅对于多元的文化需要和新生事物的支持

除了直接从事翻译，鲁迅还展开了卓越的翻译批评活动。与其一般翻译观一样，鲁迅的翻译批评所暗含的强烈的主体性，提升了译者的主体意识以至强烈的文化责任感。

在鲁迅的翻译批评中，间接译、复译、提倡"剜烂苹果"式的翻译批评等观点影响较大，此外，他还主张创作与翻译应并重的观点。与功利性翻译观相比，这些主张带有更多的技术性内容。但是，即使如此，鲁迅功利性的翻译观也同样表现在他的翻译批评中。

间接译、复译和"剜烂苹果"式的翻译批评主张，都是有着深层的社会功利目的。由于政治救亡迫在眉睫，鲁迅所要求翻译的就不仅仅是质

---

[1] 鲁迅：《二心集·关于翻译的通信》，见《鲁迅全集》第4卷，北京：人民文学出版社，2005年，第392页。

量水准的高超，更重要的是它要在当下出现，有利于现在的战斗，而预约在未来的"好用品"对现在是没有意义的。在《"硬译"与"文学的阶级性"》中，鲁迅说："我还想这样做（指间接译），并且希望更多有这样做的人，来填一填彻底的高谈中的空虚，因为我们不能像蒋先生那样的'好笑起来'，也不该如梁先生的'等着，等着，等着'了。"①于是，间接译、复译等翻译主张随之而生。

鲁迅要求译者站在世界文化的前沿，广泛译介世界文化，而且要求翻译批评家筑起囚禁有害文化的栅栏；与此同时，他又要求读者陆续吃些苦头，费力来嚼一嚼，克服自己"前理解"的合僵化教条，努力吸收西方文化。他主张"活的白话"不仅是"从活的民众中的口头取来"，而且是"从此注入活的民众里面去"的。由此可见他对译者主体地位的强调。

知识分子是知识最丰富、思考最深刻的一个精英群体，他们广泛地接触世界文化，在文化建设中，理应处于主体地位，理应"化大众"而不被"大众化"。但是，如前所述，20世纪30年代以来，中国历史实践的主潮转为工农革命，文化的政治化、大众化、民族化势不可免。因为这一革命实践的主体是工农大众，对其神圣性的鼓吹以及对其欣赏口味的适应必然导致上述"三化"倾向。与鲁迅持相近翻译见解的瞿秋白主张"绝对的白话"即是一例。在这一文化转向中，译者乃至知识分子的主体地位丧失殆尽。如果说那是历史必然的话，在今天，就有重新唤回译者主体性的必要。因为只有具有充分主体意识的译者，才有高度的创造力，才能繁荣翻译事业，才能提升民族的整体素质，所以鲁迅的以译者为主体的主张至今仍有生命意义而不仅是历史意义。

创造社从一开始就与文学研究会及鲁迅在翻译观上存在着差异。当时与许多翻译者一样，鲁迅对于西方论著的翻译都是依据日译本转译的，这被称为间接译或重译。穆木天在《重译及其他》中对间接译提出批评。针

---

① 鲁迅：《二心集·"硬译"与"文学的阶级性"》，见《鲁迅全集》第4卷，北京：人民文学出版社，2005年，第216页。

对穆木天的批评，鲁迅在《论重译》中说：

> 懂某一国文，最好是译某一国文学，这主张是断无错误的，但是，假使如此，中国也就难有上起希罗，下至现代的文学名作的译本了。中国人所懂的外国文，恐怕是英文最多，日文次之，倘不重译，我们将只能看见许多英美和日本的文学作品，不但没有伊卜生，没有伊本涅支，连极通行的安徒生的童话，西万提司的《吉诃德先生》，也无从看见了。这是何等可怜的眼界。自然，中国未必没有精通丹麦，诺威，西班牙文字的人们，然而他们至今没有译，我们现在的所有，都是从英文重译的。连苏联的作品，也大抵是从英法文重译的。
>
> 所以我想，对于翻译，现在似乎暂不必有严峻的堡垒。最要紧的是要看译文的佳良与否，直接译或间接译，是不必置重的。①

与间接译一样，复译也是鲁迅的翻译主张。复译，是指在已有译本的情况下重复翻译。关于复译，鲁迅写了《非有复译不可》一文，他说：

> 前几年，翻译的失了一般读者的信用，学者和大师们的曲说固然是原因之一，但在翻译本身也有一个原因，就是常有胡乱动笔的译本。不过要击退那些乱译，诬赖，开心，唠叨，都没有用处，唯一的好办法是又来一回复译，还不行，就再来一回。譬如赛跑，至少总得有两个人，如果不许有第二人入场，则先在的一个永远是第一名，无论他怎样蹩脚。所以讥笑复译的，虽然表面上好像关心翻译界，其实是在毒害翻译界，比诬赖，开心的更有

---

① 鲁迅：《花边文学·论重译》，见《鲁迅全集》第5卷，北京：人民文学出版社，2005年，第531～532页。

害，因为他更阴柔。①

　　鲁迅认为，复译还不止是击退乱译而已，即使已有好译本，复译也还是必要的。"曾有文言译本的，现在当改译白话，不必说了。即使先出的白话译本已很可观，但倘使后来的译者自己觉得可以译得更好，就不妨再来译一遍，无须客气，更不必管那些无聊的唠叨。取旧译的长处，再加上自己的新心得，这才会成功一种近于完全的定本。但因言语跟着时代的变化，将来还可以有新的复译本的，七八次何足为奇，何况中国其实并没有译过七八次的作品，如果已经有，中国的新文艺倒也许不至于现在似的沉滞了。"②复译，成为鲁迅表现自己文化观和思想个性的一种方式。直译与复译的主张到了这里，便构成了鲁迅翻译实践活动的原始化与个性化追求。

　　关于翻译批评，鲁迅提出了"剜烂苹果式"的批评方法：

　　　　我们先前的批评法，是说，这苹果有烂疤了，要不得，一下子抛掉。然而买者的金钱有限，岂不是大冤枉，而况此后还要穷下去。所以，此后似乎最好还是添几句，倘不是穿心烂，就说：这苹果有着烂疤了，然而这几处没有烂，还可以吃得。这么一办，译品好坏是明白了，而读者的损失也可以小一点。③

　　鲁迅对间接译和复译的肯定和实行，对于"剜烂苹果式"的翻译观的肯定，不能仅仅从翻译方法论的角度去评价，应同样从思想意义的高度去

---

①　鲁迅：《且介亭杂文二集·非有复译不可》，见《鲁迅全集》第6卷，北京：人民文学出版社，2005年，第284页。

②　鲁迅：《且介亭杂文二集·非有复译不可》，见《鲁迅全集》第6卷，北京：人民文学出版社，2005年，第284～285页。

③　鲁迅：《准风月谈·关于翻译（下）》，见《鲁迅全集》第5卷，北京：人民文学出版社，2005年，第317页。

认识，那就是对于文化引入和传播的广泛性与多元性的追求。无论是从当时的思想启蒙与政治救亡的紧迫需要来说，还是从个人的文化权利来说，鲁迅的这些主张都是具有积极意义的。

鲁迅肯定间接译、复译，主要是出自思想启蒙与政治救亡急切实践的需要。从另外一个方面来说，他对于间接译、复译的肯定，也反映出他对于新文化和新人的宽容与支持：

> 孩子初学步的第一步，在成人看来，的确是幼稚，危险，不成样子，或者简直是可笑的。但无论怎样的愚妇人，却总以恳切的希望的心，看他跨出这第一步去，决不会因为他的走法幼稚，怕要阻碍阔人的路线而"逼死"他；也决不至于将他禁在床上，使他躺着研究到能够飞跑时再下地。因为她知道：假如这么办，即使长到一百岁也还是不会走路的。①

鲁迅正是以这种殷殷的态度促进新的文化之产生，扶持新人之成长的，因为它是为全新的实践服务的。正是着眼于现在，着眼于实践，鲁迅鼓励复译、间接译、提倡"剜烂苹果式"的翻译批评，宣称自己的译作是用以"填充从'无有'到'转好'的空间的"。由此，鲁迅的翻译、翻译批评都具有现时践行性的特质，它们都是以急切的救亡情结为驱动力的。

关于翻译和创作的关系，鲁迅指出："我们的文化落后，无可讳言，创作力当然也不及洋鬼子，作品的比较的薄弱，是势所必至的，而且又不能不时时取法于外国。所以翻译和创作，应该一同提倡，决不可压抑了一面，使创作成为一时的骄子，反因容纵而脆弱起来。"②

---

① 鲁迅：《华盖集·这个与那个》，见《鲁迅全集》第3卷，北京：人民文学出版社，2005年，第154页。

② 鲁迅：《南腔北调集·关于翻译》，见《鲁迅全集》第4卷，北京：人民文学出版社，2005年，第568页。

鲁迅对翻译现时践行性的强调，使他站在了中国历史发展和文化转型实践的最前沿，所以他所主张的重译、复译、"剜烂苹果式"的释译批语方式，都是基于现实最切实可行的策略。但是像许多翻译家一样，鲁迅基于救亡的焦虑，也使其现时性的翻译及翻译批评着上了太强的功利色彩，未能一贯坚持宽广的人文关怀和从容的学术性。

除从事翻译和翻译批评，鲁迅还组织、支持和领导未名社、朝花社和译文社的翻译活动，为中国译界推出了大量的译文，培养了众多翻译家。

综上所述，鲁迅力挽晚清的意译风潮，以直译的方式输入了原质的外国文化，使中外文化交流跃入一个全新的层次；他对战斗文学的翻译引入，开辟了一个新的翻译领域，涤荡着传统文化衰朽的尘垢；他站在历史实践的前沿，以最现实的策略，执行着时代所赋予翻译的急切救亡使命；鲁迅高扬的译者的主体精神，是翻译事业繁荣、提高民族文化素质的前提条件。作为历史转型期中国近现代文化的缔造者之一，鲁迅在30年的时间里引导了作为新文化建设之一翼的翻译的方向，在中国近现代翻译史上乃至中国社会近代化进程中的思想价值是不可替代的。

中　编

鲁迅文化选择的思想结构

精英意识与平民意识:
鲁迅早期人文精神的两种思想

　　如果说"任个人而排众数"的基本命题,是鲁迅基于社会政治变革与人的思想意识之关系的思考的话,那么"掊物质而张灵明"的基本命题,则是他侧重于社会文明变革与人的道德人格之关系的思考。在这一命题中,鲁迅着意表达的是自己对中国文化第三次转型中第二阶段主题的理解。就批判者与批判对象而言,鲁迅仍然是以第三阶段主题为价值尺度,但是其价值内容与前一命题有所不同,不是向前沿并轨而是向原点回归。

一、"厥心纯白": 对初民社会的道德怀念

　　"掊物质而张灵明"的命题表明鲁迅早期文化选择中的道德人格倾向和西方生命哲学、唯意志论以及中国文化系统中"尚德"价值模式的影响。
　　鲁迅认为,20世纪文明与19世纪文明"异趣"之所在,即为"惟质为多","患志士英雄之多而患人之少",要以"内曜""破黯暗",以

"心声""离伪诈"①。在前一个"任个人而排众数"的基本命题中，鲁迅关注的是思想个性。而在这一命题中，关注的是道德本性。思想个性是一种社会意识，它以西方现代主义思潮为底色，具有现代色彩；道德本性是一种本能的生命意识，它以人类初民社会的朴素人格为境界，同时具有复古倾向。

鲁迅从这一思想起点出发，带着对"内曜"和"心声"的道德渴望，批判中国的"志士英雄"，终于沿着传统的"尚德"思维旧路，与固有文化的源头接通了。

于是，鲁迅以新的思想叩开了"复古"的道德之门：

> 顾吾中国，则凤以普崇万物为文化本根，敬天礼地，实与法式，发育张大，整然不紊。覆载为之首，而次及于万汇，凡一切睿知义理与邦国家族之制，无不据是为始基焉。效果所著，大莫可名，以是而不轻旧乡，以是而不生阶级；他若虽一卉木竹石，视之均函有神閟性灵，玄义在中，不同凡品，其所崇爱之溥博，世未见有其匹也。顾民生多艰，是性日薄，洎夫今，乃仅能见诸古人之记录，与气禀未失之农人；求之于士大夫，戛戛乎难得矣。……复次乃有借口科学，怀疑于中国古然之神龙者，按其由来，实在拾外人之余唾。彼徒除利力而外，无蕴于中，见中国式微，则虽一石一华，亦加轻薄，于是吹索抉剔。②

这里有两点意识值得注意：第一，以西方唯意志论与中国古代泛神论乃至"天人合一"说相契合，表现出对万物有灵的重视。这对于鲁迅来说，

---

① 鲁迅：《坟·文化偏至论》，见《鲁迅全集》第1卷，北京：人民文学出版社，2005年，第45页。

② 鲁迅：《集外集拾遗补编·破恶声论》，见《鲁迅全集》第8卷，北京：人民文学出版社，2005年，第29～30页。

也许并不是一个巧合，而是在一种已有思想传统下的共鸣。从这里可以看到，西方唯意志论者叔本华对鲁迅的影响，不仅在其弃众数、"主我扬己"的人生观，亦在其万物有灵的宇宙观。叔本华是一个泛意志论者，他认为，世界万事万物都有自我意志，山石草木皆如此，而人的意志是最高意志。鲁迅以此为主要思想框架，加以中国传统宇宙观的记忆，构成了自己追求"文明之神旨"的精神至上的选择。第二，由"取今复古"的思路所表现出来的对固有文明的肯定。这种肯定主要是对初民社会"朴素之民，厥心纯白"的道德人格的怀念，主要是想向后寻找推动民族人格向前发展的动力，以完成其"立人"总体目的中的道德理想人格的构造。

复古也是一种对现实的否定，如果以人类本性的回归为目的，那么复古也就有了恒久的人类学价值。当鲁迅把道德人格的理想境界确定在初民社会本身，便表现出一种对人类异化的批判。在人性的道德上，鲁迅始终是"复古"的——复归于人间的原点。人本善，人间原点崇高和自然的认定，是对社会现状的批判，而这最终带来对文明和历史发展的纵向否定。在《破恶声论》中，鲁迅表现出这种否定：

> 唯物之倾向，固以现实为权舆，浸润人心，久而不止。
> 递夫十九世纪后叶，而其弊果益昭，诸凡事物，无不质化，灵明日以亏蚀，旨趣流于平庸，人惟客观之物质世界是趋，而主观之内面精神，乃舍置不之一省。①

这种偏执来自人们对文明本质的单一理解。历史的发展和文明的延伸，是由正负两条线构成的，并非单一线性的发展。线性的发展史观产生科学理性，负向发展形成悲观的生命哲学。前者维护既成的文明结构，是一种不断丰富的正向的建设思路；后者批判既成的文明结构，是一种不断反思的

---

① 鲁迅：《坟·文化偏至论》，见《鲁迅全集》第1卷，北京：人民文学出版社，2005年，第54页。

逆向的建设思路。文明发展的正反两极都有一种积极作用：乐观与悲观、促进与反思。负面思考以证伪主义为现实说法，实质是对文明进程的调整，而文明的发展时刻需要这种校正、调整。这本身即是一种自我完善。鲁迅批判的是文明现状，进化论的思想使他不可能去否定线性发展的历史观，去批判文明的过程本身。

文明是人类社会发达最具体的外在显示，特别是近代大工业文明的巨大成就，使人们将文明往往做了物质化的理解。其实，文明自身便是一个不可分割的整体，即互为表里、互为推进转化的物质与精神的积极结合。由此而言，文明的发展就是一种"意义"，包含对物质与精神内外一体化的理解。而鲁迅认为，19世纪文明之"通弊"，即是发展结果的一面性："重其外，放其内，取其质，遗其神，林林众生，物欲来蔽，社会憔悴，进步以停，于是一切诈伪罪恶，蔑弗乘之而萌，使性灵之光，愈益就于黯淡。"[①]这并非中国文化和社会所独有的现象，鲁迅还以波兰、印度等国民之心性为例，对此加以佐证。

近代中国礼崩乐坏，人心不古，宗教之神和王权之神都远离了人间。政治约束思想，环境更腐蚀人性。鲁迅在担负起政治救亡、思想启蒙重任的同时，又担负起道德拯救的重任。于是，他要粉碎群山重新铸造。现存社会虽然给他提供了思想意识改造的内容与框架，但却没有为他带来道德人格重塑的楷模，他必须从当下社会的终点向后退去，去寻找经过几代道德家们畅想的道德世界，那个世界在初民时代。这样一个道德世界的存在，虽说不能用历史的还原来证明，但鲁迅确实从他所熟知的、相亲相爱的农民和其他劳动者身上看到过它的影子。也许，鲁迅的"人国"是一种人性完善的理想图式的显示，不是实存的，而是逻辑的，但鲁迅仍对它坚信不疑。直到最后，他亦在用实际行动去实践它。对"纯白""平和"的道德人格的渴望，贯穿鲁迅文化选择过程的始终。

----

① 鲁迅：《坟·文化偏至论》，见《鲁迅全集》第1卷，北京：人民文学出版社，2005年，第54页。

　　一般说来，中国近代知识分子面对农民和其他劳动者，都有一种道德人格上的认同、皈依，甚至有一种自愧不如的人格卑下感。鲁迅后来在《一件小事》中便表述过这种自省式的道德忏悔。其小说中的那些劳动者无论思想意识多么蒙昧乃至奴性十足，但道德人格的真诚和纯朴却是共同的。鲁迅无论怎样在思想启蒙的尺度下批判阿Q、闰土、祥林嫂们的"不争"，但同时又表现出深切的"哀其不幸"，又总觉得这些人可怜或可爱，这种可怜可爱就来自人格的真诚和纯朴。这几乎是20世纪中国知识分子的共识。在郁达夫的小说《春风沉醉的晚上》中，"我"与女工陈二妹进行着自觉的道德对比，通过对比而获得灵魂的净化和人格的升华。这种对比在冰心那里甚至是先天的、父子相袭的。过去人们总爱把她的小说《分》视为阶级意识生成的标志，但更可能是一种道德人格的有意比较。那两个生于同时同地的婴儿，亦因其父母身份的差异，而从一落地便有了刚健与孱弱、勇武和怯懦的差别。沈从文在把劳动者乃至妓女与知识分子进行对比时，也都把人格的卑下推给了后者。

　　实际上，鲁迅把道德重塑的尺度划在了那些他所说的"禀气未失之农人"身上。从中可以看到中国知识分子固有的那种道德上的原罪意识，即视劳动者为"衣食父母"的愧疚心理。这种原罪意识虽说不同于基督教的原罪意识，不是人类本体的生命意识，而是后天的一种社会伦理，但那份沉重感却是共同的。

　　"盖往之文明流弊，浸灌性灵，众庶率纤弱而颓靡，日益以甚"①，社会文明发达所付出的最沉重的代价便是古朴人性的丧失。人心不古，崇高的原点自然成为鲁迅畅想的道德境界和人格重塑的价值取向。从本质上看，这一畅想带有普遍的反文化情绪，而不单纯属于哪一个个别文化体系。但是，它所构成的对近代文化（特别是物质化的近代文化）的批判最终可能带来"复古"的倾向。西方现代主义思潮如此，鲁迅在这一点上似

---

① 鲁迅：《坟·文化偏至论》，见《鲁迅全集》第1卷，北京：人民文学出版社，2005年，第56页。

乎也未能例外。与当时一般思想启蒙者有所不同的是，鲁迅虽然在思想启蒙的主题下对"庸众"进行了思想批判，但却在道德救赎的主题下对"庸众"表现出普遍的道德人格景仰，并且把这种景仰由特定的"农人"而扩大为整个民族人格，扩大到对中国文化的赞美："吾广漠美丽最可爱之中国兮！而实世界之天府，文明之鼻祖也。"①面对今日的衰败与困境，他在对千百年来自成一系的中国固有文明的总结中，表现出他少有的整体性肯定评价：

> 夫中国之立于亚洲也，文明先进，四邻莫之与伦，褰视高步，因益为特别之发达；及今日虽彤苶，而犹与西欧对立，此其幸也。顾使往昔以来，不事闭关，能与世界大势相接，思想为作，日趣于新，则今日方卓立宇内，无所愧逊于他邦，荣光俨然，可无苍黄变革之事，又从可知尔。故一为相度其位置，稽考其邂逅，则震旦为国，得失滋不云微。得者以文化不受影响于异邦，自具特异之光彩，近虽中衰，亦世希有。②

与这一双向的价值判断相一致，鲁迅反对今日"青年之所思惟，大都归罪恶于古之文物，甚或斥方文为蛮野，鄙思想为简陋，风发渤起，皇皇焉欲进欧西之物而代之"。与前面所谓"志士英雄"有所不同，鲁迅在这里至少没有十分强调中国文化困境和社会衰落的内因。

> 然中国则何如国矣，民乐耕稼，轻去其乡，上而好远功，在野者辄怨恣，凡所自诩，乃在文明之光华美大，而不借暴力以

---

① 鲁迅：《集外集拾遗·中国地质略论》，见《鲁迅全集》第8卷，北京：人民文学出版社，2005年，第5页。

② 鲁迅：《坟·摩罗诗力说》，见《鲁迅全集》第1卷，北京：人民文学出版社，2005年，第101页。

凌四夷，宝爱平和，天下鲜有。惟晏安长久，防卫日弛，虎狼突
来，民乃涂炭。第此非吾民罪也，恶喋血，恶杀人，不忍别离，
安于劳作，人之性则如是。倘使举天下之习同中国，犹托尔斯泰
之所言，则大地之上，虽种族繁多，邦国殊别，而此疆尔界，执
守不相侵，历万世无乱离焉可也。[1]

可以看出，鲁迅不仅把中国的现实困境归于外部原因，还沿着托尔斯
泰的思路，对世界未能把中国的民族人格作为普遍的尺度而忧心忡忡。就
此而言，鲁迅早期的文化选择与其所批判的"志士英雄"相比，似乎并不
具有普遍的先进性。在文化价值判断上，对固有文明表现出后来绝无仅有
的整体性肯定。但是，鲁迅的这种"复古"倾向，并没有以初民社会为道
德拯救的终点，他追求古昔境界，但却不放弃"今天"："取今复古，别
立新宗。"因此，不含有一般宗教徒和守旧派对现实社会的拒绝和放弃。
他对古朴人性的追寻，是作为他"立人"的一个逻辑起点、一个内容的构
成。与封建社会的道德观念不同，远古初民的生命本性，应该是人类情感
和道德重建的共同价值资源之一，而不应成为将要清扫的历史垃圾。

鲁迅的这一"复古"，并非历史的倒退，它多存在于思想的逻辑和道
德的畅想之中，是一个诗意的描绘。对于这一点，鲁迅至死未改。只不过
后来他把人性复古的线路修改得更加清楚、明确：以初民社会和乡村社会
为终点，越过儒教时代，并把儒教伦理道德作为中国人性异化的主要根源
所在：

便在中国，只要心思纯白，未曾经过"圣人之徒"作践的
人，也都自然而然的能发现这一种天性。

没有读过"圣贤书"的人，还能将这天性在名教的斧钺底

---

① 鲁迅：《集外集拾遗补编·破恶声论》，见《鲁迅全集》第8卷，北京：人民文学
出版社，2005年，第35页。

下，时时流露，时时萌蘖；这便是中国人虽然凋落萎缩，却未灭绝的原因。①

　　由此可见，鲁迅对人间原点的道德景仰，最终是以复古的形式实现对儒家道德体系进行批判的目的。鲁迅不属于非现代的思想家，至少，他道德理想国的一根重要支柱是人类现代道德体系。因为人类本性不排斥一切美德。

二、平民意识与精英意识：
道德救赎与思想启蒙的整合

　　"任个人而排众数"和"掊物质而张灵明"，这两个基本命题构成了鲁迅文化选择的主要内容。两个命题从时间关系来看，表现出其文化选择的超时性和逆时性："任个人而排众数"，向前发展，建构现代人个性至上的思想意识，表现为超前的、外向的文化价值取向；"掊物质而张灵明"，向后发展，追索失落的"纯白""平和"的道德人格，表现为复归自然的文化价值取向。而两个命题从社会意识来看，则具有思想启蒙的"精英意识"和道德回归的"平民意识"之明显差异。
　　"精英意识"是现代思想家最基本的素质，这在早期鲁迅的精神构造中，表现出"任个人而排众数"的现代人文精神和"力抗时俗"的思想品格。

---

① 鲁迅：《坟·我们现在怎样做父亲》，见《鲁迅全集》第1卷，北京：人民文学出版社，2005年，第138、140页。

　　毫无疑问，以个性主义为主要内容的"精英意识"的思路是居高临下的，作为自我和国民的精神引导，具有严格意义的思想启蒙性质。这种居高临下以至到了"不若用庸众为牺牲，以冀一二天才之出世"①的激烈程度。然而，在鲁迅的精英意识中，无论是其"重精神""任个人"的思想内容，还是其"绝望奋战，意向峻绝"的意力气质，在中国近代思想史上都具有特殊的价值。

　　"重个人"的主张，不仅是鲁迅"精英意识"的核心意识，而且是中国思想的一大转变，具有开拓性意义。从社会学的角度来看，中国传统思想规范明显属于一种群体性系统，向来以抑制乃至扼杀"独出者"为基本功能。因此，个人只有依附于某一特定的社会关系方有其存在价值。鲁迅一方面接受西方现代哲学思想的影响，认定"自由得以力，而力即在乎个人"；另一方面鉴于中国文化的群体意识中心的传统思想的统治，而发起对丧失自我并扼杀"英士"的"庸众"的攻击批判。以至在文化意识（非政治意识）上将个人置于俯视众数并且与之相对立的位置上。"希望所寄，惟在大士天才；而以愚民为本位，则恶之不殊蛇蝎。"②这种精英意识使鲁迅具有文化先驱者的素质，并以个性主义为核心，确立了中国现代思想启蒙运动的起点。

　　"平民意识"作为鲁迅一生的道德人格追求，既包含"为民作主"的传统民本思想，又包含西方人道主义的近代思想，而后者则是更为重要的。这种近代化的"平民意识"在对"庸众"进行批判的"精英意识"中已有所显示。人们在鲁迅批判"庸众"的思想中不应过多关注批判对象自身，过于看重政治学意义上的个人与群体之关系的辨析，而应注重对批判内容与目的的理解。"平民意识"既来自思想启蒙"改造国民性"的未来

---

① 　鲁迅：《坟·文化偏至论》，见《鲁迅全集》第1卷，北京：人民文学出版社，2005年，第53页。

② 　鲁迅：《坟·文化偏至论》，见《鲁迅全集》第1卷，北京：人民文学出版社，2005年，第53页。

思想要求，亦来自鲁迅的众生平等、扶弱抗强的崇高道德境界。"尊侠尚义，扶弱者而平不平，颠仆有力之蠢愚"①，从而使这种"平民意识"具有长久的伦理学意义，成为几代知识分子的人格理想。

"精英意识"的思路是由上向下的，具有启蒙的性质。而"平民意识"则主要是由下向上的，具有"代言"的性质。由此可见，这一思想主要是由两个方面构成的。

第一，在向下的对"庸众"批判中所显示出的启蒙意识：通过对民众奴隶"根性"的批判而实现对民众的救助。鲁迅对"庸众"的批判，就其思想内容来说，实质上是对"庸众"不敢"力抗强者"，反而"借众以陵寡"的"奴子之性"的批判。其目的在于欲将民众由非人的地位提升为"真人"的地位，将"子民""臣民"改变为公民。鲁迅的社会理想就是建立一个健全的平民社会。

第二，在向上的"反权威""反强者"的抗争中所表现出的"代言"品格。他借用尼采"不恶野人，谓中有新力"的判断，形成了"尊下而卑上"的道德原则，其中甚而蕴含有返璞归真的"反近代""反文化"的意味。然而"反近代"意识已被前面的"精英意识"调和并证明其并不存在的。即使其中包含复归原点的意味，也与近代中国复古主义潮流有所不同。后者是以回归传统并以传统文化本身作为立人的基础和理想的，而鲁迅恰恰是通过对古朴之民道德上的肯定，来批判培养"权威"或"上等人"的贵族意识和虚伪人格的传统文化本身。如果什么人不是从思想意识而是从社会地位或道德人格上，自认为"志士""英雄"——"精英"的话，那便立即成为鲁迅批判、否定的对象。通过这种"平民意识"表现出来的道德批判，在中国伦理史上具有深刻的意义。

事实上，以儒教道德体系为主体的传统道德，要求人们用"克己复礼""灭人欲而存天理"的强制规范，去约束和抑制自己内心真正的欲

---

① 鲁迅：《坟·摩罗诗力说》，见《鲁迅全集》第1卷，北京：人民文学出版社，2005年，第82页。

望。然而人们自然欲望又是难以遏止的，于是社会中的人便只好通过"口是心非""表里不一"的虚伪生存方式，来实现既适应礼教规范又满足内心欲望的目的。因此，传统道德本身需要虚伪也制造虚伪。

鲁迅早年关于"平民意识"的思路无疑在文化史和伦理学上给人以启示，即消除文化心理和道德人格的"贵族意识"，对当代大众文化及其心理给予历史的理解，并对那种假权威文化、自命不凡而讨伐异己的卫道者们进行冷静的剖析。"平民意识"是一种道德人格，也是一种文化价值观念，它为我们评价近年来勃兴的大众文化提供了一个尺度。应该看到，大众文化的勃兴先是来自人们对多年的文化禁锢的一种反拨，其后又是对文化发展的先锋化、贵族化倾向的一种报复。况且，人们的文化意识由压抑走向自由、社会的文化结构由单一走向多元，正是符合现代文化发展需要的。必须承认，通向真理的路绝不应该只有一条，然而有些人却常常假以崇高的名义排斥平民意识和大众文化。成为其思想依据之一的，便有所谓"继承鲁迅爱国主义的精神"一说。鲁迅是否属于那种特定意义的"爱国主义者"尚且不论，他们即使对于鲁迅精神的解说也是偏颇的，忽视了鲁迅人文精神中这种"力抗强者"的平民意识。而在当今社会中，批判权威文化比批判大众文化更具意义，也更能显示批判者的道德人格。将文化在过去特定时代下形成的整一性转化为多元的精神结构，消除贵族文化心理和文化专权行为，承认大众接受和选择文化、思想的权利，容忍大众文化与权威文化、精英文化"三分天下"的事实，才是对鲁迅文化选择中平民意识的全面领会。

精英意识与平民意识在鲁迅的文化选择中，似乎表现为某种矛盾状态。过去，人们往往从政治学角度做出概念化解释，把"精英意识"作为鲁迅"早期思想的局限"，与后期的"阶级意识"（"平民意识"的延伸）相对立，从而做了否定性评价。其实，不能说"精英意识"与"平民意识"在鲁迅思想发展中，处于一种发展前后的阶段性状态，更不是一种后者否定前者的替代关系，而是由一种总体精神统摄起来并构成一个完整形态的思想体系。这一总体精神，便是由"精英意识"显示出来的反"庸众"之"庸"，与由"平民意识"显示出来的"志士"之"伪"的结合，而二者最终归结于思想启蒙与道德批判的根本目的。

精英意识在思想与心理上表现出个人与众数的对立，"多数之说，谬不中经，个性之尊，所当张大"①。从先哲们的体验中，鲁迅对"愤世俗之昏迷，悲真理之匿耀"，故"死守真理，以拒庸愚"的认识表示了强烈的认同。力图做"强怒善战豁达能思之士"，发"刚健抗拒破坏挑战之声"，表现出一种极明确的思想意识。平民意识在伦理学意义上则表现出对道德人格的求真，而这种"真"又是与所谓"英雄志士"的"伪"相对而言的。"真人"就是要"去其面具，诚心以思"，"率真行诚，无所讳掩"②。鲁迅在平民与"志士"之间，做出了与各自实际社会地位恰恰相反的道德评价，从中也显示出评价者本身的民粹主义品格。由此可见，精英意识和平民意识分别提出两个不同角度的价值判断：个人重于群体，下等人高于上等人。前一个判断从思想意识上强调了人的精神上的自由与独立，后一个判断则从道德人格上提出了人的道德上的自然与率真，从而构成了鲁迅"立人"的整体标准。"盖惟声发自心，朕归于我，而人始自有己；人各有己，而群之大觉近矣"③，以最后实现"致人性于全"的目的。

在鲁迅的精英意识中，对"庸众"批判的根由在于其丧失自我，"不抗"压制之故。与具有个性自我的"英士"相对时，鲁迅强烈地否定了丧失自我的民众；但是，一旦将民众与暴君和"伪士"相对，鲁迅的同情

---

① 鲁迅：《坟·文化偏至论》，见《鲁迅全集》第1卷，北京：人民文学出版社，2005年，第54页。

② 鲁迅：《坟·摩罗诗力说》，见《鲁迅全集》第1卷，北京：人民文学出版社，2005年，第84页。

③ 鲁迅：《集外集拾遗补编·破恶声论》，见《鲁迅全集》第8卷，北京：人民文学出版社，2005年，第26页。

便又立即明确地给予了前者："平一尊卑，政治之权，主以百姓。"因为"假君主之权力"，"以一意孤临万民，在下者不能加之抑制，日夕孳孳，惟开拓封域是务，驱民纳诸水火，绝无所动于心"①。鲁迅把"鼓吹自由，揿击压制"②的政治意识与去伪存真的道德要求相联系，从而使"精英意识"和"平民意识"达到深层的一致。在对"庸众"与"英士"的单独评价中表现了这种整合统一。对于"庸众"，鲁迅既强调其思想的蒙昧，又肯定其道德的"纯白"。"哀其不幸""怒其不争"便表现了平民意识与精英意识在政治意识上的全部内容。对于"英士"，则既高扬其思想的"争天拒俗"③，又肯定其道德的"率真行诚，无所讳掩"。

思想意识上的"独出"与道德人格上的"率真"，是鲁迅"致人性于全"的主要思考内容。面临新的世纪之交，反顾鲁迅文化选择的思想道德取向，便具有新的意义。"力抗时俗""力抗强者"都必须表现为对思想意识与道德人格的双重批判，特别是对"强者"的批判。对于构成"时俗"内容之一的民众而言，其思想和道德状态在今天则具有与鲁迅所面对的民众的明显不同。鲁迅意在批判被权威、专制毒害下的民众的精神麻木，即思想意识的不觉醒，为"唤醒"民众而进行思想、政治上的"启蒙"。相反，对于民众在道德人格上表现出的"率真""古朴"给予了肯定，并作为健全人性的标准之一。而今日之民众，在思想意识和道德人格上则往往表现为两重性：思想意识的觉醒与道德人格的滑落（"强者"更甚于此）。由于历史的发展，一般民众逐渐疏离于僵化的意识形态，具有被"唤醒"后的思想状态。但是，正是由于这觉醒之后对现实所产生的失

① 鲁迅：《坟·文化偏至论》，见《鲁迅全集》第1卷，北京：人民文学出版社，2005年，第49页。

② 鲁迅：《坟·摩罗诗力说》，见《鲁迅全集》第1卷，北京：人民文学出版社，2005年，第86页。

③ 鲁迅：《坟·摩罗诗力说》，见《鲁迅全集》第1卷，北京：人民文学出版社，2005年，第68页。

望，人们对现实社会失去了关怀，退而求个人物质生活的发展，结果带来了道德心的淡化（至少在表现形态上），造成政治意识与道德人格的错位。道德人格的滑落，是由对经济哲学与人生哲学的价值关系理解的变化所致。早期鲁迅呼唤道德的返璞归真，以抵御物化的时代。而从当下社会的人生哲学的症结看，则是共同伦理精神的失落。

共同伦理精神是社会人际关系和个人行为的一种整合机制，它首先作为个人行为的规范而使人们有所遵循，以便确立一种伦理秩序，从而使人对自身行为和社会道德环境有着基本的信心和良好的期待。同时，它又作为社会存在的共同成果而供社会成员分享，以此来减少戒备和摩擦，减少交际的"成本"。"我为人人，人人为我"，从而既维护了社会文明合作体系，又使人的生存发展获得一个正常环境。因此，共同的伦理精神应该成为一般人生哲学的重要内容。然而，无论人们愿意与否，共同伦理精神的失落已成为当下的事实。在市场经济还不很完善的状况下，当代中国已由一个观念社会变化成为一个利益社会，人的社会存在亦发生了角色转换：由政治人变成经济人。

这种转换首先具有人生哲学变革的积极意义，它是对过去长期对自我价值和个人利益极端否定的一种反拨。在变革的时代，这一转换必然使人们由对当下行为（如拜金主义、物欲膨胀等）的反思，延伸到对以往既定人生观念的反思。20世纪70年代无欲无我的极端化人生观，实质上是一种社会道德的越界行为。人的经济利益是人的权利，人的道德规范是人的义务，道德越界便是用义务完全取代权利，最后造成"狠斗'私字'一闪念""宁要社会主义的草，不要资本主义的苗"的极端境界。过度的饱食来自过度的饥饿，私欲的膨胀是对以往私欲扼杀的反弹。

与此同时，这种转换又带来人生哲学卑俗化的消极后果。过度的饥饿走向过度的饱食，其根本动力即是欲望的非理性驱使，是市场原则向道德领域的入侵，使道德主体迷失自身的行为规范，而完全用市场的功利性原则代替道德的善恶性原则。这是一种市场越界，它造成了道德的大面积滑坡和人生观的大溃败。

由此可见，道德越界和市场越界都是人生观价值取向失当所造成的。具体说来，即是来自对义与利、道德与市场关系理解的二元对立的态度。要克服道德滑坡的倾向，就必须从二元对立的层面返回到现实的经济关系和道德之中，以理性原则对自我与他人、功利与善恶、市场与道德进行划界和定位，确立一种新型的共同伦理精神。而在目前来说，使市场规范化，以群体利益为本位，夺回被市场所侵占的道德地盘则是当务之急。因为道德的终极要求还是以全人类利益为目的的。于是，我们可以说，一个世纪前，鲁迅就为我们提供了一种至真至纯的道德理想，虽说当下社会距之遥远，但它仍不失为一种有调整功效的道德哲学，它对于伪道德和非道德都是一种有力的批判。

宗教观与科学观：鲁迅文化选择的深层悖论

　　沿着鲁迅早期文化选择的第二个基本命题——"掊物质而张灵明"的思路继续前行，我们会进入鲁迅早期精神世界里的科学之门与宗教之门。像他的关于思想启蒙与道德回归那两个主题构造一样，这也是两扇相通而又相错的大门。在这里，鲁迅关于科学之因与科学之果、宗教精神与教会属性的逻辑辨析深深地吸引了我们。

一、宗教的起源："形上之需求"的认定

　　鲁迅对宗教与科学的认识，包含他全部思想史的一贯思考内容，而其对宗教与科学多层次的理解，则表现出他所特有的辩证思维方式。在鲁迅早期的文化选择中，宗教与科学占据了一个并不十分重要的位置，但却传达着早期精神世界里最具体的真实消息，成为把握其精神实质的重要方式。

　　在这里，鲁迅对科学与宗教及其二者关系的认识是包含了相当程度的

矛盾性的。这种矛盾并非来自鲁迅思考内容的驳杂与变通，而是在他固有的"立人"思想和特有的辩证思维方式的统摄下不同认识的结果。

在其认知结构中，宗教与科学自身都具有形而上与形而下的二元结构和双重作用，形成了具有辩证色彩的悖论："虽信之失当，而嘲之则大惑。"①在悖论的第一个判断中，鲁迅以科学理性否定宗教的非理性原始崇拜；在悖论的第二个判断中，他又以现代主义精神来否定科学至上主义。很明显，鲁迅这种思维方式的形成与西方现代文化思潮的影响有一定的关系，可以视为19世纪科学理性主义与20世纪非理性人本主义哲学，在鲁迅早期思想内容和思维方式上的共同反映。也就是说，理性主义与非理性主义作为两种对立的思潮，在影响鲁迅早期思想内容形成的同时，也引起了他思维逻辑上的变化。因此，从理论与实践、抽象与具体的辨析之中，去把握早期鲁迅的宗教观、科学观的理论价值和现实意义，是完整、全面认识鲁迅文化选择的重要途径。

鲁迅首先对宗教产生之精神根源做出了解释：宗教"乃向上之民，欲离是有限相对之现世，以趣无限绝对之至上者也"。因为"倘其不安物质之生活，则自必有形上之需求"②，十分明显，这是鲁迅从宗教本体论出发，而对宗教起源及其本质所做出的判断。结论是形而上的，不具有具体的现实内容，鲁迅在这时并没有用一般的政治哲学的观点，来对宗教具体的社会作用做出善恶是非的评价，而是从人类生存的角度，来肯定宗教所表现出来的那种普遍的人类主体的精神状态。因此，鲁迅并不对诸种宗教的各自价值和意义进行优劣比较，而是给予了普遍的肯定，认为"宗教由来，本向上之民所自建，纵对象有多一虚实之别，而足充人心向上之需要

---

① 鲁迅：《集外集拾遗补编·破恶声论》，见《鲁迅全集》第8卷，北京：人民文学出版社，2005年，第32页。

② 鲁迅：《集外集拾遗补编·破恶声论》，见《鲁迅全集》第8卷，北京：人民文学出版社，2005年，第29页。

则同然"①。从宗教的精神起源看，无论多神教还是一神教，无论实体神崇拜还是无形神崇拜，都具有同一意义。所以，在《破恶声论》中，鲁迅既肯定了古希腊和希伯来的一神教，也表示了对中国远古宗教泛神论的拥护。而在古今中外的诸多宗教中，鲁迅尤其推崇佛教。他明确地说："夫佛教崇高，凡有识者所同可，何怨于震旦，而汲汲灭其法。若谓无功于民，则当先自省民德之堕落，欲与挽救，方昌大之不暇，胡毁裂也。"②这种以佛教来改造国民性的思想，很明显是来自章太炎的"佛法救国论"。

章太炎从资本主义物质文明与议会民主政治中，看到了物欲横流与压抑个性的弊端，力图寻找不同于以往的救国之路。于是，在四处碰壁之后，只好回过头来从东方文化中寻找精神指南。虽然他与鲁迅一样，也从形而上的层面上笼统肯定诸种宗教的精神价值③，但他更推崇佛教华严宗和法相宗，认为其法理"普度众生，头目脑髓者可施舍与人，在道德上最为有益"，从而提出"用宗教发起信心，增进国民之道德"的主张。章太炎特别着重的是佛教对人的执信精神和道德力量的肯定，认为如果上下都有此种信仰，便能"勇猛无畏，众志成城，方可干得事来"④。渴望相同，但从形而上的层面上，鲁迅对宗教精神的肯定，似乎比章太炎走得更远。他不仅崇尚远古宗教，而且从西方两千年来的宗教历史中，看到宗教这种"向上"的精神需求，在人类文化发展中的积极作用。

近代中国知识分子那种忧国忧民的悲壮执着乃至狂热，似乎都带有一种宗教情感。也许正因为如此，他们才常常对宗教怀有好感。除章太炎，

---

① 鲁迅：《集外集拾遗补编·破恶声论》，见《鲁迅全集》第8卷，北京：人民文学出版社，2005年，第30页。

② 鲁迅：《集外集拾遗补编·破恶声论》，见《鲁迅全集》第8卷，北京：人民文学出版社，2005年，第31页。

③ 1906年章太炎在《民报》9期上发表《建立宗教论》，宣传宗教精神，认为"其最高者，乃有一神泛神诸教，其所崇拜之物不同，其能崇拜之心不异"。

④ 章太炎：《演说录》，载《民报》，1906年8月第6期。

梁启超亦比较欣赏佛学，他的哲学范畴的建构，所凭依的便是佛理的支架。他肯定一种白热化的宗教情感是挽救社会和人类的力量资源。"人类所以进化，就是靠这种热度情感发生出来的事业。"①

宗教情感是一种"形上之需求"，是对物质世界的超越，是人对自身在世界和历史中的价值意义的追寻，构成了人生的"终极价值"（鲁迅曾谈到当下人类社会这一"终极价值"的失落），即"此乃向上之民，欲离有限相对之现世，以趣无限绝对之至上者也"。这十分明显地表明鲁迅对于宗教本质的理解：宗教是一种终极价值追求，它不具有世俗化意义。宗教也许与其他文化部类不同，终极价值的需求是其唯一的目的。它在内容上表现为人对生命和世界根本意义的理解和解说，而这一内容总以一种狂热的情感形式来表达。因此，宗教的根源和特征已被鲁迅准确把握。但是鲁迅早期的宗教观与当时一般中国知识分子显著不同的是，他肯定中国古代文化素有宗教意识，肯定中国人素有"形上"之宗教情感：

> 顾吾中国，则夙以普崇万物为文化之本根，敬天礼地，实与法式，发育张大，整然不紊。覆载为之首，而次及于万汇，凡一切睿知义理与邦国家族之制，无不据是为始基焉。效果所著，大莫可名，以是而不轻旧乡，以是而不生阶级；他若虽一卉木竹石，视之均函有神閟性灵，玄义在中，不同凡品，其所崇爱之溥博，世未见有其匹也。顾民生多艰，是性日薄，洎夫今，乃仅能见诸古人之记录，与气禀未失之农人；求之于士大夫，夐夐乎难得矣。②

---

① 梁启超：《评非宗教同盟》，见《梁启超选集》，上海：上海人民出版社，1984年，第790页。

② 鲁迅：《集外集拾遗补编·破恶声论》，见《鲁迅全集》第8卷，北京：人民文学出版社，2005年，第29～30页。

很明显，鲁迅的这个结论是沿着他的"掊物质而张灵明"的基本命题走来的。前面所说的道德人格的复古畅想不也是同道而来的吗？这一点，使鲁迅与当时中国最为先锋的一群知识分子划开了界限。因为无论当时还是后来的学者，都极为普遍地得出中国无宗教、中国人缺少宗教精神的结论。然而，过早地品尝到异化理论的药汁、过多地带有复古情怀的青年鲁迅，对于中国文化的宗教元素做出了与众不同的理解。其实，不仅我们后人，而且连鲁迅自己后来也明白对宗教这一理解的误差。

这样一来，像鲁迅在描画那个"任个人而排众数"的基本命题时一样，一幅逻辑与实际错位的构图又展现在我们面前。他做出了关于宗教起源的精到见解，但又对中国文化的宗教元素做了夸张的理解。在这幅构图上，我们看到一个灿烂的太阳斜挂在子夜的天空。

既然宗教起源于这样一种形而上的人类精神，那么相对于西方基督教文化系统，中国文化却不是建立在一种宗教情感上的文化系统，它是一种缺少形而上的精神探求而止于世俗化的道德理性。"宗教"一词在中国传统词汇中，不仅出现晚（直至10世纪才在佛经中出现），而且始终处于一个非学术甚至非思想的位置。命运最好的时候，它的位置也不过是在"迷信"与"哲学"之间。

宗教构筑的是一个形而上的世界，它由一个或多个"神"来统治。人类宗教最初都起源于巫术，但中国文化的早熟性使这种原始的天神很快被人格神，即道德理性替代，天国就在人间。如果宗教不能从巫术的母体中正常分娩，那么到了文化成熟的时代，也不可能有第二次出生，即不能从精神层面上把伦理道德体系上升为一种宗教。然而，在中国被称为"准宗教"的儒教差不多做到了这一点。纯正宗教要落脚，要获得像西方文化中基督教似的地位，就必须取代道德理性然后还得走向王权。可是，中国的王权已找到了最适于自己的婢女，它已被严密而强大的道德系统——儒教高高托起，纯粹的宗教便只好走开。最后，它只能以一种文化系统的形式整体地由外部十分艰难地进入中国。

在这样一种历史意义上，以一种宗教热情面对中国文化时，中国的一般知识分子都表示出几分的冷淡，都否认中国有真正的宗教。陈独秀认为，中国文化中缺少美的、宗教的纯情感，"而这正是中国人堕落底根由"①。就古代人类社会和文化的结构来看，可以表示为这样一种层次：物质世界——道德世界——宗教世界。中国文化系统发展到这一中间环节时便停步了，因为在这个世界里，她已经创造了那具有完整结构的社会所未曾有的辉煌。即使如此，由于缺少纯粹的宗教，传统的形而上学实际上就成为以人生观、人性论为基础的道德哲学。天地万物，道德为本。

鲁迅本意显然不在于要为中国文化营造一个宗教世界，但却是肯定了一种执着向上的宗教精神、迷狂的宗教情感。无论如何，这对于中国、对于人类是有意义的。鲁迅关注的是人，是文化，是把宗教作为人类生活或民族人格的一大特征来考察和评价的。他对宗教本源的探究，所依据的是宗教在人类的精神历史和文化进程中所具有的积极意义，而不是神学的价值体系。如果从这一点来理解鲁迅早期宗教观中的宗教本源说和中国文化、民族的宗教元素论，可能更迫近于鲁迅"立人"或"改造国民性"的总体目的和终身追求。很明显，他的宗教观并不是始于宗教而止于宗教的。正如日本学者伊藤虎丸所说的那样，鲁迅宗教观的实质是"重视通过既成的教义、教条而产生出来的人的精神状态的"。他进而十分敏锐地指出，鲁迅的宗教观是"暗合人创造宗教而不是宗教创造了人的观点"②。我甚至觉得，鲁迅的宗教观在某一层面上是暗合马克思主义学说的。

其实，马克思主义创始人对宗教的评价并不是一元的。在从政治哲学的角度出发把宗教视为"精神鸦片"的同时，也从人生哲学的意义上肯定了宗教形而上的精神价值。恩格斯从费尔巴哈的"神学的秘密就是人本学"的名言中得到启示，认为宗教的强大力量"并不是来自外面，而是来

---

① 陈独秀：《陈独秀文章选编》（上），北京：三联书店，1984年，第484页。

② ［日］伊藤虎丸：《日本学者研究中国现代文学论文选粹》，刘柏青、金训敏编译，长春：吉林大学出版社，1987年，第15页。

自人的本性", "他崇拜自己的本质, 把自己的本质神化, 变成一种别的本质", "即使是最荒谬的迷信, 其根基也是反映了人类本质的永恒本性, 尽管反映得很不完备, 有些歪曲"①。这种阐释虽说是思辨的, 但却也肯定了宗教精神人本主义层面的积极意义。这样, 甚至一种很明显地属于彼岸世界而否定现存社会所有价值理性的宗教, 也便具有了积极的文化意义。于是, 在鲁迅早期的文化选择中, 最具思辨意味的宗教观, 也就得到了积极的解释。当然, 他提出的仅仅是一个未能充分展开, 就被自己用文化批判的世俗态度和现实行为所改变了的命题。

但是, 鲁迅所改变的主要是对中国文化的道德评价, 而不是那执着向上、永动不息的宗教精神。正如黑格尔在论述希腊人的精神时所指出的, 他们"一心一意地追求某种东西, 而总是遇着它所探索的那种东西的反面。然而它并不因此产生任何怀疑, 也不反过来想想自己, 却仍然对自身和自己的事业满怀信心。自由的雅典精神的这个方面, 这种在遭遇挫折时仍然完全自得其乐的精神, 这种在结果与现实事事与心愿相违时, 依旧心神不乱地确信自己的精神——乃是一种崇高的喜剧精神"②。由此可见, 鲁迅像其他伟大的思想家一样, 看到了人类共有的向上追求的天性和不懈的执着精神。

在对宗教起源精神本质肯定的基础上, 鲁迅又确认了宗教的价值意义。

"宗教根元, 在乎信仰"③, 这是鲁迅对宗教在价值意义上的定位。无论什么时候, 我们都看不到鲁迅对于宗教信仰的内容意义的肯定。宗教信仰内容即为宗教教义, 鲁迅对佛教、基督教有好感, 但却对其教义从未表示过任何超出理性层次之上的肯定。他所关心的是通过宗教本源精神所

---

① 《马克思恩格斯选集》第1卷, 北京: 人民出版社, 1995年, 第647页。

② [德] 黑格尔: 《哲学史讲演录》第1卷, 北京: 商务印书馆, 1960年, 第78页。

③ 鲁迅: 《坟·文化偏至论》, 见《鲁迅全集》第1卷, 北京: 人民文学出版社, 2005年, 第48页。

表现出来的价值意义的实现，中国文化思想中最欠缺的便是这种宗教精神。

在早期的几篇文言论文中，鲁迅对宗教或教徒们所表现的"信仰""迷信""崇信""正信"，明确地做了普遍的肯定。信仰，作为一种普遍的人类精神状态，在鲁迅那里是形而上的，不具有任何教义性的具体内容。因此，他认为可以"易信仰"而不可以"灭信仰"。所以，尼采攻击达尔文进化论、"抨击景教"而"别说超人"的观点能深得鲁迅共鸣。理论的形而上阐述并不等同于理论本身的现实评价，因为事物的起点与终点并不都是一致的。而且，鲁迅从来既不是一个虔诚的宗教家，也不是一个纯粹思辨的本体论哲学家，而是一个着眼于实践，根植于现世的战士。因此，鲁迅便通过对宗教所表现出来的形而上人类精神的肯定，而获得评价社会、批判现实的价值尺度，从而把一种形而上的理论转化为一种形而下的批判武器。

二、宗教精神的内化与外化：人格的崇高与行为的执着

体现在鲁迅关于宗教精神价值意义的外在转化中，一个最重要的关键词是"伪士当去，迷信可存"①。这一思想的跃出，激活了研究者的思路。使我们感到，鲁迅正是通过这一环节，来完成形而上的观念向形而下的行为的转化，把抽象的宗教精神世俗化的过程。联系鲁迅后来的发展及

---

① 鲁迅：《集外集拾遗补编·破恶声论》，见《鲁迅全集》第8卷，北京：人民文学出版社，2005年，第30页。

其人生行为，它标志着鲁迅早期宗教精神的两种转化形式。

第一种转化形式是内化，即将宗教的执着追求和教徒的献身精神，转化为鲁迅的一种实践性的个人品格：自我牺牲式的救世精神，一个行动着的殉道者。

鲁迅像许多近代中国知识分子一样，痛恨中国的固有宗教——道教，而对外来的佛教，特别是基督教怀有一定的好感。他多次购进佛教经典，对佛学深有研究，还购进许多有关基督教的书籍①。鲁迅对于基督教教义中的"创世说""天国说"等内容给予了否定，但却推崇受难的基督那种救世精神。他没有让宗教精神资源流失，而是变形为世俗的理想资源。他把这种形而上的宗教精神，比照自己内心的人格理想做了实践性的还原，开始了一项艰难而又痛苦的道德拯救工程。他后来的人道主义温情便曾经有过这种宗教精神的煨烤。

我总感到，在鲁迅的精神世界里，活着两个鲁迅。一个是人们早已熟知的"金刚怒目"式的冷静、犀利有如长剑一般的思想斗士，对仇敌"一个都不宽恕"②的鲁迅；再一个就是温情、厚道，甘为他人和社会献身的牺牲者鲁迅。即使受了伤，也只是自己回到草丛中，默默舔着自己的伤口。如果从宗教的人格精神来看，当然后一个鲁迅更接近那位受难的基督。

鲁迅内心一直深藏着爱，这个爱是潜流，流淌在别人轻易见不到的静夜里。广大的爱成为他宗教式的牺牲精神的第一种人格行为。从思想启蒙之路的第一步始，鲁迅便把这爱揣在心中。许寿裳曾回忆说，1902年在日本弘文学院他和鲁迅结识后，见面时每谈中国民族性的缺点，以为"我

---

① 鲁迅现藏书中最早的有关基督教的书籍是1912年12月1日由友人相赠的《大秦景教流行中国碑额》拓本，后有陈垣著的《元也里可温考》和《元西域人华化考》。1925年和1928年购入英文的《圣经》，另有冯秉正编译的《圣年广益》（据姚锡佩《鲁迅对基督教的反思及遗存的圣经诸书》，见《鲁迅研究月刊》，1996年第3期）。

② 鲁迅：《且介亭杂文末编·死》，见《鲁迅全集》第6卷，北京：人民文学出版社，2005年，第635页。

们民族最缺乏的东西是诚和爱——换句话说，便是深中了诈伪无耻和猜疑相贼的毛病"①。鲁迅自己后来也多次表示，"我现在心以为然的，便只是'爱'"。"所以觉醒的人，此后应将这天性的爱，更加扩张，更加醇化；用无我的爱，自己牺牲于后起新人"，"人类总有些为他人牺牲自己的精神"②。

鲁迅是不相信有天国的，可是他说，"倘使我那八十岁的母亲，问我天国是否真有，我大约是会毫不踌蹰，答道真有的罢"③。这种回答和《祝福》中"我"所给予祥林嫂的并不满意的回答，是具有同样情感内涵的，那就是源于"爱"。这种爱化为他自身的实践行为，最为惊心动魄的莫过于"自己背着因袭的重担，肩住了黑暗的闸门"④。当我们体察到鲁迅这种爱心的深重，而有感于时人和后人对他的诅咒时，心中不禁涌上一阵莫大的悲哀。而当鲁迅肩住闸门，放出里面的人们"到宽阔光明的地方去"之后，有人又回转过头来打杀仍在吃力肩门的鲁迅时，我们心中不禁又涌上一阵更大的悲哀，觉得鲁迅未有如常人一般做出激烈的反应而慨叹不已。这是一种基于爱的救世之心，康有为称之为"不忍人之心"。康有为把近代中国比作一个"大杀场大牢狱"，"诸圣依依，入病室牢狱中，划烛以照之，煮糜而食之，裹药而医之，号为仁人，少救须臾，而何补于苦悲"⑤。这种"我不下地狱谁下地狱"的献身精神是鲁迅一代先驱者们人格特质的最好说明。鲁迅的散文诗《复仇（二）》以耶

---

① 许寿裳：《我所认识的鲁迅》，转引自姚锡佩《教育家的悲哀和骄傲——纪念许寿裳先生有感》，载《中华读书报》，1998年8月26日第19期。

② 鲁迅：《坟·我们现在怎样做父亲》，见《鲁迅全集》第1卷，北京：人民文学出版社，2005年，第145页。

③ 鲁迅：《且介亭杂文末编·我要骗人》，见《鲁迅全集》第6卷，北京：人民文学出版社，2005年，第505页。

④ 鲁迅：《坟·我们现在怎样做父亲》，见《鲁迅全集》第1卷，北京：人民文学出版社，2005年，第145页。

⑤ 康有为：《大同书·人有不忍之心》，北京：华夏出版社，2005年，第2页。

稣之死为内容，展示了"神之子"临死时的深深痛楚，这痛楚来自一个救世者被世俗所杀、救人者为众人所杀的人类悲剧。谁也不知道鲁迅的痛楚与耶稣的痛楚相比哪个更重？怀着无人体察的痛楚，鲁迅还是要走"神之子"的路：

> 耶稣说，见车要翻了，扶他一下。Nietzsche说，见车要翻了，推他一下。我自然是赞成耶稣的话；但以为倘若不愿你扶，便不必硬扶，听他罢了。此后能够不翻，固然很好，倘若终于翻倒，然后再来切切实实的帮他抬。①

人的爱心与宗教的博爱——普度众生有精神上的相通，而对爱心的矢志不移，又表现为宗教式永动不息的救世行为和人格精神。

宗教徒的苦行，尽管可能导致对自身和他人的伤害，但作为一种在强烈情感伴随下的实践行为，却可以产生道德人格的崇高。执着与崇高，成为鲁迅所受宗教精神影响内化的人格特征。鲁迅从来不相信"终极价值"的存在，但他又从来不放弃人生"过程"。他为我们描绘的那个困顿前行的孤独"过客"，是一个宗教苦行者的世俗画像，也是他自己人格和行为的生动写照。从社会意义来看，鲁迅的无所顾忌、执着向前，体现了一种牺牲救世精神。正如早年梁启超所言："欲以身救国者不可不牺牲其性命，欲以言救国者不可不牺牲其名誉。甘以一身为万矢的，曾不于悔，然后所志所事，乃庶有济。"②而从个体生命意义来说，又表明了一种人的生命价值或人生意义："我自己，是什么也不怕的，生命是我自己的东西，所以我不妨大步走去，向着我自以为可以走去的路；即使前面是深

---

① 鲁迅：《集外集·渡河与引路》，见《鲁迅全集》第7卷，北京：人民文学出版社，2005年，第38页。

② 梁启超：《敬告我同业诸君》，载《新民丛报》，1902年10月2日第17期。

渊，荆棘，狭谷，火坑，都由我自己负责。"[1]如果除去这一行为的具体目的和个人意义不谈，作为一种普遍的人格形式也是具有启示意义的。

如果说爱心温情、执着追求的鲁迅离受难的耶稣近，那么，主张报复绝不宽恕的鲁迅则走向了耶稣的反面。这也许是在现实人生中鲁迅与宗教精神的最终别离，因为此岸世界远不像彼岸世界那样，是一片幸福的玫瑰色。

第二种转化形式是外化，即以宗教信仰的价值意义为尺度，批判物化、虚假和马虎的病态人格与性格，表明鲁迅对国民性改造和民族人格重塑的积极努力。

国民性改造是贯穿鲁迅人生和精神历程始终的既定使命，甚至是历史、时代和他自身所加于自己的宿命。这种使命超越政治、经济变革之上，成为一种文化学或民族学的主题："此后最要紧的是改革国民性，否则，无论是专制，是共和，是什么什么，招牌虽换，货色照旧，全不行的。"[2]关于国民性的思考，是近代中国知识分子共同关注的普遍问题，而关于国民性的表现，20世纪30年代曾有人罗列达70种之多！[3]无外乎卑贱、怠惰、虚浮、萎缩等，这个问题在鲁迅的文化选择中更是一个说不完的话题。这里，我只想结合鲁迅早期宗教观有关的部分略述一二。

鲁迅在宗教信仰的价值意义的观照下，首先发动了对国民性中物化倾向的批判，而这个批判是从人们意想不到的角度进行的。在大力引进西学，倡导科学之际，鲁迅把那些"奉科学为圭臬之辈"作为自己的批判对象，进而历数其恶："占祠庙以教子弟，先破迷信，次乃毁击像偶"，以细胞之说否定灵魂、以动物学之定理，"断神龙为必无"云云。如果从一

---

① 鲁迅：《华盖集·北京通信》，见《鲁迅全集》第3卷，北京：人民文学出版社，2005年，第54页。

② 鲁迅：《两地书·第一集北京》，见《鲁迅全集》第11卷，北京：人民文学出版社，2005年，第32页。

③ 沈有乾：《中国民族性的一斑》，载《教育杂志》，1935年1月号。

般纯学理的角度看，这些行为皆可为破旧立新之举。但鲁迅作为一个一开始便以思想家、诗人和战士角色登上中国近代舞台的知识分子，并不是以科学理性对"迷信"者和"志士"做出价值判断，而是以自由之思想、真诚之人格作为取舍标准的。他所欲否定的是"西学之肤浅者不憭，徒作新态，用惑乱人"①，这后来导致对"学者""名流""教授""导师"的价值疑问和人格批判。从此，这些上流社会的称谓在鲁迅的字典中都成了贬义词。

无论宗教教义，还是宗教精神，都以对物欲之心和物化社会的否定为特征。从外在形式看，宗教精神的世俗化结果是人的道德人格的确立，它确立了精神本位的原则。宗教虽说构筑了一个来世系统，但它却不能支配外在世界，它最大的现实意义是对人类道德人格的支配，最终只是对人内心世界的控制。所以，任何时期的宗教教义都重精神而轻物质。

以西方18世纪、19世纪工具理性为支撑的西方近代文明最先呈现给人们的，是发达的器物和利益本位的价值尺度。像当年日本维新之后的夏目漱石等人一样，早期鲁迅表现出一种反近代乃至非文化的情绪。前面说过，鲁迅在人性论上是具有复古倾向的，而且是在鲁迅文化选择历史进程中占据时间最长久的一种复古意义。"朴素之民，厥心纯白"，鲁迅对于干涉农人赛会自由的"志士"的行为大为反感：农人"劳作终岁，必求一扬其精神"，"况乎自慰之事，他人不当犯干，诗人朗咏以写心，虽暴主不相犯也；舞人屈申以舒体，虽暴主不相犯也；农人之慰，而志士犯之，则志士之祸，烈于暴主远矣"②。这里我们听到了那句"托言众治，压迫尤烈于暴君"的复调咏叹。鲁迅一句"信之失当，而嘲之则大惑"，便对远古迷信和宗教信仰的价值意义做了准确把握。这时，他对于通过宗教和民间迷信习俗

---

① 鲁迅：《集外集拾遗补编·破恶声论》，见《鲁迅全集》第8卷，北京：人民文学出版社，2005年，第32页。

② 鲁迅：《集外集拾遗补编·破恶声论》，见《鲁迅全集》第8卷，北京：人民文学出版社，2005年，第32页。

所表现出来的信仰，体现了最大程度的理解。而且他对"志士"的批判并非仅是对具体赛会之类仪式的肯定，而是对一种信仰自由原则的维护。

鲁迅远离宗教教义，没有宗教信仰，但他不反对别人有此信仰。因为信仰是个人的自由选择，是其精神存在的一种形式。这一点，鲁迅到后来仍然坚持。1922年至1927年，中国发生了一场旷日持久的非基督教运动。这场运动以反对世界基督教学生同盟北京大会为缘起，是以学生为主体的一场社会思想运动。根据近年俄罗斯解密档案记载，是共产国际和中国共产党组织发动的。这场运动在知识界产生了很大的反响，几乎所有中国著名的知识分子都对此做出了反应。蔡元培、吴虞、陈独秀等一些原来对基督教颇有好感的著名学者纷纷撰文、演说，表明自己与一般学生相同的立场，只有周作人、钱玄同等五人联名发表了一点儿不同的意见。据日本学者山本澄子的考证和当时任中共北大学生支部书记的罗章龙的回忆，这场运动确实是由中国共产党发起的①。当这场运动如火如荼遍及全国之际，身在运动中心地，又时刻关注社会思想动态的鲁迅却在一旁沉默不语，这沉默至今仍是一个不解之谜。鲁迅的沉默，也许来自早年他对基督教和形而上精神的留恋之情，及其与后来激进的政治意识之间互相冲突、互相平衡的结果。但从周作人的声明中，似乎可以听到早年鲁迅的一点儿声音："我们不是任何宗教的信徒，我们不拥护任何宗教，也不赞成挑战的反对任何宗教，我们认为人们的信仰，应当有绝对的自由，不受任何人的干涉。"②周作人声称自己反对"非宗教运动"的主要目的，在于"维护个人的思想自由"③。无论怎么说，我在这里都只是猜测。但有一点可以肯定，对于个人思想自由的维护是贯穿鲁迅思想始终的，即使是关于信教之自由。

① ［日］伊藤虎丸：《日本学者研究中国现代文学论文选粹》，刘柏青、金训敏编译，长春：吉林大学出版社，1987年，第327页。

② 周作人、钱玄同等：《主张信教自由宣言》，载《晨报》1922年3月31日。

③ 周作人：《拥护宗教的嫌疑》，载《晨报》，1922年4月5日。

　　由信教自由所表达出来的思想自由，是鲁迅对宗教信仰的价值意义所做的世俗化、形式化的理解，有助于国民健康人格的培养。梁启超曾对此做出过这样的理解："信教自由之理，一以使国民品性趋于高尚。"①

　　鲁迅对宗教信仰的价值意义的世俗化外在转化的另一个结果，就是对国民性中"不认真""马虎"的性格的批判。与前几种国民性批判注重人格批判略有不同，这一批判中包含更多的心理和性格的因素。日本学者片山智行认为，鲁迅对中国国民性弱点的揭示，最后概括出的就是"马马虎虎"②。前面说过，鲁迅曾认为中国国民最缺少的便是"诚和爱"。"诚"作为一种精神状态，可以分为两个层次：一是心理学意义上的"认真"，二是伦理学意义上的"真诚"。前者是一种心理性格，后者是一种道德人格。宗教"迷信"所对应的应该主要是前一种精神状态，即对国民性中"马虎""不认真"性格的批判。而对以"虚伪"为对立面的道德人格的批判，鲁迅则主要是通过后来对传统道德体系的否定来完成的。

　　"不认真"，是中华民族的心理性格特征。鲁迅屡屡愤慨如此，哀叹于此。他甚至在"九一八"事变两个多月后，面对日本军队在上海屠杀曾参加过抗日活动的中国青年这一惨事，竟敢冒天下之大不韪，从两个民族的心理性格差异来评论是非缘由。据他亲眼所见，"九一八"事变后，许多中国青年被日军捉去而不见回来，这些青年大多原是上海一些抗日团体的成员。有的团体如"抗日十人团"，一团十人，每人发一个徽章，青年们把它装在口袋里，就算完事，并不真的去从事什么具体的抗日活动。还有的学生军，过去天天操练，不久无形中就不练了，只留下穿军装的照片和操练服。结果徽章、照片和操练服被日军查出，便成了被杀的原因。鲁迅没有像一般仁人志士那样对此进行道义上的声讨和控诉，而是出人意料地做出这样一番"心理分析"：

---

① 梁启超：《保教非所以尊孔论》，载《新民丛报》，1902年2月22日第2期。

② ［日］片山智行：《〈野草〉全释》，李冬木译，长春：吉林大学出版社，1993年，第3页。

像这一般青年被杀，大家大为不平，以为日人太残酷。其实这完全是因为脾气不同的缘故，日人太认真，而中国人却太不认真。中国的事情往往是招牌一挂就算成功了。日本则不然。他们不像中国人这样只是作戏似的。日本人一看见有徽章，有操衣的，便以为他们一定是真在抗日的人，当然要认为是劲敌。这样不认真的同认真的碰在一起，倒霉是必然的。

最后，鲁迅一再说"中国实在是太不认真，什么全是一样"，他希望今后要"认真点"，因为这作为"历史的教训，都是用极大的牺牲换来的"①。我倒以为鲁迅这种冷静的心理分析，要比那种痛哭流涕或血书怒斥抗议行为的思想价值要大得多，也实用得多。鲁迅是把这"不认真"视为民族的一种共性："中国有许多事情都只剩下一个空名和假样，就为了不认真的缘故。"②同时，这使我们又想到他的兄弟周作人曾有过类似的精到分析，也许，这与宗教关系更大："日本民族与中国有一点很相异，即是宗教信仰"，"我们的信仰总是功利的，没有基督教的每饭不忘的感谢"。而中国民间的信仰也没有原始宗教的那种虔诚与迷狂，"尽多是低级而不热烈者"。而日本则不然，"在他们的崇拜仪式中，往往显出神凭或如柳田国男所云'神人和融'的状态。这在中国绝少见，也是不容易了解的"③。在周作人这里，有无宗教信仰确实成了导致民族性格不同的根本原因。纯正的宗教信仰培养认真的性格，同时也需要认真的性格，因为它需要有一个艰难、严肃的实践过程。换句话说，中国人的不认真是缺少纯正宗教的信仰，至少是其中原因之一。鲁迅后来贬斥大乘佛教的"机

---

① 鲁迅：《集外集拾遗·今春的两种感想》，见《鲁迅全集》第7卷，北京：人民文学出版社，2005年，第409页。

② 鲁迅：《花边文学·〈如此广州〉读后感》，见《鲁迅全集》第5卷，北京：人民文学出版社，2005年，第461页。

③ 周作人：《知堂回想录（下）》，台北：台湾龙友出版社，1989年，第691~692页。

微""浮华"，"待到饮酒食肉的阔人富翁，只要吃一餐素，便可以称为居士，算作信徒，虽然美其名曰大乘，流播也更广远，然而这教却因为容易信奉，因而变为浮滑，或者竟等于零了"。相比之下，鲁迅倒以为"坚苦的小乘佛教倒是佛教"。随后的一句"革命也如此"①，倒让我们沉思不语。

鲁迅不相信命运，他身上有一种世俗教徒的执着精神。从近代中国知识分子的思想轨迹来看，最缺少变化的就是鲁迅。超前的预见性，使他从一开始便站在接近这个世纪思想顶点的地方，俯瞰历史和人间，静待社会思想的演变发展。宗教徒式的"迷信""崇信"，使他具有认真和诚实的性格，认定一点而矢志不渝。他没有回归、倒退，他的思想轨迹几乎是笔直的。其实，后期否定前期、早年激进晚年保守，几乎是所有中国知识分子思想轨迹的共同曲线。思想回归，不仅是以终点否定起点，而且是归附于最初思想的对立面。我不敢设想，如果这条思想轨迹出现在战争伦理学上，那该叫作什么。

宗教信仰的前提是真诚、认真、自由。可是，近人多认为"中国士人，向无宗教之迷信"②，"吾中国历史有独优于他国者一事，即数千年无争教之祸是也"③。到了这里，我终于明白，在一个普遍没有真正宗教信仰的国度里，在普遍没有宗教精神的士人群中，具有"受难的基督"一样情怀的鲁迅，便最终只能是一个困顿前行的孤独过客，而且最终为环境所不容。这使我想到那个著名的外国动画片的名字：《丹佛，最后的恐龙》。如果他要是一个真正的教徒，也可能另当别论。因为宗教是支撑，又是一种安慰。然而，鲁迅不是。

---

① 鲁迅：《集外集拾遗补编·庆祝沪宁克复的那一边》，见《鲁迅全集》第8卷，北京：人民文学出版社，2005年，第198页。

② 《箴奴隶》，见张枏、王忍之编：《辛亥革命前十年间时论选集》第1卷下册，北京：三联书店，1960年，第706页。

③ 周作人：《拥护宗教的嫌疑》，载《晨报》，1922年4月5日。

通过宗教本源表现出来的人的形而上追求的精神实质，通过宗教信仰价值意义表现出的自我牺牲的道德人格、认真执着的心理性格，在鲁迅那里达到了一致。这少有的一致，便把鲁迅高高托起，熔铸成一个人文精神的历史坐标，也许成了中国"精神界"的"最后的恐龙"。当我们用鲁迅的坐标确立自己与时代的价值关系时，我们不得不承认，我们不是宗教徒，也不是"恐龙"，面对现实，我们要做的，就是追寻鲁迅人文精神的当代意义。

世纪之交和社会转型构成了中国文化当下存在的时空环境，这一特定的存在环境，使文化发展及社会心理出现了一种前所未有的无序和无奈状态。世俗化、商品化和人文精神的淡化，成为文化发展的一种潮流。"回避崇高"，物欲横流，基本价值观念趋于解体，社会的共同伦理精神全面丧失。至少在表面上，人们失去了对社会的关注，表现出一种存在迷失、价值迷失的精神状态。正如鲁迅所指出的那样，"盖浇季士夫，精神窒塞，惟肤浅之功利是尚，躯壳虽存，灵觉且失"①。

共同伦理精神失落的思想根源在于共同理想精神的失落，共同理想精神是人生观构成的重要基础。一种新的共同伦理精神，是人的存在的社会准则，而一种新的共同理想精神则是人类发展的思想境界。毋庸讳言，理想主义、英雄主义弱化是当下社会人们精神状态的一个明显特征。急功近利乃至损人利己的人生追求，使人们的精神境界滑落。政治热情淡化，使人们失却对国家、社会的关心，人生哲学趋于世俗化和多元化。而作为思想集团和知识集团的中国知识分子，正处于生存、文化和思想三重失落的困境之中。

第一，由于经济生活的失落而造成的生存困境。在由观念性社会向利益性社会转型的过程中，人文知识分子由于不能参与社会的经济活动，不能创造直接的价值而造成知识的贬值，由"有才之士"变成"无财之

---

① 鲁迅：《集外集拾遗补编·破恶声论》，见《鲁迅全集》第8卷，北京：人民文学出版社，2005年，第30页。

人", 而急欲摆脱生存困境的正当心理往往成为"媚俗""从众"的内在动因。当然, 这种生存困境在近年来已经大为改观, 然而物质的改观并没有带来精神的提升。

第二, 由于社会地位的失落而造成的文化困境。长期以来, 中国知识分子"以天下为己任", 视文章为"经国之盛事, 不朽之大业", 假权威文化而占据社会的中心位置, 成为时代的代言人。然而, 在文化转型过程中, 由于自我意识的觉醒而逐渐从权威文化中脱落, 继而又被大众文化所冲击, 使一直以文化精英自命的知识分子们的社会地位急剧滑落, "上不着天, 下不着地", 由"有志之士"变成"无位之人", 造成社会和自身对其存在价值和意义的怀疑。

第三, 由于社会人文精神的萎缩而造成理想失落的思想困境。当今社会, 物欲的追求已由个人行为转化为社会行为, 道德性腐败已转化为结构性腐败。在这种实用理性和欲望非理性成为社会主潮的时代里, 人的理想甚至思想也显得是多余的。特别是经过事实的教训, 一些人更觉得理想是毫无价值和毫无力量可言的, 这一切都过早地结束了人们浪漫的理想时代。曾有过"人类灵魂工程师"美称的人文知识分子, 在现实中不仅有失败的痛苦, 也有失落的幻灭。使命感、责任感淡化, 由"有识之士"变成"无用之人", 或"舍己从人, 沉溺逝波", 或"自悟者悟人, 冀挽狂澜于方倒耳"[①]。十分明显, 后者的行为在思维方式上承继了鲁迅"力抗时俗"的精神追求, 但仔细揣摩之后, 便觉得其中相当多的思考并不与鲁迅"抗俗"主张的思想实质相一致。所谓"重建人文精神"的价值取向中, 也往往包含向后的道德化、意识形态化的素质, 并且是多以权威文化或贵族文化的设计为蓝本的。从而又与鲁迅早期人文精神的另一面——反权威、反贵族的"平民意识"相背离。

共同理想精神的失落, 首先是对于20世纪70年代理想的幻灭和自身

---

① 鲁迅:《坟·文化偏至论》, 见《鲁迅全集》第1卷, 北京: 人民文学出版社, 2005年, 第55页。

痛苦经历的体验的结果。而对于年轻一代来说，西方存在主义、后现代思潮则促使其产生了形而上的失望。同时，当下私欲的膨胀、人际关系和社会道德秩序的失序，是导致共同理想精神失落的现实原因。说到底，理想不仅仅是一种社会性的政治要求，也是一种个人性的生存需要。鲁迅说："人心必有所凭依，非信无以立。"①从形而上的层面说，任何社会、个人都必须有积极的、共同的精神。理想精神的积极性使人富于向上和进取的态度；理想精神的共同性使社会集合最大的精神力量向前发展，使社会的协同效应、合作体系更趋于完善。在社会转型时期，这种共同的精神便显得极为重要和迫切。

　　无论思想与现实的落差有多大，我们还是不该忘记鲁迅的尺度："刚健不挠，抱诚守真；不取媚于群，以随顺旧俗；发为雄声，以起其国人之新生，而大其国于天下。"②在这样的尺度下，我们去体验鲁迅做"人之子"的"大欢喜和大悲悯"。

三、科学的悖论：近代理性与反文化意识的交错

　　要想走出鲁迅早期精神世界的宗教之门，必须通过与其相对的科学之门。正像伊藤虎丸所指出的那样，早期鲁迅的宗教观和科学观是矛盾的，

---

① 鲁迅：《集外集拾遗补编·破恶声论》，见《鲁迅全集》第8卷，北京：人民文学出版社，2005年，第29页。

② 鲁迅：《坟·摩罗诗力说》，见《鲁迅全集》第1卷，北京：人民文学出版社，2005年，第101页。

然而二者之间又有着深层的一致性①。伊藤虎丸对此做了十分精到、细致的分析。

科学尤其是自然科学在近代中国的进步知识分子心目中，是最有普遍性的救国之术。他们从日本依靠"兰学"（西洋科学）的引入而发达的事实中感到，作为西学的基础，自然科学是最有力的救国救民的工具。当时最有影响的维新派思想家严复在《天演论·自序》中便明确指出："夫西学之最为切实而执其例可以御藩变者，名、教、质、力四者之学是已。"②鲁迅正是在这一时代潮流中，接触自然科学继而形成自己的科学观的。

如果把《破恶声论》中鲁迅的科学观，理解为是对科学救国的否定则是简单化的。但是，与《科学史教篇》及后来的文章相比，此中的观点又似乎大相径庭，构成了悖论。在《科学史教篇》中，鲁迅高张科学的大旗，为现代物质文明喝彩。他认为社会的改变"实则多缘科学之进步"。"人间科学生活之幸福，悉以增进。""而时之振作其国者何人？震怖其外敌者又何人？曰，科学也。"科学不仅仅是强国富民的有力武器，而且是改造国民性的良药："故科学者，神圣之光，照世界者也可以遏末流而生感动。时泰，则为人性之光；时危，则由其灵感，生整理者如加尔诺，生强者于拿破仑战将云。"由此可见，鲁迅并没有把科学的意义理解为它所产生的物质"实益"上，而是进一步肯定科学发展对人类精神面貌和学术思想所产生的巨大作用。他在总结18世纪科学发展所产生的功效时称，科学"洪波浩然，精神亦以振，国民风气，因而一新"③。这种观点在以前的《月界旅行辨言》中就曾明确表露过，科学可以"改良思想，补助文

① ［日］伊藤虎丸：《早期鲁迅的宗教观》，孙猛译，载《鲁迅研究动态》，1989年第11期。

② 严复：《天演论·自序》，贵阳：贵州教育出版社，2005年，第33页。

③ 鲁迅：《坟·科学史教篇》，见《鲁迅全集》第1卷，北京：人民文学出版社，2005年，第32、34、35页。

明"①。

在实现人对自然和人生终极认识的努力上，科学与宗教是具有相通的精神气质的。但二者从一开始便属于近缘，而又最终成为人类文明中最尖锐的对立体系。因为宗教的认识是停滞的，终极已经被证明并被明确展示，天堂就在头顶，上帝的光环在人间闪耀。它对于人类的精神要求，只有皈依过程而不具有求索、确认过程，更不可以被证伪。而且宗教的精神气质是群体性的，是赎罪和忏悔，只要个人的苦行献身而绝对不要个人的思想和创造。作为个人，必须虔诚地接受一个完整的世界。然而，情感体验则必须是从我做起，非我莫属的。所以，从这一意义上来看，鲁迅否定了宗教对于科学的消极作用。

在《人之历史》中，他通过对人类进化的历史考察，认为在具体实践过程中，已丧失了原初积极精神的西方中世纪宗教和教会，对人类的文明发展构成了巨大的阻力："当十三世纪时，力大伟于欧土，科学隐辉，妄信横行，罗马法王，又全力以壁学者之口，天下为之智昏，黑格尔（即海克尔）溢之曰世界史之大欺罔者，非虚言也。"在《文化偏至论》中，他从文化发展和传播过程的具体实践中得出结论，认为只有冲破教会的束缚，使"教力堕地，思想自由，凡为学术之事"才会"勃焉兴起"，社会才会有"新色"②；在《科学史教篇》中也称"盖中世纪宗教景起，压抑科学，事或足以震惊"。鲁迅认为，这种弊端来自教会和教徒的"妄信"，来自原有宗教精神的丧失。然而，这种科学观在《破恶声论》中却被对科学倡导者的种种非难所代替，形成了不同以往的悖论。在文章中，鲁迅把"奉科学为圭臬之辈"的言论行为另外作为一种"恶声"来否定，称之为"他无执持，而妄欲夺人之崇信者"，"虽有元素细胞，为之甲

---

① 鲁迅：《序跋集·〈月界旅行〉弁言》，见《鲁迅全集》第10卷，北京：人民文学出版社，2005年，第164页。

② 鲁迅：《坟·文化偏至论》，见《鲁迅全集》第1卷，北京：人民文学出版社，2005年，第49页。

胄，顾其违妄而无当于事理，已可弗繁言而解矣。吾不知耳其论者，何当顶礼而赞颂也"。而"更数污下，乃有以毁伽兰为专务者"，"占祠庙以教子弟；于是乃毁像偶，自为其酋，聘一教师，使总一切，而学校立"①。

很明显，鲁迅在这里是把对科学倡导者的否定与对宗教尤其是佛教的推崇联系在一起的。或者说，是由于这些"志士英雄"们倡导以科学知识来破除"迷信"，否定宗教精神而遭致鲁迅的批判的。照此说来，鲁迅的主张与自己以往思想及后来的五四时代精神是背道而驰的。他从主张"迷信可存"到批判倡导科学的"志士英雄"，如同我们分析鲁迅的政治观、道德观时那样，不可讳言其中的时代错位性。对于这一现象，伊藤虎丸倒是做了严密的逻辑辨析。他首先从科学、宗教及神话（文学）产生的根源入手，认为从古人们"毅然而起向未知之世界而挑战"而表现出来的"白心"与"神思"的精神状态来看，它们是相通的。也就是说，在鲁迅那里，科学与迷信并不是对立的，而是有着某种连续性的。伊藤虎丸最后总结性地写道："科学与迷信的'共通性'就是以'神思'（即丰富的想象力、空想力）主与'白心'（即不允许任何虚饰、不惧怕积习体面的真实而真率的灵魂）为基础的、不安于物质生活而自行追求向上的主体性精神。"②其实，像对宗教的认识一样，鲁迅对科学也做了形而上与形而下两种理解。他毫无疑义地肯定了形而上的科学精神，而对于形而下的物质成果则进行了两面分析。由此说来，鲁迅科学观的二重性并不是表现在本体论上，而是在物质观上。其中的矛盾性，不仅不表现为鲁迅科学观的误区，反而更说明其理解的深刻。

科学的物质成果在人类文化发展中具有正负双重作用。在《科学史教篇》中，鲁迅肯定了科学发展的物质成果对社会进步的巨大作用：

---

① 鲁迅：《集外集拾遗补编·破恶声论》，见《鲁迅全集》第8卷，北京：人民文学出版社，2005年，第31页。

② ［日］伊藤虎丸：《早期鲁迅的宗教观》，孙猛译，载《鲁迅研究动态》，1989年第11期。

> 观于今之世，不瞿然者几何人哉？自然之力，既听命于人间，发纵指挥，如使其马，束以器械而用之；交通贸迁，利于前时，虽高山大川，无足沮核；饥疠之害减；教育之功全；较以百祀前之社会，改革盖无烈于是也。……实则多缘科学之进步。①

这种肯定是鲁迅早年"实业救国""科学救国"思想的由来及延续，显示了19世纪理性主义的光彩。而对于以自然经济为基础、经史治国的中国封建社会来说，这种肯定现代物质文明的科学观，无疑是具有巨大意义的。直到后来，在鲁迅思想中亦有所保留。但是，必须看到，鲁迅并没有沿着这种理性主义走向科学拜物教。他对科学的理解是整体性的，并且具有人本主义性质。完整的科学意义是形而上的科学精神与形而下的技术手段和物质成果的统一，后者一旦与前者相脱离，便会成为社会进步和人性完善的阻力。很明显，在二者之间，鲁迅是以精神为道、为本，以技术、物质为器、为末的。技术手段和物质成果的正面价值必须以科学精神的存在为前提，这是一个不可颠倒的顺序。科学不仅以知识培养人，还以精神改变人。这也是构成早期鲁迅"科学救国"思想的认识基础。因此，鲁迅在高张科学与理性大旗的《科学史教篇》中，就十分清醒地意识到这一点："精神既失，则破灭随之。""美上感情漓，明敏之思想失，所谓科学，亦同趣于无有矣。"②这实质上与福泽谕吉的"与其学习近代科学之果，不如学习孕育出它的人的主体精神"的主张是一致的。

在缺少科学精神——人的真诚（"白心"）、自由（"神思"）的主体精神的文化环境中，单纯意义的科学启蒙往往达不到应有的效果，

---

① 鲁迅：《坟·科学史教篇》，见《鲁迅全集》第1卷，北京：人民文学出版社，2005年，第25页。

② 鲁迅：《坟·科学史教篇》，见《鲁迅全集》第1卷，北京：人民文学出版社，2005年，第35页。

必然变成常识性的知识启蒙。正如鲁迅在《破恶声论》中所描述的那样："奉科学为圭臬之辈，稍耳物质之说，即曰：'磷，元素之一也；不为鬼火。'略翻生理之书，即曰：'人体，细胞所合成也；安有灵魂？'知识未能周，而辄以所拾质力杂说之至浅而多谬者，解释万事。"①而在崇尚实用理性的中国封建社会里，科学的技术手段和物质成果不仅不能达到启蒙的目的，甚至反而会走向其反面，成为促使人们精神蒙昧、道德堕落的推进器。于是便出现了"外国用罗盘针航海，中国却用它看风水；外国用雅片医病，中国却拿来当饭吃"②的奇特现象。不仅如此，这种与科学精神脱离的科学拜物教还被封建卫道士们所利用，成为把外来科学成果变成证明传统文明高妙先进的依据："科学不但并不足以补中国文化之不足，却更加证明了中国文化之高深。风水，是合于地理学的，门阀，是合于优生学的，炼丹，是合于化学的，放风筝，是合于卫生学的。'灵乩'是合于'科学'，亦不过其一而已。"③

英国学者李约瑟博士洋洋洒洒地写下了一部中国古代科学史，其中关于中国古代科学不发达原因的探讨，还是有意义的。他提出的"李约瑟难题"使人深思。他认为，中国科学发端早却没有得到发展，其原因之一便是实用理性意识过强。近代中国著名的学者们都曾用自己的语言，从不同的方面来证明这个结论。自然经济形态和直觉性思维，使"生活—经验—科学"的发展链条不幸中断，像"精神—伦理—宗教"的发展过程一样，停止在了那中间环节。其实最重要的原因，应该是神圣而严密的封建道德价值体系对人的个性创造力的扼杀，以及以"道德文章"为内容的知识价

---

① 鲁迅：《集外集拾遗补编·破恶声论》，见《鲁迅全集》第8卷，北京：人民文学出版社，2005年，第30页。

② 鲁迅：《伪自由书·电的利弊》，见《鲁迅全集》第5卷，北京：人民文学出版社，2005年，第18页。

③ 鲁迅：《花边文学·偶感》，见《鲁迅全集》第5卷，北京：人民文学出版社，2005年，第505页。

值观的确立。

科学同宗教一样，亦崇尚权威，但科学的权威是在理性和事实的基础上形成的。科学没有终极目的、界限，是一种不断被证实甚至被证伪的连续认识、求索过程，其精神气质是怀疑和不满。因此，它需要个人的思想个性和独创力。科学精神的实质是人的思想个性和创造力的促进，即鲁迅所说的科学之因。因果分离或"倒果为因"便是科学与技术的差异。科学是以创造性为原则，由因果构成的连续性、逻辑性和整体性过程；技术仅是以实用性为原则，具有偶发性、个别性和重复性。一旦"倒果为因"，科学便成了技术，便失去了发展的精神动力。

中国文化是以伦理为本位的，这在知识价值观上必然表现为以"道德文章"为是，从而造成对科学乃至技术的排斥，或者将技术服务于道德，这便出现了鲁迅所描述的中国几种发明的荒诞悲剧。因此，鲁迅得出结论认为，要想真正达到医治中国病根的目的，其良药更在于"根本的、切实的社会科学"①，从而与他所尊奉的"掊物质而张灵明"的命题相贯通。

列宁曾说过，19世纪末至20世纪初，西方社会存在一股"从自然科学奔向社会科学的强大潮流"②。必须看到，这股潮流主要是由西方现代人本主义哲学构成的。因此，鲁迅的思想波动与这股世界潮流密切相关，从而使他对科学拜物教的批判染上了非理性的现代人本主义的哲学色彩。

总体说来，非理性的人本主义思潮的共同特征是否定现代物质文明、崇尚个人自由意识和对现实世界的悲观评价。近代科学技术的进步曾使18世纪和19世纪的人们，极大地增强了认识世界和改造世界的能力，对理性的崇拜达到几近神圣的程度。然而，这种由科学的发达所带来的物质文

---

① 鲁迅：《二心集·我们要批评家》，见《鲁迅全集》第4卷，北京：人民文学出版社，2005年，第245页。

② 中央编译局：《列宁全集》第20卷，北京：人民出版社，1989年，第189页。

明，并不与人类精神文明的进步程度相一致，鲁迅深深地感到了这一点。"林林众生，物欲来蔽，社会憔悴，进步以停，于是一切诈伪罪恶，蔑弗乘之而萌，使性灵之光，愈益就于黯淡：十九世纪文明一面之通蔽，盖如此矣。"①而且，科学的创造本是起源于人类力图在与自然的对立中，去证实自己的力量，达到自由的境界的欲望。但是，近代科学理性恰恰淡化和限制了人的"神思"，因为知识即意味着限制。于是"嘲笑神话者，总希腊、埃及、印度，咸与诽笑，谓足作解颐之具"。"有借口科学，怀疑于中国古然之神龙者，按其由来，实在拾外人之余唾。"②因此，"盖使举世惟知识之崇，人生必大归于枯寂"③。而从科学发展史上看，科学的每一次进步，也就是对人类认识能力的一次过去式否定。宗教情感多与蒙昧同性，因此，近代科学以理性为支持，可以不必理会来自宗教的挑战；可是，当鲁迅不是以宗教教义，而是以一种以"立人"为本的宗教精神对科学理性进行批判时，这批判便来得格外有力。况且，他有时就是以科学本身来批判科学偏至的，老子才最熟识他的儿子。鲁迅以此去批判科学的物化倾向，可以补足失落的科学的根本精神。

鲁迅科学观中潜隐的反近代倾向也有章太炎民粹主义思想的影响。作为东方古朴小农文化的维护者，章太炎深恨西方文化的种种弊端，从资本主义民主政治到现代物质文明，他都加以激烈反对。他认为，"知文明之愈进者，斯蹂践人道亦愈甚"④把现代文明与理想道德相对立，甚而到了反对电车、蒸汽机等近代生产生活工具的程度。鲁迅虽然没有全面接受

---

① 鲁迅：《坟·文化偏至论》，见《鲁迅全集》第1卷，北京：人民文学出版社，2005年，第54页。

② 鲁迅：《集外集拾遗补编·破恶声论》，见《鲁迅全集》第8卷，北京：人民文学出版社，2005年，第32页。

③ 鲁迅：《坟·科学史教篇》，见《鲁迅全集》第1卷，北京：人民文学出版社，2005年，第35页。

④ 章太炎：《记印度西婆耆王纪念会事》，《章太炎全集（四）》，上海：上海人民出版社，1985年，第375页。

地清白和表白志向"①，我觉得伊藤虎丸的阐释是相当深刻的。如果我们着重从探讨鲁迅人格理想的角度，对其宗教观和科学观所表达出来的"神思"与"白心"做世俗化的理解，那么就可以说，鲁迅的人格理想在于对自由精神和真率道德的追求。这样也可以避免把一种具有战斗性的社会人格淡化为个体的心理性格。

从鲁迅早期的科学观来看，他不仅抓住了科学的精髓，而且清楚地知道科学对中国影响的真正意义所在。近代科学从走入国门那一天起，就被救亡图存的中国人视为权宜之计下的一种借用工具。又过了许多年，还是被视为外来文化的组成部分，而未能视为人类文明的共同成果。于是出现了两种偏向：一是以"天朝文明"心态加以拒斥，二是以物化本质来加以理解。而鲁迅对科学精神的格外关注，最重要的价值是带来了一种新的有关"人"的观念，即人的创造力和批判性才是科学的本质。"倒果为因"悲剧和荒诞仍在继续，直到今天。

伊藤虎丸说，迄今为止，他还不知道在中国近代思想史上，是否有比鲁迅那种个人主义更为彻底的个人主义。的确，从一种理性的人本主义思想的逻辑推理角度，从鲁迅思想本身的静态分析来看，他早期的思想似乎过于偏激。他受西方现代人本主义哲学和章太炎"自贵其心""依自不依他"的思想影响，把个人的存在和自我意识视为决定性的人之本体存在，把外部世界视为异己的对象或自己主观意识的延伸、迸发的环境，因此个人的自由被推到近于极致的程度。

鲁迅强调人的精神本体，意在建构一种尽可能自由的个人人格。"去现实物质与自然之樊，以就本有心灵之欲；知精神现象实人类生活之极颠，非发挥其辉光，于人生为无当；而张大个人之人格，又人生第一义也。"而这种自由的个人人格是鲁迅早期文化选择的主体与终极，不包含任何宽泛的解释："意盖谓凡一个人，其思想行为，必以己为中枢，亦以

---

① ［日］伊藤虎丸：《早期鲁迅的宗教观》，孙猛译，载《鲁迅研究动态》，1989年第11期。

己为终极，即立我性为绝对之自由者也。"因此，"惟发挥个性，为至高之道德"①。不仅如此，鲁迅所建构的"自别异""独具我见""人各有己""不随风波"的人格理想，还是以对群体的否定为存在前提的。这种"以众虐独""灭裂个性""灭人之自我"②的"众"，主要不是政治哲学意义上的"民众"或"人民"，而是与个人的自由人格相对立的一种群体道德范式。而这种群体道德范式又恰是中国几千年来儒教思想体系的主要特征。因此，从对宗教和科学及其关系的辨析中，完成了鲁迅对于扼杀人的个性乃至本性的儒教思想体系的激烈否定，从而与前面的"掊物质而张灵明，任个人而排众数"的基本命题相贯通，这是一种思想惯性。

鲁迅的个性主义人格理想虽然具有反近代的倾向，但其文化意识的价值取向基本上还是超前的。而他的人格理想的第二种判断——"下等人胜于上等人"，则主要表现为很浓重的返古意识，它甚至是非文化的。"下等人胜于上等人"价值观的核心是崇尚自然和率真，憎恶虚伪和权势。从社会学的层面看，这一判断表现出鲁迅具有强烈的平民意识；从文化的层面看，他又有浓重的返璞归真的心理。这种平民意识与返璞归真的心理，首先来自鲁迅少年时代家境衰落的心理反差和与农民接近的生活体验；其次主要是受章太炎思想的影响。二者合一，就完整地体现了鲁迅人格理想的全部内涵和东西方文化交融的复杂形态。鲁迅的人格理想，既是具体的人的评价标准，又是抽象的道德范式（即最没有范式的范式），并且成为他设计民族人格和批判历史与现实的依据。

章太炎认为，"吾于知道德衰亡，诚亡国灭种之根极也"。同时，他受佛教的影响，有一种众生平等的道德理想，其道德标准的核心便是尊下

---

① 鲁迅：《坟·文化偏至论》，见《鲁迅全集》第1卷，北京：人民文学出版社，2005年，第52页。

② 鲁迅：《集外集拾遗补编·破恶声论》，见《鲁迅全集》第8卷，北京：人民文学出版社，2005年，第28页。

而卑上。他从这一标准出发，把当时社会人群分为十六个等级，认为"今
之道德，大率从于职业而变"。"一曰农人、二曰工人、三曰裨贩、四曰
坐贾、五曰学究、六曰艺士、七曰通人（高级知识分子）、八曰行伍、九
曰胥徒、十曰幕客、十一曰职商、十二曰京朝官、十三曰方面官、十四曰
军官、十五曰差除客、十六曰雇译人。其职业凡十六等，其道德之第次亦
十六等。"其中，"农人于道德为最高，其人劳身苦形，终岁勤动"，
"而通人（七等，指高级知识分子）以上则多不道德者"。最后，他总
结道："要之知识愈进，权位愈伸，则离于道德也愈远。"[1]在章太炎这
里，人的知识、权位与道德是成反比的。农民真诚而知识分子虚伪，两种
人格尖锐对立。鲁迅从章太炎思想中受益最大的便是这种尊下卑上的人格
理想。崇尚真诚、憎恶虚伪、同情弱小、反抗权势，始终贯穿于鲁迅的整
个文化选择和人生历程。

　　《破恶声论》中，鲁迅对农民迷信和赛会的肯定，即在于其"朴素
之民，厥心纯白，则劳作终岁，必求一扬其精神"[2]。正如恩格斯在评价
早期基督教时所说的那样："自发的宗教，如黑人对偶像的膜拜或雅利安
人共有的原始宗教，在它产生的时候，并没有欺骗的成分。"[3]然而，在
鲁迅看来，这种最初产生宗教的精神素质迄今"仅能见诸古人之记录，与
气禀未失之农人；求之于士大夫，夐夐乎难得矣"。因为"盖浇季士夫，
精神窒塞，惟肤薄之功利是尚，躬壳虽存，灵觉且失"。而对于倡导科学
的"志士英雄"的批判，也在于他们"徒作新态，用惑乱人"。虽然"自
知其小陋"，但仍"假此面具以钓名声于天下"，"蒙帼面而不能白心，

① 章太炎：《革命之道路》，参见朱维铮、姜亮夫编注：《章太炎选集》，上海：
　　上海人民出版社，1981年，第303～312页。
② 鲁迅：《集外集拾遗补编·破恶声论》，见《鲁迅全集》第8卷，北京：人民文学
　　出版社，2005年，第32页。
③ ［德］恩格斯：《布鲁诺·鲍威尔和早期基督教》，《马克思恩格斯全集》第19
　　卷，北京：人民出版社，1995年，第335页。

则神气恶浊，每感人而令之病"①。这便是鲁迅所深恶痛绝的"伪士"人格。此后，憎恨虚伪便成了鲁迅一生中最令人瞩目的道德原则，尊下卑上的人格理想也以各种方式和话题数次地被他重复②。他始终以"下等人"自居，对上流社会的虚伪给予了最彻底的昭示，甚至与"真恶"的军阀、官僚相比，"伪善"的知识分子更令鲁迅反感。由于中国知识分子生成和存在的先天不足，便缺少一种独立的阶级意识。而"人心必有所凭依，非信无以立"，弱而无信，再加之与官僚互为补充，故利禄心重，于是，致使其人格"伪"。愈到后期，鲁迅的这种判断愈坚决。例如，他在1934年曾说过："我觉得文人的性质，是颇不好的，因为他智识思想，都较为复杂，而且处在可以东倒西歪的地位，所以坚定的人是不多的。"③鲁迅对知识分子的批判，使他成为现代中国最不"入俗"的思想家。也正是由于在"下等人"身上存在并发现了这种美德，才使鲁迅在人格理想上与下层民众沟通，这也成为他后来寄希望于无产阶级的道德基础。

虽然鲁迅早期宗教观和科学观的矛盾，不能归结于政治性、思想性立场之间的冲突，主要还是限于一种思维方式的离合。根植于20世纪中国大地上的鲁迅，最终把自己对宗教与科学的理解，用于对社会政治、思想和文化的批判。他的人格理想始终具有现实的内容，都是以历史和现实为目的。"人的思想是否具有客观的真理性，这并不是一个理论的问题，而是一个实践的问题。人应该在实践中证明自己思维的真理性。"④鲁迅思想高于同代人的最大原因，就在于他始终没有把自己对社会人生的认识停留于概念层次，而是应用于具体的实践之中。因此，他的宗教观、科学观及

---

① 鲁迅：《集外集拾遗补编·破恶声论》，见《鲁迅全集》第8卷，北京：人民文学出版社，2005年，第29页。

② 如幼者本位主义、反对"瞒和骗"的文学观、坦诚相见的处世原则和对自然风物的欣赏趣味等。这都是鲁迅多次所强调的思想原则。

③ 鲁迅：《致萧军萧红》，1934年12月10日，见《鲁迅全集》第13卷，北京：人民文学出版社，2005年，第287页。

④ 《马克思恩格斯选集》第1卷，北京：人民出版社，1995年，第16页。

其非理性、反文化倾向最终没有局限为一种抽象的本体论，而是成为现实批判的武器。从"道"与"器"分离而论，最后又在具体的实践中复归于合一而论。因为，他首先是一位战士。

辩证思维：鲁迅思想形式的逻辑系统

鲁迅的文化选择是一个复杂而丰富的精神世界，其构成和演变的历史价值既在于内容，也在于形式。辩证思维，是鲁迅文化选择的逻辑存在形态。

作为现代中国的伟大思想家，鲁迅以他对民族历史、社会人生和东西方文化价值的深刻认识，极大地丰富了中国现代思想的现实内容。而且，作为20世纪的现代思想家，鲁迅的价值不仅在于其博大精深的思想内容，还在于他为中国思想史提供了一种具有现代素质的思维形式。这种思维形式便是以自然辩证法与社会历史辩证法为前提的辩证思维的逻辑系统。

当我们以此为进入和理解鲁迅文化选择精神世界的思维通道时，就会感到原有的矛盾和不和谐都可以解释，不同的思考都已被焊接到其逻辑系统的不同点上，组成了一个严密而统一的思想体系和思维模式。

一、传统与现代：辩证思维的逻辑来源

思维形式是人类对客体及自身认识的方法，是人的思想借以实现的

形式。与思维内容一样，思维形式也是一种历史的产物，具有不同的时代性。辩证思维的形成与完善，是思维历史与认识历史发展的必然结果。作为人类的一种认识活动，在古希腊哲学和中国古代哲学中已包含朴素的、经验论的辩证思维形态。经过西方近代哲学尤其是黑格尔哲学的思辨过程，初步建立了以思维概念自身运动为内容的逻辑系统。然而，真正科学的、具有现代意义的辩证思维的逻辑系统，最终是在马克思主义创始者那里建立的。马克思主义辩证思维逻辑系统的最大特色在于本体论、认识论、逻辑学、实践观的有机统一。

鲁迅早在20世纪初便已具备现代思想家的素质。在早期的文化选择中，就充分地表现出辩证思维的基本形态。随着社会的发展和自身认识能力的提高，通过积极的实践过程，他逐步接近和把握了具有20世纪最高层次的科学辩证思维的本质。通过文化选择所表现出来的鲁迅思想史本身，便是这样一个不断发展着的思维逻辑系统。辩证思维反映了客观世界自在辩证法的存在形态，而鲁迅则对这一形态的把握表明其思想认识能力的卓越。当这种认识能力与客观存在的辩证法相对应并被抽象出来，作为一种外在于思想内容而存在的思维形式时，便具有形而上的逻辑学意义。而逻辑学的意义不只在于其对中国逻辑史的丰富，更在于其具体的社会实践过程。内容与形式、形而上与形而下、思想与实践在这里达到新的统一，构成了一个完整的辩证思维的逻辑系统。

思维方式具有民族性和时代性，由于生存环境、文化传统和民族性格等差异，不同的民族具有不同的思维方式。在一个民族历史上，如果某种思维方式具有历史承传性，便被固定化，成为一种较稳固的思维模式。思维模式具有普遍性、历史性，改变也就十分艰难。应该说，近代以来中西方文化冲突在许多问题上就表现为不同思维模式的冲突。

关于近代以来中西方思维模式的差异，多有人论及。其中，林语堂曾用中国传统的类比法做过如此评价：

中国重实践，西方重推理。中国重近情，西人重逻辑。中国
哲学重立身安命，西人重客观的了解与剖析。西人重分析，中国
重直感。西洋人重求知，求客观的真理。中国人重求道，求可行
之道。这些都是基于思想法之不同。①

即使从林语堂这不尽精确的排列中，我们也可以认定，鲁迅辩证思维
的逻辑系统是对中西方思维模式一次现代性的整合，它包含中西方思维模
式的逻辑来源。

第一，中国传统模式尤其是庄子哲学认识论和方法论的影响。

概括地讲，中国传统思维模式具有两个特征：一是整体性，二是
直觉性。整体性构成传统思维中辩证法的灵魂，同时又带来相对主义的阴
影；直觉性构成传统思维中的体悟、超感觉的认知过程和比喻类比的表述方
式，同时又带来严密分析和明晰逻辑推理的匮乏。鲁迅辩证思维的逻辑系统
与传统思维保持了这样一种关系：承继朴素辩证法，沿用比喻、类比的表述
方法。在传统思维的逻辑来源中，最明显的应该是庄子哲学的认识论及方法
论。

无论从正面还是从反面，鲁迅都与庄子发生着紧密的思想联系。他对
庄子的政治哲学和道德人格有某种不自觉的认同，而在思维方式上对相对
主义逻辑和形象表述也有所承继。

在理性认识和语言表述上，鲁迅对庄子思想观念、相对主义认识方
法及其当代影响是明确否定的。当1933年施蛰存向青年人推荐《庄子》和
《文选》时，鲁迅认为即使是"从这样的书里去找活字汇"，也"简直是
胡涂虫"②，并对庄子的相对主义认识论做了明确的否定。但是语言表述

---

① 林语堂：《论东西思想法治不同》，《林语堂名著全集》第16卷，长春：东北师
范大学出版社，1994年，第81页。

② 鲁迅：《准风月谈·"感旧"以后（上）》，见《鲁迅全集》第5卷，北京：人民
文学出版社，2005年，第348页。

是一回事，思想意义又是另外一回事。连鲁迅自己也深刻反省，"就是思想上，也何尝不中些庄周韩非的毒"①。也许是由于与孔孟之道相对立的缘故，近代以降，庄子哲学便走红于中国思想界。与此相关，连包含"三世一时""一多相容"的相对主义认识论的佛教华严宗也备受青睐。从谭嗣同、章太炎至郭沫若的精神世界中，都有迹可循。庄子对于鲁迅来说，其影响有方法论层次的，也有认识论层次的。相对主义认识论使鲁迅具有整体性观察世界的方法，带来他"多疑"的心理定势，从而构成对问题深刻而独到的见解。但与此同时，又不能不承认，相对主义认识论或多或少给鲁迅的历史观涂抹上一层悲观色彩。

在鲁迅的精神世界中，其反传统的思想内容往往是通过传统的思维方式表现出来的。或者说，在鲁迅文化选择的传统关系中，与传统最近缘的就是思维方式。

第二，近代西方科学及逻辑学的影响。

辩证思维是一种不断发展着的思维规律。随着人的认识的深化、科学的进步和生产力的发展，它不断加以完善和丰富。中国近代思维科学是苍白的，但还是通过严复、章太炎等人的介绍和研究，接受了西方近代科学中的某些逻辑理论与方法。

西方逻辑学最早进入中国是在晚明。1623年，与徐光启、杨廷筠并称为中国基督教会"三大柱石"之一的李之藻与传教士傅汎际合作，翻译出版了《名理探》（原名《亚里士多德论辩术大全评注》）一书。原作以公元3世纪罗马学者波菲利的《亚里士多德范畴概论》为中心内容加以扩充，没有全面介绍西方传统的演绎逻辑，更没有吸收当时已经盛行的归纳逻辑。但作为中国古代对西方逻辑接受的绝响，其意义还是不可低估的。

1897年，严复翻译完成英国生物学家赫胥黎的《天演论》，发表在同年12月天津出版的《国闻汇编》上。众所周知，这本书曾给鲁迅以巨大的

---

① 鲁迅：《坟·写在〈坟〉后面》，见《鲁迅全集》第1卷，北京：人民文学出版社，2005年，第301页。

影响。应该看到，进化论不仅是近代科学的自然观，也是具有辩证因素的思维方法，这一点严复是明确意识到的。严复在译完《天演论》之后，认为"求诚正名"之事，是研究思维的重要方术，是哲学认识的工具之学。于是，他于1903年译出《穆勒名学》（原名为《逻辑学体系》）甲、乙、丙三部。严复因此成为中国第一位使用"逻辑"一词的思想家。约翰·穆勒作为实证哲学家对思维逻辑学的发展有过重要的贡献，他在《穆勒名学》一书中强调归纳的绝对意义，认为三段论式已不能给人提供新的知识。他的思维逻辑虽说未突破形式范畴，但已具有辩证的意义。鲁迅在从《天演论》的序中接触到逻辑学一般原理的同时，又花费精力阅读了《穆勒名学》，使他认识和了解到近代西方逻辑学的专门知识，这在现代中国作家中是不多见的。这种专门知识在鲁迅的文章言论中虽未系统阐述，但却成为他选择复杂文化内容的认识能力基础和思维逻辑形成的潜在的知识结构。

第三，浙东文化中"绍兴师爷"讼师的影响。

鲁迅思维逻辑的形成不仅与传统的古代哲学有着内在的联系，而且与传统的地方文化有着直接的继承关系，这突出表现在他与"绍兴师爷"在思维方式上的联系。"绍兴师爷"是论敌对鲁迅的诋毁之称，而这一诋毁之中既含有对鲁迅思维逻性的承认，又含有对鲁迅逻辑力量的惧怕，这是中国社会对于"讼师"的传统心理感受和现实评价。据中国社会科学院历史研究所宋辽金元史研究室点校的《名公书判清明集》中对"讼师"的判词评价称，其"有钱则弄之掌股之间，无钱则挥之门墙之外。事一入手，量其家之所有物而破用，必使至于坏尽而后已。民失其业，官受基弊，皆把持之人实为之也"。中国典籍中对于讼师的恶感大同小异，而近人亦多持否定态度。唐德刚在《胡适的自传》译注中写道：传统的中国人最瞧不起所谓写"蓝格子"的"绍兴师爷"和"狗头讼师"。[1]色天笑亦称，律

---

① 唐德刚编注：《胡适的自传》，见葛懋春、李兴芝编：《中国现代哲学史资料选编·胡适哲学思想资料选（下）》，上海：华东师范大学出版社，1981年，第123页。

师是一种舶来品，在旧中国是没有这样一种职业的。"在旧中国只有一种叫做讼师，讼师是什么呢？说他是舞文弄法，包揽词讼，为国家所禁止，为社会所不齿，称之为刀笔吏，恶讼师。"他把律师与讼师看作是"一正一邪，一善一恶"。然而，他也承认，讼师"与官场奋斗，出神入化"，平反了冤狱。①由于中国古代官吏"为政以德"，动辄以"五经断狱"，缺乏法理和逻辑，讼师则与之相对，固为国家所不容；又由于讼师对于自己的活动往往不以礼法秩序和道德观念为是，不以此作为自己调整社会关系的准绳，对于伦理和社会采取一种消极的立场，其本身也确实带有几分"作恶"的成分。应该说，在鲁迅的思维逻辑乃至心理性格中不无此种影响。但是，二者之间有一种最为重要的区别就是：性格的有所相袭，但道德目的却不尽相同。传统"讼师"的几分"作恶"虽亦有以国家和豪强为对立之意，但往往以利为是；而鲁迅的"作恶"则以攻强伐恶为唯一目的。传统"讼师"以技胜法，但多为文字功夫，乃至走入诡辩逻辑，颠倒是非②；而鲁迅则以理制胜，表现出一种严密的现代逻辑体系。

平心而论，鲁迅并不否认这种被人诋毁的联系，他把"绍兴师爷"的思维特征概括为"简括"和"察见渊鱼"，即透过现象看本质。这种"师爷气"不仅限于一种笔法，实质上已显示出一种思维方法的辩证素质，虽然还限于从一种特殊的社会职业出发的经验把握。

据周作人在《地方与文化》《雨天的书·自序二》等文章中介绍，浙东的师爷气"并不限于职业，却弥漫于乡间，仿佛成为一种潮流"，其特征为"深刻"。周作人认为给鲁迅以重大影响的章太炎便是这种"绍兴师爷"的新近代表。

章太炎文风犀利尖刻，富有论辩性。他不仅是中国近代的思想家、文学家，而且是唯一能与严复并称的逻辑学家。他在《原论》《明见》

---

① 包天笑：《钏影楼回忆录续编》，香港：香港大华出版社，1973年，第105页。

② （清）沈起凤：《谐铎》，卷五，"讼师说讼"中有过详尽描述，见梁治平：《法意与人情》，北京：中国法制出版社，2004年，第175页。

《辨性》等文章中以中国古代哲学、印度因明学和西方现代逻辑学为基础，构成了正名逻辑、比较逻辑理论。在正名逻辑中，章太炎把传统的刑名法术之学整理为一种逻辑系统。他援引晋朝杜预的话解释说，法律、律令这些东西，不像一般的哲理书那样，要做详尽繁复的分析、推演，而是像木工弹墨线一样，是作为某种准则的法式。它们的特点是简直（简单而明了），既要简单又要明了，因而要特别注意一字一句，含义要明确，界说要分明。一旦公布出去，不但因"简"而易记，而且因"明"而不产生歧义，可以"远塞异端，使无淫巧"，这便是刑名法术中的逻辑问题。这里既有近代法理因素，又有传统的"讼师"之术在其中。此外，章太炎在《论语言缘起》等论著中，从文学音韵与语言逻辑历史的转变角度来论证思维与语言的关系，结合中国文学音韵学等具体知识，生动地阐述中国逻辑历史形成演变的过程。而且，在研究过程中根据自己的创造性，形成了具有主观辩证法因素的思维逻辑。鲁迅早年在师从章太炎学习文字学的同时，也在思维方式上潜移默化地受了他的影响，尤其是那种思维上的逆反和整体性原则。

以上是从"外在"于思维内容的层面对鲁迅思维形式的历史追溯，从中我们抽象地把鲁迅的思想史，看作是由"识"——认识论和"术"——逻辑学两层面构成的统一整体。这种追溯和划分实质上是对鲁迅思想史一种假定性的"剥离"。逻辑的结论来源于对历史事实的总结，辩证的思维逻辑是宇宙存在和运动的自然法则。恩格斯指出："头脑中的辩证法只是自然界和人类历史中进行的并服从于辩证形式的现实发展的反映。"①由此可见，思维方式实质上是主体对客体认识能力的表现形态。鲁迅辩证思维的逻辑系统的构成，主要来自自己对自然和社会全面而深刻的认识，来自对20世纪中国文化转型的整体认识。这一逻辑系统不仅是思维形式的规律，更主要是思维对象内在的规律，显示出鲁迅对世界存在秩序和运动形

---

① ［德］恩格斯：《致康·施米特（1891年11月1日）》，《马克思恩格斯全集》第4卷，北京：人民出版社，1995年，第714页。

式的正确认识。

鲁迅通过自己的思维系统，既在内容上又在形式上正确地反映和把握了客观辩证法。当然，作为一位具有超常认识能力的思想家，鲁迅的反映不是直观的，而是具有很明显的主体化色彩，经过独到的"整理"而达到最高层次，即达到了马克思主义辩证思维的高度，从而使他在思维内容的深刻性和思维形式的现代化上，远远高于同代人甚至后人。鲁迅与同代人的纷争在相当程度上是两种层次的思维方式的差异所致，而我们在鲁迅文化选择中视为矛盾或局限之处，也往往是他从不同的思维视角所做的不同判断而已。

鲁迅的思维形式是一个丰富而科学的逻辑系统，具有不同的结构层面和时空特性；各层面或不同时空形态又互相联系，表现为完整的统一性。

二、"亦此亦彼"：整体性思维

鲁迅辩证思维的逻辑系统的第一个特征是整体性，其思维模式为"亦此亦彼"。

整体性思维是中国传统的思维方式，它以整体为参照，对对象客体做直观性的把握和形象性的体悟，强调事物的普遍联系和宇宙的整体性。这一思维模式，反映了自然辩证法和历史辩证法，既有本体论意义，又有伦理学意义。它适应自然经济状态和封建宗法道德体系的需要，基本上反映了宇宙人生的构成关系。但是，传统的整体性思维模式也明显存在着逻辑缺陷，它偏重现象之间的外在关联描述，忽视本质上的具体分析，笼统模糊地将自然观与伦理观等同视之。作为传统的整体性思维的内容集成，阴阳五行学说便表现出这一思维模式的全部价值与局限。"阴阳"为事物联系、转化和运动的动力，"五行"为事物的结构内容。通过"物反于极"的思想过程，结构与功能互相依赖，密不可分。万事万物既相互对立，又相互统一。这种本体论认识通过"天人合一"的思想过程又演化为伦理学价值，赋予阴阳以某种社会属性，明尊卑、辨贵贱，从而又从本质上消解了这一思维模式中朴素辩证法的本体论意义，丧失了孕育现代思维科学的可能性。

传统的整体性思维作为一种纯粹模式，以庄子的相对主义逻辑为代表。庄子哲学对中国古代思想史最大的贡献除了自由人格的伦理学说，便是"彼亦一是非，此亦一是非"[1]的朴素辩证法。他从"物之生也，若骤若驰，无动而不变，无时而不移"[2]的变化出发，强调真理的相对性，形成了"亦此亦彼"的相对主义的认识论原则，从而在否定权威崇拜的伦理学意义上，构成了对儒家道统的挑战。他在思维方式上亦对绝对化倾向做了否定，这不啻是中国思想史和文化学的一种补充和调整。但是庄子从"道"的相对论着眼，紧跟着又把这朴素的辩证法推向了诡辩论，把否定权威的人生观推向虚无主义历史观：

"凡物无成与毁，复通为一"[3]的本体论，把认识论和方法论都吞噬了，终于形成了一套不论界限、无限转化的相对主义思维逻辑。在庄子那里，彼与此虽表现为正反不同形式，但并非绝对相背，所以没有是与不是、然与不然的对立。这一判断从认识论上看，表现为不可知论；从思维逻辑上看，具有相对主义诡辩论的趋向。鲁迅并没有从庄子哲学的逻辑运

---

① 《庄子·齐物论》，陈鼓应注译：《庄子今注今译》，北京：中华书局，1983年，第54页。

② 《庄子·秋水》，陈鼓应注译：《庄子今注今译》，北京：中华书局，1983年，第62页。

③ 《庄子·齐物论》，陈鼓应注译：《庄子今注今译》，北京：中华书局，1983年，第425页。

行中走向虚无主义和"吊诡"诡辩逻辑，而是在否定这种宇宙观和人生观的同时，又吸收了蕴含于诡辩逻辑中的朴素辩证思维的合理内核，并以此为自己思维系统一个重要的逻辑来源。

鲁迅多次明确否定庄子"亦此亦彼"的诡辩逻辑：

> 但要明白，首先就要辨别。"幽默处俏皮与正经之间"（语堂语）。不知俏皮与正经之辨，怎么会知道这"之间"？我们虽挂孔子的门徒招牌，却是庄生的私淑弟子。"彼亦一是非，此亦一是非"，是与非不想辨；"不知周之梦为蝴蝶欤，蝴蝶之梦为周欤？"梦与觉也分不清。生活要混沌。如果凿起七窍来呢？庄子曰："七日而混沌死。"

所以鲁迅再三明辨："蛆虫也有大小，有好坏的""猴子的亲戚也有大小，有好坏的""狗也有大小，有好坏的"[1]。从中可以看出鲁迅的"整体性"辩证思维模式与庄子的"亦此亦彼"的相对主义诡辩论有着本质的差异。思维方式相近，但思维对象属性判断相违。庄子不做性质判断，而使用"方生方死"的二重标准去评价同一事物，从而避免做出明确选择；而鲁迅则从表面的"真"说出深层的"伪"，由表面的"是"说出深层的"非"，是从现象到本质、从此时到彼时的递进判断，因此具有惊人的批判力量。庄子相对主义思维逻辑的判断是无标准的，而鲁迅的辩证思维则是出乎寻常的独到判断，从而与庄子在认识论上划开界限，没有像前人那样跟着庄子的思路走入诡辩逻辑的泥坑。

整体性的辩证思维不仅吸收了中国古代哲学"物反于极"的辩证思维方法，而且是建立在广泛承认对象世界存在着普遍联系的基础上的现代思维方式。它把对象看作一个整体，并且在不同条件下，其内部和事物之间

---

[1] 鲁迅：《南腔北调集·"论语一年"》，见《鲁迅全集》第4卷，北京：人民文学出版社，2005年，第585页。

的对立双方可以互相转化。"辩证法在对现存事物的肯定理解中，同时包含对现存事物的否定的理解。"①从而要求思想者必须注意从不同侧面、不同视点对对象进行多向的思考，以得到对事物的完整认识。片面性的形而上学思维是封闭的、单向的线性思维，它把处于互相联系、转化的范畴割裂、孤立，把那些在对立中运动的范畴，如同一与差异、原因与结果、偶然与必然等两极化，使它们保持绝对分明和固定不变的界限。

我们知道，鲁迅的早期思想中具有进化论内容。这种思想在鲁迅那里不仅仅是对象化的道德和历史批判，而且上升为一种以概念本身的演进为前提的思辨理性和形式化的思维逻辑，即动态性的思维原则。动态性思维注意对象纵向的联系性，强调事物发展的不间断性。以此为逻辑基础，又构成鲁迅辩证思维逻辑系统中的整体性原则。整体性思维认为，思维对象自身包含多样性规定，注重对其横断面层次结构的多向思考，进而揭示事物存在发展过程中的矛盾。在鲁迅的早期文化选择中，价值判断和价值重构的多种思考表现了这一逻辑形态，而后来的思想发展更符合这一逻辑形态。

1928年，鲁迅与创造社和太阳社之间发生了一场有关"革命文学"的激烈论争，双方之间的矛盾冲突在很大程度上，源于"亦此亦彼"的辩证思维与"非此即彼"的形而上学思维的差异。创造社、太阳社等革命文学的倡导者们，依照"非此即彼"的两极线性思维模式，对无产阶级革命和文学的性质、作家的思想状态，以及文学的功能、内容与形式、文化遗产与创新的关系等一系列问题，在不同程度上做了片面性的理解，从而与鲁迅在思想内容和思维形式上都构成冲突。

关于作家思想状态的分析，革命文学倡导者们明显地使用了"非此即彼"的两极化思维方法。成仿吾称："谁也不许站在中间。你到这边来，

---

① 马克思：《资本论》第1卷法文版中译本，北京：中国社会科学出版社，1983年，第846~847页。

或者到那边去！"并由此提出进行"全部的批判之必要"①。郭沫若沿用了这一思维模式，宣布作家"不是到左边来，便是到右边去"②。这种"非此即彼"的思维方式是当时国际无产阶级文化运动中的共同现象。在两大阶级对立空前尖锐、激烈的时代，一切价值观都显示出或被赋予鲜明的阶级特性，共有的因素迅速淡化或被忽略，这是20世纪30年代中国和世界共同的时代特征。郭沫若称："我们可以知道文学的这个公名中包含着两个范畴：一个是革命的文学，一个是反革命的文学。"③这种情绪化的心理状态必然导致形而上学的线性思维方法的流行。当时苏联"拉普"的口号便是"没有同路人。不是同盟者，就是敌人"。其领导人阿维尔巴赫在《拉普日记》中写道：不合此公式的话，"那岂不是反对者吗？不是敌对阶级的家伙吗？"④日本的"纳普"在《1930年度的纳普方针》中也宣称："道路只有一条，要么是社会民主主义的，要么是共产主义的，中间道路绝对不存在！"⑤在苏联与日本的影响下，中国"左联"参照中国社会的政治态势，也承认"现在只有两条路，不是法西斯主义，就是共产主义⑥"。这种两极化的思维形式很适应处于激进与狂热之中的革命分子的心理。近代中国的民族、政治和文化斗争的尖锐和激烈，使中国知识分子普遍具有这种思维模式。1906年6月23日，章士钊在《苏报》上发表了一篇题为《反面之反面说》的文章，其中写道："夫阴阳云云者，举一以为正，则其一必反；举一以为反，则其一必正。""举此为正则彼即为反，

---

① 成仿吾：《从文学革命到革命文学》，载《创造月刊》，1928年2月1卷9期。

② 郭沫若：《桌子的跳舞》，载《创造月刊》，1928年5月1卷11期。

③ 郭沫若：《革命与文学》，载《创造月刊》，1926年5月1卷3期。

④ 中国社会科学院外国文学研究所编：《拉普资料汇编》（上），北京：中国社会科学出版社，1981年，第132页。

⑤ 载《纳普》（日本），1930年9月创刊号。

⑥ 载《前哨》，1931年4月1卷1期。

举此为反则彼即为正。"①非此即彼的对立原则取消了存在与意识关系的复杂性。

处于革命文学运动旋涡中的鲁迅，对于这种普遍流行的思维模式表现出极其的清醒。他认为，那种""非革命"即是"反革命""的公式，无疑是"将一切路都要糟蹋了"②。而且他对"革命"者本身也做了入木三分的剖析。这里鲁迅没有把作家的思想形态视为水火不相容的两极式结构，而是看作一个具有不同层次的不断变化的有机整体。革命与反革命的界限并非那样简单的截然对立，期间是有着相当复杂的混合因素和变化过程的，而且鲁迅十分敏锐地看出二者之间存在着可逆的变化关系。因此，他在"左联"成立大会上告诫兴奋的左翼革命作家，如果不明白革命的实际情形，"'左翼'作家是很容易成为'右翼'作家的"③。他还以向培良为例，再次阐明这一见解："在革命渐渐高扬的时候，他是很革命的；他在先前，还曾经说，青年人不但嗥叫，还要露出狼牙来。这自然也不坏，但也应该小心，因为狼是狗的祖宗，一到被人驯服的时候，是就要变而为狗的。"④在深刻的历史教训和自身的生活体验之后，鲁迅通过整体性的逻辑转换，往往把事物的前后、表里、正反诸方面的不同属性的洞察与预见都表达出来，使人作寒作暖，惊诧他的深刻与独到。如果仅从思维方式的逻辑层次上来看，鲁迅的意见也是明显高出那些幼稚的革命文学倡导者们一筹的。

在对于文艺功能认识上，鲁迅也表现出与革命文学倡导者以及革命文学反对者们不同的思维层次。

---

① 章士钊：《反面之反面说》，载《苏报》，1906年6月23日。

② 鲁迅：《三闲集·路》，见《鲁迅全集》第4卷，北京：人民文学出版社，2005年，第90页。

③ 鲁迅：《二心集·对于左翼作家联盟的意见》，见《鲁迅全集》第4卷，北京：人民文学出版社，2005年，第238页。

④ 鲁迅：《二心集·上海文艺之一瞥》，见《鲁迅全集》第4卷，北京：人民文学出版社，2005年，第305页。

　　"一切文艺都是宣传"，是当时国际无产阶级文学阵营的普遍认识，这显示出特定的政治形势下对文艺社会功能的正确理解，但从文艺在整个人类社会中的作用来看，这种文艺价值观并不是完整的。如果无视文艺功能的整体性、多样性，不仅会使作品价值丧失普遍性，而且反而会影响文艺的宣传功能。鲁迅以他对文艺本体和中国社会的深刻理解，从承认"一切文艺都是宣传"的命题出发，又做了一种逆向的思考："一切宣传却并非全是文艺"①，强调文艺的政治价值与艺术价值的并重，从而把对文艺功能的认识、思考推进到一个更高的层次。

　　鲁迅思维是整体性的。在批评革命文学倡导者们片面的文艺价值观的同时，又激烈地批判了梁实秋等人抽象的文艺价值观。虽然梁实秋们与革命文学倡导者们在思维内容上截然对立，但在思维形式上却表现出惊人的相似，形而上学的"非此即彼"公式是他们共同的思维逻辑。梁实秋首先在文学的价值观上提出了一种两极公式："只要流传的便是好文学，只要消灭的便是坏文学。"这里，梁实秋把文学存在的最后结果作为衡量其价值的标准。鲁迅一针见血地指出，这实质上是"中国式的历史论（即'成者王侯败者贼'——笔者按）沟通了中国人的文学论"②。那么，文学得以流传的原因何在？梁实秋称，在于表现了永久的普遍人性，"文学就是表现这最基本的人性的艺术"③。十分明显，这是对于文学的一般原理而言的，是具有普遍的合理性的。但是这种文学价值观反映了论者单纯的抽象同一性思维的特质，也没有考量到当下的社会现实状况。他在思维过程中把具体的对象与总的发展链条相割裂，把抽象概念与具体内涵相剥离，

---

① 鲁迅：《三闲集·文艺与革命》，见《鲁迅全集》第4卷，北京：人民文学出版社，2005年，第85页。

② 鲁迅：《而已集·文学与出汗》，见《鲁迅全集》第3卷，北京：人民文学出版社，2005年，第581页。

③ 鲁迅：《二心集·"硬译"与"文学的阶级性"》，见《鲁迅全集》第4卷，北京：人民文学出版社，2005年，第208页。

导致了思维的片面性。鲁迅认为，梁实秋的思考是"矛盾而空虚的"。他从概念与内涵的不可分割性的思维角度，反对片面的、形而上的来谈人性。他认为，抽象的人性本身是无从表现的，如同"不用物质而显示化合力和硬度的单单'本身'无妙法"。"文学不借人，也无以表现'性'，一用人，而且还在阶级社会里，即断不能免掉所属的阶级性。"[①]鲁迅承认和强调文学的阶级性，但与此同时并没有走到某些革命文艺倡导者形而上学思维的另一极端。他认为，文学虽然"都带"但并非"只有"阶级性，他把人性作为一个动态的、复杂的整体来认识，既考虑人性的普遍性，又顾及人性的特殊性。人性是抽象的，又是具体的。这在他关于文化的同一性与特殊性关系的辨析中已经完整表述过。前后以一种系统的逻辑形态相贯通，从而显示出鲁迅辩证思维方式的过人之处和一致性。

革命文学倡导者们对人的阶级性和文学与文化的特殊性的过分强调，实质上是把人类和人类文化都做了简单化的理解，而鲁迅则通过自己的文化选择表现了全面而辩证的认识。

从辩证思维的逻辑出发，人类的文化评价应具有两个不同的层次：第一层次是个体化的、主观化的评价。评价者往往从个人、阶级、民族的意识出发，从评价对象中寻找强化个体色彩的文化因素，这一层次是每个社会成员都必然遇到的。鲁迅在这一层次上与革命文学倡导者们有着明确的共识，但是在第一层次对文化进行浓缩分析后，评价者还应超越这一层次进入第二层次，即对评价对象做多视角的客观评价。这一评价是服从于人类同一性的，是从历史发展的完整性和联系性来确定评价对象普遍的文化价值。必须看到，这两个层次是递进的而非分离的。遗憾的是，许多革命文学倡导者在第一层次便完成了自己最后的文化选择的价值标准。而鲁迅的思维结构则是完整的、全面的，通过两个层次的统一判断，形成了以辩证逻辑为思维框架的文化选择。也正是因为如此，才使鲁迅既

---

① 鲁迅：《二心集·"硬译"与"文学的阶级性"》，见《鲁迅全集》第4卷，北京：人民文学出版社，2005年，第208页。

代表着现代中国新文化运动的方向，又成为具有人类普遍意义的20世纪的世界文化伟人。

三、"一切都是中间物"：不完满性思维

如果承认世界存在和文化进步是一个递进的发展过程，如果承认在同一体中存在着多样性和差异性，那么在思维的动态性与完整性基础上，自然会发现和承认鲁迅辩证思维逻辑系统的第二个特征——不完满性，其思维模式为"一切都是中间物""于天上看见深渊"。

不完满性在本体论意义上是对客观世界自然辩证法存在形态的再现，是对事物发展过程的客观描述。任何事物的存在与发展都有缺损和不完美，它表明鲁迅对自然与社会内在逻辑的逻辑性把握，表明鲁迅文化选择中对文化发展不合理性的预见和心理准备。

鲁迅不完满性思维原则的哲学依据是人们所熟知的"中间物"意识。鲁迅"以为一切事物，在转变中，是总有多少中间物的。……在进化的链子上，一切都是中间物"①。"中间物"意识既是鲁迅世界存在的认识论，又是其历史观和伦理学。

世界的发展是一条不断的链条，每个"现在"都不过是链条上的一节，无数个环中的一环。存在，就是一种过渡状态。自然如此，社会如此，人自身亦如此。

事物的发展和人类的认识都是一个永无止境的进程。因此，相对于

---

① 鲁迅：《坟·写在〈坟〉后面》，见《鲁迅全集》第1卷，北京：人民文学出版社，2005年，第285～286页。

后一阶段来说，前一阶段的认识总是不完满的。这是一种历史和自然的存在，无论人们是否意识到或是否承认。其实，承认差异与不完满不仅符合事物发展的规律，而且能进一步使人的思维逻辑趋于辩证性，增加人对事物再认识的动力。事物的最佳态势不在于其无矛盾和大完善，而在于其所寓含的再发展的能力。在事物发展过程中，正是由于存在着差异和矛盾，方使其内部充满了活力，才进一步激发了人的认识和实践的能力。甚至可以这样说，一种事物如不包含矛盾和缺陷，才是真正不完满的。因此，在更高的层次上承认事物发展的不完满性、非绝对化是辩证思维的一个重要特征。

"中间物"意识在本体论的认识基础上，又构成了鲁迅的个体伦理学。其含义有两种：一是为后人牺牲，二是自我反省。为后人牺牲既是一种新陈代谢的自然规律，又是"中间物"意识在道德人格上的外化。这就是鲁迅在《我们现在怎样做父亲》中所说的"后起的生命，总比以前的更有意义，更近完全，因此，也更有价值，更可宝贵；前者的生命，应该牺牲于他"①。自我反省是"中间物"意识在道德人格上的内化。鲁迅不承认有"完人"的存在，更不承认自己是"完人"。他缺少一般启蒙者和革命者的道德自我崇高感，即那种"圣徒"品格，而具有一种既反叛社会又反叛自身的"叛徒"品格。

鲁迅这种对自然、历史和伦理存在与发展不完满性的认识，这种思维逻辑的动态性与完整性原则，使他具备掌握这种完满性思维方法的能力。

鲁迅不仅承认这种不完满性，而且高度肯定其在人类进步和文化发展中的积极意义。鲁迅在题为《不满》的文章中形象地写道："不满是向上的车轮，能够载着不自满的人类，向人道前进。"②不完满性成了人类追

---

① 鲁迅：《坟·我们现在怎样做父亲》，见《鲁迅全集》第1卷，北京：人民文学出版社，2005年，第137页。

② 鲁迅：《热风·随感录六十一》，见《鲁迅全集》第6卷，北京：人民文学出版社，2005年，第367页。

求和努力的契机与动力。鲁迅的这种思维逻辑打破了传统的"尽善尽美"的绝对化的思维模式,不承认"止于至善",他强调在矛盾运动中把握世界的本质。他不承认思维对象和思维方式的"彻底"和"完美",因为"普遍、永久、完全,这三件宝贝,自然是了不得的,不过也是作家的棺材钉,会将他钉死"①。他认为,如果一切都"十全十美","无问题,无缺陷,无不平,也就无解决,无改革,无反抗"②。

由于鲁迅懂得如果事物的发展或其存在是一致的、无矛盾的,那么它便是无生命力的、停滞的。因此,从这一思维逻辑出发,他否认人类文化选择的"既要……又要……"式的理想公式,对于某些激进的批评家们的绝对化批评模式亦表现出极大的反感,觉得"他于革命文艺,就要彻底的、完全的革命文艺,一有时代的缺陷的反映,就使他皱眉,以为不值一哂。和事实离开是不妨的,只要一个爽快"。"从这些人们的批评的指示,则只要不完全,有缺陷,就不行。但现在的人,的事,那里会有十分完全,并无缺陷的呢,为万全计,就只好毫不动弹。然而这毫不动弹,却也就是一个大错。"③这种"首饰要'足赤',人物要'完人'④的绝对化思维方式实质上反映了批评者对对象认识的肤浅。鲁迅明确地指出:"有百利而无一害的事也是没有的,只可权大小。"⑤一种选择必然以另一种选择的牺牲为代价,苛求"彻底"与"完美",实质不过是取消变革与进

---

① 鲁迅:《且介亭杂文·答〈戏〉周刊编者信》,见《鲁迅全集》第6卷,北京:人民文学出版社,2005年,第151页。

② 鲁迅:《坟·论睁了眼看》,见《鲁迅全集》第1卷,北京:人民文学出版社,2005年,第252页。

③ 鲁迅:《二心集·非革命的急进革命论者》,见《鲁迅全集》第4卷,北京:人民文学出版社,2005年,第233页。

④ 鲁迅:《准风月谈·关于翻译(下)》,见《鲁迅全集》第5卷,北京:人民文学出版社,2005年,第317页。

⑤ 鲁迅:《且介亭杂文二集·从"别字"说开去》,见《鲁迅全集》第6卷,北京:人民文学出版社,2005年,第292页。

步。正如恩格斯所说，"历史同认识一样，永远不会在人类的一种完美的理想状态中最终结束；完美的社会，完美的'国家'是只有在幻想中才能存在的东西"①。令人惊叹的是，鲁迅的思考比那些声称"唯我是无产阶级"的批评家更接近马克思主义！这里，是有辩证的思维逻辑的推进作用的。

20世纪30年代，在国际国内的政治氛围影响下，中国的革命斗争呈现出愤激突进的气势，立场发生转变的知识分子真诚地向往革命，但却对革命本身缺少深刻、清醒的认识，而且对革命者的思想转变也做了绝对化的理解：必须"干干净净"地克服非无产阶级思想②，"还得再自己否定一遍"③。对此，鲁迅指出，"中国的革命文学家和批评家常在要求描写美满的革命，完全的革命人，意见固然是高超完善之极了，但他们也因此终于是乌托邦主义者"④。鲁迅认为，这是他们"不明白革命的情形"，接着他运用不完满原则对革命自身做了辩证的分析："革命是痛苦，其中也必然混有污秽和血，决不是如诗人所想象的那般有趣，那般完美。"⑤在这里，鲁迅把革命视为是一个包含各种矛盾与痛苦的复杂过程，而且认为革命后的理想社会也同样不是一个尽善尽美的终点。

当时，许多革命知识分子一方面与黑暗、险恶的社会现实搏斗，另一方面描绘着无比美丽的理想未来，而理想又为这目前的搏斗提供了力量和自信，这是所有革命者的处境与心态。因此，有人即使把目前的斗争当作艰难的变革过程，但同时也把未来的理想社会视为一个尽善尽美的终点。

鲁迅以进化论的动态性思维为依据，相信"将来必胜于今天"。但这

① 《马克思恩格斯选集》第4卷，北京：人民出版社，1995年，第216～217页

② 李初梨：《怎样建设革命文学》，载《文化批判》，1928年2月2日。

③ 成仿吾：《从革命到革命文学》，载《创造月刊》，1928年2月1卷9期。

④ 鲁迅：《译文序跋集·〈毁灭〉第一部一至三章译者附记》，见《鲁迅全集》第10卷，北京：人民文学出版社，2005年，第37页。

⑤ 鲁迅：《二心集·对于左翼作家联盟的意见》，见《鲁迅全集》第4卷，北京：人民文学出版社，2005年，第238页。

个判断并不是绝对的，而是相对的，"将来"也是一个不断发展的过程。因此，革命和革命后的社会也是不会"止于至善"的。"革命无止境，倘使世上真有什么'止于至善'，这人间便同时变了凝固的东西了。"①在鲁迅看来，世界上一切事物都是无穷的历史发展运动中的一个环节，一切都处于过程和变化之中，后一阶段是对前一阶段的超越和发展，但绝不是前一阶段发展的终点，尤其不是一个尽善尽美的终点。鲁迅曾几次以俄国诗人叶赛宁等人的悲剧为例，谈到"止于至善"的幻想给知识分子心理上造成的巨大失落感，认为"对于革命抱着浪漫谛克的幻想的人，一和革命接近，一到革命进行，便容易失望"②。鲁迅"因此知道凡有革命以前的幻想或理想的革命诗人很可有碰死在自己所讴歌希望的现实命运"，他进而深刻地指出，"现实的革命倘不粉碎了这类诗人的幻想或理想，则这革命也还是布告上的空谈"③。鲁迅从革命者与革命、理想和现实的辩证关系出发，论证了人的认识与社会发展的不完满性规律，他以此来告诫激进的知识分子不能"以为前途太光明"，否则"一碰钉子，便大失望"④，从而向他们提供了一条新的思维路线。

鲁迅依照这种不完满性原则，从不把事物的价值、性质视为一个美满的圆，而视其为一段要再发展的曲线。从而把别人的终点作为自己思维的起点，能够"于天上看见深渊""于浩歌狂热之际中寒"⑤，所以鲁迅的

---

① 鲁迅：《而已集·黄花节的杂感》，见《鲁迅全集》第3卷，北京：人民文学出版社，2005年，第428页。

② 鲁迅：《二心集·对于左翼作家联盟的意见》，见《鲁迅全集》第4卷，北京：人民文学出版社，2005年，第239页。

③ 鲁迅：《三闲集·在钟楼上》，见《鲁迅全集》第4卷，北京：人民文学出版社，2005年，第36页。

④ 鲁迅：《三闲集·通信（并Y来信）》，见《鲁迅全集》第4卷，北京：人民文学出版社，2005年，第100页。

⑤ 鲁迅：《野草·墓碣文》，见《鲁迅全集》第2卷，北京：人民文学出版社，2005年，第207页。

思考总是极为深沉而严峻的。他对革命倡导者们高唱的理想未来进行了逆反式思考，从其思维的终点处得出驳诘式的悖论："不是正因为黑暗，正因为没有出路，所以要革命的么？倘必须前面贴着'光明'和'出路'的包票，这才雄赳赳地去革命，那就不但不是革命者，简直连投机家都不如了。虽是投机，成败之数也不能预卜的。"①于是，鲁迅发出一个十分严峻而又令人难堪的质问："倘若难于'保障最后的胜利'，你去不去呢？"②

　　这以不完满原则为基础的逆反式思维路线，使鲁迅对思维对象有了不同于常人的深刻、独立的见解，他的思考总比别人进一步。这可称为"第二步思维"，即前面所说的把别人思考的终点作为自己思考的起点。"人们看见是天堂的地方，鲁迅看见的是深渊。"③然而，这种思维方式也使鲁迅不入时流，时时处于被误解甚至被非难之中，因为他超越了同代人的思想和历史经验。为此，鲁迅曾在给许广平和友人的信中自豪而又不无痛苦地说："我的习性不大好，每不肯相信表面上的事情"，常有"疑心"④。"别人猜测我，都与我的心思背驰……非彼辈所能知也。"⑤恪守这一思维原则，使鲁迅产生了一种孤独感，便由此更显示其思维方式的超常与思想内容的超前。也可以这样说，鲁迅文化选择的深刻和独出使他成为世纪性的文化巨人，而由此表现出来的思维逻辑的丰富与严密，又使人难以真正进入其宏大而深邃的精神世界。于是，伟大终于带来了孤独。

---

① 鲁迅：《三闲集·铲共大观》，见《鲁迅全集》第4卷，北京：人民文学出版社，2005年，第107页。

② 鲁迅：《三闲集·"醉眼"中的朦胧》，见《鲁迅全集》第4卷，北京：人民文学出版社，2005年，第63页。

③ 钱理群：《怎样才能读鲁迅》，载《解放报》，2008年10月25日。

④ 鲁迅：《两地书·第一集》，见《鲁迅全集》第11卷，北京：人民文学出版社，2005年，第39页。

⑤ 鲁迅：《书信集·致章廷谦》，见《鲁迅全集》第12卷，北京：人民文学出版社，2005年，第537页。

四、"要紧的是'行'而不是'言'"：
实践性思维

我们知道，鲁迅的文化选择包括价值判断和价值重构两个过程。因此，这就本然地决定其不是一个纯粹的理论思辨过程，而是一个思想的实践过程。

辩证思维实质上是宇宙存在秩序与运动形式在人的头脑中的逻辑反映，是人对客体对象内在规律的深刻认识的结果。辩证思维的特质便体现在对思维与实践、经验与理论、抽象与具体等多种辩证关系的认识上，而这种认识又是通过不断的实践过程来获得和发展的。因此，实践是人的思维活动的根本动力和最终目的，实践赋予思维方式以具体的形态。鲁迅通过其文化选择，所表现出来的辩证思维的逻辑系统的最后一个，也是最基本的特征便是实践性，其思维模式为"要紧的是'行'，不是'言'"①。

全面地来看，实践是主体与客体之间能动的双向对象化的过程。也就是说，实践既是主体改造客体的有目的的客观活动，又是通过客体的变化而确立主体的过程。人的思维逻辑是对象内在构成逻辑的历史性内化，因此辩证思维本身包含具体的现实内容主体的实践过程。具体的实践性是辩证思维有别于其他思维逻辑的本质属性。鲁迅正是在这一认识的前提下，把主观辩证法、客观辩证法和实践辩证法有机地组成比较完整的辩证思维的逻辑系统，从而在实践中达到马克思主义的思想高度。

很明显，鲁迅对世界的思考并不注重在本体意义上的探讨，他从未把思维作为一种纯形式的、思辨的逻辑方法来对待，而是始终将之与具体的现实内容思想的实践过程相联系的。马克思认为，"人的思维是否具有客观的真理性，这并不是一个理论的问题，而是一个实践的问题。人应该

---

① 鲁迅：《华盖集·青年必读书》，见《鲁迅全集》第3卷，北京：人民文学出版社，2005年，第12页。

在实践中证明自己思维的真理性"①。鲁迅不仅把自己辩证思维的逻辑系统运用于实践，使其成为解决理论与现实是否一致的方法论，而且通过实践来丰富、发展这一逻辑系统。因此，鲁迅辩证思维的逻辑系统绝不是在纯思辨的理论范畴内自我推演、运动的，而是基于实践论基础之上为人们揭示主客体运动规律而提供的逻辑依据，其中是包含具体的、丰富的内容的。因此说，实践是鲁迅辩证思维逻辑系统最重要的构成因素和最终的运动目的，实践性思维原则是其辩证思维逻辑系统与思维对象的现实内容发生联系的方法论，并且是作为整个逻辑系统中最富有生命力的动因而存在的。它使鲁迅的文化选择成为中国文化转型的一种价值尺度和具体的行为过程。

无论是在思想内容的深刻性上还是在思维方式的科学性上，鲁迅都达到了与马克思主义体系相当接近的境界。这种接近主要不是先通过理论的接受而形成的，而主要是依靠自己积极探索社会实践来实现的。1933年他在致姚克的信中称："即如我自己，何尝懂得什么经济学或看了什么宣传文字，《资本论》不但未尝寓目，连手碰也没有过。然而启示我的是事实，而且并非外国的事实，倒是中国的事实，中国的非'匪区'的事实。"②鲁迅作为现代的优秀知识分子，通过自己的实践活动自主地把握了作为自然与社会普遍规律的科学马克思主义。要知道，鲁迅在接触马克思主义经典作家的论著以前，其思想便已达到了相当成熟的程度。他是在现实中国的大地上成长起来的伟大思想家和革命家。

鲁迅在20世纪初便抱定"改造国民性"的宗旨，这种文化选择和人生追求必然促使他将自己的思维活动、文学创作和社会工作时时与中国社会的实践相结合，达到既改造社会又发展自身的目的。他既不做西方哲学家式的思辨，也不发中国传统知识分子式的清谈，而是以实践为思想的标

---

① 《马克思恩格斯选集》第1卷，北京：人民出版社，1995年，第55页。

② 鲁迅：《书信集·致姚克》，见《鲁迅全集》第12卷，北京：人民文学出版社，2005年，第496页。

准和目的，无论何时鲁迅对逃避现实的人生态度和思想主张都持严厉的批评态度。他首先怀疑能通过"静观默想"而达到伟人的境界，并且不相信"离人间愈远遥，而知人间也愈深"①的思维逻辑。他所关注的不是"将来"，而是达到这将来的"现在"。因此，"执着现在"成了他思维逻辑的主要时态，而且他力图把这种实践性原则作为社会普遍的价值导向和思维路线。1925年在应《京报副刊》的征求而写的《青年必读书》中，他提倡"要少——或者竟——不看中国书，多看外国书"，"看中国书时，总觉得就沉静下去，与现实人生离开"，读外国书时，则"往往就与人生接触，想做点事"②。由此鲁迅与主张表现"超阶级"人性的梁实秋斗争，与主张"闲适"的论语派分道扬镳，与主张"勿侵略文艺"的第三种人论争，而这种分歧在与左翼文学内部脱离实际的"左"倾教条主义思想的斗争中表现最为突出。

从根本上讲，鲁迅关于革命文学的历史意义及其价值的理解与创造社、太阳社成员基本上是一致的，他们有着共同的阶级基础与思想来源。但是，为何从这一共同的起点出发，双方之间却产生如此大的分歧与矛盾呢？如果仅仅是思想观念上的差异，那么在后来趋向一致的时候，双方是可以完全走到一起来的，然而事实并非如此。当双方在革命文学观上趋向一致并在组织上组成了共同的阵营之后，他们在精神深处仍是隔膜的，情感上也是反感的，最后甚至又发生了公开的分裂。除去其意气之争和思想个性差异，最重要的原因就在于双方在思维方式和实践过程上所表现出来的巨大差异。

实践不仅是鲁迅辩证思维逻辑系统中的内在要素和实现过程，还是衡量其思想内容和思维方式的价值尺度。因此，鲁迅以实践性思维原则对

---

① 鲁迅：《华盖集·题记》，见《鲁迅全集》第3卷，北京：人民文学出版社，2005年，第3页。

② 鲁迅：《华盖集·青年必读书》，见《鲁迅全集》第3卷，北京：人民文学出版社，2005年，第12页。

"革命文学"理论的一般批评更具有普遍的思想意义。

从思维方式上讲，实践过程并没有成为某些革命文学倡导者的思考环节，他们把思想自身与思想的实现之间做了简单的同步理解，而忽略了实践及其复杂过程对思维逻辑的根本作用。他们虽然在思想内容上接受了马克思主义的基本理论，但在思维形式上却沿袭了旧唯物主义哲学形而上学的模式，脱离实践，单纯追求理论上的逻辑，使现实为其理论体系服务。这是一种颠倒的思维，是逻辑对事实的强制。而且在这种理论和逻辑的指导下，对具体现实做了片面的认识，思想虽然激烈，但却扼杀了自己理论的内在活力。

鲁迅极其讨厌这种"大言无实"的倾向。他所说的"无实"是指只有空洞的口号而无实际的创作。1929年，他在革命文学论争的高潮中说，"许多人大嚷革命文学，而无一好作"①，"永是看不见现实而本身又并无理想的空嚷嚷"②，次年又称"中国的新文艺运动，先前原不过是一种空喊，并无成绩，现在则连空喊也没有了"③。然而这种"大言无实"的倾向在"左联"成立后依然存在："左联开始的基础就不大好。""以前分裂、高谈、故作激烈"，"但病根未除，又添了新分子，于是现在老病就复发"④。

革命文学的主要倡导者之一，后期创造社成员李初梨从日本共产党内的"福本主义"那里接受了"理论斗争"的学说，而且"福本主义"本身即是与日本社会实践相脱节的理论，其对社会的分析并不是基于实践而是

---

① 鲁迅：《书信集·致李霁野》，见《鲁迅全集》第12卷，北京：人民文学出版社，2005年，第161~162页。

② 鲁迅：《译文序跋集·〈新时代的预感〉译者附记》，见《鲁迅全集》第10卷，北京：人民文学出版社，2005年，第469页。

③ 鲁迅：《书信集·致曹靖华》，见《鲁迅全集》第12卷，北京：人民文学出版社，2005年，第242页。

④ 鲁迅：《书信集·致萧军、萧红》，见《鲁迅全集》第13卷，北京：人民文学出版社，2005年，第287页。

在一般理论体系中演绎出来的。因此，李初梨等人思维逻辑中的实践不过是文学运动自身，而未能把艺术与生活在深层次上的结合视为思维中的实践范畴。对此，鲁迅敏锐地指出："他们对于中国社会，未曾加以细密的分析，便将在苏维埃政权之下才能运用的方法，来机械地运用了。"①很明显，一种理论离开其存在环境而对另一环境产生积极作用的前提是必须与实际情况相结合，如果"不肯具体地切实地运用科学所求得的方式，去解释每天的新的事实，新的现实"，那么必然失去其理论的原有价值和意义。鲁迅在"左联"成立大会上告诫左翼作家们："倘若不和实际的社会斗争接触，单关在玻璃窗内做文章，研究问题，那是无论怎样的激烈，'左'，都是容易办到的；然而一碰到实际，便即刻要撞碎了。关在房子里，最容易高谈彻底的主义，然而也容易'右倾'。""坐在客厅里谈谈社会主义，高雅得很，漂亮得很，然而并不想到实行的。这种社会主义者，毫不足靠。"②他认为，"在革命时代是注重实行的、动的"③。我们看到，鲁迅把实践作为革命文学和作家一种质的规定性，这不仅揭示了中国知识分子崇尚清谈的传统根性，而且为左翼作家的思想发展指明了方向。

鲁迅在把实践作为思维逻辑的重要内容和价值标准，来批评"大言无实"倾向的同时，也以此来作为校正自己早期文化选择和后来思想发展的标准。五四时期，他通过对当下社会中国粹主义思潮的亲身体验，迅速消去了自己早期文化选择中的"复古"色调，而确立了彻底反传统的现代文化观。20世纪30年代革命文学论争初期，他受托洛茨基和沃隆斯基的影响，对革命文学的产生与存在是持怀疑态度的，后来承认"现在，在中

---

① 鲁迅：《二心集·上海文艺之一瞥》，见《鲁迅全集》第4卷，北京：人民文学出版社，2005年，第304页。

② 鲁迅：《二心集·对于左翼作家联盟的意见》，见《鲁迅全集》第4卷，北京：人民文学出版社，2005年，第224页。

③ 鲁迅：《集外集拾遗补编·关于知识阶级》，见《鲁迅全集》第8卷，北京：人民文学出版社，2005年，第238页。

国，无产阶级的革命的文艺运动，其实就是惟一的文艺运动。因为这乃是荒野中的萌芽"①。值得注意的是，鲁迅的转变仍然主要是"事实的教训"的结果，因为是"革命青年的血，却浇灌了革命文学的萌芽，在文学方面，倒比先前更其增加了革命性"②。也正是在这血的现实面前，在革命文学遭到残酷镇压之时，他公开承认革命文学的存在，并亲自加入其中，而成为革命文学阵营的主帅和旗手。在这里，鲁迅思维逻辑的完整与道德人格的崇高得到了高度统一，实现了其辩证思维逻辑系统的价值与目的。

鲁迅文化选择的逻辑存在形态是辩证的思维方式，人的思维方式是一个不断发展、变化着的现实过程和逻辑系统。鲁迅辩证思维逻辑系统的形成与充实，增强了他对历史变化的适应能力，使他能从思维内容的不同层次、广泛联系和不断发展中得到对现实社会的正确认识。而且，由于他始终把自己的思考与中国社会的具体实践相结合，从而在精神上获得了有力的支撑，思想情绪很少大起大落，形成一种顺境中从不盲目乐观逆境中很少灰心失望的稳定深沉的心理性格。因此，我们说他是20世纪中国最具完整意义的伟大思想家。

---

① 鲁迅：《二心集·黑暗中国的文艺界的现状》，见《鲁迅全集》第4卷，北京：人民文学出版社，2005年，第292页。

② 鲁迅：《且介亭杂文·中国文坛的鬼魅》，见《鲁迅全集》第6卷，北京：人民文学出版社，2005年，第158页。

深度现代化：鲁迅文化选择的人类性和时代性尺度

鲁迅通过自己的文化选择确立了五四新文化运动的方向，也为20世纪中国确立了一种不断深化的现代化尺度。现代化的渴望和实践是20世纪的世界性运动，是20世纪的文化精神。因此，鲁迅文化选择的现代化尺度，亦刻上了这个世纪的人类性和时代性标准。在这一尺度下，鲁迅批判了片面强调文化特殊性的"国粹"论或"国情特殊论"，以文化同一性原理坚持了中国文化现代化转化的人类性和时代性标准。他通过文化同一性与文化特殊性关系的辨析，建构了一种具有实际批判意义的文化哲学理论。

一、"国情特殊"论：传统文化的拒斥与变形功能

"国情特殊"论是20世纪中国文化现代化过程中最大的难点，是坚持者和反对者都必须加以认真辨析、讨论的问题。虽然将其作为现代化的唯一障碍可能过于简单，但至少在现代化过程的起点处，它所造成的消极后

果要明显大于积极结果。在鲁迅的文化选择中，从批判坚持守旧、拒绝变革的国粹主义的角度来说，"国情特殊"论作为一种现代化转化中的心理障碍、理论误区，毫无疑问都具有否定意义。

"国情特殊"论的文化哲学依据是文化特殊性原理，鲁迅通过对国粹派的批判，指明文化特殊性原理在文化转型中可能具有的两种消极功能：

第一，在排斥外来文化的功能上表现为一种防御心理，进而成为一种保护落后的口号。

鲁迅毕生致力于对国粹派的批判，也正是这一批判使他确立了在中国文化转型中独出的历史地位。甚至可以说，在深解鲁迅精神的人心目中，有这样一种印象：旧文化因鲁迅而死，新文化因鲁迅而生——至于旧的死而复生、新的生而不长则是鲁迅世界之外、之后的事了。严格说来，在文化的价值判断上，国粹派与"国情特殊"论者并不同一。前者在排斥外来、保守传统上比后者走得更远，与时代之间存在着更大的错位。他们不仅坚持中国文化的独特性，而且经过对传统文化的过分美化，而由文化特殊性的后门走向文化同一性的前台：把中国文化特殊性扩大为人类文化的同一性，以传统文明为人类文明的价值尺度，表现出一种文化自崇心理。这种文化心理在20世纪90年代表现得更为强烈。

"国情特殊"论虽然在排斥外来、保守传统上与国粹派并无二致，但其文化哲学依据则是以文化特殊性始，又以文化特殊性终的。他们并不以自己为世界文明立法，仅是守望着自己的麦田。与前者那种传统的"天朝"文化心态有所不同，他们已经没有那么强烈的文化自崇心理，只是表现为一种文化自卫心理，因为他们失去了将中国文明化放之四海而皆准的自信。

鲁迅在《随感录三十九》中对这种"国情特殊"论者进行了惟妙惟肖的心理透析：

闻所未闻的学理法理，横亘在前，不能大踏步摇摆。于是沉思三日三夜，竟想出了一种兵器，有了这利器，才将"理"字排行的元恶大憝，一律肃清。这利器的大名，便叫"经验"。现在又添上一个雅号，便是高雅之至的"事实"。

经验从那里得来，便是从清朝得来的。经验提高了他的喉咙含含糊糊说："狗有狗道理，鬼有鬼道理，中国与众不同，也自有中国道理。道理各各不同，一味理想，殊堪痛恨。"这时候，正是上下一心理财强种的时候，而且带着理字的，又大半是洋货，爱国之士，义当排斥。①

"国情特殊"论表现为对固有文化的留恋和偏爱，所以它是作为一种中国文化现代化转型的心理障碍而存在的。留恋与偏爱来自一种民族文化的亲和感。在这种情感因素的作用下，人们的文化价值判断会出现错觉，文化重构会出现幻觉。情感如冬雪，遮掩了一切污秽和丑陋，中华大地呈现出一片洁净。爱之所至，甚而以丑为美：

只要从来如此，便是宝贝。即使无名肿毒，倘若生在中国人身上，也便"红肿之处，艳若桃花；溃烂之时，美如乳酪"。国粹所在，妙不可言。那些理想学理法理，既是洋货，自然完全不在话下了。②

面对强势的外来文化，"国情特殊"论者的心理失衡了，言语似乎失去了正常："乐他们不过，同他们比苦！美他们不过，同他们比丑！"③

①　鲁迅：《热风·随感录三十九》，见《鲁迅全集》第1卷，北京：人民文学出版社，2005年，第333~334页。

②　鲁迅：《热风·随感录三十九》，见《鲁迅全集》第1卷，北京：人民文学出版社，2005年，第334~335页。

③　见林损：《苦乐美丑》，载《新青年》第4卷4号。

即使是出自一种崇高的文化情结，这种焦躁也只能表明其所钟情、所保守的固有文明确实已到穷途末路了。

曾长期担任著名《东方杂志》主编的杜亚泉以"物质文明为末，精神文明为本"的一般思维方式抵御外来文化的进入，而最有力的论据是"一国有一国之特性，则一国亦自有一国之文明"①。在20世纪30年代中期开展的关于"本位文化建设"的大讨论中，"中国文化特殊性"成为本位文化派的主要依据。他们认为，"中国虽是世界的一环，然而，中国始终是中国，中国自有其特殊性"②。其实，虽然"国情特殊"论的理论倡导还仅限于一种偏执的文化情绪，限于一种理论主张。但是，在中国文化现代化转型的艰难时刻，如果不能加以正确理解的话，最终必将成为一个拒绝变革、保护落后的口号。

在文化发展过程中，如果一种文化处于落后境地而一味地去强调自身的特殊性（还不包括国粹派式的对固有文明的执迷、自崇），那么就会使一些文化上的保守派从中找寻到反对变革、保护落后乃至反动的理论依据，至少对于变革传统者不提供支援。鸦片战争之后，针对一些开明士大夫的维新变法主张，封建保守派便以不符合"中国国情"为依据，来反对政体的变革。1914年至1915年，袁世凯为恢复帝制而大造舆论，其顾问和筹安会散布"共和不适于中国国情"之类的言论。在马克思主义、列宁主义最初传入中国时，反对者也是以"国情特殊"作为自己的理论依据的。第一次国共合作时期，国民党的理论家戴季陶以国家的名义，排斥共产党人，认为"中国国情"不宜进行无产阶级革命。"在文化人低微、经济落后至于如此的国家"，"想要以工业的无产阶级专政来达到革命建设的目的，哪里可以做得到？"进而他劝告中国共产党人说，既然你们知道时代还不需要共产主义，因而不能把共产党的名义公开地拿出来，要借用国民

---

① 杜亚泉（高劳）：《现代文明之弱点》，载《东方杂志》第9卷第11号。

② 漆琪生：《中国本位文化运动的历史意义与实质》，见马若芳编：《中国文化建设讨论集》上编，上海：上海国音书局，1936年，第54页。

党的名义工作，为什么不干脆实心实意地"把三民主义认为唯一的理论，把国民党认为唯一救国的政党"①？与此相一致，蒋介石同样认为无产阶级革命不适合"中国国情"和"民族性"。1927年4月25日他在长沙市民欢迎大会上发表题为《本党国民革命和俄国共产革命的区别》的演讲，认为"以恨为动机的革命，决不适于中国的民族性，因为动机既然是恨，行动一定是残酷和卑污，而且要损人利己的，这完全和中国的民族性相反。中国几千年来伦理观念，都是利他的，不是利己的，所以中华民族的固有特性，是和平的、宽厚的和光明的；不愿受别人的残酷的待遇，也不愿以残酷的手段施诸别人"。"一国所采取的革命主义和方法，不能完全适用于别国，因为适合甲国国情的革命主义和方法，不一定适合于乙国。"②我们暂不去评价其观点的历史真实性程度，仅就其逻辑来说，是我们今天再熟悉不过的了。"国情特殊"论为固有文化的一切落后、丑恶和反动都提供了有力的辩护。这些政治上和文化上的倒行逆施，并不是真正的从中国国情出发，而是有着各自党派的目的和利益需要的。

以反对变革为目的的"国情特殊"论的倡导者们的思想本质，是拒绝接受外来文化，而且这外来文化中亦包含被他们已经承认的先进文化。事事以"国情特殊"为先，排斥外来，拒绝变革，只能表明文化发展的自甘落后。鲁迅说："若是决计革新，一切都应该采用西洋的新法子，不必拿什么国粹，什么国情的鬼话来捣乱！"③

第二，在接受外来文化的功能上，"国情特殊"论又具有变形机制，表现出固有文化的消极性同化功能。

---

① 戴季陶：《国民革命与中国国民党》，转引自《戴季陶主义研究资料选编》，北京：中国人民大学出版社，1986年，第35～43页。

② 蒋介石：《本党革命与俄国共产革命的区别》，秦孝仪主编：《先总统蒋公思想言论总集》第10卷，台北：中国国民党中央委员会党史委员会，1984年，第390页。

③ 陈独秀：《今日中国之政治问题》，《陈独秀文章选编》（上），北京：三联书店，1984年，第268页。

20世纪中国文化现代化转型是一种不可抗拒的时代潮流，外来文化的强势使中国固有文明丧失了传统的优势。经历了西学东渐的三个过程，西方文化通过"托古改制"式的比附机制，开始有限度地接受外来文化。然而，"国情特殊"论使这种有限的接受发生了变形。

鲁迅把这种变形称为"染缸"效应："可怜外国事物，一到中国，便如落在黑色染缸里似的，无不失了颜色。"[①]"谁说中国人不善于改变呢？每一新的事物进来，起初虽然排斥，但看到有些可靠，就自然会改变。不过并非将自己变得合于新事物，乃是将新事物变得合于自己而已。"[②]

和鲁迅一样，另一位新文化的先驱者李大钊亦有同感。他看到西方文明进入中国之后，总是发生大大小小的变形："大至政制，微至衣履，西人用之则精神焕发，利便甚溥，而一入于吾人之手，著于吾人之身，则怪象百出，局促弗安，总呈不相配称之观。"李大钊认为，发生此现象的根本原因不在西方文化，而在中国文化本身。因为"东洋文明主静，西洋文明主动"，中国人"以静的精神享用动的物质制度器械等等，此种现象必不能免"[③]。后来与鲁迅等人在政治道路上分道扬镳的罗家伦也持有同样的观点。他以为，"凡是一种新东西到中国来，没有不加上一层中国旧式的色彩，弄到'四不像'而后已"[④]。

一种文化就是一种价值体系，不同的价值体系必然具有不同的功能。文化的变革如果不是体系性的变革，其原有功能也必然不能发生根本改变。相反，当外来文化进入后，便通过同化功能而使异己者发生变形。20

① 鲁迅：《热风·随感录四十三》，见《鲁迅全集》第1卷，北京：人民文学出版社，2005年，第346页。

② 鲁迅：《华盖集·补白》，见《鲁迅全集》第3卷，北京：人民文学出版社，2005年，第109页。

③ 李大钊：《东西文明根本之异点》，载《言治》季刊1918年7月第三册。

④ 罗家伦：《近代中国文学思想之变迁》，载《新潮》，1920年9月1日第2卷第5号。

世纪中国文化的现代化转型有本质性的，有非本质性的，但还不能说是一种体系性的转化，其所受容的西方文化发生变形是必然的。

任何一种异己文明作为一个部分进入另一个文化价值体系之中，都要被改变，发生程度不同的变形。变形，也是一种适应和生效过程。从最终结果来看，完全不发生变形的文化受容是不存在的，但是文化变形的结果也具有两重意义，即积极意义和消极意义，而积极意义只能发生在落后文化被先进文化体系所吸收的情况下。鲁迅批判那种以同化元代蒙古人和清代满人为经验之谈的文化自大狂：

> 殊不知这种意见，在现在是非常错误的。我们为甚么能够同化蒙古人和满洲人呢？是因为他们的文化比我们的低得多。倘使别人的文化和我们的相敌或更进步，那结果便要大不相同了。他们倘比我们更聪明，这时候，我们不但不能同化他们，反要被他们利用了我们的腐败文化，来治理我们这腐败民族。他们对于中国人，是毫不爱惜的，当然任凭你腐败下去。现在听说又很有别国人在尊重中国的旧文化了，那里是真在尊重呢，不过是利用！ ①

"腐败民族"和"腐败文化"，是鲁迅对中华民族与文化中的腐朽、劣质构成部分的诗化概括。这一结构使部分接受的现代文化发生消极性变形是必然的。在这样一种文化体系之中，鲁迅坚信，"中国本不是发生新主义的地方，也没有容纳新主义的处所，即使偶然有些外来思想，也立刻变了颜色，而且许多论者反要以此自豪" ②。

中国近代史成了一个必须面对世界亦必须容纳世界的文化变革过程。

---

① 鲁迅：《集外集拾遗·老调子已经唱完》，见《鲁迅全集》第7卷，北京：人民文学出版社，2005年，第324页。

② 鲁迅：《热风·随感录五十九》，见《鲁迅全集》第1卷，北京：人民文学出版社，2005年，第371页。

在西方文化的视野中，中国作为一种自然经济时代的文化系统，是一个被发现了的世界。而对于中国来说，西方文化的出现，却意味着发现世界，"天下"的破灭，中国被强迫纳入世界文化的洪流之中。这本来为中国进入世界而接纳现代文化提供了千载难逢的机遇，但这个机遇伴生的痛苦过于沉重。痛苦不仅来自政治的强暴和经济的入侵所带来的屈辱，也来自现代文明与传统文明之间巨大落差所造成的心理动荡，而后者的痛苦令寄生于传统意义世界中的"国情特殊"论者难以承受。于是，为了守旧而求新的努力必将把自强变成维持已经颓败了的意义世界的努力。由于"变器不变道"的悖文化逻辑的作用，对新事物有所接受，但"并非将自己变得合于新事物，乃是将新事物变得合于自己而已"①。鲁迅以科学为例，指出了传统文化的这种变形功能以及现代文化进入中国文化体系之后的命运：

> 科学不但并不足以补中国文化之不足，却更加证明了中国文化之高深。风水，是合于地理学的，门阀，是合于优生学的，炼丹，是合于化学的，放风筝，是合于卫生学的。"灵乩"的合于"科学"，亦不过其一而已。②

而且科学不但更加证明了中国文化的高深，还促进了中国文化的光大。

> 于是，麻将桌边，电灯替代了蜡烛，法会坛上，镁光照出了喇嘛，无线电播音所日日传播的，不往往是《狸猫换太子》《玉堂春》《谢谢毛毛雨》吗？

---

① 鲁迅：《华盖集·补白》，见《鲁迅全集》第3卷，北京：人民文学出版社，2005年，第109页。

② 鲁迅：《花边文学·偶感》，见《鲁迅全集》第5卷，北京：人民文学出版社，2005年，第505页。

> 每一新制度，新学术，新名词，传入中国，便如落在黑色染缸，立刻乌黑一团，化为济私助焰之具，科学，亦不过其一而已。

鲁迅最后感叹，"此弊不去，中国是无药可救的"[1]。前面说过，"染缸"机制是"国情特殊"论的最终效果。因为任何作为体系的文化，本身存在着对异己文化受容的缓冲和减损机能。文化传统愈悠久，文化积累愈丰富，这种功能就愈强，对外来文化的排斥同化力就愈大。中国传统文化具备丰富的同化弱势文化、排斥强势文化的功能和经验。当现代文化不是以体系整体性地被接受，而仅是部分被接受时，排斥力和同化力便同时发生作用，最终结果是使接受的现代文化发生功能的改变。在这样的状态下，被接受的现代文化部分，丧失了原文化体系的功能而获得现文化体系的功能，支持现文化体系的存在。在古代社会，中国文化面对弱势或落后文化，表现出升华式的同化，曾创造出"大汉"文化、"大唐"文化的雄大气势。但在现代社会，沉迷于这种古老的故事，唱着"老旧的调子"是"国情特殊"论产生的思想原因。鲁迅指出，"有人说，我们中国有一种'特别国情'——中国人是否真是这样'特别'，我是不知道，不过我听得有人说，中国人是这样。——倘使这话是真的，那么，据我看来，这所以特别的原因，大概有两样"。鲁迅所指出的两点原因：一是"中国人没记性"；二是"个人的老调子还未唱完，国家却已经灭亡了好几次了"[2]。

"老调子"是对历史辉煌的赞美，当辉煌已经过去，赞美便只成了追忆。其实，对于近代的中国人来说，历史的辉煌除作为对历史知识的了

① 鲁迅：《花边文学·偶感》，见《鲁迅全集》第5卷，北京：人民文学出版社，2005年，第506页。

② 鲁迅：《集外集拾遗·老调子已经唱完》，见《鲁迅全集》第7卷，北京：人民文学出版社，2005年，第322页。

解，已没有任何实质性意义，即使再辉煌也与当代人无干，仅属于祖先。它已经成了一个消逝了的意义世界，"老调子"的咏叹，只能让人沉迷于过去，感叹今不如昔，从而强化对外来文化的抵御心理。这种"老调子"甚至可能造成一个民族文化心态的失常。当落后与溃败成为不可改变的现实时，当代影视剧中却在讲述着一个个打擂比武中洋鬼子趴在中国武林高手的脚下，而如何大长中国人志气的幼稚故事。于是，有些人便把它作为民族强盛的最好证明来向自己和世界夸耀，强烈的民族自信心似乎已被极度的民族虚荣心所取代。普遍的心理失落造成了情绪的焦虑，膨胀的防御机制不仅使外来文化发生变形，而且使传统与自身也都发生变形。正如鲁迅所言，"我们的老调子，也就是一把软刀子"①。

二、鲁迅文化哲学的两个概念：
文化的同一性与文化的特殊性

在20世纪中国文化现代化转型的整个过程中，国粹派和"国情特殊"论在不同阶段承担起排斥外来、保守传统的同一任务。在文化转型的起点处，国粹派最先亮相，他们凭借民族文化的亲和感和国民与世界文明大势的隔膜，而使人们一时沉迷于"中华文明世界第一"的文化白日梦里。然而，随着西学东渐的深入、国民对世界了解的加深，固有的民族文化亲和感已难以挡住传统文化的颓势时，国粹派的文化白日梦便自然破灭，日渐失去保守传统文化的力量。于是，第二道防线被设置，"国情特殊"论及

① 鲁迅：《集外集拾遗·老调子已经唱完》，见《鲁迅全集》第7卷，北京：人民文学出版社，2005年，第325页。

时登场。倡导者们沿用了民族文化亲和感，并在一定程度上承认传统文化颓势的前提下，以文化特殊性为理论依据，提出"国情特殊"的理论。所以直到今天，它仍成为中国现代化转型中的最大思想障碍。因为它具有理论上的合逻辑性：一种文化、一个民族、一个国家与其他文化、民族、国家相比，总有其特殊性。

毫无疑问，作为一个具有悠久历史并创造了辉煌成就的文化系统来说，中国文化与其他文化相比具有诸多特殊性。从语言文字、生活习俗，直到民族心理都形成了自己固有的传统特征，也正是由于此，才时不时地对西方一些人士产生不小的吸引力，令其心驰神往。但是，尽管如此，如果过分强调一个民族、一种文化的特殊性，将此作为落后、守旧和不合历史潮流的辩解乃至保护的话，那么对这一民族或文化的发展来说就不可能是有益的。然而，在中国文化第三次转型的漫长时期里，这种"国情特殊"论一直在人们的头脑中占有稳固位置。而到了近年，则被置于一种不容怀疑、无可争议的主导地位。然而，如果不是基于中国现实，而是出于一种拒绝变革的文化心理的话，那么这一理论已经日益成为中国文化全面转型所应克服的主要思想障碍。并且由于忽视人类文化、世界文化的共同性，这一本来具有相对合理性的理论陷于偏狭，落后于现代人类文化的时代发展。

鲁迅所说的"老调子"是指对文化民族性或特殊性的强调和坚持。他认为，"凡有老旧的调子，一到一个时候，是都应该唱完的，凡是有良心，有觉悟的人，到一个时候，自然知道老调子不该再唱，将它抛弃"，"老调子"中可能会传诵着一个民族古老的英雄故事，也可能桎梏着民族的精魂。但是，文化的民族性或特殊性本身必须适应文化时代性的需要而发生变革。这是鲁迅为自己更为民族所做出的文化选择：

> 我想，唯一的方法，首先是抛弃了老调子。旧文章，旧思想，都已经和现社会毫无关系了，从前孔子周游列国的时代，所坐的是牛车。现在我们还坐牛车么？从前尧舜的时候，吃东西用

泥碗，现在我们所用的是甚么？所以，生在现今的时代，捧着古书是完全没有用处的了。[①]

实质上，鲁迅提出并解释了一个文化哲学的重要命题：文化的特殊性。

民族文化的特殊性本身便不是一个固定不变的概念，而是随着人类文化的共同进步而不断改变着自身的内容，其自身也必然具有时代性。因此，文化的特殊性并不能成为"国情特殊"论的立论基础。一个民族、一种文化从其产生之日起到今天，已经走过了漫长而多变的发展道路。如果从今天这一暂时的终点去反观最初的起点，人们就会发现任何文化的终点与起点相比都面目皆非，几乎没有不发生变化的。就中国几千年来文化发展过程来说，在政治制度、经济形式、风俗习惯、伦理观念等各个方面无不发生触目惊心的变化。按理说，服饰文化最具民族性，但是，从西装、中山装到长袍马褂、方巾儒服，再到祖胸唐服、高冠楚服……究竟哪个才算是最具民族"特殊性"的代表服饰，这恐怕是难以说得清楚的。辛亥革命前夕，包括鲁迅在内的一般革命党人，均以改变清朝发式和服饰作为反清复明的重要环节。有些老先生从日本和服上受到启发，甚至主张恢复汉唐服装。辛亥革命后，一般时兴的都是西装，于是，又受到一般爱古者的攻击。袁世凯称帝，自制一套不古不今的服装为"御服"，同时又定长袍马褂为常礼服。五四运动之后，北京大学整顿校风，亦规定长袍马褂为校服！鲁迅对此都做了入木三分的剖析："恢复古制罢，自黄帝以至宋明的衣裳，一时实难以明白；学戏台上的装束罢，蟒袍玉带，粉底皂靴，坐了摩托车吃番菜，实在也不免有些滑稽。所以改来改去，大约总还是袍子马褂牢稳。虽然也是外国服，但恐怕是不会

---

① 鲁迅：《集外集拾遗·老调子已经唱完》，见《鲁迅全集》第7卷，北京：人民文学出版社，2005年，第325页。

脱下的了——这实在有些稀奇。"①

文化的民族性或特殊性，因不同的时代而具有不同的历史转化形态，没有恒定不变的内涵，没有任何时代都可以唱下去的"老调子"。"天不变道亦不变"的宇宙文化观，只能存在于人们渐渐消逝了的那个意义世界里。一个时代有一个时代的价值观，也就有一个时代的文化特殊性。随着时代的变化，特殊性的内涵也在不断转化，而其转化也总是以特殊性的丧失、以进一步适应人类的共同性需要为价值取向的。从这一意义来说，"国情特殊"论，在文化哲学中是一个动态的命题。

在对文化特殊性这一例题解释的同时，鲁迅提出了一个与此相对应的文化哲学命题：文化的同一性。这，也是他文化选择的一个重要趋向。

认同文化的同一性是理解文化的特殊性的前提。也就是说，对于"国情特殊"的认识必须在承认文化的同一性、人类的共同性的前提下完成。

鲁迅对于偏执的"国情特殊"论的批判本身，便隐含着对于文化的同一性这一前提的承认。如果说，鲁迅对"国情特殊"论的批判表现了文化选择中的价值判断的话，那么，他对于文化同一性的承认则表现了其文化选择中的价值重构。

鲁迅对于文化同一性的承认，主要表现在对文化发展整体趋向的肯定，而不是对具体思想行为的强调。这个整体趋向，就是在世界现代文化框架下，中国文化的现代化转型和中华民族人格的现代性重塑。

鲁迅首先肯定了人类精神生命努力向上的共同趋向。"生命的路是进步的，总是沿着无限的精神三角形的斜面向上走，什么都阻止他不得。""无论什么黑暗来防范思潮，什么悲惨来袭击社会，什么罪恶来亵渎人道，人类的渴仰完全的潜力，总是踏了这些铁蒺藜向前进。"②向上

① 鲁迅：《花边文学·洋服的没落》，见《鲁迅全集》第5卷，北京：人民文学出版社，2005年，第479页。

② 鲁迅：《热风·随感录六十六》，见《鲁迅全集》第1卷，北京：人民文学出版社，2005年，第386页。

的精神生命之路，是人类在生物的共同性之上所表现出来的文化的共同性。文化哲学的共同性概念，不是统计学上的概念，并不一定包含数量上的一致，而是指一种主体的或阶段的共同发展趋势和欲望。鲁迅所提出的人类共同的精神生命之路，既与其他近代中国文化哲人所论及的共同性有所一致，同时要比前人和同时代人有一种更为普遍的文化哲学和生命哲学意味。谭嗣同从衣、食、住、行等生理需求上来肯定中西民族的人类共同性，同时批评当时的"西人得窃中国之绪余而精之，反以凌驾中国之上"说法为粗浅之论，他认为，"彼即无中国之圣人，故不乏才士也"，进而指出"道非圣人所独有也，犹非中国所私有也"①。胡适和冯友兰也都从人类生理构造的相同而谈及中西民族人生方式、精神需求的"大同小异"②。

在近代以来西学东渐的过程中，无论是西化派、本土派还是折中派文化观的确立，往往都以对中西文化差异性的强调为依据，鲁迅文化选择中的价值判断概莫能外。但鲁迅的可贵之处在于，他不仅能看到中西文化的差异性，而且能从文化哲学的高度看到二者的共同性。从而超越一般的人类文化异质观和人类生理的同一观，而把它上升为一种人类文化的共同性命题。

鲁迅文化选择的人类同一性命题，是建立在近代以来产业革命所带来的人类文明世界化的前提之下的。世界市场的开拓和经济秩序的建立，特别是近代科学的传播，使人类文明出现了有史以来未曾有过的同一性趋向。产业革命是以一种经济形式统一世界的，而科学文化传播则是以一种精神形态来使世界成为一个精神整体的。正如陈独秀所称"盖学术为人类

---

① （清）谭嗣同：《思纬氤氲台短书·报贝元征》，见《谭嗣同全集》，台北：台湾华世出版社，1977年，第428页。

② 分见胡适：《读梁漱溟先生的〈东西文化及其哲学〉》，《胡适文集（三）》，北京：北京大学出版社，1998年；冯友兰：《一种人生观》，《三松堂全集》第2卷，郑州：河南人民出版社，2001年。

之公有物，既无国界之可言"①。科学精神以其科学成果为载体迅速传遍世界，成为人类文化现代化转化和同一性趋同的有力推进器。

在这样一种"天下大势，既已日趋混同"②的时代，人类文化精神的一致亦势在必行。鲁迅把"人类的道德"③（包括初民的和现代的）作为中国文化现代化转型的价值取向和自己的文化选择基准。"人类尚未长成，人道自然也尚未长成，但总在那里发荣滋长……将来总要走同一的路。"④因为无论世界还是中国，都被纳入现代化的轨道，无论走还是推，都必须沿着同一方向。也许因为如此，鲁迅才对中国文化的命运表现出一种超越民族意识的达观态度。他在给好友许寿裳的信中说：

> 历观国内无一佳象，而仆则思想颇变迁，毫不悲观。盖国之观念，其愚亦与省界相类。若以人类为着眼点，则中国若改良，固足为人类进步之验（以如此国而尚能改良故）；若其灭亡，亦是人类向上之验，缘如此国人竟不能生存，正是人类进步之故。

"若以人类为着眼点"可以说是鲁迅文化选择的最终价值尺度。在其文化选择中，文化特殊性与文化共同性是不可分割的一对范畴。这里有对照、互补和统一。

鲁迅对人类文化共同性的认同，是在对文化特殊性偏狭理解的批判中完成的。对于固有文明，鲁迅似乎充满了恶感。这里，他又用"瘤"和

---

① 陈独秀致钱玄同的信。见石峻：《中国近代思想史参考资料简编》，北京：三联书店，1957年，第1034页。

② 严复：《救亡决论》，见石峻：《中国近代思想史参考资料简编》，北京：三联书店，1957年。

③ 鲁迅：《热风·随感录四十》，见《鲁迅全集》第1卷，北京：人民文学出版社，2005年，第338页。

④ 鲁迅：《热风·随感录六十一》，见《鲁迅全集》第1卷，北京：人民文学出版社，2005年，第375～376页。

"疮"来表示他的厌恶：

> 什么叫"国粹"？照字面看来，必是一国独有，他国所无的事物了。换一句话，便是特别的东西。但特别未必定是好，何以应该保存？
>
> 譬如一个人，脸上长了一个瘤，额上肿出一颗疮，的确是与众不同，显出他特别的样子，可以算他的"粹"。然而据我看来，还不如将这"粹"割去了，同别人一样的好。①

由"与众不同"而变得"同别人一样"，正是一个由特殊走向同一，亦即由传统走向现代的解说。在此之后，鲁迅又提出了特殊与同一基本命题下的两个子概念："阶级意识"与"人类意识"。

三、两种思想主题对比：阶级意识与人类意识

现代人应该永远是"世界性"的人。应该说，鲁迅的精神世界中很少有对终极价值的关注，对于复古式的人类"大同"理想和贵族化的人类"普遍的人性"理论，他都给予了批判。但是，这种批判是在辩证思维逻辑系统下的辨析，它表明了鲁迅对政治学问题与文化哲学问题的不同关注。在政治学问题上，鲁迅批判了梁实秋等人对于现实社会中人的阶级性的否定，从"文学与出汗"的论析中得出没有抽象和普遍的人性存在，只

---

① 鲁迅：《热风·随感录三十五》，见《鲁迅全集》第1卷，北京：人民文学出版社，2005年，第321页。

有具体的人性存在的结论，从而表现出鲁迅在政治学问题理解中的阶级论主张。

但是，在这里必须明确两个事实：

第一，鲁迅对"抽象人性"论的批判是服从于当时政治批判的需要的。从20世纪20年代开始，民国政府把"伦理建设""国民道德建设"作为当务之急。蒋介石带头提出要"昌明我国固有的人伦关系""恢复民族固有的道德"①。而陈立夫等人则对这一主张给予理论的解释和支持。陈立夫主张"仁爱本于天性"的先验人性论，认为："人类社会之改造，不能从恨出发，从恨出发，必须归于恨。所以只能从爱出发，从爱出发，则爱之根苗不可先断。……若先在内部行阶级斗争，则爱之根苗先断，决不能开花结果。"②道德的主张来自政治的目的。很明显，蒋介石、陈立夫等人的人性论和"全人类""全体民众"的"共同利益"的"共生共存"之说，是为排斥五四新文化和中国无产阶级革命运动而制造的一种理论。而梁实秋的人性论亦在客观上与之基本同调，所以受到鲁迅的批判。应该说，作为以反抗专制和权威为毕生使命的鲁迅，必然选择与被压迫的无产阶级同道的政治道路，他对统治集团和"帮闲文人"为达到巩固其政治统治所提出的道德命题，亦必定做出政治的批判。而这，并不能作为其文化共同性的文化哲学命题的否定，而只是其文化选择中不同层面的不同思考而已。

第二，鲁迅对无产阶级革命运动内部片面性的阶级论的批判，是服从于其整体的文化选择的需要的。当"革命文学"倡导者以两极化的思维方式，提出阶级性为人性的全部内容的极端主张时，鲁迅敏锐地指出，无论人还是文学，虽然"都带"但并非"只有"阶级性。人，在鲁迅的视野中，既有较恒定的普遍性，又有历史的特殊性。抽象的人性与具体的人性

---

① 蒋介石：《三民主义之体系及其实行程序》，转引自吕希晨：《中国现代文化哲学》，天津：天津人民出版社，1993年，第542页。

② 陈立夫：《生之原理》，天津：天津人民出版社，1993年，第543页。

构成活在现世的人，从这一基点拾级而下，我们发现鲁迅关于文化常态与变态、深层与表层不同结构之下的不同思考。以上的两种批判，是鲁迅总体文化选择在不同形态、不同结构下的表现。我们是否可以得出这样的结论：鲁迅对蒋介石、陈立夫统治集团的文化哲学观点主要采用了一种政治学的批判，指明在变态状况下，在表层结构中，文化与人可能具有的特殊性；鲁迅对无产阶级革命运动内部的简单政治学观点，主要采用了一种文化哲学的批判，指明在常态状况下，在深层结构中，文化与人可能具有的同一性。这两种批判有不同着眼点而又有互补性，它不仅反映了鲁迅文化选择的整体性和辩证性，而且亦浓缩地表现了中国近代社会与人变革的两种相离又相合的价值取向。

鲁迅的阶级论，是在个性意识和自由思想基础上形成的。这不仅在于后者先于前者提出，更重要的是整体思想的一种延续和发展。这种发展不是个人的思路，而是社会现实所决定的，中国其他作家路向的相近就证明了这一点。以自由个性为价值尺度来看，在中国对自由个性最强烈的压迫就是阶级压迫。因此，对于阶级压迫的反抗便成为鲁迅及多数中国作家所着重强调的主题。五四时期个性解放主题向20世纪30年代社会解放主题的转化，也就由此发生。这在"革命小说"的历史价值评价中，也许表现得最为典型。

革命小说一方面继承了五四小说的个性主题，另一方面又将其融入社会主题中，初步表现了个体与群体、自我与社会的辩证关系。

革命小说的主题内容大都是"革命加恋爱"。这个主题从来就被赋予否定的意义。其实，这种主题内容恰是五四小说个性主题向社会主题转换和交汇时的特定形态。从中既可以看到人的主体意识在社会主体意识确立时所具有的内在动因，又可以看到社会主体意识是如何水到渠成，引导和消融个体的主体意识的过程的。

人的社会性规定了人应当以普遍的群体利益为个人活动的最终准则，个体通过对社会的贡献来证实自身的存在、本质及价值。革命小说恰恰是在这一点上做出了有益的探索。它在古老的爱情主题中注入了社会解放的血液，为陷入困境的个体意识提供了必要的途径。洪灵菲的小说《流亡》中的主人公沈之菲认识到，"人之必需恋爱，正如必需吃饭一样。因为恋爱和吃饭这两件大事都被资本制度弄坏了，使得大家不能安心恋爱和安心吃饭。所以需要革命！"在这里，作家对个性解放与社会解放的因果关系终于有了一个正确的理解，把原来以获取爱情自由的个人追求建立在志同道合的社会意识之上。

有一种相当流行的观点认为，革命小说太注重爱情在人物思想转变中的作用，往往把爱情悲剧作为人物参加革命的动机。我们知道，无论个性自由还是社会解放，都是以环境的变革或反抗为前提的。对环境的反抗，必定使自我与社会发生联系。正像人们常常肯定窘迫的劳动者最初为个人仇怨而参加革命一样，革命小说也把握住个体意识向社会解放转化的内在逻辑和外在现实。在外在现实的作用下，这种内在逻辑的继续发展构成了人的社会主体意识的最终确立。

人的现代化本质在于自我价值和社会价值的充分实现。与整个社会结构相一致，人的价值包括底层物质层面、上层精神层面、中间政治层面。精神层面通过政治的中介，受物质层面制约而又影响物质层面。人的理想的发展形态便是在此三个层面上价值的全面实现。

从本体论上讲，人是物质世界长期发展的产物。人通过自己的思维活动而实现对自己的自我意识，并获得自然与社会中的主体身份。但是，作为有限的存在物，人的主体身份不论从空间还是从时间上看，都从属于无限的物质本体及其存在形态。在此意义上，人作为一种精神活动的体现，必然受客观物质存在所制约。个性自由的口号，肯定和论证了人在社会活动中的精神价值，显示了人作为主体所具有的功能。但是，强调人的精神力量的无限性，把人的主体性活动看作是某种观念、精神的单一本体，并把这种主体的精神活动视为文化进程的动力本源，则势必走入主观唯心论的误区。同时，个体的人绝不仅仅是一个独立的生命世界，而是作为一个阶级和民族的分子而存在的。个人的解放必须以阶级的、民族的解放为前提，而精神的解放又必须以物质的、政治的解放为条件。离开这两个根本的前提和条件，一切个性自由或精神解放都是无源之水。

五四之后中国社会的现实境况与中国作家与生俱来的忧患意识、入世济民的文学观念，可能把人的解放归结为精神层面，把人视为纯个体的存在，虽说人们在精神上也与物质、政治上一样遭受统治阶级的压迫与掠夺，但按照鲁迅所排列的顺序，中国人的现实人生需要是，一要生存，二要温饱，三要发展。精神上的个性自由无疑属于发展的内容。对广大劳动者来说，在没有解决生存与温饱的前提下奢谈精神上的道德发展，自然是难以真正实现和获得共鸣的。无论今天人们对鲁迅小说《伤逝》《孤独者》等小说的主题做出怎样的解释，但物质的和政治的因素在涓生与子君离异的悲剧中，在魏连殳自戕的人生中所具有的重要作用也是不容忽视的。鲁迅后来曾感叹，在血腥的现实面前发些"四平八稳"的"救救孩子"的呼吁，也委实是过于空洞无力了。

人的自由发展，具有两个互相依赖的过程，即精神活动与实践活动。无论是个体的人还是群体的人，其精神活动只能是在实践活动中产生并发展的。人的能动性最终要表现为人的实践性改造世界的具体活动。五四时期，随着封建王权的崩溃，追求个性自由的作家们便对失去政治保护层的封建伦理体系进行了猛烈的攻击，但是这种攻击还限于形而上的、抽象的批判。个性自由的口号并没有被一种具体的变革过程固定下来，并加以充分实现，没有被物化为一种与形而上的精神目的相适应的普遍的社会实践。人的自我意识与自由发展绝不是仅停留于一种抽象的道德模式之上的，而是要从具体的社会变革中获得特定的内容。否则，"这种主体性便没有达到实在，也没有达到行为的规定性，而仍停留在自己内部，并缺乏现实性"①。事实上，个人并未得到真正解放和实体性的自由。

进入尖锐的阶级斗争的时代，实际的社会变革活动已成为当时中国的

---

① ［德］黑格尔：《法哲学原理》，北京：商务印书馆，2002年，第167～168页。

历史主题。任何一个敢于直面、热爱人民并力图以艺术来改造人生、社会的作家，都不会呆板地空守一种抽象的道德口号，而是要用现实本身来重新理解"人类"和"人的解放"的内涵。对于被统治阶级来说，人的解放的具体实践过程，首先是阶级解放。像人的解放一样，阶级解放也是一个具有多层意义的主题，它包括阶级的政治解放、物质解放和精神解放。革命小说之后，作家们把无产阶级的政治、经济解放推到艺术世界的前台，集中表现了主人公由个人的道德反抗（个性自由）扩大为群体的经济上的反抗（阶级解放），并且由此展示了广大劳苦民众确立群体主体意识，投身社会变革实践的精神风貌，从而使小说主题获得普遍的社会意蕴。同时，在一些小说中，作家们还试图表现以群体利益为目的政治的、物质的解放和个体精神上的解放并行不悖的关系。鲁迅作为一个时刻直面人生的现代思想家，也必然不断地从现实中汲取思想资源而充实和调整自己文化选择的内容。

四、文化的同一性命题：人类共同的文化资源认识

鲁迅文化选择中"世界人"概念和"文化同一性"命题的提出，对于近代以来的中国文化转型具有重要的总结性和启示性作用。

首先，鲁迅文化选择中的文化同一性命题，为中国文化转型提供了一种文化的"人类观"。

中华民族具有一种由来已久的"天朝"文化心态，这一心态在古代以"华夷之辨"形成了有相当真实感的中华文化的普遍价值观。到了近代，在现代化价值尺度下，"天朝"文化心态已逐渐变为一种狭隘的、落后的

地域文化观。对这一文化观的固守，必然成为现代化转化的心理障碍，并成为"国情特殊"论的构成依据。

鲁迅对"国情特殊"论的批判，表明他是以人类文化观来对现代文化进行认同的。从文化哲学的理论意义上讲，无论西方文化还是东方文化，无论传统文化还是现代文化，都是人类文化的构成部分。而这里所说的构成部分并非空间意义上的堆积，而是人类文化在时间意义上的共同整体存在。对于文化的接受者来说，任何文化部类都是人类文化。族群文化、地域文化在此意义上消去了原有的各个所属特性，而成为人类实存的共同文化。因此，对于现代文化的接受，已从原来的异文化意义转化为人类文化意义，接受不仅成为一种外在义务，而且是一种内在权利。对于现在各民族、地域、国家的人来说，均有接受并享受现代文化的资格，其所接受的已不是单纯的西方文化，而是人类文化的共同成就。因此，中国文化对外来文化的接受、传统文化的现代化转型，首先应该建立一种"人类文化"意识，把文化接受视为自己理所当然的文化权利，要淡化文化接受过程中的异己感，强化文化转型的主动性。正像当年中国文化成为周边民族和地域的共同文化资源一样，今天，以西方文化为主要内容的现代文化，也同样可以成为包括中国在内的所有地域的共同文化资源。从这个意义上说，现代文化不属于西方的专利，而应成为人类的共同财富。每个人、每个民族都有权利获取它、享受它。这一理解既是在"人类文化"观之下的一种文化心态转化，又是现代化选择的具体内容。在"人类文化"观之下，没有异己文化，都属于自己的文化。文化的时间性（传统与现代）、文化的空间性（民族与地域），都具有新的意义。而就是在这一认识前提下，东西方文化才具有互补性、可融性的基础。陈独秀通过对固守"华夷之辨"的国粹派的批判，表明了这种"人类文化"观：

如果有人把民族文化离开全世界文化孤独的来看待，把国粹

离开全世界学术孤独的来看待，在抱残守缺的旗帜下，闭着眼睛
自大排外，拒绝域外学术之输入，拒绝用外国科学方法来做整理
本国学问的工具，一切学术失了比较研究的机会……这样的国粹
家实在太糟了！[①]

这使我们想到当下流行的那种"中国人要坐中国人自己的汽车，中国
人要看中国人自己的电影……"的伦理逻辑。这一逻辑所包含的民族情感
无可非议，但这又实实在在是对人类文化同一性甚至是对人类共同本性的
背反。按此逻辑，"美国人要……美国人自己的……""俄国人要……俄
国人自己的……"连续推演下去，世界将会怎样？要知道，汽车和电影本
身就是从外国来的。如果说，人类文化不具同一性，那么，一种文化仅属
于一个民族，文化的交流与传播也不会发生，世界文化至今应仍处于氏族
部落时代。按此逻辑，古代周边民族和地域对于中国文化的接受也无从谈
起。如果从人类文化同一性的角度，从古代周边民族和地域的文化心态来
思考，那么，今天的中国人对于接受西方文化的不平衡心态，也就会趋于
平和了。

当代人类文化的发展趋势，是各民族文化的共通性日益取代其各自的
特殊性，或者说，人类文化的每一步发展都是以民族文化特殊性的淡化或
丧失为历史代价的，虽说这种代价沉重并常常伴随着文化心理的失衡与困
惑。

人类文化的发展迄今为止，大致经历了三种文化时代：

第一种时代："点的文化时代"，亦可称为"孤立的同一性时代"。
各个原始人群在相互隔绝的情况下，创造出共同的文化成果。近水结网造
舟，靠山弯弓射箭。图腾、生殖崇拜和原始宗教相近。原始的人类文化群
体在无关联的状态中平行发展，其动力机制来源于生命本能对自然环境适
应方式及其自我调节。由于地球为人类提供了相似的生活环境，各个独立

---

① 陈独秀：《陈独秀文章选编（下）》，北京：三联书店，1984年，第641页。

的人类文化群体面临人类最初所面临的共同问题。因此，在这一基础上产生了相对独立而又具有共同性的人类原始文化。这是一个最初的人类文化的共同性时代。

第二种时代："圈的文化时代"，即多中心的地域文化时代，亦可称为"扩大的同一性时代"。在有限交流的背景下，以某一高值文化为中心，形成区域性的文化共同体文化圈。在每一个文化圈里，都表现出那一居中心地位的文化的民族特征。如儒家文化圈、佛教文化圈等。

第三种时代："球的文化时代"，即全面的同一性时代。人类文化在全方位立体式交流之中，以某一高值的文化圈为基本框架，形成全球范围的共同发展趋势，文化的世界性、共同性愈来愈制约乃至取代文化的民族性、特殊性的发展。这是一个新的人类文化的共同性时代。在这个时代里，时间和空间都失去了意义。

以上三种时代的更迭，反映了人类文化不断向前发展并走向统一的演变过程。从人类的自然属性和社会属性的欲望来看，也是以共同性或者共通性为基本特征的。在物质上追求富足、发达，在精神上追求自由、快乐，人类文化的发达与传播正是以此为基础而发生的。前面说过，任何一个国家、民族与另一个国家、民族相比较，总有其特殊性，但与此同时又总有其共通性。当代人类先进文化的迅速传播和受容本身便说明这种共同性的存在，这也是迄今为止人类文化不断走向共同发达之所在。拒绝改变自己，否认共同性，必然导致文化的落后。欲想避免这一结局，就首先得承认人类文化的共通性。相反，如果过分强调自身的特殊性，其变革自身的能力乃至诚意，就不能不令人怀疑。

其次，鲁迅文化选择中的人类文化同一性命题，对于当下"中国特色"理论的积极性理解也具有重要的启示意义。

当下"中国特色"理论在概念上似乎与鲁迅的文化同一性命题形成了悖论，但单就中国社会与文化转型的现代化取向来说，则具有根本上的一致性。从本质上看，"中国特色"是人类文化同一性命题现代化转化的中国形态。而且，它亦把文化特殊性命题做了现代化的转化。然而，鲁迅文化选择之于"中国特色"理论的最大意义，还在于文化同一性命题对特殊性命题理解的某种提示。

文化同一性命题的本质，是人类文化现代化转化的共同价值取向，在现代化意义上，必须对"中国特色"做出积极性解释。必须在邓小平改革开放的总体设想中对之进行深度理解。

第一，对社会发展形态要进行逻辑辨析。"中国特色"不能误读为"国情特殊"，"国情特殊"是一种社会的现存形态，而"中国特色"则是社会发展的未达成形态。把"国情特殊"作为"中国特色"来理解，必然会忽略从前者到后者的发展过程，造成思维方式的静态化，即社会发展思想的保守。"中国特色"是基于"国情特殊"而确定的，但却是后者的优化组合。"我国封建社会延续两千多年，且人口多，底子薄，经济基础、科技文化落后。"①这是"国情特殊"，但绝不是未来"中国特色"社会发达程度的预先限定。"建设有中国特色的社会主义"理论，恰恰是为了突破这些限制，以达到与世界现代化同步的发达水平。否则，不仅不能证明社会主义社会的优长之处，而且会表明中国的落后是一种文化、民族的本然落后，将是永远的。于是，"国情特殊"论在此便成了一种保护落后防御性的消极口号。

第二，对于"中国特色"的理解，必须要在承认人类文化同一性的前提下进行。作为一种具有悠久历史并创造了辉煌成就的文化体系来说，中国文化与其他文化相比，具有诸多特殊性。不同文化体系间文化交流发生的重要动因之一，是其各自文化的特殊性，但是对于其特殊性的理解，必须在承认和接受人类文化发展共同性的前提下完成。否则，就会对特殊性做出孤立的、封闭性的解释，从而割断一种文化与他种文化之间的内在联系。

文化具有传播性，一种文化因素在其文化体系内产生而被其他文化体

---

① 载《新华文摘》，1994年第11期。

系所接受，其本身就说明不同文化体系之间具有共同性基础。而从人类史的发展过程和趋势来看，各种文化之间的共通性日益取代或消融各自的特殊性，是人类文化在发展过程中所付出的沉重代价。如果把文化特殊性作为唯一命题而不融入文化共同性命题的话，那么，所谓"21世纪是中国的世纪"的预言也不会成立。因为相对于世界其他文化系统来说，中国文化也是异文化，各自都有特殊性，中国文化也就不可能成为人类共同的文化主体。

五、文化的时代性命题：
中国文化转型的现代化理解

文化价值判断具有时代性，时代差异必然带来本质差异。鲁迅的文化选择是一个完整的思考和实践过程，而这一过程的最终决定性环节便是时代性、现实性。他对文化同一性与特殊性辨析的最大依据，便是文化的时代性命题。鲁迅，是一个基于世界的时代的高度，永远实践着的思想家。

"执着现在"[①]贯穿于鲁迅文化选择的起点与终点。

鲁迅文化选择的文化时代性命题的第一种意义，是对复古文化价值观的否定。马克思说过，时间不仅是人的生命的尺度，而且是人的发展的空间。在这里，马克思指出人的存在有两种形式：生命的存在和意义的存在。在这样两种存在之中，"现在"成为一种共同的形式。

从线性时间概念来看，"现在"是过去与未来的联结时态，是任何

---

① 鲁迅：《华盖集·杂感》，见《鲁迅全集》第3卷，北京：人民文学出版社，2005年，第52页。

事物、生命都必有的存在和发展过程。而从文化时代的概念来看，20世纪的"现在"，又是古代文化与现代文化、传统文化与外来文化交汇过渡的关键环节。因此，从前一意义上看，鲁迅关注"现在"实质上是着眼于"将来"："因为将来的运命，早在现在决定。"①在线性时间维度中，现在处于过去与将来之间，现在承继前者，又开启后者，是一个存在的"中间物"。那些"现在的屠杀者"，杀了"现在"也便杀了"将来"，而"将来是子孙的时代"②。按照这一线性发展的时间逻辑，鲁迅既批判了传统，又批判了自身，并急切地发出"救救孩子"的呐喊。从后一意义上看，鲁迅关注"现在"实质上是着眼于中国文化与世界现代文化的时差对比，提出要超越旧有的、落后的文化时代，而完成现代化转化的时代要求。在鲁迅眼中，中国虽然在自然时代上仍属于20世纪，但在文化时代上却属于古昔："五代，南宋，明末的事情的，和现今的状况一比较，就当惊心动魄于何其相似之甚，仿佛时间的流逝，独与我们中国无关。现在的中华民国也还是五代，是宋末，是明季。"③在第二种意义上对"现在"的强调，是鲁迅文化选择的时代命题的核心。"现在"，是两种文化时代的对比、转移。

"文化时代"是一种思想意义，是一种价值观念，而"自然时代"则是单纯的时间概念，除了实际存在，不具有任何附加意义。鲁迅所关注的便是如何使中国文化的古时代进化到人类的现代文化时代。要完成这一转化，先要克服的就是复古心态和对未来的空想。鲁迅在致许广平的信中称："我看一切理想家，不是怀念'过去'，就是希望'将来'，而对于

---

① 鲁迅：《坟·我们现在怎样做父亲》，见《鲁迅全集》第1卷，北京：人民文学出版社，2005年，第138～139页。

② 鲁迅：《热风·现在的屠杀者》，见《鲁迅全集》第1卷，北京：人民文学出版社，2005年，第366页。

③ 鲁迅：《华盖集·忽然想到（四）》，见《鲁迅全集》第3卷，北京：人民文学出版社，2005年，第17页。

'现在'这一个题目，都缴了白卷，因为谁也开不出药方。"①"将来"在于"现在"，那么，对"将来"的理想追求，只要依寄于"现在"，也未必没有一点儿实现的可能；而只有怀念"过去"，则毫无希望。鲁迅借时代之口表明对"过去"与"将来"的不满："你们都侮辱我的现在，从前好的，自己回去。将来好的，跟我前去。"②

复古的弊害不在于其是一种情感性的心态，而在于其是一种文化判断与建构的非现代化的价值取向。在中国历史上，对于"现在"的否定，几乎毫无例外地都来自复古价值取向，即使对未来的理想期待，亦不过是远古境界的复归。复古以过去为最高境界，必然拒绝变革，必然以否定现在为前提。它在一种文化系统发展的线路上，设置了终点，而这终点恰恰是一块历史的墓碑。复古论或循环论于是便成为中国人历史观与文化观的"老调子"。因此，克服复古价值取向是中国文化现代化转化的最大课题。在20世纪中国文化史中，这成为新文化先驱者们的共识。

1918年，李大钊在《新青年》上发表一篇题为《今》的文章，以"过去"与"将来"相对应，专门探讨了"现在"的价值与意义："无限的'过去'，都以'现在'为归宿；无限的'未来'，都以'现在'为渊源。'过去''未来'的中间全仗有'现在'以成其连续，以成其永远，以成其无始无终的大实在。"李大钊认为，有两派人不满于"今"：一派是对于"现在"一切现象都不满足，因此产生一种回顾"过去"的感想，他们觉得"今"的一切总是不好，古的都是好的，政治、法律、道德、风俗，全是"今"不如古。此派人唯一的希望在于复古，他们的心力全施于复古运动。一派是对于"现在"的一切现象都不满足，与复古的厌"今"派完全一样，但是他们不想过去，只盼"将来"。盼"将来"的结果，往

---

① 鲁迅：《两地书·第一集》，见《鲁迅全集》第11卷，北京：人民文学出版社，2005年，第20页。

② 鲁迅：《集外集·人与时》，见《鲁迅全集》第7卷，北京：人民文学出版社，2005年，第35页。

往流于梦想，把许多"现在可以努力的事业都放弃不做，单是耽溺于虚无缥缈的空玄境界。这两派人都是不能助益进化，并且狠足阻滞进化的"。他最后做出如下概括：

> 吾人在世，不可厌"今"而徒回思"过去"，梦想"将来"，以耗误"现在"的努力；又不可以"今"境自足，毫不拿出"现在"的努力谋"将来"的发展。宜善用"今"，以努力以"将来"之创造。①

鲁迅文化选择的文化时代性命题的第二种意义，在于对动态的文化价值观的肯定。"执着现在"表明一种反复古、反空想的价值取向，它为鲁迅文化选择增添了具体的、活的内容。现在，不只是时空环境，而是一种活动着的文化形态。其中，有一点是明确无疑的，那就是鲁迅的"执着现在"不等同于"维持现状"。

"维持现状"是对既定秩序和既成事实的承认，它表明对传统与习惯的遵奉和对现实的消极态度。从本质上说来，是对变异的拒绝。因此，在这一意义上，"维持现状"的思路不是通向"将来"，而是通向"过去"，从而在文化价值取向上与复古殊途同归了。鲁迅认为，维持现状同复古倒退一样，是对变革的阻碍。只是维持现状没有回归过去寻找理想境界的意识，它逐渐演变成一种消极无奈的人生态度：

> 维持现状说是任何时候都有的，赞成者也不会少，然而在任何时候都没有效，因为在实际上决定做不到。假使古时候用此法，就没有今之现状，今用此法，也就没有将来的现状，直至辽远的将来，一切都和太古无异。
>
> 维持现状说听去好像很稳健，但实际上却是行不通的，史实

---

① 李大钊：《今》，载《新青年》，1918年4月15日4卷4号。

在不断的证明着它只是一种"并无其事"。①

"执着现在"与"维持现状"的最根本差异，就是价值取向的动态与静态之别。维持现状，是拒绝变革，它以现在为起点又为终点，关注的是存在状态；执着现在，是主张变革，它以现在为起点，而以将来为暂时的终点，关注的则是实践过程。鲁迅文化选择的价值判断与价值重构，都发生于这一动态过程之中。正如鲁迅所言，"曾经阔气的要复古，正在阔气的要保持现状，未曾阔气的要革新"②。维持现状的原因在于功利的思考，变革的动力除了功利的思考，应该另有形而上的历史要求。

鲁迅对于动态的文化价值观的肯定，更为重要的表现是关于文化的时代差异与文化的价值差异关系的辨析。

一个时代有一个时代的价值体系，一个时代的结束，亦标志着一种价值体系的解体，任何文化意义都没有永恒的价值。鲁迅的"执着现在"，就是一种承认变革而又追求变革、否定永恒价值的选择。永恒的价值观，实质上是将评价的尺度脱离于文化的历史进程。正如近代有人所说的那样："新旧，谁实判之？亦惟'现在'而已。""新旧犹得依'现在'以存立，而新旧之界必不能真破"，"'现在'何由知？曰：知乎过去未来，以其非过去非未来，故定名曰'现在'。'现在'亦有过去、未来"，所以，"如是则久存之说，必不可通"③。"现在"是一种意义，又是一个尺度。一种文化要获取生命力，其价值体系必须因时代变化而做出相应的反应、调整，不同时代往往有不同本质。这不仅是因为文化系统

---

① 鲁迅：《且介亭杂文二集·从"别"字说开去》，见《鲁迅全集》第6卷，北京：人民文学出版社，2005年，第291～292页。

② 鲁迅：《而已集·小杂感》，见《鲁迅全集》第3卷，北京：人民文学出版社，2005年，第555页。

③ 敢生：《新旧篇》，见张枬、王忍之编：《辛亥革命前十年间时论选集》第1卷下册，北京：三联书店，第852页。

因时间的延长而自身发生量的增减和质的变化，更主要是时代本身对文化系统所提出的要求、确立的规范。任何文化在时代性这个价值尺度下都必须发生变化，必须适应当下规范。其文化原有价值都不具有无限的延长性，其特殊性也必然因时而减损。从这一意义上说，真正的"本位文化"是不存在的，时代性才是文化的本位。"时代性"作为一个概念、命题，既有形式意义又有内容意义。由形式意义，它抽象为一个评价尺度、一种价值观；由内容意义，它完成"一个时代的文化"，亦即"现代文化"选择。由此，也就可以全面理解鲁迅反传统、主变革、执着现在而建构现代文化的整个思考。

在文化时代性的意义和尺度下，鲁迅指出，以儒教为主体的传统文化的不合时代性。

鲁迅早年与好友许寿裳谈论佛教时，便曾对孔教做过如此断言："佛教和孔教一样，都已经死亡，永不会复活了。"[1]而胡适亦曾说过，"儒学演而为教，已多伪说和改窜"，并有"逾份的特权"，已经"自杀"而死[2]。中国文化的转化是以人类性、现代性为价值取向的，这也是鲁迅的文化选择。人类性、现代性文化的特质是以人的主体觉醒为标志的。而在鲁迅看来，儒教的特质是为"治民众者"服务的，并不是为民众服务的。"《颂》诗早已拍马，《春秋》已经隐瞒，战国时谈士蜂起，不是以危言耸听，就是以美词动听，于是夸大，装腔，撒谎，层出不穷。"[3]

儒家文化作为中华传统文明的主体，是中华民族数千年来赖以存在的思想、道德基础，曾经为人类创造出辉煌的成就。然而，正如鲁迅在《无声的中国》中所说："我们要活过来，首先就须由青年们不再说孔子孟子

---

[1]　许寿裳：《亡友鲁迅印象记》，台北：台湾峨嵋出版社，1947年。

[2]　胡适：《儒教的使命》，转引自邓国伟：《关于鲁迅所言儒教已亡》，载《广东鲁迅研究》，1996年第3、4合期。

[3]　鲁迅：《伪自由书·文学上的折扣》，见《鲁迅全集》第5卷，北京：人民文学出版社，2005年，第62页。

和韩愈柳宗元们的话。时代不同，情形也两样。"在20世纪，鲁迅等新文化的先驱者们已经用自己的文化选择，宣告了作为一种道德体系的儒家文化的非现代化素质，那么面对21世纪，儒家文化又会面临一种什么样的命运？儒家道德体系的价值观又会具有什么样的意义和作用？这则是鲁迅们的后人所应该认真思考的问题。

近年来，海内外学术界、政治界和经济界共同关注的热点之一，就是儒家文化与未来时代的关系。以海外新儒学为先声，一种声势浩大的儒家文化复兴论在某种意识形态的保护下，在一种文化情结的吸引下，在出版界商业机制的驱动下，终于乘兴而起，迅速弥漫。

儒家文化复兴运动的倡导者们，虽然怀着各种各样的动机与目的，但都对儒家文化做出了一种积极解释，显示出其对传统文化生命价值的强烈自信，描绘了一派儒家文化未来发展的浪漫景象。有人大胆预测，21世纪是中国的世纪，是儒家文化的时代；有人根据文化发展的阶段原理，认为文化发展就是"三十年河东，三十年河西"，前30年是西方文化独领风骚，后30年以儒家文化为主体的中国文化便要取代西方文化的中心地位[1]。英国历史哲学家汤因比认为，进入21世纪，西方文明必然衰退，而人类将不可避免地走向集体自杀之路，而唯一能使人类避免这一命运的便是具有数千年古老文明历史的中国文化[2]。出于一种传统文化情结，儒家文化复兴论作为一种理论和心态已经渗透到学界、政界和商界。东风浩荡，浩荡东风，似乎中华文明不仅成了人类文明的历史源头，也成了现代文明的源头。种种预言和推断都表明同一种意义，那就是儒家文化是拯救人类未来社会的一剂灵丹妙药。文化之母征服了政治强人，意识形态的差异被儒家复兴的呼吁所掩蔽，一个统一而强大的复古文化阵营在世界现代

---

[1] 季羡林：《从宏观上看中国文化》，见《北京大学纪念"五四"运动七十周年论文集》，北京：北京大学出版社，1989年，第4页。

[2] 参见毛峰：《休养生息、文化培育：中华文明的复兴之路》，载《中国文化研究》，1993年创刊号。

化的洪流中组成。

其实，这种儒家文化复兴论并非今天才有。从"西学东渐"的第一天起，这声音便不绝于耳。特别是在20世纪初，以梁启超、梁漱溟等为首的"东方文化派"就曾痴迷地呼唤，要以东方文明来挽救西方文明，认为西方文明已出现"疲敝"，只有走"中国的路子，孔子的路子"，才能有救[1]。而据当时报载，欧美、日本亦颇有一些人士称"二十世纪将为支那人之世界"[2]。戴季陶亦认为，"要把中国文化之世界的价值，强调起来，为世界大同的基础"[3]。对此，早期共产党人邓中夏曾著文批评，梁漱溟等人的东方文化论实质上是"凭藉个人的主观，制造了一个'整齐好玩'的文化轮回说"[4]。一往情深必然带来一厢情愿，一个多世纪过去了，我们没有看到梁启超所畅想的那个人类东方文明中心时代的到来，却看到了一幅相反的图景：东方文化对西方文化的认同。一个新的世纪又已经开始，我们新的文化畅想也已经开始。历史又将为我们展示一幅什么样的图景呢？先是有"中国模式"，然后又有中国梦。如果不能对儒家文化在现代社会转型中的价值意义，做准确、清醒的认识和判断，我真担心结果还可能是那四个令人心寒的字：一厢情愿。

当下中国，问题如山。面对这如山的问题，或者是为了回避这如山的问题，人们开出这复兴儒家文化的药方。我从心底里希望有那么一个文化狂欢节的到来：中华文明发扬光大，成为人类文明的万花之根，但是文化的价值与生命不取决于人为的呼吁，而在于时代与社会的自然选择。要确定中华传统文化在21世纪中国和世界文明进程中的价值意义，必须首先明确目前中国在文化选择和再造中，最缺少和最急于克服的文化因素是什

---

① 梁漱溟：《东西文化及其哲学》，北京：商务印书馆，1987年影印版。

② 《二十世纪之中国》，载《国民报》，1901年5月第1期。

③ 戴季陶：《孙文主义之哲学的基础》，广州：广州民智书局，1925年。

④ 邓中夏：《中国现在的思想界》，转引自曾乐山：《中西文化和哲学争论史》，上海：华东师范大学出版社，1987年，第132页。

么，当前中国诸多问题产生的主要根源是什么。明确问题以后，再以此来反观中国文化与西方现代文化的基本素质，那么，对于二者之间的积极与消极价值就可能有一个基本的认识，从而来确定中国在未来发展过程中的文化价值取向。我以为，像当年鲁迅所处的时代一样，当下中国最急于克服的仍是传统与习惯的障碍。

儒家文化的价值体系能否成为21世纪人类社会的价值取向，是一个十分令人怀疑的问题。平心而论，我没有看到那种迹象。21世纪为"中国世纪"的臆想来自20世纪70年代后日本等东亚国家和地区经济的发达。然而，在确认儒家文化在日本经济起飞中的作用之前，首先必须回答这样一个问题：日本经济起飞为什么发生在西方文化冲击之后，而不是发生在儒学被定为"国学"的明治维新以前？同理，中国经济的发展为什么不在改革开放之前而在其后？为什么同样属于儒家文化圈，朝鲜半岛南部经济发达而北部不发达？如果说儒家文化是经济发展的动力，为什么一些并未进入"儒家文化圈"的国家经过现代化转化而经济迅速发展？其实，反观过去，倒可能给人一个这样的印象：除去其他因素，儒家伦理本位、"重义轻利"的价值观念，在现代化进程中起了一种消极的作用。

就社会进程与儒家文化的价值关系来看，二者表现为不同时态和不同性质。在后现代社会，现代文化价值体系已经确立，不惧怕非现代文化的挑战和冲击，而且由于现代文化的烂熟，以伦理为本位的儒家文化，相反能给"物化"社会中的人们以精神慰藉和心理调整。因此，儒家文化在后现代社会具有非本质的适应性。这种"非本质"的含义是指西方社会虽然不断有人高崇中国传统文化，但并不是作为人类社会发展的根本价值取向来接受的（甚至也不是作为论者自己的实际人生理想来看待的），更多的是对一种"文化木乃伊"的欣赏，审美的欲望远大于功利的欲望。正如鲁迅当时就曾多次所明断的那样："有些外人，很希望中国永是一个大古董以供他们的赏鉴，这虽然可恶，却还不奇，因为他们究竟是外人。而中国竟也有自己还不够，并且要率领了少年，赤子，共成一个大古董以供他们的赏鉴者，则真不知是生着怎样的心肝。"①这本身就包含一种文化权利的不平等，因为享受现代化是每个民族的平等权利。现代文化，是人类的共同文化资源。作为曾经为人类文明做过巨大贡献的中华民族，最有权利和资格享受现代文明的恩惠。对于这一点，我们自己首先应该有明确的认识。

在前现代社会，儒家文化维系社会伦理秩序，通过加强王权而强化人治国家的地位，并协同中央集权完成了许多超越社会生产力水平的浩大工程。在这里，它具有本质的适应性。而只有在现代化转型社会，儒家文化则具有本质的不适应性。因为一个国家、一种文化由传统走向现代，实质上就是一个破旧立新的过程，它所面临的最大课题，是如何克服固有文化的惰性而最大限度地接受外来的现代文化问题。保护固有文化是一种本能，一种历史的既定和承传，不用着意呼吁，便已经根深蒂固。因为传统的最大机能是保守固有而排斥外来，并扼杀自己内部的异己因素。所以说，在当下现代化转型过程中，加大反传统的力度，是加速和加深社会、文化转型的最佳方式。中国在转型中已经迟疑了一个世纪，历史和世界留给我们的机会不多了，世纪之交应该成为一个新的起点。鲁迅留给我们的启示是：人类意识打底，民族特色镶边，时代性做尺度。这也许是中国文化现代化转型的基本价值取向。

---

① 鲁迅：《华盖集·忽然想到（六）》，见《鲁迅全集》第3卷，北京：人民文学出版社，2005年，第46页。

"拿来主义"：鲁迅文化选择的目的论与方法论的辨析

在近代以来开始的中国文化现代化转化过程中，以价值判断与价值重构为主要内容的文化选择之难，紧紧地缠绕着中国几代知识分子。也就从最初那一刻开始，"复古论""西化论"和"折中论"三种文化选择便相克相生、潮涨潮落，伴随着中国走过了一个半世纪的艰难历程。这是一个民族的"文化苦旅"。

一、走出传统的世界：文化选择的心路历程

"复古论"的幼稚和陈腐，已被时代发展的事实所证明。"西化论"的非文化意图，已被政治意识形态所否定。而只有"折中论"从一开始，便以其不偏不倚的两全其美设想而获得最大的合理性价值。鲁迅的文化选择在大多数人那里和在大部分时间里便被定位于此。于是，鲁迅成为20世纪中国文化的发扬光大者，而"民族魂"的盖棺定论，也正是被人们从这

一角度来理解和认同的。当人们要证明传统文化的勃勃生机时，总要在鲁迅的世界里去寻找帮助，而不管这种意义在鲁迅世界里占据的位置多么小和真正的用意如何。

任何评价对象都是依据主体而被确定其本质的。鲁迅文化选择的本质就应该通过他对于以儒教为主体的传统文化的彻底否定而确立、而被认定。或者说，"彻底反传统"（以现代化为尺度）是鲁迅的基本文化选择，虽说期间曾有一个从温和到激烈、由模糊到清晰的短暂演变过程。

早期鲁迅以"取今复古"的美好愿望开始寻求自己文化选择的最佳方向，而后则义无反顾地确定在彻底反传统的不懈努力上。从人们所熟知的他对"《三坟》《五典》"①的全部否定、从他"不读中国书"至深至真的言论中，我们可以感受到那种对于传统摧枯拉朽的批判力量，这是一种具体的否定。同时应该看到，鲁迅对于传统文化的否定是宏观上的整体否定，或者说是一种"意义"和价值体系的否定。所以当人们要把鲁迅塑造为折中论者乃至传统文化的一般继承者，而要从鲁迅精神世界找出某些对传统文化肯定的例证时，也并不构成我们对鲁迅文化选择基本理解的颠覆。主体确定以后，部分或枝节的背叛也就没有了决定的意义。

值得注意的是，有一种颇为普遍的观点认为，鲁迅身上所具有的忧患意识，就是受传统文化特别是儒家文化影响所致。实质上，这一观点在表明这样一种意义：鲁迅通过对传统的批判所表现出来的忧患意识恰恰是传统士大夫精神，表明他对传统的继承！这是在传统文化情结下所构造出来的一种奇异逻辑。既曲解了鲁迅文化选择的主体方向，又淡化了这一选择的人类性意义，对其文化选择和人格境界做了限定性的狭隘理解，从而取消了鲁迅在中国思想文化史上的现代素质。忧患意识作为一种思想和道德境界，它不属于哪一特定民族和人群，它是一种人类的共同素质和美德。

---

① 鲁迅：《华盖集·忽然想到（六）》，见《鲁迅全集》第3卷，北京：人民文学出版社，2005年，第47页。

如果说到忧患意识，耶稣、穆罕默德、释迦牟尼、法国大革命时期的"美德罗兰"及东西方哲人、知识分子也并不比孔孟、程朱及中国知识分子来得淡漠。正像"勤劳勇敢"可以用来指称世界上任何民族的美德一样，忧患意识也绝非中国传统文化和中华民族的专利品。而且说到底，鲁迅的忧患意识更多的是来自西方摩罗诗人、现代人道主义和个性主义思潮的影响。因为这种忧患意识的内容本身已与传统文化相背，离传统的"忧患"（如屈原式的忧患）更远了。鲁迅，是一位从思想内容到思想形式都现代化了的现代思想家。任何对鲁迅文化选择的曲解，都不过是表明传统文化变形机制的强大和普遍的力量而已。

二、"彻底反传统"：文化转型的方法论价值

鲁迅文化选择的彻底反传统取向是一种文化价值论，又是一种文化价值重构的方法论。无论过去还是现在，鲁迅都被视为中国思想文化史上的过激派的代表，过激的评价来自其主体文化选择上对传统文化的彻底否定。相对于这一点，"折中论"便以其公允、辩证的抽象逻辑而获得真理性的价值评价。

首先，必须承认作为一种文化价值重构理论，"折中论"对于中国文化的现代化转型过程具有一种平衡矛盾、抑制偏颇的作用。而且它也是对文化发展史的一种认识的结果。而鲁迅早年对于"文化偏至"的纠正，就表明了这种认识，但是经过具体的实践过程，鲁迅很快认识到这一文化重构理论非实践的虚幻性。鲁迅对这种文化理论做了如此描述：

中学为体西学用，不薄今人爱古人。①

因时制宜，折衷至当。②

　　"折中论"是建立在文化价值重构的逻辑过程之中，而不能应用于重构的实践过程之中。它是逻辑的而非实践的。作为一种"两全其美"的文化理论，应是文化价值重构的目的而非方法。鲁迅认为，"折中论"的理论误区在于其"两全其美"的纯粹逻辑的虚幻性。其论辩公式是"既要……又要……""一方面……另一方面……"从语言表述或理论阐述上，它颇具辩证性、逻辑性，但"两全其美"的思维方式本身又是极端悖逻辑、非辩证的。一种思想或事物"在流行时，倘无弊害，岂不更是非常之好？然而，在实际上，都断没有这样的事。……有百利而无一弊的事也是没有的，只可权大小"③。鲁迅还用了一个非常世俗化的比喻来阐述这一观点：

　　其实世界上决没有这样如意的事，即使一头牛，连生命都牺牲了，尚且祀了孔便不能耕田，吃了肉便不能榨乳。何况一个人先须自己活着，又要驼了前辈先生活着：活着的时候，又须恭听前辈先生的折衷：早上打拱，晚上握手；上午"声光化电"，下午"子曰诗云"呢？④

① 鲁迅：《华盖集·论辩的灵魂》，见《鲁迅全集》第3卷，北京：人民文学出版社，2005年，第33页。

② 鲁迅：《热风·随感录四十八》，见《鲁迅全集》第1卷，北京：人民文学出版社，2005年，第352页。

③ 鲁迅：《且介亭杂文二集·从"别字"说开去》，见《鲁迅全集》第6卷，北京：人民文学出版社，2005年，第292页。

④ 鲁迅：《热风·随感录四十八》，见《鲁迅全集》第1卷，北京：人民文学出版社，2005年，第353页。

逻辑的价值必须通过实践过程来印证，实践性是逻辑本体的重要特征。社会发展的法则就是文化发展的法则，任何有效的理论都应是具体的。然而，中国传统的中庸逻辑和文人的"清谈""空谈"习性，使人们忽视思想逻辑的实践性："中国人，凡是做文章，总说'有利然而又有弊'，这最足以代表知识阶级的思想。其实无论什么都是有弊的，就是吃饭也是有弊的，它能滋养我们这方面是有利的；但是一方面使我们消化器官疲乏，那就不好而有弊了。假使做事要面面顾到，那就什么事都不能做了。"①一种选择必定以另一种选择的牺牲为代价。当文化选择面临两难境地时，就只有权衡两者的利弊大小而必须做出决断的选择，不可能实现两全其美。鲁迅称那种"中虽有坏的，而亦有好的；西虽有好的，而亦有坏的"之论为"微温说"②。虽无懈可击，但却毫无实际价值。当一种理论在实践应用中屡试不中时，首先应怀疑这理论本身的价值，而不是强迫现实去依附于这一理论。

"折中论"在实践上的无价值，除了其"两全其美"虚幻的纯粹逻辑，还在于文化转型期特殊的文化环境。文化转型期，就是文化的过渡期。过渡之中，新旧文化正处于一种不平衡的力量对比状态。新文化、外来文化相对于悠久、强大而普遍的旧文化、固有文化来说，总是弱小、孤立的。外来文化和固有文化有不同的亲和力和历史性，固有文化作为一种民族传统文化，其本身属于一种历史性的自然存在，是文化中人的生存环境；而外来文化则不具备这一优势，它是一种异己的文化存在。因此，把貌似辩证、科学的"折中论"作为新文化建构的方法，往往是缺少实际效力的。

对中外文化遗产的"批判地继承"，是人类社会每一时代的文化理

---

① 鲁迅：《集外集拾遗补编·关于知识阶级》，见《鲁迅全集》第8卷，北京：人民文学出版社，2005年，第225页。

② 鲁迅：《集外集拾遗·报〈奇哉所谓……〉》，见《鲁迅全集》第7卷，北京：人民文学出版社，2005年，第264页。

想，也是20世纪中国文化转型的最终目的。但是，在历史的进程中，目的确定和目的的实现有时并不是一致的。"批判地继承"的目的，往往不是用"批判地继承"的方法所能实现的。也就是说，"折中论"只能作为文化重构的目的论，而不能作为文化重构的方法论。当把目的论作为方法论来付诸实践时，目的论本身便成为实现自身的障碍。因为目的的确定是一回事，实现目的的方法的采用又是一回事。

应该说，在文化转型的过渡时代，鲁迅并不否定"批判地继承"这一文化价值重构的目的，只是在现代化尺度下，把"彻底反传统"作为实现这一目的的方法。也就是说，鲁迅改变的是现代文化建构的过程、方法，而不改变结果、目的。正如我们前面所论析的那样，"方法论"不等同于"目的论"，彻底反传统，最终也不等于文化的现代化。因此，从这个意义上看，作为"目的论"的"中国文化现代化"设想也许可以演换成"批判地继承"说，亦即"折中论"。

迄今为止，"彻底反传统"的口号与"全盘西化"的主张，一直被视为如出一辙，大有离经叛道、数典忘祖的嫌疑。而且如果进行意识形态上的分析的话，则可能会得出更为严肃的结论。然而，如果不是把这一口号或主张作为中国现代文化建设的目的而是作为方法论存在的话，则对于中国文化的适时转型会有积极的促进作用，从而加快中国文化的现代化进程。我的这种思考依据是文化发展的正反合力推进的理论①。

所谓文化发展的正反合力推进理论的构想，是受力学中作用力与反作用力原理的启发形成的。在力学中，物体运动的方向是作用力和反作用力相互消长后而形成的合力方向，亦即二者的中间方向。何方力量大，物体运动的方向就靠近哪一方。文化的发展尤其是转型期的文化发展，在形态

---

① 我在形成这一想法之后，又接触到胡适的"中国文化惰性"论。他认为，要用新文化的朝气和锐气来打掉老文化的惰性和暮气，使中国文化经受起外来势力的冲击，从而使其光大。（见《试评所谓"中国本位文化的建设"》，天津《大公报》，1935年3月31日）

上也可看作一种物理运动。外来文化的价值取向是推进中国文化向前发展的正作用力，而传统文化的主体是阻碍这一运动的反作用力。由于中国文化漫长而辉煌的历史所遗传下来的沉重负担和稳固的民族文化心理结构，以及意识形态上对西方文化不断的排斥反应，所以在近代以来中国文化第三次转型的整个过程中，传统的力量是远远大于反传统一边的，即推进中国文化向前发展的作用总是小于固有的阻力。在这种力量对比中，如果不加大反传统的冲击力，就很难冲破传统的阻力。那么，中国文化的发展进程也就必然迟缓乃至停滞不前。"批判地继承"说作为一种文化建设的方法论，实质上曾经并正在导致这种结果。即使"批判"与"继承"的前提是正确的，但在传统力量明显大于反传统力量时，这一方法也很难实现其预期的理想目的。因为这一方法是在忽视传统力量对反传统力量的强大阻力的现实存在的静态分析中构想的。以一种适中的温和反传统（"批判地继承"）为始发，经过传统力量的巨大反作用，结果到达终点时反传统的力量就会大为减弱，所谓"批判地继承"便也只有"继承"而没有"批判"了。就像发电站向用电户供电一样，输出电压如果不高于终点用电器的额定电压，而使用与之额定恰好相同的电压的话，那么，当电流到达终点时，便会减少到低于用电器额定电压的程度，因为电路中有强大的电阻存在。"批判地继承"说恰好也是忽视了文化转型中传统力量这一"电阻"的存在，而把起点当作终点，结果成为公允、适中而无实际功效的理论，始终照不亮文化转型的暗路。

与此相反，如果充分考虑到中国文化转型中传统力量强大阻力的存在，从转型的起点便使用"彻底反传统"这一激烈的方法，那么经过新旧冲突的摩擦力之后，到达"合力"的终点时，便可能恰好达到"批判地继承"的理想境界。以"彻底反传统"为始点、为手段，经过中间与传统力量的摩擦过程，而达到"批判地继承"的终点、目的。在文化发展的实践过程中，这往往比单纯的、静态的"批判地继承"更有实际价值，对于中国文化的变革来说尤其是这样。在五四新文化运动中，当最初由胡适、陈独秀等人提出变文言文为白话文的主张时，遭到了林纾、章士钊等保守派的强烈反对，认为废古文而用白话文是不合固有文明之举。但当钱玄同提出废汉字而用拉丁文主张时，才更使保守派感到恐惧。相比之下，他们觉得胡适等人原来的白话文主张倒显得温和适当而可以接受了。经过一段摩擦后，到了1920年，白话文终于获得了合法的地位而成为"国语"。这样，拉丁文（起点）——文言文对拉丁文的阻力（中间过程）——白话文（终点），以偏激而获得了适中。如果仅以白话文为起点，很可能是另外一种结局：白话文（起点）——文言文对白话文的阻力（中间过程）——半文半白（终点）。当然，白话文的最终确立还有其他因素。日本明治维新时也曾有过类似的现象。当时维新人士开展"言文一致"运动，主张"脱亚入欧"进行现代转型，结果这一"西化"的进程遇到巨大的阻力。而在这些阻力的克服过程中，备受攻击的所谓"鹿鸣馆"现象和森有礼的"改换人种"的主张不能说没有意想不到的功力。"取法乎上，仅得其中。"

作为从旧营垒中脱离出来的鲁迅，他清楚地看到：

> 旧社会的根柢原是非常坚固的，新运动非有更大的力不能动摇它什么。并且旧社会还有它使新势力妥协的好办法，但它自己是决不妥协的。在中国也有过许多新的运动了，却每次都是新的敌不过旧的，那原因大抵是在新的一面没有坚决的广大的目的，要求很小，容易满足。[①]

转型中的中国，固有的文化积淀和文化心理都促使求变求新的主张发生变形。"中庸"，不仅是一种价值论，也是一种方法论。这是一种从内容到形式都参与固守传统、拒绝变革的文化抵抗运动。

---

① 鲁迅：《二心集·对于左翼作家联盟的意见》，见《鲁迅全集》第4卷，北京：人民文学出版社，2005年，第240页。

中国人性情是总喜欢调和，折中的。譬如你说，这屋子太暗，须在这里开一个窗，大家一定不允许的。但如果你主张拆掉屋顶，他们就会来调和，愿意开窗了。没有更激烈的主张，他们总连平和的改革也不肯行。那时白话文之得以通行，就因为有废掉中国字而用罗马字母的议论的缘故。[①]

鲁迅称中国文化特性为"硬化"，对于"体质和精神都已硬坏了的人民"[②]和"硬化的社会"，必须使用"强酸剂"和"大的鞭子"。在鲁迅之前，已有先觉者谈到这种方法论的功效。他们认为，"性根之毒，种之者二千年矣，一旦欲摧磨洗濯之，则非以毒攻毒不可"[③]，而这在"改革之初，矫枉过直之时，所必经之阶级不可缺也"[④]。后来在文化观上回归的刘师培，在1904年曾以"激烈派第一人"的名字于《中国白话报》第6期上发表了一篇题为《论激烈的好处》的激烈文章，其中谈道："激烈"就是"无所顾忌"，"中国人做事，是最迟缓不过的。这种人有三种心：一种是恐怖心，一种是挂碍心，一种是希恋心"。他主张要"实行破坏，天下的事情，没有破坏，就没有建设。这平和党的人各事都要保全，这激烈派的人各事都要破坏"。"大约中国亡国的原因，都误在'平和'两字。"[⑤]也许，当我们把鲁迅的"彻底反传统"的文化选择，作为一种文化重构的方法论而不是目的论时，鲁迅的价值也许就更容易被人接受和理

---

① 鲁迅：《三闲集·无声的中国》，见《鲁迅全集》第4卷，北京：人民文学出版社，2005年，第14页。

② 鲁迅：《二心集·习惯与改革》，见《鲁迅全集》第4卷，北京：人民文学出版社，2005年，第228页。

③ 李群：《杀人篇》，见张枬、王忍之：《辛亥革命前十年间时论选集》第1卷上册，北京：三联书店，1963年，第22页。

④ 朱志父：《剪辫易服说》，见张枬、王忍之：《辛亥革命前十年间时论选集》第1卷上册，北京：三联书店，1963年，第472页。

⑤ 刘师培：《论激烈的好处》，载《中国白话报》，1904年第6期。

解了。如果能从中国文化的实际出发，从方法论与目的论的关系角度，对"批判地继承"和"彻底反传统"给予公正的评价，那么就会发现二者并不是根本对立的，应该给后者一个立足之地。这对于中国文化的重构并不是有害的。

"彻底反传统"的方法论通过具体的实践过程，而最终可能获得"批判地继承"的目的论价值。近代以来的中国文化变革充满了争论，但现代化的转化已成为一种愈来愈强大的趋势。各种文化价值观在波峰浪谷中冲撞、汇合，而涌动这一潮流的力量中，"彻底反传统"已成为一种不可缺少的存在。

有人以中国20世纪50年代学习苏联和六七十年代的"文化大革命"为经验教训，大谈照搬外国模式（亦即外来文化）和"彻底反传统"的谬误之处。我以为这两点并不能成为"批判地继承"论者的事实依据，人们反而或许从中得出相反的结论。20世纪50年代中国"照搬苏联的经验"，不在于"照搬"与否，而在于使用了一种先验的理论模式。依据当时中国共产党人对于社会主义的认识程度和意识形态，当时照搬苏联模式可能是最好的选择。如果说"苏联模式"不适应中国，那么经过实践证明也不适合苏联。而且经过"照搬"之后，我们才会有今天的认识，才会开始淘汰那些曾经神圣不可冒犯的僵化教条，提出建设有中国特色的社会主义理论，开始以社会的全面发展为目的的现代化进程。另外，对于"苏联模式"的否定，也不能成为今天我们要继续排斥西方文化的根据，殊不知"照搬苏联模式"恰恰是为了抵御西方文化的进入。同样，"文化大革命"的悲剧也不能成为今天"彻底反传统"的历史罪名，而相反应该更深切地使人感到"彻底反传统"的必要。从表面上看，"文化大革命"中人们大破"四旧"，大立"四新"，毁坏古物，焚烧书刊。但所破坏的都是传统文化的凝固形态——宝贵的文化财产，而传统文化中的精神遗产——个人迷信和封建家长制、血统论和株连政策等却得到继承并恶性膨胀，急速发展。所以说，"文化大革命"并不是真正的反传统，而恰恰是传统的恶性发展，是几代中国人为千百年来的封建传统文化"抵罪"、偿还历史的债务！而且，这个责任也不能完全归于哪几个个体的人，而应归于沉重的封建历史、封建传统精神。传统制造了这样的民众，民众造就了这样的领袖，而领袖又通过自己的权威发展了传统，传统于是又开始再造这样的民众……因此，这种封建传统不发生变化，悲剧就会重演，历史就会恶性循环，中国还会出皇帝！鲁迅对中国社会和中国文化的悲观也许就在这里。

三、"拿来主义"的文化哲学阐释：
主动性、整体性和自然选择性原则

当鲁迅的文化选择被后人确定在"批判地继承"的既定尺度上时，其著名的"拿来主义"便成为这一定论的最大依据。在那篇同名文章中，被人们常常关注的是这样几句话："或使用或存放，或毁灭。"于是，"拿来主义"也就等于"批判地继承"了。

对于一种既定理论，最有价值的是用自己的思想去认同它或颠覆它，而以既定的思想为轨道，则仅是一般化的思想、他人思想的惯性延续。对于鲁迅文化选择的"拿来主义"的理解也应避免这样一种思想惯性。

如果说"彻底反传统"是鲁迅文化选择中价值判断的话，那么"拿来主义"则主要表现为价值重构。鲁迅通过"彻底反传统"和"拿来主义"，把价值判断与价值重构组合成为一个完整过程，这过程就是中国文化的现代化、世界化的过程。

"拿来主义"体现了鲁迅文化选择的主动性、整体性和自然选择性原则。

主动性是"拿来主义"文化选择的文化心理原则，这一原则本身便表明鲁迅与传统的"天朝"文化心态不同的现代化文化心理。

与"拿来主义"相对应，鲁迅提出了"闭关主义"和"送去主义"两个概念。前者为"自己不去，别人也不许来"；后者是"活人代替了古董"。这两种主义典型地表现了中国人对外国人和外来文化的一贯拒斥态度，是"天朝"崩溃之后，"天朝"文化心态的残留。特别是后者，作为一种文化梦想而仅存在于消逝了的中国人的传统意义世界里。

现代化是20世纪人类文化的同一性表现形态，但这种同一性形态在不同文化系统中所引起的反应、所发生的过程是不同的。在西方文化系统中，现代化是一个内在性的自然发生过程，而中国现代化则是由于外来的压迫和挑战、外在于自身文化系统功能而被动发生的。"西学东渐"过程，伴随着西方政治强权和经济掠夺。中国的现代化发生与亡国亡种共时。这一特定的情境，使现代化的起点便有"迫不得已"的被动选择。而固有文明的辉煌历史又使文化中人承受着心理痛苦：为"制夷"而不得不屈尊"师夷"。于是，一切忧虑、恐惧、盲目、虚妄便都由此产生，成为中国现代化进程的阻碍，而一种极为普遍又极为正常的文化防御心理亦随即发生。这种防御心理甚至包括求新求变的主张在内。而真要守旧则必须首先要求新。近代杰出的革命家陈天华当年就敏锐地指出，"不想守旧则罢，要想守旧，断断不能不求新了。那真求新的，这守旧的念头也就很重，祖宗旧日的土地失了数百年，仍想争转来，一草一木，都不容外族占去，岂不较那徒守旧的胜得多吗？至若专习几句洋话，到那洋人处当一个二毛子，遂自号求新党，这是汉种的败类，怎么说得是求新呢：那守着八股八韵，只想侥幸得一个功名，以外一概不管，这是全无人心的人，怎么说得是守旧！这两种人都可不讲，只要这真守旧、真求新的会合起来，这利益就很大了"①。而仅是真守旧不能真求新恰恰是从魏源到"十教授"，直到今天仍是十分普遍的一种文化心理。

---

① 刘晴波、彭国兴编：《陈天华集·猛回头》，长沙：湖南人民出版社，2008年。

被动现代化是一个对于外来文化最终不得不接受的事实，它也可能形成一个令人欣慰的结果。鲁迅发表《拿来主义》的9年之后的1943年，闻一多曾对此过程和结果做过生动形象的描述：

> 本土形式的花开到极盛，必归于衰谢，那是一切生命的规律，而两个文化波轮由扩大而接触而交织，以致新的异国形式必然要闯进来，也是早经历史命运注定了的。异国形式也许早就来到了，早到起码是汉朝佛教初输入的时候，你可以在几百年中不注意它，等到注意了之后，还可以延宕，踌躇个又一度几百年；直到最后，万不得已的，这才死心塌地，接受了吧！但那只是迟早问题。反正自己的花无法再开，那命数你得承认。新的种子从外面来到给你一个再生的机会，那是你的福份。你有勇气接受它，是你的聪明，肯细心培植它，是有出息，结果居然开出很不寒伧的花朵来，更足以使你自豪。①

在文章中，闻一多认为中国文化不仅要"勇于'予'而不太怯于'受'"，而且要"勇于'受'"，"仅仅不怯于'受'是不够的，要真正勇于'受'"。只是"不太怯于'受'"是不够的，就是一种被动的现代化过程，被动现代化可能带来文化建构的消极性后果。这后果表现为现代化的浅化（"皮毛西化"）、变形（比附、减损）、反复（缓慢、重复）。鲁迅在《看镜有感》中以历史为鉴，描述了人们对于外来文化的两种态度：

> 凡取用外来事物的时候，就如将彼俘来一样，自由驱使，绝不介怀。一到衰弊陵夷之际，神经可就衰弱过敏了，每遇外国东西，便觉得仿佛彼来俘我一样，推拒，惶恐，退缩，逃避，抖成一团，

---

① 闻一多：《文学的历史的动向》，《闻一多全集》第10卷，武汉：湖北人民出版社，1994年，第19页。

又必想一篇道理来掩饰，而国粹遂成为屠王和屠奴的宝贝。①

被动现代化是非自觉的现代化，这种文化心理使现代化过程失去一个积极性的逻辑前提和引导力量。于是，固有文化系统也就失去了生命力。

鲁迅把文化视为一种生命有机体，认为文化同人一样，有生也有死。生，在于其开放性功能；死，在于其保守性功能。

文化作为一种不断发展变化着的有机体，都有发生、发展、老化或者转型的完整过程。文化的最初发生是依据自然环境对人的刺激和人的反应来进行的，带有自然而然的形态特征。因此，在人类的原始阶段，不同的人群在相对隔绝的生存过程中独立地创造了具有人类共通性的原始文化。近水造舟结网，狩猎弯弓射箭；居而营家，用而制陶。此时，自然环境和人的自然能力的相互作用成了文化的创造动力。

文化发展阶段的文化创造表现为人对自然和自然能力的超越，文化创造不再以自然为唯一对象，而是开始注重对人的创造物（包括社会环境）的再创造。而且，人的创造力也由自然力转向思想力，文化开始变得清深了。人类具备对自己思想再进行思想的能力，建立了观念文化和规范文化，形成了较稳固的民族心理定势，文化的独特性，即民族性日趋鲜明。

当一种文化通过自身的积累而达到远远高于其周边文化的发达程度之后，就进入了老化期。文化老化的特征有两种：一是完美，二是僵化。因为完美，它就有资格也有能力拒绝和排斥外来文化的进入，而这种排斥机制一旦成为该文化的稳固特质，就会促使文化有机体逐渐走向封闭。到后来，如果它所排斥的是明显高于自己的文化，并且通过排斥机制而不断地扼杀自己内部可能促使固有文化进一步发展的新的文化因素的话，就会由先进变为落后，由完美走向僵化。僵化的文化只能从自己的发达史中寻找维持其自身存在的物质力量和精神力量，在文化价值

---

① 鲁迅：《坟·看镜有感》，见《鲁迅全集》第1卷，北京：人民文学出版社，2005年，第209页。

观上有一种强烈的向后看的思考。一般说来，一种文化的历史愈悠久，成就愈辉煌，其向后看的心理定势就愈突出，也就愈易走向僵化，最后导致整个文化的落后乃至消亡。李约瑟称，"中国象旋转砂轮那样连续不断地进发出火星来它们点燃了西方的火绒，而砂轮仍在支承上继续转动，不摇晃，也不消耗"①。历史的辉煌除了为后人提供一种历史的知识或记忆，并没有太大的实际意义。沉溺于过去，只能强化复古心理，增大对文化变革的阻力。辉煌属于过去、属于祖先，对于后人和现在来说，可能只是一个逝去了的好梦。

从发生、发展到老化、僵化，并不应该成为一种文化发达史的全部过程，因为仅具备这样一个闭锁的环节并不是一种完整的、有生命力的文化。一种文化进入老化之后，如果它具有对自身文化史反思的能力（而不是自崇的回顾思考），敢于吸收会冲击自身固有文化的外来文化，转换原有文化的总体功能，那么这一文化就有可能发生根本的转型，并由此而获得再发展的新动力。看一种文化是否具有生命力，即向前发展的新动力，首先要看其内部是否存在某些新生的、悖反的因素，并且看其文化的功能是否允许这些悖反因素的存在。换句话说，一种最具生命力的文化其内部永远是活动的，乃至是矛盾冲突着的。因此说，具有开放功能的文化才有大的前途。

中国文化现代化转型的主要动力来自外来文化冲击所构成的外在压力，而固有文化辉煌的历史及"天朝"文化心态，造成了中国文化系统的封闭、保守。它对于外来文化除了收缩性防御，最好的表现是主动地变化或转化。文化的转型是任何一个有生命力的或者要获得新生的文化的必由之路。从发生到发展、老化直至转型，是文化有机体发展存在的完整过程，它构成了一个连续不断的链条。拒绝转化，无疑会使固有文化自取灭亡，成为当代人类文化链条之外一个孤立的圆环。当然，文化转型也是整

①　［英］李约瑟：《李约瑟文集》，沈阳：辽宁科技出版社，1986年，第273、275页。

个文化在发展过程中最为痛苦、混乱和艰难的，但又是文化新生一个机不可失、时不再来的契机，是最终不得不接受的事实。鲁迅用他的"拿来主义"证明自己文化选择的独特性，把被动的现代化过程转化为主动的现代化过程。求新不是为了守旧，而是适应于人的生命本身的需要，适应于人类文化同一性的时代性需要。

鲁迅要扫荡旧有的一切，建立一种现代的、活的文化，对于传统文化表现出一种决绝的态度：

> 我们目下的当务之急，是：一要生存，二要温饱，三要发展。苟有阻碍这前途者，无论是古是今，是人是鬼，是《三坟》《五典》，百宋千元，天球河图，金人玉佛，祖传丸散，秘制膏丹，全都踏倒他。①

当鲁迅确立了破坏固有、建设未来的文化选择之后，对于外来的现代文化便采取一种主动出击"将彼俘来"的文化建构原则："要动用脑髓，放出眼光，自己来拿！"②这一原则的确立，使鲁迅的文化选择具有世纪性的启示意义。

第一，表现了对文化转型及优秀的固有文化的强烈自信。鲁迅把文化选择过程比作人消化食物的过程。他认为，只有脾胃虚弱者才挑拣乃至惧怕食物。"这样的害怕，一动也不敢动，怎样能有进步呢？这实在是没有力量的表示，比如我们吃东西，吃就吃，若是左思右想，吃牛肉怕不消化，喝茶时又要怀疑，那就不行了，——老年人才是如此；有力量，有自信力的人是不至于此的。虽是西洋文明罢，我们能吸收时，就是西洋文明

---

① 鲁迅：《华盖集·忽然想到（六）》，见《鲁迅全集》第3卷，北京：人民文学出版社，2005年，第47页。

② 鲁迅：《且介亭杂文·拿来主义》，见《鲁迅全集》第6卷，北京：人民文学出版社，2005年，第240页。

也变成我们自己的了。好像吃牛肉一样，决不会吃了牛肉自己也即变成牛肉的。"①拒绝外来文化，反对中国文化的现代化转化，至少说明已丧失对固有文化生命价值的自信，不敢参与世界化进程。"保卫传统"其实并不在于守旧者的呼吁，而在于传统本身具有保存自己的力量。如果一种文化价值观念经过几代人的极力保护而最终丧失，其事实本身说明这一观念已不适应于"现今时代"，确实应该消失了。生命在于运动，文化的生命也在于运动，它是一个自我否定的不断运动过程。

第二，表现了中国文化转型中分享人类文化共同资源的权利意识。前面说过，任何民族、地域文化都是人类文化的共同资源，都不特属于哪个族群。鲁迅"拿来主义"的文化选择表现了这种分享人类文化成果的权利要求。在世界性现代文化传播与交流之中，曾经为人类文明做出过巨大贡献的中华民族，最有资格接受和分享这一成果。

第三，表现了中国文化现代化转化的理性意识。文化的"送来"，使接受者特别是弱者失去了选择的权利和机会，"送来"的任意性、自私性和强迫性，又带来种种弊端和伤害。"于是连清醒的青年们，也对于洋货发生了恐怖"，"这正是因为那是'送来'的，而不是'拿来'的缘故"②。"拿来主义"的文化选择使中国文化的现代化转型——对外来文化的接受，由被动过程转化为主动过程，给新文化建构提供了一个实践和选择的机会，减少了盲目性。

整体性原则是"拿来主义"文化选择的结构原则，这一原则表明了鲁迅对文化转型中文化形态的认识。

面对一种外在的或异己文化形态，鲁迅主张"首先是不管三七二十一，

---

① 鲁迅：《集外集拾遗补编·关于知识阶级》，见《鲁迅全集》第8卷，北京：人民文学出版社，2005年，第228页。

② 鲁迅：《且介亭杂文·拿来主义》，见《鲁迅全集》第6卷，北京：人民文学出版社，2005年，第40页。

'拿来'"①。文化的选择发生于整体接受或占有之后。"首先拿来"是文化选择的前提与基础，离开这个前提和基础，一切都不会发生。文化保守论者所谓传统文化转型的"自我更新"，亦不过是重复传统文化万古不灭的神话而已。

鲁迅否定文化结构的"体用"分离之说，而承认文化的整体性结构原则。文化是整体的，其整体性不仅在于结构形态，也在于系统功能。在这样的认识前提下，鲁迅的"拿来主义"文化选择强调"首先"是"拿来"，是"全盘"的"占有"。"全盘"一词，无论是"西化"还是"反传统"，都是一个颇为忌讳的字眼。鲁迅的"彻底反传统"和文化结构的整体性界说，与一般意义的"全盘"具有本质的差异，"全盘"在鲁迅的文化选择中是一种逻辑存在而非实际内容的存在。"全盘"作为一种文化建构的方法，主要表现为对文化受容对象的整体占有，而不表现为文化建构的最终形态。在此意义上，鲁迅"拿来主义"的整体性原则所提供给中国20世纪文化史的最重要价值，就是文化受容的利弊取舍、优劣评价的不可预定。这便涉及鲁迅"拿来主义"的最后一个原则——自然选择性。

自然选择性原则，实质上是整体性原则的第二步发展。这一原则是在文化受容的实践中完成的。从这个意义上说，整体性原则是一种静态的认识，而自然选择性原则则是一种过程的认识。这是鲁迅"拿来主义"文化选择的最后完成过程，是文化建构最终形态的确定。鲁迅认为，在面对"一所大宅子"时，必须经过"占有、挑选"过程。在"占有"的基础上，"挑选"就是"或使用，或存放，或毁灭"。最重要的是，这种"挑选"的最终形态不是先验的预定，而是一个自然选择过程。从本质上说，文化受容或文化转型不是在逻辑或理论中完成的，而应是在实践中完成的。文化转型就是一个不断冲突而最终达到暂时终点的过程，冲突本身就是一种对比、扬弃的自然选择过程。因此，面对西方现代文化，先于这一

① 鲁迅：《且介亭杂文·拿来主义》，见《鲁迅全集》第6卷，北京：人民文学出版社，2005年，第40页。

过程而抽象地认定其利弊优劣、适合与不适合都是先验的，它来自某种理念而非具体实践。梁启超作为一个主观意识强于实践感受的思想家，曾极为轻松地为先验的文化选择做过如此示范：

> 我有耳目，我有心思，生今日文明灿烂之世界，罗列中外古今之学术，坐于堂上而判其曲直。可者取之，否者弃之，斯宁非丈夫第一快意事耶。[①]

可贵之处，在于他"有耳目""有心思"；可惜之处，在于他端坐高堂而把文化选择过于简单化了。文化是一种生存样式的接受和体验，选择一定要发生在体验之后，而不是体验之先。否则，任何完善的理论也不过是一株不结果的花。

[①] 梁启超：《保教非所以尊孔论》，《饮冰室合集》文集之九，北京：中华书局，1932年，第59页。

"世界人"概念：鲁迅文化选择的世界视野与当代思想价值

　　近年来，鲁迅评价问题不论在学界还是在社会上都出现了连续不断的纷争，这些纷争可以进一步使人确信：鲁迅不仅属于文学世界也属于社会领域，不仅属于历史也属于当下。而经过近一个世纪的验证，主流文化对于鲁迅评价的冷热褒贬程度，甚至可以成为社会政治态势的信心指数。同时也足以表明，鲁迅对于社会现实的影响力抑或破坏力实在是一种超越性的存在。

　　我一直认为鲁迅思想已经成为一种价值符号，其意义不仅在于历史也在于当下。当人们说到鲁迅研究已经无话可说、无题可做的时候，其言所指就是鲁迅历史研究的有限性。因为无论是资料的发掘还是知识的探讨，都似乎已经没有太大的空间。但是，如果我们抛却某些忌讳，而对鲁迅思想做进一步的挖掘，并将其与当下中国的思想文化、社会现实相连接时，就会发现鲁迅的思想仍然是如此地切合中国社会，也会由此真正地接近鲁迅思想的本体，发现其历史命题后面的当代价值。

　　一般认为，在鲁迅的文化思想中只有批判和破坏而没有肯定和建设，而且这种观点也常见于高度肯定鲁迅思想价值的论著之中。历史上完美的先驱者可能既是革命者又是建设者，然而历史本身从来就不按照完美逻辑去发展，历史的缺憾就构成了历史本身。鲁迅为终结传统思想惯性而生，其所承担的历史使命就是对传统文化痼疾进行破坏和价值观反叛。而且当我们从鲁迅批判性思维的另一面追溯而行，会发现鲁迅思想中确实也存在着正向的建设性思考。其中，不太被人注意的一个称谓——"世界人"，就是他思想中一个十分重要的建设性概念[①]。对于鲁迅"世界人"思想的理解，不能做一般的词义分析，也不能做孤立理解，必须将其放置于整个思想体系和当下中国社会历史情境中去做延伸阅读。

一、"世界人"概念的思想背景：
"世界主义"的中国理解

"世界人"概念、"世界主义"思潮是以无政府主义、社会主义以及基督教思想为表征，以中国传统的大同社会理想为思想土壤而植入中国的。

近代中国思想文化界出现的"世界人"概念，是"世界主义"理论系统中一个表征性的思想核心，不仅是理想的社会成员的身份标识，也是理想的精神境界要求。鲁迅的"世界人"概念的形成，是与"世界主义"思想在中国的接受、融合与影响分不开的。中国对于"世界主义"的理解主要存在着两种差异性乃至对立性的思想：一种是着眼于政治制度诉求的

[①] 最早对这一概念进行专论的是曲一日（《鲁迅"世界人"概念漫议》，《鲁迅研究月刊》，1996年第3期）、陈方竞（《关于"世界主义"问题——"五四"新文化文学运动中心的多重对话》，《鲁迅研究月刊》，2003年第7～10期）、于佩学、蒋於缉也发表文章论析（《论鲁迅的"世界人"概念》，《鲁迅研究月刊》，2007年第3期）。笔者在专著《惯性的终结：鲁迅文化选择的历史价值》（长春：吉林大学出版社，1999年）中亦有论及。

"大同社会"的设计，另一种是对"世界主义"思想进行拒斥的民族主义立场。而后一种思想自近代以来，一直是中国社会中最具道德普遍性和历史合法性的思想，而且是官方文化与民间文化之间认同度最高的时代思想。鲁迅的"世界人"概念理解与这两种思想都有所不同，这也是使他的"世界人"概念理解与当时中国流行的思想区别开来的主要标志。

任何外来思想的最初接受往往都必须与本土固有的思想相连接，都要完成一个移植或嫁接的过程。中国社会最初接受"世界主义"思想时，大多是从大同社会的制度设计角度来接受的，具有明显的大同社会与空想社会主义相结合的特征。或者说，"世界主义"之所以在中国一时成为最具影响力的社会思潮，就是因为它最容易与传统的大同社会理想相融通，也最容易被广大民众所理解和接受，从而成为动员和支配社会思想的利器。

人们一般认为，"世界主义"是一种社会理想，意指全人类都属于同一社会有机体，建立普遍的契约关系，广土众民，人人平等，所有人都成为一个互助互爱的共同体。孔子称，"大道之行也，天下为公"；"故人不独亲其亲，不独子其子，使老有所终，壮有所用，幼有所长，鳏、寡、孤、独、废、疾者，皆有所养；男有分，女有归。货恶其弃于地也，不必藏于己，力恶其不出于身也，不必为己"。"是故谋闭而不兴，盗窃乱贼而不作，故外户而不闭，是谓大同。"①这种大同社会理想的具体状况与西方空想社会主义的描述十分相似。因此，戴季陶在1911年就做出这样的理解："社会主义者，人道主义也，世界主义也。"②

"世界主义"思潮最初进入中国，是与康有为的倡导和阐释分不开的。1884年，他在《礼运注》中第一次提出"世界主义"思想。他把儒家的大同理想、佛教和基督教的平等思想、卢梭的天赋人权说以及西方空想社会主义糅为一体，"入世界观众苦"，提出破除"九界"以归"大同"

---

① 《礼记·礼运》。

② 天仇：《无道国》，载《天铎报》，1911年2月2日。

的社会理想①。西方世界主义思潮与中国传统的大同社会理想都具有政治乌托邦的性质，这也是中国与"世界主义"思想的最大契合点。但是，"世界主义也绝不是大同主义，相反，在世界主义中，各地的特殊性将充分地得到承认与尊重，除非它违反人类公德。世界主义包含着自由、民主与人权，自不待言。世界主义同'王道''霸业'毫无共同之处"②。

梁启超在中国最早提出完整意义的"世界人"这一概念，他在1902年发表的《保教非所以尊孔论》一文中提出："今我国民非能为春秋战国时代之人也，而已为二十世纪之人，非徒为一乡一国之人，而将为世界之人。"按照梁启超的说法，"世界人"的思想标准就是普度众生的"佛教之博爱"，自由博爱的"耶教之平等""视敌如友""杀身为民"的儒学以及"古代希腊、近世欧美诸哲之学说"的"兼容而并包"③。他认为，中国传统的文化思想、社会理想以及经济生产方式具有社会主义，亦即世界主义的性质，而这正是促使中国人实现国民身份成功转换的关键："第一，我国民大成功之根本理想，则世界主义也"；"第二，人类平等之理想，又我国民成功一要素也"④。在康有为的影响下，梁启超对社会主义与世界主义思想做了进一步的阐释，从而又对鲁迅和中国知识分子产生了很大影响。

在五四新文化运动中，胡适、陈独秀、蔡元培、李大钊、周作人、戴季陶、毛泽东等人受康有为、梁启超和西方空想社会主义、无政府主义思潮的影响，形成了相似的"世界主义"思想。

胡适是早期新文化先驱者中最为坚定和持久的世界主义者，他在留

① 康有为：《礼运注》，北京：中华书局，1987年。

② 安希孟：《从国家主义到世界主义》，载《世界民族》，2003年第5期。

③ 梁启超：《保教非所以尊孔论》，《饮冰室合集》文集之九，北京：中华书局，1932年，第59页。

④ 梁启超：《历史上中华国民事业之成败及今后革进之机运》，见葛懋春、蒋俊编选：《梁启超哲学思想论文选》，北京：北京大学出版社，1984年，第292页。

美期间就热衷参与"世界大同会"的各种活动。作为"世界学生会"会长，胡适屡次发表关于大同主义的演说，如"大同主义哲学""大同主义之沿革""大同主义之我见""世界和平及种族界限""大同主义"等①。像其他社会主义者一样，陈独秀早期也曾拥戴世界主义。1917年8月，他作书答陶孟和关于世界语的来函，对后者"将来之世界，必趋于大同"的观点"极以为然"，并且进一步解释，"世界大同"就是"世界主义"②。李大钊受欧洲"世界联邦"和"联治主义"思想的影响，五四初期发表《联治主义》一文，系统地阐述了通过"联治主义"而实现"世界联邦"的思想与方法。李大钊的"世界联邦"构想中实际上融进了中国"大同"理想的成分，他认为人类必然统一，而"民主主义、联治主义"等都只是通往"世界大同"的方式。这里值得注意的是，他与一般人的理解有所不同，少有地指出了世界主义与个性主义的关系："国家、民族，都和个人一样有他们的个性，这联治主义，能够保持他们的个性自由，不受他方的侵犯；各个地方、国家、民族间又和各个人间一样，有他们的共性，这联治主义又能够完成他们的共性，结成一种平等的组织，达到他们互助的目的。"但是，李大钊对世界主义的理解，其核心与主体还是承继康有为、梁启超等人的理想社会制度设计：从民族国家、地区联邦到世界联邦，最后，"世界人组织一个人类的联合，把种界国界完全打破。这就是我们人类全体所馨香祷祝的世界大同"；"我们可以断言现在的世界已是联邦的世界，将来的联邦必是世界的联邦"③。由此可见，对于"世界人"精神层面的理解，在李大钊那里只是一个闪光的亮点，没有成为其思想核心。

　　毫无疑问，正如有的学者指出的那样，像鲁迅言说的许多概念一样，

---

① 桑兵：《世界主义与民族主义——孙中山对新文化派的回应》，载《近代史研究》，2003年第2期。

② 陈独秀：《陈独秀文章选编》（上），北京：三联书店，1984年，第234页。

③ 李大钊：《联治主义与世界组织》，载《新潮》，1919年2月1日第1卷第2号。

"世界人"概念不是鲁迅的首创，也非其长期依赖和坚守的概念，而是借用他人的概念作为"话题"与某种流行思想进行对话，以表达自己的想法。但是，这里有两点应值得注意：第一，鲁迅与这些文化先驱者在"世界主义"思想理解中最大的不同，就是他从没有在社会的制度层面和构造形式上去理解和宣传世界主义，而是一开始他就是从"致人性于全"的现代人格的养成，亦即人的精神层面变革思考"世界人"概念的。第二，这一概念在鲁迅的精神世界中不是孤立和局部性存在的，而是与其中心思想以及当下社会现实相关联的。

其实，从完整意义的角度理解，世界主义不仅是一种社会理想，也是人的一种精神境界——全人类意识。马克思从物质生产和精神生产的角度提出了"世界历史"概念，认为随着世界历史的形成，过去那种地方的和民族的自给自足和闭关自守的状态，被各民族各方面的互相往来和各方面的互相依赖所代替①。在市场经济和环球航海的历史条件下，才出现了真正的世界主义。马克思从人类和世界的立场来看待民族和国家冲突，对狭隘的民族主义一直持明确的批判态度，即使是对自己的祖国。他强调民族的责任和世界的责任应该是一致的："凡是民族作为民族所做的事情，都是他们为人类社会而做的事情，他们的全部价值仅仅在于：每个民族都为其他民族完成了人类从中经历了自己发展的一个主要的使命（主要的方面）。"

从这个意义上说，中国传统的"家天下"世界观缺乏真正的世界主义的社会基础和历史条件，因此，"大同"理想也就缺少鲁迅所理解的"世界人"的精神特征。而且，马克思的这种"世界主义"思想并没有从人类性意识角度影响当代社会主义思想体系，国际共产主义运动的主流意识形态，只是将马克思的"世界历史"意识简化和提纯为"国际主义"思想。中国初期的马克思主义者把国际主义思想与世界主义思想混为一谈，其实二者之间存在着巨大的差别：前者具有鲜明的阶级斗争意识形态和暴力革命属

---

① 《马克思恩格斯选集》第1卷，北京：人民出版社，1974年，第42页。

性，而后者则主张无阶级、无差别，使用和平手段改变社会和人类自身。

从思想意识的价值取向来看，"世界主义"最大的思想对立面就是民族主义。中国有着过于发达而激烈的民族主义，却格外缺少人类意识的世界主义。有时候，人们甚至把爱国意识的淡化归咎于世界主义的影响。梁启超走向国家主义之后反思世界主义称，"我国人爱国心之久不发达，则世界主义为之梗也。有世界主义作祟便不会有爱国心"。这从他早期的立场大步后撤，甚至成为原初主张的对立面就可以看出来。以民族主义对抗世界主义是孙中山三民主义思想中明确标明的主张，其后期多次从国情特殊的角度批判世界主义：虽然西方各国盛行世界主义，但是"不知世界主义，我中国实不适用"。他认为，在中国提倡民族主义并不是逆世界潮流而动，"因中国积弱，主权丧失已久，宜先求富强"①，必先积极提倡民族主义。孙中山的主张明显受制于当时中国社会政治变革的现实，思想变革的主题被迫后置。

毛泽东早年受康有为《大同书》影响很大，1917年在致黎锦熙的信中说，"大同者，吾人之鹄也"，"宇宙之一体"，"共跻于圣域"，"彼时天下皆为圣贤，而无凡愚，可尽毁一切世法，呼太和之气而吸清海之波"②。他认为，"世界主义"就是"愿自己好，也愿别人好"的主义，也就是"社会主义"，并说"凡是社会主义，都是国际的"。他主张"鄙弃谋一部分一国家的私利"，都觉得自己是人类的一员，而"不愿意隶属于无意义之某一国家、某一家庭，或某一宗教，而为其奴隶"③。他尝试用"新村运动"的具体方案来实现大同社会的理想。其后毛泽东接受社会主义思想，主张"消灭阶级，消灭国家权力，消灭党，全人类都要走这一

---

① 梁启超：《中国前途之希望与国民责任》，《饮冰室文集》第18卷，上海：广智书局，1903年，第49页。

② 毛泽东：《1917年8月23日致黎锦熙信》，《毛泽东早期文稿》，长沙：湖南出版社，1990年，第88~89页。

③ 《毛泽东书信选集》，北京：人民出版社，1983年，第2页。

条路的，问题只是时间和条件"。"工人阶级、劳动人民和共产党，则不是什么被推翻的问题，而是努力工作，创设条件，使阶级、国家权力和政党很自然地归于消灭，使人类进到大同境域。"像所有马列主义者一样，毛泽东认为要实现这一理想，"唯一的路是经过工人阶级领导的人民共和国"，"经过人民共和国到达社会主义和共产主义，到达阶级的消灭和世界的大同"①。作为中国无产阶级革命胜利经验的总结，毛泽东十分明确地表明对通过暴力手段实现新的大同社会理想的肯定。这是一个值得高度注意的表述，因其表明了与实现大同社会的传统方式的差异，而且这种实现大同社会的手段已经足以使目的发生本质性的改变。而这种思想和实践则在毛泽东早年最初接受康有为大同社会学说时就已经表现出来了："人现处于不大同时代，而想望大同，亦犹人处于困难之时，而想望平安。是故老庄绝圣弃智、老死不相往来之社会，徒为理想之社会而已。陶渊明桃花源之境遇，徒为理想之境遇而已。即此又可证明人类理想之实在性少，而谬误性多也。"②人类的本性和说者的个性都决定了实现大同社会初衷的改变。

像陈独秀、李大钊、毛泽东一样，中国早期的共产党人多持世界主义立场，而在中共"一大""二大"的文件中也写道："无产阶级是世界的，无产阶级革命也是世界的"，"工人无祖国"，苏联和共产国际才是世界无产阶级革命的大本营③。这才有了后来共产国际和"左联""武装保卫苏联"口号的提出。但是这种"世界主义"与原初的意义有了本质性的区别，不过是一味地追随苏联阶级性鲜明的"国际主义"而已。苏联意识形态对于世界主义从来没有从世界大同的一般意义去理解，"国际主义""共产主义"也绝不等同于"世界主义"。20世纪30年代初，苏联受

---

① 毛泽东：《论人民民主专政》，载《人民日报》，1949年7月1日。

② 毛泽东：《读泡尔生〈伦理学原理〉的批语》，见《毛泽东早期文稿》，长沙：湖南出版社，1990年，第184～185页。

③ 杨奎松：《中国革命与苏共》，载《东方早报·上海书评》，2012年2月12日。

沙俄时代"犹太人阴谋论"的影响，开始了一场清剿"犹太世界主义"的运动。二战结束后不久，为了抵御西方思想的影响，苏联又进一步对世界主义进行全面的清理批判，做出了极其严厉的否定：世界主义是"一种宣传漠视自己祖国利益、漠视民族传统、漠视民族文化、放弃民族主权的反动的资产阶级思想体系。这种宣传是在承认整个世界是每一个人的祖国的幌子下进行的"。"帝国主义者力图用关于世界主义、世界政府等思想宣传来麻痹人民的警惕性，在他们之间培植背叛祖国和出卖民族的局外的思想。……无产阶级国际主义和资产阶级世界主义是完全对立的……世界主义和无产阶级国际主义思想体系、苏维埃爱国主义是不能相容的。"①由此，世界主义也就成了当局迫害知识分子的主要思想依据之一。

否定"世界主义"，不仅是当时苏联意识形态的基本思想纲领和政治清洗的理论依据，而且对中国等社会主义国家意识形态也构成了决定性影响。长时间以来，中国当代主流意识形态对于世界主义思想一直持批判的态度。1953年9月29日，郭沫若在《解放日报》上发表文章，呼吁世界和平却坚决反对世界主义思想："我们坚决反对所谓的'世界主义'，以美国的生活方式来奴役世界的变相的文化侵略。"②这一主张成为当时中国主流意识形态对于世界主义最经典性的评价。即使是在改革开放之后，主流意识形态仍然长时间沿用这一判断，对世界主义进行阶级批判。例如在1992年出版的汝信主编的《中国工人阶级大百科》中，对于"世界主义"的评价就基本上沿用了苏联的定义和郭沫若《解放日报》文章的立场："世界主义是帝国主义奴役和剥削其他国家人民的侵略主义，是为帝国主义独霸世界的侵略政策服务的。世界主义宣传漠视祖国利益、民族传统和民族文化，放弃自己的独立权利、民族利益，服从帝国主义的'领导'。

---

① 〔苏联〕罗森塔尔、尤金主编：《简明哲学辞典》，中央编译局译，北京：三联书店，1973年，第71页。

② 郭沫若：《争取世界和平的胜利与人民文化的繁荣》，载《解放日报》，1953年9月29日。

它是一种资产阶级思想体系。"是"为资产阶级的侵略扩张政策服务的一种反动的资产阶级思想"①。此外，蒋宝德、李鑫生主编的《对外交流大百科》，李水海主编的《世界伦理道德辞典》等也都沿袭了这一定义。直到2003年出版的金炳华主编的《马克思主义哲学大辞典》仍然坚持认为，世界主义"宣扬漠视民族传统、民族文化，以致放弃民族主权的剥削阶级政治思想……这些思想在剥削制度继续存在的条件下，成为为垄断资本侵略扩张政策服务的工具"②。十分明显，这些话语都来自前面所提到的苏联哲学权威罗森塔尔和尤金主编的《简明哲学辞典》。

以现代的人类意识为核心的世界主义思想，在中国可以说是先天不足而又后天失调。也正是因为如此，深入探究鲁迅"世界人"概念，对于民族思想文化来说既是一种深刻的启示，又是一种有意义的填充。

二、否定与肯定的立场差异：
鲁迅对"世界人"概念的前后两种理解

鲁迅在文章中第一次使用"世界人"概念，是在1907年发表的文言论文《破恶声论》中：

> 聚今人之所张主，理而察之，假名之曰类，则其为类之大较

---

① 汝信主编：《中国工人阶级大百科》，北京：中国国际广播出版社，1992年，第839页。

② 金炳华主编：《马克思主义哲学大辞典》，上海：上海辞书出版社，2003年，第290页。

> 二：一曰汝其为国民，一曰汝其为世界人。前者慑以不如是则亡中国，后者慑以不如是则畔文明。寻其立意，虽都无条贯主的，而皆灭人之自我，使之混然不敢自别异，泯于大群，如掩诸色以晦黑，假不随骃，乃即以大群为鞭筈，攻击迫拶，俾之靡骋。①

很明显，鲁迅在文中是从否定的意义上把"世界人"与"国民"相提并论的。他认为，时下人们提出要做"国民"，是担心不如此就可能亡国；人们提出要做"世界人"，是担心不如此中国人便与世界文明相逆。这使我们想到梁启超在1899年赴美途中所说的一段话："余盖完全无缺不带杂质之乡人也。曾几何时，为十九世纪世界大风潮之势力所簸荡、所冲击、所驱遣，乃使我不得不为国人焉。浸假将使我不得不为世界人焉。……既生于此国，义固不可不为国人。既生于此世界，义固不可不为世界人。"②由此，我们几乎可以认定鲁迅的言论就是针对梁启超而说的。鲁迅对这两种主张都做了一并的否定，认为在扼杀自我泯灭个性上，二者是相同的："二类所言，虽或若反，特其灭裂个性也大同。"③

应该说，"国民"和"世界人"在当时是处于中国思想前沿的两个概念。相对于"臣民""子民""草民"之类，"国民"概念强调国家意识和公民权利与责任，明显具有现代意义。而"世界人"强调世界视野和人类意识，强调中国思想文化、中国人观念与世界文明的同步，也明显符合世界潮流。任何时候逆世界潮流而动，都必然要使国家和民族付出沉重的代价，而后又不得不重新进行补课，再去费力追赶已经远去了的世界潮

---

① 鲁迅：《集外集拾遗补编·破恶声论》，见《鲁迅全集》第8卷，北京：人民文学出版社，2005年，第28页。

② 梁启超：《汗漫录》，《饮冰室主人自说》，南京：江苏人民出版社，1999年，第65页。

③ 鲁迅：《集外集拾遗补编·破恶声论》，见《鲁迅全集》第8卷，北京：人民文学出版社，2005年，第28页。

流。梁启超把"乡人""国人""世界人"看作是人的意识依次提升的三个阶段，认为是世界文明进步的连续过程。

值得注意的是，鲁迅在《破恶声论》中是从否定的立场来评价"世界人"这个概念的。但是，我们并不能由此简单地得出鲁迅思想与世界文明潮流相逆，或者落后于现代思想发展的结论。因为否定判断本身是一种意义，否定判断的尺度往往是另外一种意义。同样是批判，但是两者的价值取向可能是完全相反的。像梁启超一样，鲁迅前期思想的构成是比较复杂的。结合他此时思想的整体表述和他后来思想的惯性来看，鲁迅在这里并不是由于思想的落后而否定"世界人"概念的，而恰恰是因为过于先进而导致的一种思想错位。如同鲁迅当时否定中国尚未建立的议会制宪——"众治"一样，都是为了实现"任个人而排众数"的个性主义理想。不能否认，此时的"世界人"概念与鲁迅后来的"世界人"主张是有明显差距的，可以看作是他早期人学思想的一种初步的理解。真正的"世界人"概念并不是简单的世界一统，而是如同日本白桦派作家所主张的"十人十色"思想一样，"世界人"概念体现的是多元多样的人类意识。因为"人们各各不同，不能像印书似的每本一律。要彻底毁坏这大势的，就容易变成'个人的无政府主义者'"[1]。所以，从这个意义上讲，鲁迅的"世界人"概念前后也包含思想的一致性，那就是对于个性主义的一贯坚守。

在已公开的鲁迅论著中，"世界人"一词出现频率并不多，但是与之相对的"中国人"却是一个出现频率极高的关键词。当我们读遍鲁迅言说的"中国人"的思想形象之后，就可以在其后发现一个理想的"世界人"的形象。因为每一个否定判断的后面往往都预先设置了一个肯定的判断，都可以据此来反衬出一个相反的价值理想。

与前面提到的对于"世界人"概念的否定相异，鲁迅最集中而明确正面阐述"世界人"概念的文章，是他于1918年在《新青年》上发表的《随

---

① 鲁迅：《两地书·1925年3月18日》，见《鲁迅全集》第11卷，北京：人民文学出版社，2005年，第20页。

感录三十六》：

> 许多人所怕的，是"中国人"这名目要消灭；我所怕的，是中国人要从"世界人"中挤出。
>
> 我以为"中国人"这名目，决不会消灭；只要人种还在，总是中国人。譬如埃及犹太人，无论他们还有"国粹"没有，现在总叫他埃及犹太人，未尝改了称呼。可见保存名目，全不必劳力费心。
>
> 但是想在现今的世界上，协同生长，挣一地位，即须有相当的进步的智识，道德，品格，思想，才能够站得住脚：这事极须劳力费心。而"国粹"多的国民，尤为劳力费心，因为他的"粹"太多。粹太多，便太特别。太特别，便难与种种人协同生长，挣得地位。
>
> 有人说："我们要特别生长；不然，何以为中国人！"
>
> 于是乎要从"世界人"中挤出。
>
> 于是乎中国人失了世界，却暂时仍要在这世界上住！——这便是我的大恐惧。①

在鲁迅以上的表述中，我们似乎可以把握以下几层思想含义：

第一，"世界人"不是作为一种空间概念而存在，而是一种具有远大境界的精神存在："我以为'中国人'这名目，决不会消灭；只要人种还在，总是中国人。譬如埃及犹太人，未尝改了称呼。可见保存名目，全不必劳力费心"，"中国人失了世界，却暂时仍要在这世界上住"。不同于大同社会理想，"世界人"是一种精神追求，"即须有相当的进步的智识，道德，品格，思想"，而且鲁迅也不相信大同社会的存在："我疑心

---

① 鲁迅：《热风·随感录三十六》，见《鲁迅全集》第1卷，北京：人民文学出版社，2005年，第323页。

将来的黄金世界里，也会有将叛徒处死刑。"①

第二，"世界人"概念是对于自我价值的坚守，不是个性的泯灭；"协同生长，挣一地位"。表明了鲁迅"世界人"概念的思想过程和最终指向。"协同生长"是一种从人的存在方式到价值观的"世界性"或者同一性；而"挣一地位"则是通过"协同生长"之后，民族国家可能获得的世界性地位。

第三，值得格外注意的是，"中国人"要成为"世界人"不是以其特殊性进入世界，而是以人类的同一性进入世界："有人说：'我们要特别生长；不然，何以为中国人！'于是乎要从'世界人'中挤出。于是乎中国人失了世界，却仍要暂时在这世界上住！——这便是我的大恐惧。"从而可以看到，鲁迅在这里否定了所谓中国人应该"特别生长"的主张，这与他毕生致力于批判国粹主义、坚持改造国民性的宗旨是相一致的。这也正是鲁迅及其他文化先驱者一贯坚持的思想启蒙、改造国民性主张的主要内容：肯定现代人类意识，批判国粹主义和民族主义。这一点，在当下中国具有特别重要的意义。

在一种"天下大势，既已日趋混同"②的时代，鲁迅认为人类文化精神的一致亦势在必行。他把"人类的道德"③——包括初民的道德和现代的道德，作为中国文化现代化转型的价值取向和自己文化选择的基准："人类尚未长成，人道自然也尚未长成，但总在那里发荣滋长。……将来总要走同一的路。"④从欧洲工业革命的发生和西方近代民主社会思潮的

① 鲁迅：《两地书·1925年3月18日》，见《鲁迅全集》第11卷，北京：人民文学出版社，2005年，第20页。

② 严复：《救亡决论》，王栻主编：《严复集》第一册诗文（上），北京：中华书局，1986年，第50页。

③ 鲁迅：《热风·随感录四十》，见《鲁迅全集》第1卷，北京：人民文学出版社，2005年，第338页。

④ 鲁迅：《热风·不满》，见《鲁迅全集》第1卷，北京：人民文学出版社，2005年，第375页。

兴起之后，无论世界还是中国，都被纳入一个全面现代化的发展轨道，无论是走还是推，终究都要沿着同一方向发展。也许因为有如此判断，鲁迅才对中国文化的命运表现出一种超越民族立场的达观态度。应该说，鲁迅作为20世纪中国文化变革的先驱者，对于人类思想文化发展趋向是具有深刻预见性的，他确认了中国文化要与世界文化同步，完成了现代化转化的基本方向。早在1918年8月，他在给好友许寿裳的信中就提到："若以人类为着眼点"，则中国的改良或灭亡，都是"人类进步或向上之验"①。很明显，鲁迅的"世界人"概念不是一种系统化的思想，但却是鲁迅思想体系中一个重要的关键词，它表达了一种极具历史意义的人类意识诉求，具有超凡的预见性。

　　与世界主义思潮相伴，世界语运动在中国知识界也长时间盛行。胡适、陈独秀、鲁迅、巴金、茅盾、冰心、叶君健、王鲁彦、胡愈之、胡乔木等人都积极参与其中。鲁迅认为，中国文字是封建传统道德的载体，是国民素质提高的巨大障碍。"方块汉字真是愚民政策的利器"，"也是中国劳苦大众身上的一个结核，病菌都潜伏在里面，倘不首先除去它，结果只有自己死"②。那么"为汉字而牺牲我们，还是为我们而牺牲汉字呢？"鲁迅的答案是确定无疑的："如果大家还要活下去，我想，是只好请汉字来做我们的牺牲了。"③他坚信，"人类将来总当有一种共同的言语；所以赞成Esperanto"。鲁迅对于世界语运动的理解没有停留于语言，而是从语言的同一走向对精神的同一的肯定："学 Esperanto"更要"学Esperanto的精神。""倘若思想照旧，便仍然换牌不换货"，仍是无济

---

① 《鲁迅书信集·1918年8月20日致许寿裳》，见《鲁迅全集》第13卷，北京：人民文学出版社，1976年，第18页。

② 鲁迅：《且介亭杂文·关于新文字》，见《鲁迅全集》第6卷，北京：人民文学出版社，2005年，第165页。

③ 鲁迅：《花边文学·汉字和拉丁化》，见《鲁迅全集》第5卷，北京：人民文学出版社，2005年，第585页。

于事的。"改良思想，是第一事。"①鲁迅早期曾对于"同文字""尚齐一"的观点表示过否定，而这里的肯定仍然没有把重点放在语言文字这一形式本身，而是重点强调世界性思想意识的建立。

"世界人"概念的核心是以个人为本位的人类意识，人类意识与大同社会构想并不是简单画等号的，大同社会构想是具有统一主权的世界政治共同体，而人类意识则是不受民族、国家和时代限制的精神追求。要实现大同社会，需要漫长的世界协同发展过程，而确立人类意识则需要人的精神升华。作为一种社会理想，世界主义在个别国家是很难实现的，而作为一种个人思想，人类意识的确立则是切实可行的。鲁迅的"世界人"概念并不是制度性的政治设计，而是立足于个人精神世界的变革："即须有相当的进步的智识，道德，品格，思想。"而且这变革不是传统意义的大同思想，而是现代意义的"人"的意识："与种种人协同生长，挣得地位。"从中可以看出，这种多元一体的"世界人"意识是对于人类意识下的多元化个性存在的承认，不是消灭民族差异和思想个性。这一点，它与中国传统的大同思想有了本质差别。

当年梁启超对于世界主义的态度几经转换：早年追随康有为肯定世界主义，后来站在清室立场反对，到后来经过游历欧美再度肯定。鲁迅对于世界主义的思想历程与梁启超也很相似，早年反对，后来肯定，最后又有所怀疑。只不过梁启超否定世界主义是源于国家主义，而后期鲁迅不再强调"世界人"概念，则主要是受严峻的生存环境和外来理论的影响，使其思想中原有的阶级斗争意识进一步强化，从而对世界主义思想有所怀疑。他不相信有所谓的黄金世界，认为这是一种"做梦"："虽然梦'大家有饭吃'者有人，梦'无阶级社会'者有人，梦'大同世界'者有人，而很少有人梦见建设这样社会以前的阶级斗争，白色恐怖，轰炸，虐杀，鼻子里灌辣椒水，电刑……倘不梦见这些，好社会是不会来的，无论怎么写得

---

① 鲁迅：《集外集·渡河与引路》，见《鲁迅全集》第7卷，北京：人民文学出版社，2005年，第36~37页。

光明，终究是一个梦，空头的梦，说了出来，也无非教人都进这空头的梦境里面去。"①这主要是对于世界主义"大同社会"制度的否定，但是与过去对"世界人"的人类意识的强调已经有了明显的不同，阶级意识在这里变得十分突出。

三、对"中国人"的批判与当下民族主义思潮

如前所述，"世界人"概念在鲁迅的思想中，最重要的不是判断人的社会身份的标准，而是强调人的世界眼光、人类意识。并且以此为理想尺度，最终落实到对确立人类意识障碍的国粹主义和民族主义思想的批判上。

马克思、恩格斯在《共产党宣言》中指出："民族的片面性和狭隘性越来越不可能了，于是从许多民族和地方文学中，出现了一种世界文学。"即使是从否定的角度，马克思、恩格斯也指出了这种世界化倾向的态势："使未开化和半开化的国家从属于文明的国家，使农民的民族从属于资产阶级的民族，使东方从属于西方。"②正像马克思所说的"世界历史"和"世界文学"一样，人类意识的确立要经历一个相当艰难和痛苦的过程，因为它的对立面是以"爱国主义"名义表现出来的民族主义，而后者在中国文化和社会中具有先天的优势和巨大的影响力，无论怎样偏颇和激烈，其伦理的正义和政治的正确都不容置疑，更不能证伪。

---

① 鲁迅：《南腔北调集·听说梦》，见《鲁迅全集》第4卷，北京：人民文学出版社，2005年，第482页。

② 中央编译局译：《共产党宣言》，北京：人民出版社，1997年，第31页。

世界主义从来就是批判民族主义的有力武器。文化发生剧烈转型的时期也是世界主义和民族主义冲突剧烈的时期，而传统文化能否完成真正的转型，就是要看世界主义与民族主义博弈的最终结果。而且，二者的冲突和博弈不单是一种思想斗争，更是社会发展与民族文化建构不同路向的矛盾。民族主义的社会功能是与一定的历史境遇分不开的，在国家和民族危亡之际，民族主义思想可以凝聚人心、同仇敌忾，势必具有现实的合理性和必要性。然而，愈是在这样一种情境下，世界主义思想才愈是不可或缺的。这不仅体现出一个民族的胸怀和视野，也决定着一个民族的性格构成和文化发展的方向。吸收和坚守这一思想，是促使传统文化尽快转型和世界影响力扩大的最佳途径。相反，拒斥世界主义，偏执于民族主义，最后伤害的恰恰是民族本身。1902年，蔡元培就提出要"破黄白之级，通欧亚之邮，以世界主义扩民族主义之狭见"[1]。要知道，当时中国社会和民族境遇的危机是空前的。

超越民族性和地域性，确立人类意识，是人类文化发展的同道。正如马克思、恩格斯所说的那样，各个单独的个人要"摆脱各种不同的民族局限和地域局限"[2]，而同整个世界发生实际联系。而从近年来世界思想文化的发展事实来看，这种趋向也越来越明显。

当下中国世界主义思想和民族主义思想的对立，已经成为大众文化和精英文化冲突一种最显著的表现形态。如前所述，当其产生超越思想文化层面的社会影响时，有可能引发国家不同发展战略之间的较量。相对于世界主义，民族主义或者国家主义在中国影响范围更大，时间更长久。我认为，当下中国思想文化和社会心理中最值得警惕的，就是民族主义的思想麻痹性和政治功利性。

鲁迅终生对民族主义做了不懈的批判，而且这种批判往往是与天下大

---

[1]　蔡元培：《日英联盟》，见高平叔编：《蔡元培全集》第1卷，北京：中华书局，1984年，第160~161页。

[2]　《马克思恩格斯选集》第1卷，北京：人民出版社，1974年，第42页。

势，特别是民众的一般思想情感相对立的。我们对其战士品格的评价，不能忽略这一重要方面。因此，鲁迅"世界人"概念所蕴含的思想，对于认识传统中国人现代意识的缺失和思考当下中国思想文化状况及其走向，具有十分独到的启示价值。

在鲁迅的思想中，"世界人"概念与"中国人"概念构成了两种对比性甚至对立性的文化人格。"世界人"是鲁迅"致人性于全"的国民性改造的最高境界和重要内容。鲁迅认为，"只有真的声音，才能感动中国的人和世界的人；必须有了真的声音，才能和世界的人同在世界上生活"①。鲁迅通过"真的人""世界人""人类"的判断过程，最终要建构的是地上的"人国"。"中国人"概念在鲁迅话语中出现的频率远远高于"世界人"概念。他话语中有多处谈到不同民族性格的对比，如中国人的"不认真"与日本人的"认真"，中国人与波兰、印度人的殖民地性格差异等。在这些民族性格的对比中，"中国人"都是作为负面形象出现的，其最主要的文化人格弱点是"卑怯""瞒和骗""施恶于更弱者""自满""马马虎虎""无操守""做戏""面子"意识、"看客""奴性"等。在中国历史上，还没有哪一个人能如此深刻而全面地对中国人的民族根性做过这样集中的剖析，仅就这一点而言，就足以表明鲁迅的价值是不能被替代，更不能被否定的，因为中国社会和民族太缺少也太需要这样的学者和思想了。

鲁迅把"世界人"作为"中国人"重塑的价值尺度和理想境界，一个真正的"世界人"，实质上也就是一个理想的"中国人"。必须指出的是，在鲁迅那里，"世界人"和"中国人"都不是一种整体性的族群称呼，而是一种特定的文化人格，是"现代"与"传统"的代名词。"世界人"是现代意义的人，他不仅仅属于西方人，中国人中也存在着"世界人"。鲁迅对此坚信不疑，而且愈到后来愈加明确。而"中国人"则是传

---

① 鲁迅：《三闲集·无声的中国》，见《鲁迅全集》第4卷，北京：人民文学出版社，2005年，第15页。

统意义的人，是指中国人中那些固守传统、拒绝世界的人们，他们成为中华民族劣根性的表征。在这种文化人格对比中，鲁迅首先把"协同生长"与否作为两种文化人格在"知识，道德，品格，思想"[①]上的差异和对立。

鲁迅关于"中国人失了世界，却暂时仍要在这世界上住"的判断，是说明在世界上生存并不等于就是"世界人"。同理，任何一种民族文学本身虽说构成了世界文学的一部分，但是不具有世界意识和人类意识的民族文学，也就不具有世界性价值，也就算不上是真正的世界文学。如果我们的文学作品中不包含人类意识，过分强调民族性和地域性，那么就很难产生世界性影响，这种文学价值就只属于我们自己。

鲁迅通过对陶元庆绘画的评价，曾比较全面地界定了"世界人"的概念："存在于现今想要参与世界上的事业。""世界人"最基本的素质是具有世界意识、人类意识和普世价值观。"世界人"概念是对民族主义意识的扬弃，把一般的进化论上升为人类观，而与此相对立的就是民族主义。鲁迅批评某些国粹家的主张："我们要特别生长；不然，何以为中国人！"这个话语可以说是豪情万丈，其逻辑具有不容置疑的正义性和正确性，可是鲁迅认为坚守这一逻辑，"于是乎要从'世界人'中挤出"，而中国文化"特殊"论实质上就是对"世界人"意识的拒绝：

> 什么叫"国粹"？照字面看来，必是一国独有，他国所无的事物了。换一句话，便是特别的东西。但特别未必定是好，何以应该保存？
>
> 譬如一个人，脸上长了一个瘤，额上肿出一颗疮，的确是与众不同，显出他特别的样子，可以算他的"粹"。然而据我看来，还不如将这"粹"割去了，同别人一样的好。

---

① 张福贵：《活着的鲁迅：鲁迅文化选择的当代意义》，北京：社会科学文献出版社，2010年，第169页。

> 倘说：中国的国粹，特别而且好；又何以现在糟到如此情
> 形，新派摇头，旧派也叹气。[①]

鲁迅这段言论的最大价值不仅在于对当时批判的深刻性上，更在于其具有的高度概括力和深远预见性的逻辑力量。具体的批判是针对当下的，而逻辑的概括则具有超越性功能，适用于过去、现在和未来。今天我们按照鲁迅的思想逻辑来剖析当代类似的思想文化导向，就具有极其精粹的透析能力，振聋发聩，使人顿悟。经过半个多世纪的社会体悟，深刻感受到最彻底的思想改造是改造人的思维方式，不论什么人只要使用了同一的思维方式，最后就必然走向同一的价值观。井底之蛙只能描述狭小的天空，色盲症者的眼睛必然分不清红绿颜色。直到今天，我们才真正理解，鲁迅改造国民性的使命，其实就是要改变国人的思维方式以及由此生成的价值观。当下中国民族主义思想的大众化热潮的一个重要原因，就是与在同一教育体系下形成的国民同一性思维方式有关。

从本质上说，民族主义是人类族群的一种原始本能，是人的一种生理特征和情感特征。生理特征使其具有本能属性，与生俱来，不可克服；情感特征使其具有伦理属性，天生正义，不必证伪。说其是一种本能，表明其是不经意的、不可遏制的，其正确性是不讲逻辑也无需证明的，具有先天的优势。因此，极端民族主义的口号能使大众的心理产生快感并瞬间生效。然而，如果一个民族总是固执于此或者不能将其诉诸理性，也就说明这个民族还没有脱离基本的动物本能。准确地说，民族主义除了在外敌入侵之际具有积极的意义，更多的时候是统治者手中一种屡用不爽的政治工具，是社会族群极其有效的一剂精神鸦片。民族主义如果走向极端，不仅会丧失理性，而且会丧失人性，给国家形象和人类和平带来巨大的伤害。

民族主义的死敌是世界主义，做"世界人"在中国从来就是不受待

---

① 鲁迅：《热风·随感录三十五》，见《鲁迅全集》第1卷，北京：人民文学出版社，2005年，第321页。

见的。一旦有谁被勾连成为民族主义的反对者，谁就立即成为全民公敌，而且丝毫没有辩解的机会与权利。鲁迅终生对民族主义做不懈的批判，有时候是与天下大势特别是民众的一般思想情感相对立的。于是，鲁迅的民族身份常常被人诟病。早年他被人称为"日本特务"："我是常到内山书店去闲谈的，我的可怜的敌对的'文学家'还曾经借此竭力给我一个'汉奸'的称号。"①当下，鲁迅又成为网络愤青们口诛笔伐的"汉奸"。中国文化中存在着一种伦理审判机制，这种机制是省略了判断过程而被充分简化的"以理杀人"的机制。中国人从来没有认真严密地对"汉奸""卖国贼"这类概念进行过论证和辨析，往往都是通过一行文字，甚至一个简单的主谓句，就完成这一可能置人于死地的命名过程。而且这个判断能立刻得到社会大众的广泛认同。古往今来，中国的许多道德评价和政治审判往往都是这么一个简单的过程，国民也由此被训练成熟或者成型。即使是一个再高贵正面的人，只要被戴上这个名号，就立即成为人民公敌，遭致万劫不复的命运。正如尼采所说的那样："把一个内化符号，一个缩略套语当作实在，最后又当作原因"，这是"我们的坏习惯"②。

民族主义文化人格具有强烈的排他性和攻击性，具有明显的语言暴力倾向。但是其深层本质却是"卑怯"，外在的激烈和极端往往是为了遮掩内里的自卑与恐惧。这是传统社会愚民政治所造就的一种文化人格，它源于人的权利和个性意识的丧失。鲁迅称，"在黄金世界还未到来之前，人们恐怕总不免同时含有这两种性质，只看发现时候的情形怎样，就显出勇敢和卑怯的大区别来。可惜中国人但对于羊显凶兽相，而对于凶兽则显羊相，所以即使显着凶兽相，也还是卑怯的国民。这样下去，一定要

① 鲁迅：《且介亭杂文·运命》，见《鲁迅全集》第6卷，北京：人民文学出版社，2005年，第134页。

② ［德］尼采：《权力意志》（上、下），孙周兴译，北京：商务印书馆，2007年，第82页。

完结的"[①]。鲁迅认为，这种人格从思想和心理上都是不健全的。由于缺少"世界人"意识，整个民族在人类生存竞争中不能获得"世界人"的地位。

"致人性于全"，鲁迅在这里进一步提出了"世界人"所应具有的文化人格要求，即文化观念和思想道德的当代性与共同性。人类文化的发展无论其中有怎样的曲折和痛苦，都必定呈现出某些共同的趋向。因为深层中人性是共通的，由"中国人"转向"世界人"是存在着可能性和必然性的，关键是如何选择和实现其目的的途径和方式。只有真正地成为"世界人"，最后才能成为现代的"中国人"。鲁迅终生的使命就是实现这一目的，即使这个目的的实现十分困难。

鲁迅思想博大精深，但是其"世界人"概念却是一个被相对忽略的宝贵的思想资源。这种忽略有历史境遇的需求，有思想理论的制约，也有鲁迅本身思想发展的原因。然而时至今日，无论如何我们不能再让这一思想价值流失，应该将其置于中国当下思想情境之中做延伸阅读和深度阐释，这既是完善我们对鲁迅思想的理解，又是完善我们思想自身。因为在一个惧怕文明的时代里，如果没有鲁迅，就会更远离文明。坚守鲁迅"世界人"思想，会使我们走近世界文明的前沿。

---

① 鲁迅：《华盖集·忽然想到（七）》，见《鲁迅全集》第3卷，北京：人民文学出版社，2005年，第64页。

下　编

——————

鲁迅研究的历史范式与当代评价

历史作证：远离鲁迅让我们变得平庸

有人说过，20岁的时候读巴金，30岁的时候读茅盾，40岁以后读鲁迅。其实，无论年龄多大，如果把自己封闭在书斋里是读不懂鲁迅的。鲁迅的本质精神是他对中国社会、文化和中国人的深刻理解。只有理解了中国社会才能读懂鲁迅；只有读懂了鲁迅才能更加理解中国社会。鲁迅与中国就是这样一种解不开的纠葛。他一生批判和挑战的不是某一个人，而是中国的一种文化传统，一种民族根性，一种社会状态。局限于鲁迅与周边人际关系和具体事件的纠葛，是不能真正理解鲁迅的价值和意义的。鲁迅活在当下，因为他昔日所指正是今日所在。鲁迅是常读常新的，他已经成为一个世纪性的话题，我们这个民族花费了半个多世纪的时间也未能真正读懂鲁迅，理解鲁迅，或者说我们往往故意不去读懂、不去理解真的鲁迅。留在民族记忆里的鲁迅是中小学教科书上的鲁迅，是每逢某个重大政治节日便被装饰出来的鲁迅。不过，话又说回来，即使是被装饰的鲁迅也变得越来越稀有了。毫无疑问，鲁迅已经远离了我们这个时代和我们自己。人们都认同鲁迅性格的本质是挑战强者而绝望的反抗。但是我们很少能细想为什么鲁迅能至死坚守这一性格？归根结底，就是鲁迅的人格所致，任何性格特征大多源自人格特征。

鲁迅用自己的思想和行为对"知识分子"这一概念进行了界定。对于我们来说，鲁迅精神在当代中国最大的价值，就是对于中国当代知识分子思想立场和人格境界的启示意义。知识分子是一个民族最精华的群体，是一个时代最前沿的思想集团和最尖端的知识集团。我从心底里不想做一个庸人，但是我承认自己还不是一个敢于挑战的强者，相反很多时候还是一个懦弱者。虽说在精神上一直努力接近鲁迅，与其相通，因为这是在当下环境中摆脱平庸的一种精神突围。夜深人静，我坐在书桌前，重温鲁迅，常常有一种醍醐灌顶般的顿悟，顿悟之后的无奈，无奈之后的沉重。每逢此时，我的感觉就如一位朋友大作的书名一样——《愧对鲁迅》。像当年鲁迅深夜在读安冈秀夫的《从小说看来的支那民族性》一样，我读到鲁迅的一些句子，也总是惊出一身冷汗来。这冷汗不只是为鲁迅的深刻而惊叹，而是面对鲁迅的深刻和挑战而自愧不如的结果。鲁迅的伟大在于其思想的深刻，而鲁迅的痛苦则在于其思想的深刻。鲁迅在《娜拉走后怎样》中说："人生最苦痛的是梦醒了无路可以走。"[①]不忘鲁迅，让我们活得很累、很沉重。批判意识太强，往往不容于环境。面对尘世人间，我们往往不能发出自己的心声。而作为真正的鲁迅学人，最后的底线就是不能参与对于鲁迅本质精神的改造，因为曲解鲁迅就是背叛鲁迅。

面对鲁迅，我们是问心有愧的。当下社会公众对知识分子群体的信任感急剧淡化，根本原因有两个：一是中国社会长期以来对于知识分子所规定的高崇的道德境界，民众对其赋予了超现实的价值期待。二是知识分子自身的工具化和利益化追求，丧失了应有的义务和责任。半个多世纪以前，毛泽东曾经说过，"鲁迅的骨头是最硬的，他没有丝毫的奴颜和媚骨，这是殖民地半殖民地人民最可宝贵的性格。鲁迅是在文化战线上，代表全民族的大多数，向着敌人冲锋陷阵的最正确、最勇敢、最坚决、最忠实、最热忱的空前的民族英雄。鲁迅的方向，就是中华民族新文化的

---

① 鲁迅：《坟·娜拉走后怎样》，见《鲁迅全集》第1卷，北京：人民文学出版社，2005年，第166页。

方向"①。直到今天，我们才越来越理解当年毛泽东对鲁迅评价的真切感受。如果知识分子群体都丧失了关注现实、探究本质、追求理想的欲望，那么就会使这个民族大伤元气。鲁迅的心中一直是燃烧着人性的激情的，虽然《记念刘和珍君》等作品已经从中学课本中被清除，但是那些充满震撼力的句子还激荡在几代人的心中："真的猛士，敢于直面惨淡的人生，敢于正视淋漓的鲜血，这是怎样的哀痛者和幸福者？然而造化又常常为庸人设计，以时间的流驶，来洗涤旧迹，仅使留下淡红的血色和微漠的悲哀"，"沉默呵，沉默呵！不在沉默中爆发，就在沉默中灭亡"。不是对社会现实有着深刻体验并敢于正视和反抗现实的人，是不能发出这样的声音的。

鲁迅确立的现代人的思想人格境界，就是呼唤"真人"而揭露"伪士"。他立志用"内曜""破黯暗"，以"心声""离伪诈"，对初民社会"朴素之民，厥心纯白"②的道德人格有一种复古式的怀念。这不同于一般社会思想的复古，是想向后寻找推动民族人格向前发展的动力，以完成其"立人"总体目的中道德理想人格的构造。复古也是一种对现实的否定，如果以人类本性的回归为目的，那么复古也就有了恒久的人类学价值。在人性的道德上，鲁迅始终是"复古"的——复归于人间的原点。政治约束思想，环境更腐蚀人性。人本善，对人间原点崇高和自然的认定，其实是对社会现状的批判。鲁迅在担负起政治救亡、思想启蒙重任的同时，又担负起道德救赎的重任。思想启蒙是向前看的，道德救赎是向后看的。这主要是来自鲁迅对社会现状的不满。鲁迅的真实让恶人的作恶变得困难，特别是让伪善者暴露出恶的本质。他一生树敌过多，除了思想立场和政治倾向的差异，在很大程度上是由于性格所致。而这性格也就是人

---

① 毛泽东：《新民主主义论》，载《解放》，第九十八、九十九期合刊，1940年2月20日。

② 鲁迅：《集外集拾遗补编·破恶声论》，见《鲁迅全集》第8卷，北京：人民文学出版社，2005年，第32页。

格——不说假话和揭穿虚伪。这造成了他人际关系中最大的悲剧——自己不虚伪也不允许别人虚伪。

中国向来自誉为礼仪之邦，有着严格而繁复的礼仪规范。这种礼仪体系的要害不在于言语和行为、场面的规范，而在于思想道德上的规范。封建礼仪的本质属性是思想道德的礼教系统，生活中日常礼仪的最坏结果，不过是增加了社会成员生活上的负担和精神上的成本，而政治思想中的封建礼仪抑或礼教却是反人性的，戕害人的生命和身体的。无论是古代还是当下，从反面理解，国人的行为往往最不守礼仪，礼仪与行为的反差构成言行不一、表里不一的虚伪；从正面理解，过度尊奉和拘泥于礼仪，会使人的关系等级化、人的生活形式化。中国封建文化的道德体系需要虚伪，也制造虚伪。在官本位的中国社会里，当官员和权威话语缺少真诚甚至失去真实时，对社会成员的影响和示范作用是巨大的。鲁迅批判的不是具体的个人，而是文化体系和这个体系所形成的习惯——培养人的道德虚伪。因此，鲁迅因与社会和习惯对抗而最终不容于环境。

谎言对于民族伤害最大的是影响下一代人的正常成长。一个在到处是谎言和虚伪的环境中长大的孩子将会怎样？他们将如何担当将来中国的民族振兴大任？我一直认为，政治信仰重要，政治信任更不能缺失。政治道德缺失，必然导致政治信任危机。官方文化与民间文化、精英文化与大众文化价值观背反，社会心理高度情绪化已经成为一种常态。中国社会的诚信缺失已从商界、媒体渗透到政界、学界，甚至影响到专业的信用评级领域。前一段日子，国内某权威信用评级机构关于世界典型国家的信用等级，以及某部委信用等级评价结果的风波，就是一个缩影。

鲁迅的真诚与真实是当下中国最值得珍惜的精神资源，思想意识上的"独出"与道德人格上的"率真"，是鲁迅"致人性于全"的主要思考内容。面临当下中国社会的转型，回顾鲁迅的道德人格立场，便具有了新的重要意义。鲁迅一生都在"力抗时俗""力抗强者"。他一方面批判构成"时俗"的"庸众"，一方面批判使民众精神麻木、形成奴性的"强者"，为"唤醒"民众而进行思想上、政治上的启蒙。两者相比，他对于"强者"的批判是整体的，从思想上到道德上都给予了否定。而对于民众在道德人格上表现出的"率真""古朴"则给予了肯定，并将之作为健全人性的标准之一。而今日之民众，在思想意识和道德人格上则往往表现为两重性：思想意识的觉醒与道德人格的滑落。由于历史的发展，一般民众逐渐疏离于僵化的意识形态，具有被"唤醒"后的思想状态。但是，正是由于这觉醒之后对现实产生的失望，人们丧失了理想主义和共同的伦理精神，退而求其个人物质生活的发展，结果带来了道德心的淡化，造成政治意识的弱化与道德人格的滑落。在多种因素的作用下，当下社会高度情绪化，处于一种暴戾危机状态。

鲁迅的存在，为我们确立了一种人生境界和一面反省的镜子。他的存在，使我们不敢自我夸耀，使我们不敢轻易自称为"战士"。我们只要一直努力坚守这样一个底线：可以平凡，但是不能平庸；可以不崇高，但是不可以堕落。然而，这个人生底线的坚守可能是痛苦的，也可能是孤独的。最后，我想说两句话："我爱鲁迅，鲁迅害我。"

"普及鲁迅"：鲁迅思想的民众本位与鲁迅研究的大众化需求

  关于鲁迅思想价值的认识始终是学界和社会讨论的一个热点问题。半个多世纪的历史经验的积累，使我们越来越意识到对于鲁迅的认识和评价往往是区分评价者思想倾向和政治立场的标准。因为鲁迅的地位被中国新的政治权威确定之后，鲁迅思想的价值问题就不再是一般的作家研究问题，也不只是学术问题，而是一种思想倾向和政治立场问题了。在经历了"学鲁迅"到"鲁迅学"的还原过程之后，出于对过去"学鲁迅"时代将其思想庸俗化为时代政治工具的反感，中国出现了重评和质疑鲁迅思想价值的潮流，并在学术界和社会上引起了强烈的反响。这是一种需要深入讨论的学术倾向，也是一种值得关注的社会思想潮流。其实，无论高崇还是贬损，鲁迅从来都没有离开过当代中国人的思想视野。鲁迅与中国人近一个世纪的纠结本身，就表明中国社会离不开他。

一、"普及鲁迅"：鲁迅思想学术化的反思

近年来中国五四新文化的"现代性"正面临着解构的命运，鲁迅思想中的一些核心命题正受到质疑。面对这一思想境遇，迫切需要对鲁迅思想进行大众化的阐释，从而使鲁迅走进当代，走近青年，获得普及性的意义，这也是对五四文化精神的一种坚守。

除去极个别的声音，多数鲁迅研究者对于质疑和贬损鲁迅的思潮的回应，不再从维护其政治地位出发，而更多的是对其思想价值和学术价值的肯定。如何认识和理解鲁迅思想的价值，学界是存在着差异的，并且值得我们认真反思。

一种思想是否有价值或价值的大小，并不等同于思想的理论化、体系化的程度。鲁迅不是单纯的学问家，其思想的形成具有很强的现实针对性，目标、对象往往是多种多样的。他因时而作，因事而发，思想和言论似乎比较随意，给人这样一种印象：思想缺少系统性和学理性，更多的是一种时事性的社会批评。在这样一种历史情境下，一些鲁迅研究者从"捍卫鲁迅"出发，为了适应"学理"和"规范"的学术潮流，改变过去人们对鲁迅"斗士"形象的单一认识，强化鲁迅在中国思想史和文化史上的地位，对鲁迅的思想往往从学理上进行有意的放大，把鲁迅思想加以哲学化和体系化，乃至出现一种"玄学化倾向"①。

毫无疑问，人们将鲁迅思想过度学术化的目的，是为了提升鲁迅思想的地位，使之与近年来走红的"国学大师"们相抗衡。但是过度学术化的结果恰恰使其思想失去了大众性和现实感，使鲁迅成为高高在上的哲人，其思想亦成为束之高阁的理论。这种把战士变成学者和哲人的努力，淡化了鲁迅思想的平民情怀和当代意义，既疏离了现实又疏离了大众，反过来制约了鲁迅思想的社会影响。对于大众读者来说，鲁迅的书下了功夫还可

---

① 笔者在2002年的中国鲁迅研究会绍兴年会的大会发言中就曾经指出，要注意近年来鲁迅研究中的"玄学化倾向"。

以读懂，可是研究鲁迅的书即使下了大功夫也很难读懂。学术活动就是把复杂问题简单化，不能把简单问题复杂化。要用人人都懂的话说人人都懂或者不太懂的道理，而不是用人人都不懂的话说人人都懂的道理。正如鲁迅所言，"倘若说，作品愈高，知音愈少。那么，推论起来，谁也不懂的东西，就是世界上的绝作了"①。鲁迅是一个站在大众立场上立足于现实的战士，单纯学术化倾向可能使鲁迅研究这门显学成为玄学，鲁迅研究一旦成为玄学，就会把本来不太容易读懂的鲁迅就变成读不懂的鲁迅，鲁迅就成了"文化木乃伊"，从而使其与当代青年之间的思想间隔进一步扩大。

学术研究的大众化是使研究对象的思想价值得以实现的一种形式和手段。作为形式和手段，需要研究者尽可能地将研究对象的思想内容做通俗化的理解，从而实现思想的普及。鲁迅终生的思想目的就是要改造国民性，变革民众的思想。思想生成的目的决定思想的属性，所以平民立场是鲁迅思想的本质。他以杂文进行文化批判和社会批评，以现代白话小说的通俗化形式完成对大众麻木灵魂的思想启蒙，身体力行地参与社会的实践变革。这些活动都说明鲁迅思想是具有世俗意义和实践价值的，是始于民众而终于民众的。

人文科学研究的目的是解释命题和阐发思想，使原有的思想增值和普及。面对当下中国社会文化转型的思想状况，以及鲁迅思想所处的舆论环境，强化其思想的大众化和当代性是有着特殊意义的。当下鲁迅研究界最急迫的课题之一是"普及鲁迅"，而只有促进鲁迅研究的通俗化和大众化，才能实现"普及鲁迅"的目的。当然，鲁迅研究的通俗化不是思想的摊薄和学术水准的降低，而是思想的通俗易懂和接受者的扩大化。思想价值是通过对接受者的影响而实现的，接受者愈多，影响愈大，价值也就愈大。

---

① 鲁迅：《集外集拾遗·文艺的大众化》，见《鲁迅全集》第7卷，北京：人民文学出版社，2005年，第367页。

　　鲁迅世界本身的艰涩也需要对其进行通俗化和大众化处理，从而使更多的人接受。他的思想和文章对于现在的读者来说，已经有些隔绝感，有些陌生化了。现代汉语初生时期的不成熟，致使鲁迅语言难免生僻、拗口，其所处的政治和人际环境以及自己思想的苦闷、朦胧等因素，也都使他的许多作品不够通畅、直白，这也形成了导致青少年接受鲁迅出现障碍的原因。这也是在中学语文教材中为鲁迅作品"大撤退"辩护者们的一个说法。但是，"晦涩"不能成为鲁迅作品撤出中学教材的理由，因为鲁迅的文章总比那些入选的古代文言文要明白晓畅。即使真的有些晦涩，不易于学生接受，那么教师就要承担起责任，否则教师的作用就没有体现。我甚至认为鲁迅的价值已经到了这样一种境地——不必拘泥于其具体的言论和行为的矛盾甚或混乱，只要知道了"鲁迅"一词就可以判定是非曲直。鲁迅的价值不在于其理论如何完整，逻辑通畅与否，只要能在平易中表现出深刻就足够了。

二、"改造国民性"："反大众"与"为大众"的表里

　　我一直对鲁迅这句话感到困惑，甚至感到莫名的恐惧——"我向来是不惮以最坏的恶意，来推测中国人的，然而我还不料，也不信竟会下劣凶残到这地步"①。身为"民族魂"象征的鲁迅，为什么会说出这样刻薄而深刻的语言？他对中国民众究竟是一种什么样的态度？在近年来经历了一系列国际事件和自然灾难之后，面对许多中国人的反应我似乎体味到了当

---

① 鲁迅：《华盖集续编·记念刘和珍君》，见《鲁迅全集》第3卷，北京：人民文学出版社，2005年，第291页。

年鲁迅内心的深刻感受。有的学者与我一样，对于鲁迅"把中国的民众忽而看作'中国的脊梁'，忽而又看作麻木不仁的'黄脸看客'"①的思想矛盾表现出困惑。说到底，是因为我们习惯于把鲁迅矢志不渝的"改造国民性"的立场，与民众精神的麻木状态置于完全对立的境地，以突出鲁迅的精英意识和启蒙主义思想的价值。但是，鲁迅的启蒙主义思想与民众的思想虽说是对立的，但是鲁迅思想情感的深处是同情民众的处境并景仰民众的道德的。

鲁迅对于民众思想上的痛恨应该说是到了一个极端的程度。1908年8月他在《文化偏至论》中，介绍并认同了尼采的"不若用庸众为牺牲，以冀一二天才之出世，递天才出而社会之活动亦以萌"的判断。后来他通过自身体验，慨叹"孤独的精神的战士，虽然为民众战斗，却往往反为这'所为'而灭亡。到这样，他们这才安心了"②。他断言："群众，——尤其是中国的，——永远是戏剧的看客。"③"暴君治下的臣民，大抵比暴君更暴。"④对于民众精神状态的否定，几乎是鲁迅一代人的共识。邹容、陈天华、胡适、陈独秀等先驱者们都有过对"庸众"的激烈批判，就连中国共产党创始人之一的李大钊，也慨言中国民众"失却独立自主之人格，堕于奴隶服从之地位。若而民族，若而国家，即无外侵亦将自腐，奚能与世争存。即苟存焉，安有价值之可言"⑤。他认为，国民有无独立人格关系到国家的存亡。应该说，对于五四新文化和鲁迅启蒙思想的

---

① 潘知常：《失败的鲁迅与鲁迅的失败》，2005年3月27日清华大学讲演。

② 鲁迅：《华盖集·这个与那个》，见《鲁迅全集》第3卷，北京：人民文学出版社，2005年，第150页。

③ 鲁迅：《坟·娜拉走后怎样》，见《鲁迅全集》第1卷，北京：人民文学出版社，2005年，第170页。

④ 鲁迅：《热风·随感录六十五·暴君的臣民》，见《鲁迅全集》第1卷，北京：人民文学出版社，2005年，第384页。

⑤ 李大钊：《民彝与政治》，《李大钊文集》（上册），北京：人民出版社，1984年，第167页。

价值不能有任何怀疑和否定。中国极端民族主义兴盛的思想原因之一，就是五四以来启蒙主义思想式微所导致的，中国所有问题的积累和矛盾的加剧都证明了一个思想常识：政治上的胜利和经济上的翻身并不等于文化上的成功。

其实，鲁迅对民众的矛盾态度是一个多层面的思想结构问题。在鲁迅"改造国民性"的精神世界中，一直存在着两种立场——个性主义和人道主义。人们习惯于从思想启蒙的立场，来辨析鲁迅个性主义思想与民众之间的对立和冲突，而从鲁迅的作品和言论中也似乎表现出这种民众批判意识。但是，我们忽略了评价尺度的二重性和鲁迅情感世界的复杂性。一种是启蒙立场的个性主义思想，一种是道德立场的人道主义情感，这两种思想情感在鲁迅的精神世界里，虽说结论不同但目的是相同的。鲁迅在日本留学期间就提出"重独立而爱自繇，苟奴隶立其前，必衷悲而疾视，衷悲所以哀其不幸，疾视所以怒其不争"①。实质上这就是鲁迅同时具有"爱大众"的道德立场与"反大众"的思想立场的生动体现。要知道，大众立场不一定就是以爱大众的直接形式表达的，可能以另一种相反的方式——"反大众"的方式表现出来。本质上的对立才是真正的对立，拯救和毁灭肯定不是同一种目的。鲁迅是从思想上拯救民众的，这可以从鲁迅一生对"正人君子""导师""学者""名流""教授"等"上等人"的一贯反感和道德贬损中，看到他鲜明而强烈的大众道德立场。到了这里，我们可以说鲁迅是通过批判大众的思想而表现出为大众的目的的。鲁迅的思想是具有世俗价值的，大众化是其思想的本质。

应该对鲁迅文化批判的思想主张和个性气质进行整体认识，其性格、观念的形成和生存环境是一种对应关系：思想主张的偏激来自思想的深刻和历史感受的沉重；个性气质的激烈、尖刻源于对批判对象反感的强烈，表明了鲁迅对于"恶"的决绝态度；多疑的性格的形成是来自上当

---

① 鲁迅：《坟·摩罗诗力说》，见《鲁迅全集》第1卷，北京：人民文学出版社，2005年，第82页。

受骗过多，而上当受骗是因为单纯善良。"哀其不幸而怒其不争"，恨之深缘于爱之切。鲁迅对民众的激烈批判，是因为他对民众的普遍不觉悟状态的焦虑。"憎人却不过是爱人者的败亡的逃路"①，他终生矢志不移的工作是维护民众自己不懂得维护的基本人权："实际上，中国人向来就没有争到过'人'的价格，至多不过是奴隶，到现在还如此，然而下于奴隶的时候，却是数见不鲜的。""先儒"之所谓"一治一乱"不过是"想做奴隶而不得的时代"与"暂时做稳了奴隶的时代"②的循环。

"外面的进行着的夜，无穷的远方，无数的人们，都和我有关。"③静夜的思考是最深沉的痛，鲁迅与民众的关系，主要不是政治上、经济上的阶级关系，而是觉醒者面对睡梦者垂死而槌呼不起的悲愤，这是一种发自心底的人性情怀。"创作总根于爱"④，即使鲁迅后来对民众政治上的肯定也只是对一种群体行为的功能判断："现在则已是大时代，动摇的时代，转换的时代……农工大众日日显得着重，倘要将自己从没落救出，当然应该向他们去了。"⑤这并不意味着他对民众精神状态的认同。否则，他就不会在去世前还在说："'为什么'做小说罢，我仍抱着十多年前的'启蒙主义'，以为必须是'为人生'，而且要改良这人

---

① 鲁迅：《集外集拾遗补编·〈绛洞花主〉小引》，见《鲁迅全集》第8卷，北京：人民文学出版社，2005年，第179页。

② 鲁迅：《坟·灯下漫笔》，见《鲁迅全集》第1卷，北京：人民文学出版社，2005年，第225页。

③ 鲁迅：《且介亭杂文末编·"这也是生活"……》，见《鲁迅全集》第6卷，北京：人民文学出版社，2005年，第624页。

④ 鲁迅：《而已集·小杂感》，见《鲁迅全集》第3卷，北京：人民文学出版社，2005年，第556页。

⑤ 鲁迅：《三闲集·"醉眼"中的朦胧》，见《鲁迅全集》第4卷，北京：人民文学出版社，2005年，第63页。

生。"①与此同时，他还在致友人的信中指出："我们生于大陆，早营农业，遂历受游牧民族之害，历史上满是血痕，却竟支撑以至今日，其实是伟大的。但我们还要揭发自己的缺点，这是意在复兴，在改善。"②

由此可见，鲁迅的大众立场其实有两种不同的思想路向：赞颂民众和批判民众。如果说鲁迅是以拒绝大众为思想基础的，那么他对统治者的批判和对民众的批判就没有什么差别了。可是我们从鲁迅的思想中明显看出这两种批判的思想与情感差别，甚至与他对知识阶级的批判也有所不同，在批判时深蕴其中痛至骨髓的同情和伤感。民众关怀是鲁迅人学思想的重要内容，对民众精神的关注是鲁迅对民众关注的核心。在批判民众思想愚昧的时候，你能切身感受到鲁迅对阿Q、祥林嫂、闰土们的深沉情感。否则的话，我们也不会感到他笔下的劳动民众是如此的可怜和可悲。

在考察鲁迅思想时，我们不能只看到其言论的第一层面——否定，还要看到第二层面——关爱。在看到鲁迅批判民众的时候，不能忽略鲁迅为何而批判的问题。从关爱到批判的复杂过程，体现了鲁迅对中国民众生存变革和精神变革两步走的思想。

顾晓军在狂文《打倒鲁迅！》中称："民众是供我们爱的，而不是供我们去骂的。"③鲁迅对民众的批判就是要实现他对民众关爱的目的——"致人性于全"④，使"非人"成其为人。他对民众的关爱既表现为道德性的景仰，又表现为思想上的批判。当这种思想判断的矛盾令人不解的时候，我们用表里、层次差异的结构分析，就可以读懂鲁迅思想的复杂性。

---

① 鲁迅：《南腔北调·我怎么做起小说来》，见《鲁迅全集》第4卷，北京：人民文学出版社，2005年，第526页。

② 鲁迅：《致尤炳圻》，见《鲁迅全集》第14卷，北京：人民文学出版社，2005年，第410页。

③ 顾晓军：《打倒鲁迅！》，见《谈天说地》，2010年5月15日。

④ 鲁迅：《坟·科学史教篇》，见《鲁迅全集》第1卷，北京：人民文学出版社，2005年，第35页。

鲁迅最后的希望所在，其实是在致人性于全之后的中国人，他否定当时的中国人也就是为了促成现代中国人的生成。因此，鲁迅对民众的批判不能否定其民间立场或平民意识的本质，同对知识分子的批判一样，他最终批判的是中国传统的奴隶文化："古代传来而至今还在的许多差别，使人们各各分离，遂不能再感到别人的痛苦；并且因为自己各有奴使别人，吃掉别人的希望，便也就忘却自己同有被奴使被吃掉的将来。于是大小无数的人肉的筵宴，即从有文明以来一直排到现在，人们就在这会场中吃人，被吃，以凶人的愚妄的欢呼，将悲惨的弱者的呼号遮掩，更不消说女人和小儿。这人肉的筵宴现在还排着，有许多人还想一直排下去。"①"较永久地悲悯他们的前途，然而仇恨他们的现在。"②有的学者认为鲁迅这种"恨之深切"是源自缺少自我反思："启蒙者对自身行为不做反思，将所有问题都归结在启蒙对象身上，这自然会导致其对后者不满情绪的加剧。这种情绪积蓄至极点，便是怨恨心理的爆发。"③其实，我们都知道鲁迅是善于自我反思的，而且我们再一次申明他批判的不是民众本身，而是产生这样民众的历史与文化。1936年华北危机之际，有人在报章上发表文章，称中国人是一盘散沙，不懂得团结御敌。而鲁迅则认为"一盘散沙"也是"沙皇"的"治绩"④。如果把其批判局限于民众自身，就浅化了鲁迅思想的深度与价值，降低了其价值。

鲁迅思想中的大众立场和启蒙精神都是始于民众而终于民众的。"与民众同行又保持距离，这是鲁迅的选择。这选择不是由于对民众的冷漠，而是由于对民众的热爱。""鲁迅一生所做的，一是引导大众改变奴隶的

---

① 鲁迅：《坟·灯下漫笔》，见《鲁迅全集》第1卷，北京：人民文学出版社，2005年，第229页。

② 鲁迅：《野草·复仇（二）》，见《鲁迅全集》第2卷，北京：人民文学出版社，2005年，第178页。

③ 路文彬：《论鲁迅启蒙思想的历史局限》，载《书屋》，2003年第1期。

④ 鲁迅：《南腔北调集·沙》，见《鲁迅全集》第4卷，北京：人民文学出版社，2005年，第564页。

社会地位，二是引导大众改变奴隶的精神状态。这也正是他的'立人'思想在指向大众时的基本内涵。鲁迅终其一生为这一目标而努力，他一边向奴隶主发出愤怒的断喝，一边向奴隶发出站起来的呼声，并且让奴隶们认识自己身上的各种劣根性，以求将来能够从根本上消灭奴隶和奴隶主的历史循环。"①归根结底，20世纪中国的启蒙主义立场在思想本质上就是大众立场。个人情怀和民族情怀都是对普通民众命运的关注，没有关心也就没有批判。这就是鲁迅改造国民性思想对民众表里不一致的表述。

三、"日常化"：大众生活的人生启示

如何评价鲁迅往往反映出一个社会、一个时代的评价体系的价值取向。近年来，由于社会的变化，人们从拒斥、贬损鲁迅到开始怀念和赞赏鲁迅。官方赞赏鲁迅表征着社会安定的时代，而民间赞赏鲁迅则可能是社会腐朽和自身觉醒的时代，就像娱乐文化盛行的时代不可能是一个昂扬向上、励精图治的时代一样，因为娱乐往往就是一种麻痹，更何况是一种全民的低俗娱乐。在这样一种思想时代，鲁迅思想的价值不仅在于历史文化、民族国家的"宏大叙事"，也在于民众日常的人生启示。

鲁迅思想已经成为人类文化的经典，具有历史性和当代性，而经典的价值是无限的。过去鲁迅研究的学术传统是将其作为文学史、思想史上的重大主题而着重于历史的、学理的观照。可是，"任何历史研究和重新评价都是为了寻求对象的当代意义，通过当代人的阐释而使其价值重新定

---

① 李新宇：《鲁迅：中国现代知识分子话语的基石（三）》，载《鲁迅研究月刊》，1998年第7期。

位。当代意义是人类一切活动的最直接目的，任何有生命力的文化或思想都必须于现在有益或有效。因此，追寻鲁迅文化选择的当代意义就应成为当下鲁迅研究的主要任务。并不能因为过去和现在对鲁迅价值的工具性的肢解而放弃这一追求。鲁迅不仅属于过去，更属于现在与未来。当我们把当年鲁迅的文化批判和社会批评的基本思想移入今天中国文化与社会状态中，就会发现二者之间有着惊人的对应关系，批判者与批判对象似乎共存于同一时空"①。21世纪中国社会出现的种种现象和问题，虽然变换了语码纳入时代语境之中，但其新概念所覆盖的仍是鲁迅所关注、思考过的问题。

鲁迅一生提出了无数有关社会历史的重大命题，如"改造国民性""立人""拿来主义""改革"等。这些重大命题都是中国社会和民族国家中的世纪性主题，经过半个多世纪，人们尚未实现甚至没有认识这些重大命题。其实，近年来出现的重评鲁迅的思潮也使我们反思：鲁迅在中国历史变革和社会发展中的思想价值被过多地强调和发挥，而相对忽略了他作为一个哲人所具有的人生启示价值。

过去我们在研究鲁迅的过程中，侧重寻找和强调其思想在中国社会发展中的作用，重点探讨其思想的历史价值、文化价值和政治价值，这是十分必要也是最为迫切的。与此同时，相对忽略其思想对普通人的日常生活的影响。例如，我们对阿Q、闰土、祥林嫂等人生活的日常化描写，也一定要做出宏大的理解，似乎不如此就不能体现其伟大的价值。但是，对于绝大多数的普通人来说，不能总活在崇高和向往崇高的生活中，日常化的衣食住行的生活逻辑和人生伦理才是最真实普遍的需求。鲁迅的价值不只体现在宏大叙事上，也体现在一般的人生意义上。鲁迅思想的价值就在我们当下普通生活之中，只有把鲁迅思想的这一价值凸显和强化，才能使其与我们所处的时代更亲近，更具有持久和普遍的价值。而伟大人

---

① 张福贵：《活着的鲁迅：鲁迅文化选择的当代意义》，北京：社会科学文献出版社，2010年，第3页。

物一般的人生启示，有时候恰恰最容易走近普通民众特别是青年人的生活，从而获得大众长久的评价。熟读鲁迅，我们发现明天自己可能遇到的事情，鲁迅昨天就已经想到了。鲁迅的许多人生感言和命题都是具有深刻哲理的警句箴言。经过近百年来的波峰浪谷，使我们感到，无论是生前死后，中国思想界少了谁都可以，但就是不能少了鲁迅。在同时代，很少能有人像鲁迅那样经过如此多的人生变故，发生过如此多的复杂的人际关系的纠葛。因此，人自身的感受和体验经过鲁迅的概括，而成为具有普遍意义的至理名言。

人们在走上社会的初始点，总是希望找到前人成功的秘诀，因此名人的名言便成为年轻人笃信的座右铭。鲁迅对于名人名言有着自己的评价。他说，"社会上崇敬名人，于是以为名人的话就是名言，却忘记了他之所以得名是那一种学问或事业"[1]。

从当代中国中小学教育走出来的几代人都熟知这样一段话："希望是本无所谓有，也无所谓无的。这正如地上的路，其实地上本没有路，走的人多了，也便成了路。"[2]这虽然是鲁迅自己的生活体验和人生选择，但是鲁迅的名声和言语的精辟对于尚未走上社会的青少年来说，无疑具有极大的激励和启示作用。鲁迅进一步说："什么是路？就是从没路的地方践踏出来的，从只有荆棘的地方开辟出来的。"[3]而"希望是附丽于存在的，有存在，便有希望，有希望，便是光明"[4]。这些感言可以看作是对鲁迅"绝望的反抗"的一种大众化解读。

---

① 鲁迅：《且介亭杂文二集·名人和名言》，见《鲁迅全集》第6卷，北京：人民文学出版社，2005年，第374页。

② 鲁迅：《呐喊·故乡》，见《鲁迅全集》第1卷，北京：人民文学出版社，2005年，第510页。

③ 鲁迅：《热风·随感录六十六》，见《鲁迅全集》第1卷，北京：人民文学出版社，2005年，第386页。

④ 鲁迅：《华盖集续编·记谈话》，见《鲁迅全集》第3卷，北京：人民文学出版社，2005年，第378页。

　　鲁迅一生憎恨虚伪，而传统的封建礼仪道德的主体功能却是制造虚伪，而且它们也需要虚伪来维系。对传统道德和传统道德制造的虚伪的"庸众"的批判，便成为鲁迅一生矢志不渝的文化选择："中国人向来因为不敢正视人生，只好瞒和骗。"①鲁迅渴望真诚也活得真诚："只有真的声音，才能感动中国的人和世界的人；必须有了真的声音，才能和世界的人同在世界上生活。"②他对《立论》中"这孩子将来是要死的"③的残酷的真实，都表现了其"不虚伪"的坚守和代价。憎恨虚伪或者渴望真诚是渗透于鲁迅创作中的一贯主题，他笔下的阿Q和祥林嫂们无论在思想上怎样的不觉悟，但是总有一种道德上的真诚在，这也是他们在可气可笑之后总令人可怜的原因。鲁迅希望中国的"青年们先可以将中国变成一个有声的中国。大胆地说话，勇敢地进行，忘掉了一切利害，推开了古人，将自己的真心的话发表出来"④。这对当下中国社会特别是青年人具有深刻的启示和激励意义。有时候，鲁迅对真诚的渴望甚至导致一种近乎极端的价值观：真恶比伪善要强。"自称盗贼的无须防，得其反倒是好人；自称正人君子的必须防，得其反则是盗贼。"⑤面对黑暗和虚伪，他始终要"故意捣乱"："我自己对于苦闷的办法，是专与袭来的苦痛捣乱，将无赖手段当作胜利，硬唱凯歌，算是

---

① 鲁迅：《坟·论睁了眼看》，见《鲁迅全集》第1卷，北京：人民文学出版社，2005年，第254～255页。

② 鲁迅：《三闲集·无声的中国》，见《鲁迅全集》第4卷，北京：人民文学出版社，2005年，第15页。

③ 鲁迅：《野草·立论》，见《鲁迅全集》第2卷，北京：人民文学出版社，2005年，第212页。

④ 鲁迅：《三闲集·无声的中国》，见《鲁迅全集》第4卷，北京：人民文学出版社，2005年，第15页。

⑤ 鲁迅：《而已集·小杂感》，见《鲁迅全集》第3卷，北京：人民文学出版社，2005年，第555页。

乐趣。"①

关于勤奋，他说"必须如蜜蜂一样，采过许多花，这才能酿出蜜来，倘若叮在一处，所得就非常有限，枯燥了"②。他甚至把对时间的重视与严峻的人际关系联系起来："时间就是性命。无端的空耗别人的时间，其实是无异于谋财害命的。"③关于天才，他说"即使是天才，生下来的第一声啼哭，也和平常的儿童一样，决不会是一首好诗"。"天才并不是自生自长在深林荒野里的怪物，是由可以使天才生长的民众产生，长育出来的，所以没有这种民众，就没有天才。"④

而鲁迅感受最深的还是先驱者的悲哀："豫言者，即先觉，每为故国所不容，也每受同时人的迫害，大人物也时常这样。他要得人们的恭维赞叹时，必须死掉，或者沉默，或者不在面前。"⑤"先觉的人，历来总被阴险的小人昏庸的群众迫压排挤倾陷放逐杀戮。中国又格外凶。"⑥"孤独的精神的战士，虽然为民众战斗，却往往反为这'所为'而灭亡。到这样，他们这才安心了。"⑦最后，他得出一个悲伤的结论："群众，——

① 鲁迅：《两地书·第一集》，见《鲁迅全集》第11卷，北京：人民文学出版社，2005年，第16页。

② 鲁迅：《书信集·致颜黎民》，见《鲁迅全集》第14卷，北京：人民文学出版社，2005年，第77页。

③ 鲁迅：《且介亭杂文·门外文谈》，见《鲁迅全集》第6卷，北京：人民文学出版社，2005年，第99页。

④ 鲁迅：《坟·未有天才之前》，见《鲁迅全集》第1卷，北京：人民文学出版社，2005年，第174页。

⑤ 鲁迅：《华盖集续编·无花的蔷薇》，见《鲁迅全集》第3卷，北京：人民文学出版社，2005年，第272页。

⑥ 鲁迅：《集外集拾遗补编·寸铁》，见《鲁迅全集》第8卷，北京：人民文学出版社，2005年，第111页。

⑦ 鲁迅：《华盖集·这个与那个》，见《鲁迅全集》第3卷，北京：人民文学出版社，2005年，第150页。

尤其是中国的，——永远是戏剧的看客。"①没有痛入骨髓的感受是不会反复发出此类慨叹的，而当后来者身临其境之际对鲁迅的慨叹自然会产生强烈的共鸣。

鲁迅是伟大的，他的伟大既体现为民族历史的宏大叙事中，也体现为个人情怀的日常叙事里。正是因此，鲁迅思想才具有真正的经典价值。"曾经阔气的要复古，正在阔气的要保持现状，未曾阔气的要革新。大抵如是。大抵！"②此情此景，当你读到这位哲人在百年前的判断，你不得不发出由衷的慨叹。

---

① 鲁迅：《坟·娜拉走后怎样》，见《鲁迅全集》第1卷，北京：人民文学出版社，2005年，第170页。

② 鲁迅：《而已集·小杂感》，见《鲁迅全集》第3卷，北京：人民文学出版社，2005年，第555页。

从"学鲁迅"到"鲁迅学"：鲁迅研究的
思想意义与学术理性

在中国现当代文学的研究领域，鲁迅研究的价值与影响堪称是学术尖端，它往往集中了一个时代、一代人的思想意识和学术境界。从事中国现代文学研究的学者都研究或涉足过鲁迅的世界，经过几十年的思想积淀，关于鲁迅思想价值和历史地位的评价已形成一种思想定势。这一方面是受当年毛泽东对鲁迅所做出的著名评价的影响，一方面也是由鲁迅思想所具有的时代超越性所决定的。于是，在一段历史时期内，鲁迅已成为中国思想和文化动向的标志，在人们的意识之中已形成一种相对固定的鲁迅印象。

21世纪的到来，不仅仅是时间上的转换，更是一种时代和思想的转换。一个时代的结束往往标志着一种价值体系的淡化或者解体。在世纪之交，回顾过去、展望未来几乎成为所有领域一个共同的话题。在对鲁迅思想价值和历史地位的评价中也呈现出少有的众声喧哗的局面，对鲁迅形象与思想的研究出现了多元化和个性化的倾向。特别值得注意的是，在新的视角下，学界和民间特别是网络中都出现了对鲁迅个人品格和思想价值质疑的现象。这一现象的出现打破了以往所谓的大师等于完美的固定模式，对重新认定鲁迅的价值是有意义的，更增强了鲁迅研究和评价超越单一政治的个人化思考。但同时也出现了对鲁迅形象、鲁迅精神及价值的根本性怀疑。

人们对鲁迅思想价值和历史地位的怀疑和贬损，主要是从如下几方面来进行的：第一，从文化观念、心理个性乃至人格境界诸方面，直接对鲁迅的人文价值产生怀疑，将其视为文化激进主义的主要代表而进行或明或暗的批判；第二，从一种功利性的实用主义观点出发，淡化鲁迅反传统的整体性、根本性特征，极力寻找鲁迅文化选择中肯定传统文化的枝微末节，塑造所谓的文化折中论的典范；第三，以高扬当年与鲁迅思想相对立的一些国学家的方式来暗示鲁迅的文化批判和社会批评的偏颇与失误，从而达到否定鲁迅文化选择和新文化方向的目的。

1999年，在《北京文学》杂志主持的对56位新生代作家（大都出生于20世纪60年代，代表人物为朱文、韩东、于坚等）的问卷调查中，关于鲁迅对自己创作的影响问题，几乎所有被调查者的回答都是没有影响或者影响不大；2000年，《收获》杂志开辟"走近鲁迅"专栏，发表了冯骥才的《鲁迅的功与"过"》、王朔的《我看鲁迅》、林语堂的《悼鲁迅》三篇文章，从历史与现实的不同角度提出对鲁迅价值进行的质疑①；1999年，青年学者葛红兵在《为二十世纪中国文学写一份悼词》中，提出了鲁迅的个人道德人格的问题②；2000年，作家王朔撰文否定鲁迅的文学成就，同时批评了"吃鲁迅饭"的人，在社会上引起了巨大反响。与此同时，大众传媒特别是网络中对鲁迅贬损的言论则更加直接。其中有的帖子称鲁迅是"爱国贼"，是"红卫兵的先驱"③；有的人在帖子中提出"打倒鲁迅"的口号，有的人甚至提出鲁迅对传统的批判是中华民族灾难的一个根源，因此，中华民族的复兴，必须从否定五四、打倒鲁迅的神话开始④。众声喧哗，不一而足，这是一种过去少见的鲁迅研究多元化的倾向。这一方面

---

① 载《收获》，2000年第2期。

② 葛红兵：《为二十世纪中国文学写一份悼词》，载《芙蓉》，1999年第6期。

③ 载《人民日报BBS论坛之强国论坛》，2001年10月6日。

④ 载《网易文化自助餐·鲁迅论坛》，2001年9月30日。

表明这些研究者本身对鲁迅强烈的批判意识的继承，另一方面也可以看出正是因为在中国历史上，对鲁迅思想价值和历史定位的单一性所导致的反弹效果。

纵观世纪之交对鲁迅研究的状况，显现出从未有过的众说纷纭乃至针锋相对的态势，这本身也表明当下中国学术界的一种冲决禁锢的思想冲动，更表明鲁迅研究者主体意识的觉醒。人们更多的是用自己的思想，自己的头脑思考社会、思考鲁迅，打破了以往政治思想一元化的思维惯性。无论偏颇和激烈都表明人们当下对鲁迅的别样的关注。

必须说明的是，近年来人们对鲁迅研究的这种个人化理解，最终使其思想价值和历史地位呈现一种灰色化的倾向。一些研究者多是从文化观念、个人性格、心理特征的角度来寻找鲁迅世界的阴暗面的，他们意在证明鲁迅并不那么崇高，努力在说明"鲁迅是人不是神"。从回顾历史当中我们也能感受到，中国的作家没有一个像鲁迅这样一直是生前身后骂声不断的。比如20世纪30年代的右翼文人梁实秋、陈西滢、徐志摩等人骂鲁迅太激进，左翼文人骂他太守旧：郭沫若、冯乃超等人骂他是"封建主义法西斯""封建余孽"，是"二重的反革命"。

就具体的历史人物而言，这种个体化、灰色化的理解是对过去所谓的神化鲁迅的一个反驳，在某些方面它能够深化对鲁迅本体的研究。不可否认，人们逆反心理的存在也是改变鲁迅印象和价值的一个基本动因，因为矫枉过正往往是社会思想发展的一般规律。鲁迅形象的个人化、灰色化倾向是中国政治生活中长期以来神化鲁迅造成的。如前所述，一个时代的结束往往标志着一个价值体系的解体，而主流的价值体系和民间的价值体系之间已经出现了悖反状态。

作为一种学术研究，应该把鲁迅作为一个客观对象来看待。学术研究应该是对研究对象意义与价值的探索过程，在研究中也可能出现多元化的结论。但是，长期以来在体制文化的需求和制约下，"鲁迅学"成为一种单纯的"学鲁迅"的政治运动。这种政治运动是思想先行，结论是事先被确定的，只能表达对最高权政治权威关于鲁迅思想性格的评价的体会。这种状况在"文革"时期最为典型，无论什么运动都可以从鲁迅那里找到依据，比如"反潮流""社会主义新生事物""批林批孔"，直到批判"四人帮"中的张春桥等事件中，都可提供鲁迅立场的直接证据。这样就导致鲁迅研究的庸俗化，其实这是在用时事来确定目的，用政治来约束思想。正是在这种思想的长期作用下，最终使"鲁迅学"的学术活动变成了"学鲁迅"的群众运动，使鲁迅的形象和思想脸谱化、绝对化、单一化。而"学鲁迅"则可能变成"玩鲁迅"，把鲁迅完全当作任意捏弄的政治工具，甚至变成了"泥人鲁迅"。

在当下许多青年人的眼中，之所以看不到鲁迅世界的无比丰富性，不再认同鲁迅思想的当代意义，将其经典化思想的真正价值遮蔽起来，重要的原因就在于长期以来鲁迅形象的单一化和绝对化理解。在鲁迅的世界里，人们看到的只是左右对立、黑白对立、正反对立的政治化符号。于是，鲁迅的思想随着时代的变化不断地被肢解、被阉割，宝贵的思想精髓被当作庸俗化的工具而不断地被政治集团所利用。

直到20世纪90年代，在我国中学语文教科书中，鲁迅文章篇目的取舍以及多数中学老师对文章的讲授，都在继续着脸谱化、极端化、单一化的鲁迅形象的理解。学生们按照教学大纲的规定、教参书上的解释、考试标准的制约，仍然以单一的阶级分析的方式，去认识一个早已被预定和认定了的鲁迅。这种学习环境使人们对中学教育下的鲁迅都怀有这样一种相同的情感经历：崇敬—疏远—畏惧—反感。于是，造成了青年人对于鲁迅比较强烈的逆反心理。对此，时代政治是应当首先承担责任的。同时，同一政治时代里的鲁迅研究者也应该承当这个责任。半个多世纪以来鲁迅研究的这种"造神"运动，使鲁迅由"人"变成了"神"，又由"人"变成了"鬼"，而我们今天要做的工作就是把"学鲁迅"变成"鲁迅学"，把"神"和"鬼"变成"人"。在彰显鲁迅思想意义的同时，坚持一种学术理性。

应该说，不能完全否认当下个人化理解对鲁迅研究的深化意义，我们必须承认，鲁迅作为一个人，就一定有人的弱点。在还原鲁迅研究的学术理性的过程中，把鲁迅作为一个活生生的人来看待，作为个体的"人"来研究，可以看到血肉之躯的鲁迅的潜意识、情感之谜、生活细节、思想个性等，能够发现鲁迅作为人的真实的一面，看到其人性的丰富性和复杂性。这样，可以促使鲁迅从神坛走向人间。我们既能看到鲁迅以往令人敬仰的崇高形象，又能感受到其可近、可爱的"真的人"形象。坚守学术理性，尽量还原历史状态下的鲁迅，能够打开鲁迅真实的心灵之窗，这就会使鲁迅形象更加完整和生动，也更加具有感染力。

鲁迅的思想是特立独行而富于个性的。他提出的"捂物质而张灵明，任个人而排众数"的精神，是要努力打破中国封建政体重"礼"轻人的政治强权意识和重视群体轻视个性的道德奴化意识。专制政治强权下的纲常伦理是中国封建文化的一般思想状态和文化特征，几千年来渗透于社会各个阶层的精神领域，主宰着处于社会伦理秩序下的个体的人的行为、思想和言语。鲁迅精神的存在，意在昭示国人摆脱封建政体及传统文化对人的生命和精神的束缚，其思想体现出最彻底、最清醒的现代精英启蒙意识。鲁迅这一最显著的文化思想特征，与传统的文化强权势力构成了本质性的冲突。而在这冲突中显示了他独立不倚的自由精神和人格操守，以及"敢于直面惨淡的人生，敢于正视淋漓的鲜血"的勇气。鲁迅不遗余力地戳穿一切谎言，无情地把他看到的真实呈现在人们面前，不管这真实如何令人沮丧和恼怒，也不管为戳穿谎言和追求真实他要承受多大的压力和危险。他坚守知识分子立场和启蒙思想的价值追求，这也是人类的解放和独立自由的精神。难能可贵的是，鲁迅在审视民族的国民性痼疾的同时，也自觉、自省、自剖地审视自己，他的文字中往往带有"抉心自食"的灵魂拷问，深刻的自我发现和严酷的自我审视以及强烈的自我超越意识，这正是当下学人稀缺的精神品质和人格。

但是，以搜寻鲁迅的人性弱点为目的的鲁迅评价，可能会带来对鲁迅随意性的贬损，会造成本来对鲁迅形象就有逆反心理的当下青年与鲁迅之间的更大的隔膜。当下一些个体化理解倾向，是以否定鲁迅核心思想价值为前提的，由鲁迅"是人不是神"走向鲁迅"是鬼不是人"。这个负面影响不能忽视，在当下特殊的文化环境下，必须回归学术理性，坚持对鲁迅思想意义的经典化理解。

其实，任何一位鲁迅研究者的研究都是在试图从不同方面努力与鲁迅沟通对话，意在找到自己所认定的鲁迅的真实形象。鲁迅研究者们对鲁迅的认识大致表现在两种思想倾向上：一种是从中国社会发展的角度，在研究鲁迅的过程中，寻找鲁迅对中国文化转型和发展的有用资源，意在突出鲁迅的经典性的重要价值；另一种是从个体人格评价的角度，探究鲁迅作为普通人可能具有的思想、性格、品格方面的弱点。但是，可以看出后一种倾向大都是以否定和贬低鲁迅及鲁迅思想价值为前提的，是个人对鲁迅的个体化理解，这种对鲁迅形象与思想的消解与灰色化倾向不容忽视，可能会导致"鲁迅是鬼不是人"的认识。

从中国社会历史发展的角度来评价鲁迅，经典化地理解鲁迅的思想意义，是当下社会的现实需要和实现鲁迅思想价值的有效方式。在阅读鲁迅之后，再阅读我们的时代就会越来越发现鲁迅是一个说不完的话题。所谓的经典就是当一种思想观念有高度的概括性和长时期的适应性之后，不会因为时代的变化而发生价值的变化，它突出的特点是长期的适应性和思想的超越性。经典的作家之所以成为经典的作家，就是因为他的作品具有超越时代的思想意义和审美价值。单纯的、负面的个体化理解的结果是对鲁迅思想人格的怀疑，使鲁迅丧失历史批判的真实性和现实批判的合理性，单纯以鲁迅的弱点为鲁迅研究的出发点，这样的否定和批判就会导致鲁迅真实思想价值的浪费，产生对鲁迅思想价值的疑问就在所难免。

应该看到鲁迅不仅仅是普通人，还是一个伟大的文化巨人，他不同于普通人的地方，或者说在发现鲁迅人格弱点的同时，更应该看到他是具有核心思想价值的文化巨人，一味地把二者作为置于的状态，就会导致其历史批判的真实性和现实批判权利的丧失。某些个体化的理解忽视了鲁迅形象在当代青年中灰色化的倾向，使青年与鲁迅本来的间隔更加扩大化，使当下青年对于崇高和伟大的信任危机扩大化。个体化地理解鲁迅忽略了当下社会现实与鲁迅思想的对应关系，忽略了鲁迅思想的核心和经典价值。还原鲁迅应该在一种学术理性的前提下，应该和我们当下所处的现实联系在一起。还原鲁迅是鲁迅研究应该完成的内容和过程，还原的结果是不背离鲁迅的思想主体。但当下以关注鲁迅弱点为还原的支点，这样的个体化理解是忽略了当下社会的现实和鲁迅思想的对应关系的结果。任何学术研究的目的都是要追究当下的意义，如果不具有当下的意义，还原也没有意义。在研究鲁迅的过程中所追求的最重要的目的，就是确认鲁迅思想与当下社会思想的关联性。

我在以前的相关文章中，曾经做过如下的判断：从学术价值的社会化过程来说，某种程度地神化鲁迅，对当下中国社会与文化环境的迫切需要来说，是有一定意义的。[①]因为鲁迅的核心思想对当下的社会文化现状有十分切近的适应性，应该进一步把鲁迅思想的价值增值、提升、扩大，达到彰显鲁迅核心思想价值的目的。我们必须把鲁迅思想价值的高度概括性和它长期的适应性，以及它所产生的超越性，作为一种经典性的价值，这才是我们当下研究鲁迅最迫切的目的。这个目的就是借鲁迅来言说我们的时代和我们自己。鲁迅的思想已经具有经典性，对当下的现实中国有高度的预见性和概括性、适应性，成为永久性的思想范畴。鲁迅是伟大的智者，他的眼睛总能洞察穿透一切。一切虚伪、奸刁、麻木、愚昧、卑鄙、奴性、苟且都逃不脱他的目光，他的见解总是十分精到，他的感受总是至为深刻，他对社会人生和国民性的分析总是入木三分。也正因为他对人、社会和人生看得过于透辟，能见人所未见，察人所未察，远远超于一般人的洞察力，所以比一般人更绝望、更痛苦，但这是智慧的痛苦。

阿Q的形象之所以有跨越时空的思想容量和艺术包容力，正是因为他

---

① 张福贵：《经典化理解：当下鲁迅研究不可缺少的主题》，载《鲁迅研究月刊》，2004年第7期。

是国民缺乏健全的自我意识的典型，这就是"表现在对自我价值判断的失准甚至模糊不清，其根源在于对现实生存环境缺乏理性的认知和深切的感悟……用精神上的虚假的胜利来掩饰现实中实际的挫败，以获得心理上的暂时平衡和满足"①，也即"暂时做稳了奴隶的时代"。阿Q精神的实质是在不平等的社会环境中，当人处于劣败地位时，消极承担人生苦难的一种思想精神的麻痹方式，这是真正的平等意识的缺失和自我意识的麻痹，这非但不是健全的民族应有的健全的自我意识，而且更是一个民族不能立人，不能立足于世界的根本。我思故我在，这是最清醒、最彻底、最具现代性意识的思想经典。鲁迅在对中国几千年以来封建专制进行统治的历史，尤其是对自鸦片战争以来中国近代百余年间殖民文化的影响的反思，其思想具有深邃的洞察力和鲜明的现代性。

对中国当下种种弊端而言，在阅读鲁迅再阅读时代的同时，我们就会惊奇地发现，鲁迅当年的思想，对中国当下的社会和人们的观念，具有奇妙的"横移作用"：当下中国的所有正是鲁迅当年所指。我们能看到鲁迅当年批判的现实就活在今天，他就在言说我们身边的事，这更证明了经典作家所具有的高度预见性、洞察力和概括性，这也是经典作家所具有的最起码的思想素质。鲁迅的生命完结于20世纪，鲁迅的思想仍活在21世纪。时间对于我们的社会、民族来说似乎没有太大的意义，因为时间虽改变，观念却依旧。我们对中国文化转型和国民性改造的迟滞和缓慢感到悲哀，尤其是我们国民的一些固有的思想观念，很多都在延续历史的循环当中。我们发现鲁迅当年的思想批判的锋芒所指和当下中国现实有着高度的一致性，我们不禁为鲁迅思想恒久的生命力而感叹。

鲁迅思想对当代中国社会和处在特定文化境遇中的中国人具有深刻的精神启迪作用。这些精神文化价值之所以在当下中国具有特殊的意义，就在于其在中国曾受到巨大的摧毁和压迫，中国的知识分子正是在强大的政

---

① 卢洪涛：《论鲁迅的当代启示意义》，载《理论导刊》，2003年12月，第44~45页。

治权势的压迫下丧失了这些精神品质的。今天我们在反思这段痛苦的历史记忆的时候，才痛心地感到这些精神价值的丧失所带来的思想的荒芜。20世纪80年代知识界重读鲁迅热潮的出现，无疑是带着对自身和时代的忏悔和反思的，在鲁迅面前，知识界的许多人都感受到自身的渺小，他们在鲁迅身上看到中国知识界永远不可或缺的精神价值和极为稀缺的精神资源。

鲁迅思想的经典价值，就在于他曾提出许多对社会发展有至关重要意义的课题，而很多课题尚未在中国历史和现实中得以实现。比如他一生中追求的思想启蒙和改造国民性的课题是为了"揭示社会的病苦，以引起疗救的注意"，从而形成著名的人学思想——立人思想。因为鲁迅意识到国民有很多劣根性，要改造国民劣根性，他又提出了"致人性于全"，即人的全面发展的主张，这是中国人成为"真的人"和"世界人"的正途，也是鲁迅改造国民性的基本出发点和目的地。"致人性于全"的主张是鲁迅思想的核心，他把立人分为思想变革和社会变革。应该看到，思想的变革和社会的变革并不一定是同步的，社会政治上的胜利并不等于文化的成功，文化的变革是漫长而曲折的过程，所以我们所处的转型期正是在这个过程中。再比如鲁迅"拿来主义"的文化思想命题，它强调的是文化的"拿来"是借鉴过程中做出的自然选择，这对我们今天的文化建设具有实际的启示作用。近代以来，面对西方文化的冲击，我们一直过多地纠缠于东方文化和西方文化的对立性本质，却忽略了东方文化与西方文化、现代文化与传统文化都是人类共同的文化遗产，是人类共有的精神财富这一事实。我们在感叹鲁迅关于当代人类文化多元一体论思想的经典性的同时，也企盼这种精神导引能减少文化接受和在文化冲突过程中的异己心理，渴望当下的政治权威和文化权威在文化多元而同一的认识论的基础上做出明智的选择。要理解文化的多元一体性，亦即文化的全人类性，是理解和创造中国文化时代的必由之路，这正是鲁迅思想超越时代的现实体现。再比如鲁迅著名的"一切都是中间物"的命题，具有形而上的哲学意蕴。无论人和社会的个体或者局部都是发展着的"中间物"，是无数社会进程链条中的一环，它表明的是自然和社会的演化过程，也表明人类的思维方式和人的人格精神的演化过程。任何社会的发展都是一个过程，人也是过程中的匆匆过客，一切都在过程中发生。这体现出鲁迅思想的成熟性和思维的稳定性，这样的思想不会因社会的动荡而摇摆不定。而"一切都是中间物"从道德人格上来说，鲁迅强调并实践文化先驱者的牺牲精神，就是用自己的牺牲，开启黑暗的闸门。诸如此类的种种课题，在我们当下的现实中依然没有充分解决，表明克服民族劣根性过程的艰巨性和长期性。正是因为这种痼疾使传统的中国人虽然跨入了21世纪，但只是实现了一个时间跨度上的改变，而作为人的意识、人的精神的发展与人类先进文化的差距，不能不令人深思与反省。

综上所述，近年来关于鲁迅思想价值和历史地位的评价问题众声喧哗，特别是学界和民间对于鲁迅思想价值和当代意义的质疑，首先是对过去长期以来的政治性的"学鲁迅"单向诉求的过度反弹；其次，质疑和反弹不应该以否定鲁迅核心思想的历史价值和当代意义为目的，应该在"鲁迅学"的学术理性的前提下，对鲁迅形象和思想进行还原。与此同时，当下最为迫切的是将鲁迅的核心思想与中国的社会和文化境遇的现实相关联，使之成为引导当下中国社会与文化发展和国民性改造的精神资源。

鲁迅对社会发展所提出的至关重要的课题，正是以他切身的体验和在对历史的总结的基础上，进行高度经典的概括的结果。成为中国不同时代的共同价值资源，这个资源不但不应该浪费，而且会源远流长，继续导引我们的精神和意识，成为一个长时期的精神纽带，并启迪中国人的灵魂。在当下的文化境遇中，我们更应该把这有益的资源再扩大和升华，从鲁迅的人生历史中，从他的复杂思想发展中，提纯他的思想内核，将其作为一种高度概括的思想，追寻其经典性价值和当代意义，并将这思想贡献给人类，并同时改造我们自己。

"小鲁迅"与"大鲁迅"：对于鲁迅的个体化理解和经典化理解

鲁迅研究是中国现代文学研究中的显学，这门显学已经到了这样一种地步：一旦出现不同的声音，都会在学术界和社会人群中引起轩然大波。这种状况的出现除了鲁迅本身所具有的价值，更在于人们长时间以来对其所做的阐释的积累。在相当多的人的眼中，鲁迅已成为一种超越学术的思想标志和政治标志。

一、世纪之交的贬损鲁迅的风潮

20世纪90年代以来，对鲁迅的否定渐成气候，最早是《收获》杂志开辟"走近鲁迅"专栏，发表的某些文章，表现出对鲁迅思想与价值的怀疑。而进入21世纪，鲁迅研究界更是一直不平静。刘禾在1993年发表了《一个现代性神话的由来：国民性理论质疑》，认为鲁迅改造国民性的思想来自斯密斯的《支那人的气质》，其理论是受蔽于美国传教士的殖民霸权话语。刘禾文章的寓意所在，就是由此全盘否定中国国民劣根性的客观存在。①2000年，冯骥才发表文章《鲁迅的功与"过"》，认为鲁迅的国民性批判完全来自西方人的东方观，他的民族自省得益于西方人的"旁观"。他认为鲁迅的小说不自觉地把西方中心主义、殖民主义遮住了，以至于我们看不到那些传教士们"高傲的面孔"②。批评者意欲重评鲁迅"改造国民性"思想的文化价值取向，对鲁迅思想价值进行彻底质疑。近年来民族主义情绪高涨，在复古与排外的时代激情下，从民间立场上对鲁迅的文化选择进行再一次否定，成为一种社会热潮。

大众传媒特别是网络中对鲁迅贬损的言论更加直接，甚至称鲁迅为"老石头""爱国贼"，宣布要"打倒鲁迅""痛扁鲁迅"。虽说有的是情绪化的，但是却表明了一种文化价值观念。

例如，仅在2001年10月6日《人民日报BBS论坛之强国论坛》中便有如下的帖子：

> 鲁迅，爱国贼。比汪精卫这类汉奸还可恨。爱国贼，只骂不
> 谏、只拆不建，懦夫、笨蛋。

抽象地讲，"爱国贼"这个词很有意义，它表明来自爱的力量也可能伤害或毁灭爱的对象。

> 鲁迅除了骂人实在看不出有何优点，简直是红卫兵的先驱。
> 2003/06/2908：59
> 鲁迅，绝对不配当中华民族的族魂！一个对中国的文字都
> 看不惯要彻底消灭的人，一个对中国的历史看成一片垃圾的人，
> 一个对中国的古代一切文明传统都看不顺眼的人，一个对抗日救

---

① 载陈平原等主编：《文学史》丛刊，1993年第一辑。

② 冯骥才：《鲁迅的功与"过"》，载《收获》，2000年第2期。

难国民政府的努力冷嘲热讽的人，怎么有资格做中华民族的族魂？！

郭金昌2003—5—1思想评论：

鲁迅的"三千宠爱集一身"值得每一个人深思！鲁迅等人的反传统使其对上世纪的苦难负有严重的罪责！中华民族的复兴必自否定"54"与打倒"鲁迅神话"始！文学不值一提，思想近乎垃圾，文风恶心之极！

王仙客于2003—5—1思想评论：

何谓"鲁迅神话"？是御用文人塑造的"教主+打手"的形象。

［心剑］（广东）于2003—5—3思想评论：《不去庆父，鲁难不已》

余则谓鲁文现世以还，吾华夏固有文化，深受诬蔑，痛遭摧毁。韩信耻于哙伍，某则耻于与鲁氏同省。今有一语，告诸中国兆亿学子，鲁文不值一读，读之将受其所惑。鲁氏不诛，大道难兴。

同年9月30日在《网易文化自助餐》"鲁迅论坛"中，有人明确提出了"打倒鲁迅"的口号：

鲁迅在思想的神坛已经霸占了太久，以至后世的文人站在鲁迅的阴影里谦卑着，谦卑不是美德，谦卑不过是一种虚伪的忍让，这个世界上最需要讲究的是新陈代谢，凭什么鲁迅要站在城堡的顶端接受万人的膜拜，凭什么一个腐朽的尸骨还在今天散发抢眼的光芒，山河已经巨变，唯鲁迅不倒，这是对中国文人智慧的讽刺还是对时代先锋的嘲弄，鲁迅尸骨已寒，但棺材和墓碑仍在，这是阻挡我们立下更大墓碑和更坚强的牌坊的唯一障碍，所以我们要打倒他，推翻他，重建一个属于我们时代精英的天堂。

针对这种情况，学术界许多学者如陈漱渝、孙玉石、王富仁、林非等人从文化思想的立场出发，在不同程度上表明了自己的态度。国外学者如藤井省三以及作家大江健三郎等也发表了自己的看法。其中也有的人如朱振国等对"重评"反应过于强烈，他发表《不能听任"收获"杂志嘲骂鲁迅——致中国作家协会的公开信》[①]。政治上和情感上的"捍卫"心态过重，把一种思想和学术之争看作是两个政治思想阵营的斗争，从而使讨论有了更多的政治性色彩和情绪化因素，相反进一步造成人们对于鲁迅思想接受的心理障碍。

纵观半个世纪以来的鲁迅研究历史，对于鲁迅价值的评价从来没有像近年这样众说纷纭，甚至是针锋相对，这本身表明了中国学术思想环境的改善和研究者主体意识的觉醒。研究者大都从鲁迅世界本身入手，努力与鲁迅进行心灵的对话和个体认证，而各自研究结果的价值取向则存在着明显的差异。他们在鲁迅的伟大与平凡或平庸之间进行选择，分别描绘着"大鲁迅"和"小鲁迅"的形象。大者，从民族文化与当下中国的发展出发，思考鲁迅作为"民族魂"的代表所具有的当代价值；小者，从个体心理学的角度出发，在把鲁迅拉近人间的同时，更多地看到鲁迅作为一个普通的人可能具有的人性的弱点：尖刻、冷漠甚至是平庸。对于后者，我们暂且称为个体化理解，而且是接近负面的个体化理解。这是近年来鲁迅研

---

① 朱振国：《不能听任〈收获〉杂志嘲骂鲁迅——致中国作家协会的公开信》，载《真理的追求》，2000年第7期。

究中所出现的值得注意的倾向。

二、个体化理解是对具体历史人物认识的深化

个体化理解是把鲁迅作为人类的一个普通个体进行日常化的研究，其目的是追求对象的生活真实和性格真实，突出其作为"一般人"所具有的"人性的弱点"，包括性格的弱点和人格的弱点，以剥离其原有的思想"附加值"。就对具体历史人物的认识而言，这种个体化理解是对作家个体认识的深化。而从整个中国学术思想的发展而言，则是作家研究和历史认识多元化的表现，其产生和存在本身就初步表明当下中国学术思想环境的良性发展，表明批评主体意识的增强和学术环境的变化。因此，在这样一种历史传统和思想现实之中，首先必须以公正和宽容的心态，来对待近年来学术界和社会上出现的"重评"及怀疑鲁迅思想价值的现象。不能像有的人那样对"重评"的反应过于偏激，面对这一状况，应该进一步从学理层面系统地对这一思潮进行辨析，从而对鲁迅思想在中国当代思想文化发展中的价值问题进行深入的探讨。

个体化理解的最初起因，可能是出于对历史上神化鲁迅的反拨，它是以还原鲁迅个体人格为目的的人性"归位"。就研究主体来说，这也是自我意识觉醒的结果。归位是对鲁迅研究史的清理，也是对神化了的鲁迅的一种大幅度的有效剥离，使鲁迅及其世界与当下人们产生亲和感，使之重新回到人间，走近现实，并且通过研究者的自我感觉和理解，为人们描摹鲁迅世界中可能存在的不为人知的另一面。

这种个体化理解本质上是一种自然形态的研究。应该说，这也是对

过去并不十分真实的鲁迅世界的一种补充和丰富。早些年"鲁迅是人不是神"的命题，就是在这样一种认识下产生的有重要价值的典型理解，但是今天在同样的意识下产生的专注于"鲁迅的缺欠"之类的话题，却明显是一种负面性的个体化理解。

三、个体化理解的结果是对鲁迅思想价值的限制和怀疑

前面说过，个体化理解是以发现鲁迅所可能具有的一般的人性弱点而告终的，但问题的关键不在于鲁迅思想和人格上有没有缺欠，而在于对鲁迅思想价值的本质如何做判断。也就是说，在当下情况下应该如何发现和判定鲁迅思想的价值。毫无疑问，鲁迅是一个普通人，但是如果着重从普通人这个角度来认识鲁迅，那就同认识其他人一样，没有什么特殊的意义。有缺点的战士毕竟是战士。个体化理解在展示人性丰富性的同时，亦展示人性的复杂性。以人的一般性来削减鲁迅的思想高度，最后就必然降低了鲁迅的价值。批判力是鲁迅思想的最大价值和能量，怀疑和贬损鲁迅的结果，就是使鲁迅的历史批判失去真实性，现实批判失去合理性，并且最终使其丧失批判的权利。

追求一个人的生活真实，是一种历史的研究，具有一般作家的史料价值，而注重一个人的精神价值则是一种思想史的研究。经典的意义就是指某一思想范畴具有高度的概括性和抽象性，在社会发展中具有长期的适用性，并由此而获得意义的扩大。适用性的基础就是对象与当下社会现实的直接对应性。或者说，正是由于某一思想存在着长期的适用性，经过历史

的检验才被经典化的。经典不应该是脱离现实需要的、僵化的政治说教和道德说教等纯粹的形式，而是活的思想原则和行为准则。经典化理解就是确认研究对象的超越性价值，在肯定的前提下，突破当下的价值界限，将其思想置于历史发展的长河中，作为普遍的价值尺度而获得长久的意义。简单地说，经典就是使价值界限无限延伸，成为一种具有超越性的思想范式。

鲁迅的思想价值是超越性的。以还原个体人格为目的的负面性理解，忽略了鲁迅思想价值阐释的当下思想环境，忽略了其所做结论的消极影响。鲁迅的价值不是个体性的，应该将其置于历史的发展和当下的环境中去理解。在当下文化思想环境中，对于鲁迅思想价值的经典化理解要比个体化理解更为迫切和重要。甚至可以说，从学术价值的社会化角度来看，当下对于鲁迅一定程度的神化也是有意义的。人文科学的价值长期被轻视，在很大程度上是由于研究目的的局限——纯粹学理价值的追求。只要思想的适应性或者批判的对象还存在，思想本身就具有价值；如果要产生影响，就必须放大效果。经典化理解并不是出自对一种神圣权威的简单捍卫，而是作为对一种有效的思想价值的坚持。因此，个体化理解至少应该与经典化研究相结合。

改革开放在深层次上表现为一种文化冲突和文化融合，随着改革的深化，这一进程已日渐深刻。如何理解和评价这一进程，设计文化建设的框架，一直存在着不同的思路。在当下思想环境中，应对鲁迅以文化批判为主的现代文化素质加以确认，并以此来反思20世纪文化冲突的进程，坚守五四新文化传统和中国新文化方向，是有着十分重大的意义的。

必须看到，鲁迅与当代人已经发生了疏离和间隔，这种疏离和间隔不只是因为时间和空间上的原因，而更重要的是思想和人格、性格认识上的原因。这种疏离导致人们对鲁迅的文学价值、心理个性乃至人格境界等产生怀疑或否定，或将其视为文化激进主义的代表，或作为"人性的弱点"的集中体现而进行或明或暗的批判；而有些学者则从文化反思的心理出发，通过高扬当年与鲁迅思想相对立的一些国学家的方式，来暗示鲁迅的文化批判和社会批评的偏颇与失误，从而构成对鲁迅文化选择和新文化方向的否定。例如，对"学衡派"梁实秋、周作人、辜鸿铭等人的重新评价，便在相当程度上包含了这种否定意义。

从网络上的言论中也明显看到，鲁迅不时成为青年人攻击的对象，其态度之昂扬，其言语之激烈，也为几十年所罕见，而鲁迅过去与青年人是最为接近的。在这种情况下，某些研究者从文化观念、心理个性乃至人格境界诸方面直接对鲁迅的人文价值产生怀疑，对于鲁迅个体人格上的"还原"，可能会强化鲁迅在青年人心目中的灰暗形象，扩大鲁迅与他们的思想距离。应该看到，还原的必要与否要取决于思想环境，在不同的思想环境中还原的效果是不同的。

四、鲁迅思想当下价值的存在，为经典化
理解提供了现实前提

历史研究是为了寻求对象的当代意义，当代人的阐释而使其价值重新定位。任何有生命力的文化或思想都必须于现在有益或有效，因此，当代意义是人类一切活动的最直接目的。对于鲁迅研究而言，我们的目的并不是要执意证明鲁迅世界的完美性，而是要保持其思想的主体价值，认识其当下的有效性。因此，对鲁迅进行经典化理解，追寻其当代价值，就应成为当下鲁迅研究的主要任务，并不能因为过去和现在对鲁迅价值工具性的肢解而放弃这一追求。

以鲁迅思想史和中国社会发展史的关系和价值为主要研究内容，按

照"思想本体—社会时代—意义价值"的逻辑过程，形成当下鲁迅研究的基本思路，从而印证鲁迅文化批判与社会历史对象的对应关系，在此基础上抽象出一般文化建设的本体论和方法论原则。在近年来的学术界，中国五四新文化的"现代性"正面临着解构的命运，鲁迅思想中的一些核心命题正受到质疑。因此，我们必须表明对五四精神的坚守，对鲁迅激进主义思想中的性格、思想和生活的关系有一种深层认识，对鲁迅文化批判的思想主张和个性气质有一种整体性的理解：其思想主张的偏激来自其思想的深刻和历史感受的沉重，个性气质的激烈、尖刻源于对批判对象反感的强烈，表明鲁迅对于"恶"的决绝态度。

鲁迅思想的经典性价值就在于其提出了一些对中国现代化转型有着至关重要的课题，而这些课题又是经过鲁迅阐释却未能在中国历史和现实中真正完成的。我们说过，经典具有高度的模式化和长期的适用性。鲁迅思想的经典性表现为对历史的总结和预言，具有广泛的实用价值。无论是过去还是现在都有具体的针对对象，绝不是束之高阁的纯粹形式或思想说教，而是一种切身体验的结果。例如，鲁迅对阿Q们的剖析，表明了一种与众不同的判断逻辑：一时的压迫会产生叛逆，但是长期的压迫可能就会制造奴隶。从压迫到奴隶，其中间过程就是习惯，虽说习惯是被迫形成甚至是通过暴力作用的结果。鲁迅作为启蒙主义思想家，他的思想目的不只是中止暴力，而是要中止习惯。对"众治"的批判和参加革命党，对政治的形而上否定和投身于无产阶级解放运动，其中种种矛盾、种种困惑，都可以从"立人""致人性于全"那里得到解释。"立人"，不仅仅是纯思想的，更是具体的行动。思想永远要超前而行动则必须要适时，"人国"重建的两大前提便是思想的启蒙和政权的颠覆。鲁迅在这两大行动中都站在了前列，他用自己的思想和行动把二者集于一身，即使他的内心永远承受着其中价值悖论的痛苦。痛苦来自思想的深刻，思想的痛苦可以转化为价值资源。今天，鲁迅个人的切身体验成为一种形而上的判断，具有模式化的特征和长期的适用性。

鲁迅一生中提出了无数个社会思想文化的命题，而这些命题无论是对于历史的中国还是对于现实的中国来说，都具有经典性的价值："改造国民性""致人性于全""世界人""幼者本位""拿来主义""反抗绝望""习惯与改革""无物之阵""瞒与骗""精神胜利法""一切都是中间物""不满是向上的车轮""过客""看客""大时代""人各有己""解剖自己""面子问题""黑色染缸""中庸与卑怯""儒术与儒效"等。每一个命题的背后，都经历了一个深刻而痛苦的思想过程。通过这些命题，鲁迅为社会的现代化转型和民族人格、个体人格的重铸确立了基本框架。这些命题以及鲁迅关于这些命题的阐释，已经成为中国文化和民族精神宝贵的思想资源，其所确立的思想道德境界，是需要几代人的努力才可能完成的。当下之所以有"说不完的鲁迅"之说，其思想渊源就在这里。

20世纪90年代以来，思想和文化论争中出现的诸多前沿问题，虽然变换了词语纳入时代语境之中，但其新概念所覆盖的仍是鲁迅所关注、思考过的问题。对鲁迅与时代思想关系辨析、梳理和把握，可以促使我们进一步思考，20世纪中国文化思想在发展过程中的思想关联。可以发现，鲁迅对精神文明关注的本质是人的现代化问题。在今天不规范的市场经济时代，探讨鲁迅思想的价值对于当下人们的精神失落和价值危机具有警示意义。鲁迅的文化选择不仅为20世纪中国新文化构成增添了重要内容，也为中国文化的转型和发展确立了一个理应如此的价值尺度。

从边缘到中心：东北学人鲁迅研究的历史评价

从历史与地理因素看，东北明显不具备鲁迅研究的区域优势。东北学人处于学术的边缘，而要获得中心发言权，必然要付出更多的努力。几十年来，东北学人在一种并不有利的环境下，勤奋思想、不懈努力，使东北的鲁迅研究逐步形成一个独特、稳定的研究系统，书写了中国鲁迅研究的重要篇章。经过几代人的努力，东北学人在对鲁迅传记、文本阐释、思想本体、中外文化关系等研究方面，不断开辟着鲁迅研究的生长空间，取得了令人瞩目的成就。总体看来，最初一代学人集中于鲁迅作品与传记的研究，之后向思想研究与比较研究等领域拓展，思想研究与比较研究成为年轻一代学者研究的主要内容。

一、鲁迅史料与作品研究

新中国60年的鲁迅研究经历了多变的曲折过程：由新文学作家到左翼运动的旗帜，到民族精神的象征，再到"文革"中研究的困境，最后到20

世纪80年代以来，研究才回归到鲁迅的本体世界。就鲁迅本人及其作品而言，研究的特点表现为回归鲁迅和鲁迅艺术世界的本体，努力发掘鲁迅人性本体和艺术文本的独特审美价值，取得了丰硕的成果。

如果从时代距离来说，吉林大学教授废名（冯文炳）在东北学人中应该说是与鲁迅最具相关性的研究者。他作为中国20世纪二三十年代著名的作家，多次在鲁迅的言辞和文章中出现。当然，作为鲁迅的弟弟周作人最为得意的门生，鲁迅并不欣赏废名。20世纪50年代初，废名来到东北，生活、思想和艺术价值观都发生了重大的变化。他对鲁迅推崇有加，1958年由中国青年出版社出版了自己的鲁迅研究著作《跟青年人谈鲁迅》。其实，作为一种杂谈的文体，《跟青年人谈鲁迅》体现的既是废名自己鲁迅观的改变，也是当时粗具规模的"学鲁迅"的时代风气的体现。因此，在对鲁迅研究历史的深入和拓展方面并没有明显的突破，但是废名的鲁迅研究却为后来吉林大学鲁迅研究奠定了基础，起到了筚路蓝缕的重要作用。

东北师范大学蒋锡金教授是20世纪三四十年代从事抗日文艺运动与创作的诗人、作家、评论家，20世纪20年代末开始发表鲁迅研究的文章，中华人民共和国成立后参加了初版《鲁迅全集》的编辑出版工作。蒋锡金最初专注于鲁迅诗歌的研究，当时发表的《鲁迅与高尔基》《鲁迅与诗歌》《鲁迅诗话》《摩罗诗说》等文章，被收入在中国社会科学出版社出版的《六十年来鲁迅研究论文选》和中国文联出版公司出版的《鲁迅研究学术论著资料汇编》等论文集中。"文革"结束之后，他仍专注于鲁迅的新旧体诗歌，发表了《〈自题小象〉和"婚姻说"》[①]《范爱农其人和〈哀范群三章〉》等文章。在研究中，蒋锡金把鲁迅的创作与诗人气质联系起来，认为虽然鲁迅后来放弃诗歌写作，但实际上他的杂文仍没有离开"摩罗诗人"的传统，因而"自有新诗运动以来，中国没有一个诗人曾达到过鲁迅先生的诗的造诣，更没有一个诗人曾造成过比鲁迅先生更大的诗的业

---

① 锡金：《〈自题小象〉和"婚姻说"》，载《新苑》，1981年第3期。

绩，这也就是说，没有一个比鲁迅先生更配得受诗人的称号"①。

蒋锡金是鲁迅时代的文学青年，他阅历丰富，记忆力惊人，与许广平交往较多，"文革"结束后的研究文章多以事为主，从而为鲁迅的生平、传记、思想研究提供了重要的史料。如《鲁迅与光复会》《鲁迅与任国桢》《鲁迅为什么不去日本疗养》《鲁迅的四去日本》《鲁迅和东北作家》等。

辽宁省社会科学院彭定安对鲁迅的研究始于20世纪50年代中期。同许多人一样，彭定安的鲁迅研究也起步于"学鲁迅"。"文革"结束后，他出版发表了大量的鲁迅研究论著。其中，《鲁迅诗选释》结合鲁迅的思想特征对鲁迅的旧体诗歌进行了简明、清晰的分析研究。《鲁迅评传》以如实描绘的态度与不拘一格的自由风格在众多鲁迅传记中形成了自己的特色，提出了许多新颖的见解。特别值得高度重视的是，彭定安较早地提议把鲁迅作为一个独立的领域进行研究，他于1980年提出建立"鲁迅学"的倡议。他在《一个建议：创立鲁迅学》《关于鲁迅研究的设想》等文章中论述了建立"鲁迅学"的必要性。而《鲁迅和他的同时代人》《突破与超越——论鲁迅和他的同时代人》②两部著作则是彭定安为"鲁迅学"构想提供的重要依据，由此确定鲁迅个人的历史在整个历史中的作用，清晰地论述了鲁迅对同时代众多人物的突破与超越。《鲁迅杂文学概论》是对"鲁迅学"中鲁迅作品方面的充实，著作着眼于鲁迅杂文缺乏充分研究，没有得到较好的推广的状态，对鲁迅杂文的产生、发展进行了全面的论述，并深入分析了鲁迅杂文思想的来源。进入20世纪90年代，彭定安仍致力于"鲁迅学"构想的充实与建设。有的学者对此给予了很高的评价："将鲁迅研究从中国现代文学研究中独立开来，使之成为与中国现代文学研究比肩而存并且其内涵的丰富性超过了中国现代文学研究的'鲁迅

---

① 锡金：《鲁迅诗话》，载《时代学生》，1945年10月16日。

② 彭定安：《突破与超越——论鲁迅和他的同时代人》，沈阳：辽宁大学出版社，1987年。

学'，彭定安是首倡者与奠立人。"①

与彭定安同在辽宁省社科院工作的马蹄疾是鲁迅传记研究的专家。他在鲁迅研究领域做了大量的史料收集考证工作，著有《鲁迅讲演考》②《鲁迅与浙江作家》③《鲁迅：我可以爱》④等专著，与他人合作《鲁迅和他的同时代人》等研究专著，参加了《鲁迅全集》（1981年版）书信部分的编辑注释工作，并参与了《鲁迅大辞典》的编撰工作。马蹄疾为鲁迅书信的考订做出了贡献，《读鲁迅书信札记》⑤针对以往鲁迅书信各版的局限，进行重新校读、整理。他的著作包括15篇文章，对鲁迅书信中的人物、事件，以及书信的时间和内容进行了辨正，在校勘鲁迅书信中发现了多处错标、误校。马蹄疾治学严谨，提出"三个王国24条办法"的读书写作原则，以认真严肃的态度对待鲁迅遗产。《鲁迅讲演考》在鲁迅讲演史实方面进行了大量考证，是研究鲁迅生平思想的重要参考，论著提供了鲁迅讲演从有内容可考的从1916年到1940年24年的66篇讲稿，以史实为重，尽量保存史料原貌。比如不直接更改错处，而是以注释标出，对不确定之处不下断言，而是指出"据当时听讲人回忆"。马蹄疾为鲁迅美术活动领域的研究也做出了贡献，著有专著《鲁迅木刻活动年谱》⑥《鲁迅和新兴木刻运动》⑦。需要指出的是，马蹄疾晚年编著出版的《鲁迅：我可以爱》由于内容流于"花边韵事"而受到学界的批评。

在鲁迅生平史实勘误和书信钩沉上，吴作桥教授应该是东北鲁迅研究

① 李春林：《"鲁迅学"的奠立和鲁迅与外国文化比较研究的深化——彭定安和他的鲁迅研究》，载《社会科学辑刊》，1997年第6期。

② 马蹄疾：《鲁迅讲演考》，哈尔滨：黑龙江人民出版社，1981年。

③ 马蹄疾：《鲁迅与浙江作家》，香港：香港华风书局，1984年。

④ 马蹄疾：《鲁迅：我可以爱》，成都：四川文艺出版社，1995年。

⑤ 马蹄疾：《读鲁迅书信札记》，长沙：湖南人民出版社，1980年。

⑥ 李允经、马蹄疾：《鲁迅木刻活动年谱》，上海：上海人民美术出版社，1986年。

⑦ 马蹄疾：《鲁迅和新兴木刻运动》，北京：人民美术出版社，1985年。

者中着力最多、成就最大的了，而且在鲁迅研究界他十分低调，为人所知但不为人所见。吴作桥于1959年毕业于吉林大学中文系并留校任教，1983年调入长春教育学院，主要研究著作有《鲁迅书信钩沉》[①]《再读鲁迅——鲁迅私下谈话录》[②]，另有研究论文《鲁迅与废名》《关于〈越风〉第一、第五期的出版时间》《"钱王登假仍如在"再辨正》等数十篇。吴作桥是一个学风朴实甘做"小文章"的人，他的考据和辨析文章写得短小精悍，言之有物，深受读者的称道。例如，在《再读鲁迅》一书中，吴作桥收集鲁迅谈自己的文字，努力达到文如其人，读来好似听一代智者倾心诉说，让人们看到一个更加贴近生活、贴近平常人心灵的鲁迅。

东北师范大学孙中田教授在茅盾研究方面取得了卓著的成绩，同时也在研究和教学上对鲁迅研究进行了重要的开拓。《鲁迅小说艺术札记》[③]《鲁迅作品讲解》[④]等著作都是鲁迅研究的出色成果。《鲁迅小说艺术札记》不是一般意义上的作品论，而是从艺术的角度入手，这些都显示了他正确的研究意识与深刻的思考。因此，著作没有局限于一种角度或者一个方面，而是思想与审美结合。他的论述与鲁迅的文学观结合，同时也把鲁迅作品与同时代其他作家进行比较，凸显鲁迅真实而丰富的艺术世界。

吉林大学刘中树教授在废名的影响下，从20世纪50年代初开始鲁迅研究，发表了多篇论文。《突破与超越——论鲁迅和他的同时代人》以对鲁迅同时代人的考察为突破口，掌握了鲁迅生活的时代特征与历程，进入了鲁迅研究世界。从一开始，刘中树就表现出对于"学鲁迅"独到的理解，他曾经发表有关阿Q形象问题的文章。20世纪80年代后，刘中树在鲁迅研究领域进一步深入，其重要的标志就是专著《鲁迅的文学观》[⑤]的出版。

---

① 吴作桥：《鲁迅书信钩沉》，长春：东北师范大学出版社，1994年。
② 吴作桥：《再读鲁迅——鲁迅私下谈话录》，长春：时代文艺出版社，2005年。
③ 孙中田：《鲁迅小说艺术札记》，长春：吉林人民出版社，1980年。
④ 孙中田：《鲁迅作品讲解》，长春：吉林人民出版社，1979年。
⑤ 刘中树：《鲁迅的文学观》，长春：吉林大学出版社，1986年。

该书为鲁迅文学世界的研究提供了重要的理论基础，是较早对鲁迅的文学观进行系统的阐释与梳理的著作。他在对19世纪20年代以来鲁迅思想及研究整体状态把握的基础上，确立了以鲁迅的文学观为基点，以专论的方式来考查的目标，认识到："把鲁迅的文学观作为一个专门问题，进行集中的系统的研究，还是鲁迅研究的一个重要课题。"①袁良骏称《鲁迅的文学观》，"虽篇幅不大，但却是严格意义上的此类著作的第一本"，"无疑是抓住了鲁迅文学观的基本特点的"②。著作结合史料与在史料之上构筑的史识，系统地分析了鲁迅文学观的构成，包括文学的本质观；文学观的内涵——"为人生"，这是鲁迅整个文艺思想体系的核心；创作的总原则——现实主义创作方法；独特的革命文学观的形成与发展；对文艺批评原则和标准的认识，批评的实践特征。除了研究领域的开拓，著作的另一突破表现在写作思路上，它摆脱了此前教科书式的编排模式，不是摘取鲁迅的思想来印证文艺规律，而是以鲁迅的思想为核心和出发点，从鲁迅的思想实际出发，准确地反映鲁迅的文学观。除《鲁迅的文学观》，刘中树还出版了《鲁迅年谱简编》③《世界文化中的鲁迅》④《〈呐喊〉〈彷徨〉艺术论》⑤等鲁迅研究专著。

对鲁迅作品进行分集研究是鲁迅文本研究的重要方面，刘中树对此也显示了突出的研究实绩。他的《〈呐喊〉〈彷徨〉艺术论》是阅读偶得，也是对鲁迅小说创作主体艺术的把握。著作不是单纯的艺术论，而是以思想内容为基础进行的艺术阐发，是"一个熔铸《呐喊》《彷徨》深广的思

---

① 刘中树：《鲁迅的文学观》，长春：吉林大学出版社，1986年，第3页。

② 转引自王俊秋：《开拓与坚守——访刘中树教授》，载《学习与探索》，2005年第1期。

③ 刘中树：《鲁迅年谱简编》，长春：吉林大学出版社，1997年。

④ 刘中树、张福贵、陈方竞：《世界文化中的鲁迅》，长春：吉林大学出版社，1997年。

⑤ 刘中树：《〈呐喊〉〈彷徨〉艺术论》，长春：吉林大学出版社，1999年。

想内容的对应的艺术框架"①。"《呐喊》《彷徨》作为鲁迅小说世界的构成主体，它的灵魂、它的文本意义，就是体现在读者审美感受中的伟大文学家、思想家和革命家鲁迅对社会人生和历史的理解与认识的艺术结晶。"②

辽宁师范大学王吉鹏教授也以对鲁迅独特的热情，从事多年的鲁迅研究，成果显著，著作包括《〈野草〉论稿》③《鲁迅思想作品论稿》④《鲁迅作品新论》⑤《鲁迅民族性的定位——鲁迅与中国文化比较研究史》⑥《鲁迅与中国报刊》⑦等，对鲁迅的文学世界都有所研究与拓展。特别是《〈野草〉论稿》一书，是他最初对《野草》浓厚兴趣的产物，多年打磨写成《〈野草〉论稿》，著作的研究目标是对《野草》进行综合性研究，在思想性与艺术性探讨的基础上，对鲁迅的受影响源以及鲁迅对其他作家作品的影响进行比较与研究，显示了开阔的思路与理解的深刻；分析了《野草》的艺术影响源——厨川白村文学理论的影响，并与同时期作家许地山的散文诗集《空山灵雨》进行比较，在文本分析之上进行了拓展，"特别注意了《野草》的反响研究"（陈鸣树：《序言》），考察了《野草》对冯雪峰《真实之歌》的影响，以及在李广田散文诗中的回响，具有开拓意义。

除了对鲁迅作品进行分集研究，许多研究从各种视角和层面入手，解

---

① 刘中树：《〈呐喊〉〈彷徨〉艺术论》，长春：吉林大学出版社，1999年，第87页。

② 刘中树：《〈呐喊〉〈彷徨〉艺术论》，长春：吉林大学出版社，1999年，第143页。

③ 王吉鹏：《〈野草〉论稿》，沈阳：春风文艺出版社，1986年。

④ 王吉鹏：《鲁迅思想作品论稿》，大连：大连工学院出版社，1987年。

⑤ 王吉鹏：《鲁迅作品新论》，沈阳：辽宁人民出版社，1998年。

⑥ 王吉鹏：《鲁迅民族性的定位——鲁迅与中国文化比较研究史》，长春：吉林人民出版社，2000年。

⑦ 王吉鹏、陈新年：《鲁迅与中国报刊》，香港：中国窗口出版社，2009年。

读鲁迅的艺术世界。刘中树的文章《论〈伪自由书〉》①提出了《伪自由书》对于鲁迅思想转折的意义，他在对鲁迅思想和艺术进行深入认识的前提下，提出了《伪自由书》是鲁迅思想转折之后的第一部杂文集的论断："这是鲁迅成为成熟的马克思主义者之后写的第一本集中地讥评时事的杂文集。"这对鲁迅的杂文研究起到了重大的推进作用，并被收入新时期以来重要的鲁迅研究论文结集《鲁迅其书》②。东北师范大学逄增玉教授的文章《鲁迅启蒙文本中的现代性言说与叙事》③似乎将研究的重心确定为思想，而不在于作品，考察现代性思想在鲁迅的杂文随笔和小说文本中的面貌，由此发现鲁迅对现代性的认识是矛盾的、质疑的。同时，文章重于对文本的观照，发现了在鲁迅对于现代性的展现与质疑之中，也体现了现代性在中西文化交汇碰撞时的面貌。在他的另一篇文章《"五四"时期的"立人"思考及其文学表现和嬗变》④中，对文本深入考查，由现代性思想、"立人"思想介入文本，论述了"立人"思想在文本中嬗变的轨迹，角度新颖，立论独特。

吉林大学王学谦教授对鲁迅的作品进行了系列重新解读，他采取的角度或者说理论基础是鲁迅思想中的"自然"价值观以及生命意识。在文章《鲁迅〈故乡〉新论》⑤中，他表达了鲁迅"自然"价值观的内涵是一种"内在'天国'的隐喻"，一种"永恒的心灵追求"。因而鲁迅的批判与一般的社会历史批判不同，不是人类社会文明内部以一种价值去否定另一种价值，而是社会外的批判，即跳出人类社会文明的圈外建立一个价值制高点，然后居高临下，俯视一切，对人类整个社会文明进行质疑、拷问。

① 刘中树：《论〈伪自由书〉》，载《吉林大学学报（社会科学版）》，1981年第4期。

② 张杰、杨艳丽编：《鲁迅其书》，北京：社会科学文献出版社，2002年。

③ 逄增玉：《鲁迅启蒙文本中的现代性言说与叙事》，载《文艺研究》，1994年第6期。

④ 逄增玉：《"五四"时期的"立人"思考及其文学表现和嬗变》，载《世纪论评》，1998年第3期。

⑤ 王学谦：《鲁迅〈故乡〉新论》，载《中国现代文学研究丛刊》，1999年第2期。

王学谦认为《故乡》的社会批判和文化批判是一种价值主义的终极审判。在文章《火的冰：鲁迅生命炼狱的起点——鲁迅第一篇散文诗〈自言自语〉生命解读》①中，他发现《自言自语》是鲁迅"心灵炼狱"的起点，几乎包含了鲁迅生命体验的全部秘密；《来自生命深处的呐喊——论〈狂人日记〉的生命意识》②提出"吃人"是鲁迅少年时代在家庭变故中惨痛的经历所形成的情绪的论断，认为"吃人"是对人类存在悲剧的揭示，鲁迅的伟大就在于切入了这一宿命性的世界文化难题；文章《看客：生命悲剧的隐喻——对鲁迅"看客"的生命解读》③一文认为，鲁迅对于"看客"既具有启蒙理性，也呈现出强烈的生命意识，即人潜藏着精神暴力欲望，蕴含着"渴血的欲望"，体现出对人的巨大悲悯；《探寻生命自由——〈娜拉走后怎样〉的重新解读》④一文认为，对人的自由的探索始终是鲁迅的思想轴心，"虽然学术界对于鲁迅的人学思想进行了多方面的探讨，但是，鲁迅关于人的自由的思想，仍然是一个有待于澄清和深化的重要问题"。《娜拉走后怎样》是鲁迅关于人的自由的最重要的文章之一，体现了鲁迅对自由的追求与对矛盾的认识。《〈狂人日记〉与鲁迅文学的生命结构》分三期连载于《鲁迅研究月刊》⑤，王学谦认为，《狂人日记》不仅是时代启蒙的强音，也是鲁迅生命悲剧体验的凝结。

---

① 王学谦：《火的冰：鲁迅生命炼狱的起点——鲁迅第一篇散文诗〈自言自语〉生命解读》，载《鲁迅研究月刊》，2004年第11期。

② 王学谦：《来自生命深处的呐喊——论〈狂人日记〉的生命意识》，载《吉林大学学报（社会科学版）》，2002年第6期。

③ 王学谦：《看客：生命悲剧的隐喻——对鲁迅"看客"的生命解读》，载《内蒙古民族大学学报》，2004年第4期。

④ 王学谦：《探寻生命自由——〈娜拉走后怎样〉的重新解读》，载《鲁迅研究月刊》，2005年第7期。

⑤ 王学谦：《〈狂人日记〉与鲁迅文学的生命结构》（一）（二）（三），载《鲁迅研究月刊》，2006年第6、7期，2008年第4期。

二、鲁迅思想研究

20世纪80年代中期，超越政治化模式的鲁迅思想研究开始出现，对作为思想家的鲁迅的研究是新时期以来鲁迅研究的主要内容，在鲁迅研究史上占有重要地位。彭定安的《鲁迅思想论稿》[①]和辽宁大学杜一白教授的《鲁迅思想论纲》[②]是对鲁迅思想进行整体性梳理、研究的著作。《鲁迅思想论稿》以鲁迅的思想与中国革命、文学创作活动的互动关系为主线，揭示了鲁迅从辛亥革命到五四、到大革命、到接触马克思主义等革命与社会变动中的思想轨迹。《鲁迅思想论纲》分上下两编，分别论述了鲁迅前后期的思想，在论述中采取了新颖的写作体例。上编以时间为序，论述了各个时期鲁迅的思想面貌，下编以内容为依据进行划分，论述了成为马克思主义者以后鲁迅思想的主要方面，如哲学观、文艺观等。

除此以外，结合时代文化背景的发展，东北学人对鲁迅思想的诸多方面进行了细致的研究，这大多集中在文化传统、立人思想、文学启蒙、当下意义等方面。

文化研究的进行始于当下社会的文化热潮，本质上表现着研究者对当下文化状态的思考与反思，于是鲁迅的文化选择、鲁迅的文化观念受到重视。

吉林大学张福贵教授的专著《惯性的终结——鲁迅文化选择的历史价值》[③]认为，“任何历史研究和重新评价都是为了寻求对象的当代意义”；鲁迅“为中国文化转型和发展确立了一个理应如此的价值尺度”[④]。由此出发，作者开始了对鲁迅文化选择的探讨。著作肯定了鲁迅

---

① 彭定安：《鲁迅思想论稿》，杭州：浙江文艺出版社，1983年。

② 杜一白：《鲁迅思想论纲》，银川：宁夏人民出版社，1983年。

③ 张福贵：《惯性的终结——鲁迅文化选择的历史价值》，长春：吉林大学出版社，1998年。

④ 张福贵：《惯性的终结——鲁迅文化选择的历史价值》，长春：吉林大学出版社，1998年，第2页。

的现代化选择是一种"深度的现代化"——"开放、自信的文化心态，去伪存真、自我牺牲的道德人格，反传统、反权威的价值观念，辩证统一的思维方式"。著作全面分析了鲁迅文化选择的构造，开掘了鲁迅早期文化选择的基本命题：思想启蒙与道德救赎，二者对应鲁迅思想中的精英意识与平民意识，认为"思想意义上的'独出'与道德人格上的'率真'，是鲁迅'致人性于全'的主要思考内容"；认为辩证思维与实践思维是鲁迅文化选择的逻辑存在形态；认识到"鲁迅文化选择中'世界人'概念和文化同一性命题的提出，对于近代以来的中国文化转型具有重要的总结性和启示性的作用"。这些都是此书提供的具有启发性的见解。

鲁迅研究专家中国社科院文学研究所张梦阳在《中国鲁迅学通史》中称，"张著在整体上显示了作者具有很强的理论思辨能力和富于创造性的学术研究水平。作者不仅以沉潜的思想，提出了'两个世界'的新命题，还提出了'适时批判'与'超前批判'的区分概念，论述了鲁迅超前批判的意义和命运；关于鲁迅对'众治'的独特性质与梁启超、孙中山、陈独秀、章太炎思想的差异，超前性与文化保守性的共性，以及辩证思维、深度现代化等重要课题的论述，也是颇为精彩的部分。即使是对于某些原始的命题，例如'任个人而排众数'和'掊物质而张灵明'等，也都有所深化。此外，对鲁迅关于'中国人'和'世界人'的概念的论析等，也都给此书带来了特有的深度和思辨的色彩"。"而最富论战性和思辨性的驳论，还是张著最后关于'彻底反传统'在文化转型期的方法论价值的论述……就这一问题来看，张著这一节是我迄今为止所见到的最为圆满的论析。"①

长期在吉林大学工作的陈方竞教授原籍是浙江，也许正是由于这一点，使他对鲁迅与浙江地域文化的关系给予了更多的关注。他的专著《鲁迅与浙东文化》②历经8年完成，客观地分析了鲁迅与中国传统文化的关

---

① 张梦阳：《中国鲁迅学通史》（上卷），广州：广东教育出版社，2001年，第671~673页。

② 陈方竞：《鲁迅与浙东文化》，长春：吉林大学出版社，1999年。

系，以大量实证材料为依据，找到了鲁迅与传统文化的中介——浙东文化。当前对于鲁迅与传统文化关系的探讨，有时强调批判性而忽视了与传统的关联性，有时肯定与传统的关系而忽视了批判的锋芒，而此部著作则如钱理群在序言中所说："显示出一种难得的'定力'；要求实事求是地揭示鲁迅与传统文化之间所存在的，超越了'肯定——否定'二元简单对立模式的复杂联系，而这种复杂性同时也是一种丰富性。"①这种定力来自掌握与分析史实的坚实基础。

多数研究者强调鲁迅对中国传统儒、道等思想的批判，而陈方竞则认为鲁迅个性形成的文化渊源"简单地从与儒、释、道、墨、法等思想文化的联系出发，是无从给以解释的"，需要"寻求鲁迅与中国传统文化之间的中介"，这种寻求是近于对"事实"联系的追求。这个中介经过研究被确定为鲁迅的"故乡文化"。他将鲁迅的"故乡文化"分为"现实文化"和"历史文化"两个方面，认为鲁迅否定了"现实文化"，而接受了故乡的"历史文化"，即"古越文化"，古越文化又分为"浙东文化"和"浙西文化"，鲁迅又肯定了其中的"浙东文化"。在浙东文化中，鲁迅强化的是浙东的史学传统，而不是经学传统，这个结论是在与蔡元培的对比中得出；鲁迅强化了浙东文化直面现实的一面，而弱化了其人文传统，这在与周作人的比较中得出。通过考察鲁迅对浙典籍文化的整理，陈方竞得出了鲁迅浙东传统之根在于魏晋这一结论。

另外，陈方竞在对五四中西文明的碰撞与选择的论析之中，突现了对鲁迅思想深刻性的认识，这表现在两篇文章之中：《关于"道德主义"问题——"五四"新文化文学运动中心的多重对话》②《关于"世界主义"

---

① 钱理群：《寻找走向"鲁迅世界"的通道——陈方竞：〈鲁迅与浙东文化〉序》，陈方竞：《鲁迅与浙东文化》，长春：吉林大学出版社，1999年，第2页。

② 陈方竞：《关于"道德主义"问题——"五四"新文化文学运动中心的多重对话》，载《鲁迅研究月刊》，2002年第1、2、3期。

问题——"五四"新文化文学运动中心的多重对话》①。对于"道德主义"问题，论文对五四思想家的"道德主义"思想进行了层层剥离，对康梁等维新派人士、"进德会""S会馆"、周作人、鲁迅进行了比较，最后反映出鲁迅超于众人的深刻。对于"世界主义"问题，鲁迅显示了与同时代人的"大同世界"理想的根本性不同，同时陈方竞也对周作人的新村理想进行了批判与审视。

鲁迅与启蒙主义、知识分子问题也一直为研究者所关注，而且东北学人在此领域的探讨，很明显是借鲁迅来言说时代和自己，因为这是一个世纪性的话题。李新宇教授在吉林大学工作期间，把主要研究精力投入到鲁迅与启蒙主义及知识分子问题。他的鲁迅研究显示了与众不同之处，专著《鲁迅的选择》②对鲁迅的内在世界以及中国知识分子的心灵历程进行了体悟式的表达。他以自己认识的鲁迅来解释当前以及其他研究者对鲁迅的种种误解，并大而化之为展示这些误解之后的时代文化背景，处处带有思辨气息，体现着新的见解。著作以知识者自我的存在价值问题为切入点，针对知识分子话语权及主体意识动摇的问题，昭示知识分子的基本话语立场。以知识分子的独立意识为对话的基点，使他的思考、疑问与理解成为重要的对照系，这更易于与鲁迅的内在世界进行对话。著作思考了知识分子的使命，即对现代性的追求，因而自然引出鲁迅与权威以及大众两者的关系问题，澄清了历史与研究中的许多疑问。如他所说："我所做的，仅仅是回到知识分子自己的话语立场，以所处文化语境仍然大致相同的一颗知识分子之心去贴近作为知识分子的鲁迅。"③

值得高度注意的是，李新宇教授看到近年来，学界对鲁迅的人学思想一直缺少深入研究，一段时间内甚至遭到否定，于是对这一问题的讨论重

---

① 陈方竞：《关于"世界主义"问题——"五四"新文化文学运动中心的多重对话》，载《鲁迅研究月刊》，2003年第7、8、9、10期。

② 李新宇：《鲁迅的选择》，郑州：河南人民出版社，2003年。

③ 李新宇：《鲁迅的选择》，郑州：河南人民出版社，2003年，第2页。

在梳理人学思想的生成过程，以及鲁迅对不同思想资源的取舍与选择，从而展示"立人"思想的内部和外部工程：人的思想及生存环境。接着，他展示了启蒙之路所受到的挤压：民族意识和阶级意识。著作对人学思想与启蒙的当代境遇给予了关注，在20世纪90年代的全球化背景下，"知识分子死了"，"启蒙过时了"，新儒学、后现代主义都挑战着鲁迅的启蒙。他认为，无论何种挤压与社会背景，对于启蒙是否过时，是否已经完成的最终判断标准，这些都清楚地传达了鲁迅启蒙思想的精神。

王学谦教授是东北后起并取得突出成绩的鲁迅研究者。他以生命主义为基点去阐释鲁迅，在《自由意志及其陷阱——对鲁迅生命意识的双向分析》[1]一文中，他对鲁迅生命意识的内涵进行了分析，认为在普遍崇尚物质、制度的时代氛围中，青年鲁迅选择了生命主义——一个个体生命的自由意志。这种自由意志成为鲁迅的思想轴心，是鲁迅一生求索、反抗、战斗的精神动力，铸就了其思想巨人的风采，同时也造就了其专断、霸道的性格。《自由意志：青年鲁迅生命主义特质》[2]一文考察了鲁迅的生命意识形成的来源，认为青年鲁迅吸收了尼采等现代西方生命哲学和恶魔浪漫主义的生命自由精神。《反传统自由意志的高峰体验——论鲁迅反传统的生命意识》[3]一文以生命主义去阐释鲁迅的反传统思想，认为"吃人"并不是一个抽象的单纯的理性判断，而是一个充满着自我生命体验的意象，是少年鲁迅"吃人情结"的升华，随着历史的进步，封建文化的等级秩序将被消除，人与人"吃人"的关系会被"自由、平等、博爱"的现代文化理性所取替，然而这种乐观的启蒙理性无法完全解释"吃人"现象，也不

---

[1] 王学谦：《自由意志及其陷阱——对鲁迅生命意识的双向分析》，载《吉林大学学报（社会科学版）》，2003年第5期。

[2] 王学谦：《自由意志：青年鲁迅生命主义特质》，载《社会科学战线》，2004年第5期。

[3] 王学谦、张福贵：《反传统自由意志的高峰体验——论鲁迅反传统的生命意识》，载《吉林大学学报（社会科学版）》，2004年第4期。

能解开鲁迅的"吃人情结"。因此，他的论断是，生命的阐释、升华才是对"吃人情结"的最终解释。《科学理性的生命观照——论鲁迅早期的科学思想》[1]一文从生命意识的角度理解鲁迅的科学理性，将鲁迅对持久的生命状态的追寻与洋务派的急功近利区别开来。《鲁迅与尼采——哲学思想关系论纲》[2]一文对鲁迅文学世界与尼采精神的关系进行了深入、系统的研究，达到了前人较少实现的境界。

进入新时期以来，人们对于鲁迅的思想及其当下价值产生了质疑和争议，东北鲁迅研究者积极参与到这场讨论之中，并站在思想的前沿，对于鲁迅及其思想价值的当代性问题，发出了自己的声音。

张福贵的《惯性的终结——鲁迅文化选择的历史价值》立足于当下与五四时代同构的历史背景，立足于20世纪90年代的文化反思背景，对政治所确立的鲁迅文化选择进行质疑，"一个世纪之后又一个新旧交替的历史时代，鲁迅的尺度又成为今天的尺度"，希望鲁迅所批判的历史惯性走入终结。

李新宇的《鲁迅的选择》对于知识分子问题、启蒙的道路等问题的思考都伴随着对当下的疑问与解疑。而他的另一部著作《愧对鲁迅》[3]则进行着当下时代的"我"与鲁迅的对话。他出于寂寞而寻找倾诉，寻找人与人的对话，于是开始了与导师的心灵对话。这时，随着"我"一个个疑问的提出与解释，清晰的鲁迅世界得到展示，引起思考的当下问题也被加以认识和澄清。在众多的研究成果中，发掘鲁迅的当代性和当下意义的论著最为引人注目。

鲁迅在当代社会思潮中遭遇各方面的挑战，如青年人对鲁迅的隔膜

---

[1] 王学谦：《科学理性的生命观照——论鲁迅早期的科学思想》，载《齐鲁学刊》，2004年第2期。

[2] 王学谦：《鲁迅与尼采——哲学思想关系论纲》，载《文艺争鸣》，2007年第5期。

[3] 李新宇：《愧对鲁迅》，上海：三联书店，2004年。

等，"一面是对鲁迅严肃的学习和研究，一面是对鲁迅无耻的曲解和诬蔑，这正是今天中国文化上的重要矛盾现象之一"①。对种种挑战的回答，关系着当下文化发展之路的探寻。李新宇的文章《面对世纪末文化思潮对鲁迅的挑战——兼及"五四"新文化运动的现实合法性问题》②，就鲁迅思想面临的新保守主义、新儒学、后现代主义三方面挑战进行了回应。

辽宁省社科院李春林的《关于当下贬鲁思潮的思考》③一文，从知识分子的思想状态与对鲁迅接受环境的分析入手，对当下贬损鲁迅的现象加以批判。论文考察了20世纪90年代后知识阶层面貌的变化，从葛兰西所说的幕僚型、技术性和人文型三类知识分子入手，认为其中人文型知识分子承担着重要的文化建设功能，人文型知识分子又可以分为学院派知识分子和从事文艺工作的知识分子，"鲁迅本体的恢复，鲁迅意义的阐扬，主要是依靠他们（学院派知识分子——笔者注）"，但他们的缺点是"较为重视提高与深化，而在相当大的程度上忽略了普及鲁迅"，对于从事文艺工作的知识分子，李春林认为有些人往往"拉大知识分子与人民大众的距离，有意识地忘却自己的历史使命"。

张福贵的《经典化理解：当下鲁迅研究不可缺少的主题》④一文，呼吁正视和警惕从个体心理角度批判鲁迅的现象，认为从个体心理角度出发研究鲁迅往往忽视了鲁迅思想的实际与社会环境的实际，会造成不良的后果。论文提出对鲁迅进行经典化甚至神化理解的必要，通过放大的效果，才能达到思想的有效坚持。文章还对年轻一代人心中鲁迅的灰色化倾向给

---

① 李春林：《关于当下贬鲁思潮的思考》，载《辽宁大学学报》，2001年第1期。

② 李新宇：《面对世纪末文化思潮对鲁迅的挑战——兼及"五四"新文化运动的现实合法性问题》，载《鲁迅研究月刊》，2000年第11、12期，2001年第1期。

③ 李春林：《关于当下贬鲁思潮的思考》，载《辽宁大学学报》，2001年第1期。

④ 张福贵：《经典化理解：当下鲁迅研究不可缺少的主题》，载《鲁迅研究月刊》，2004年第7期。

予关注，认为强化鲁迅在青年人心目中的灰暗，会扩大鲁迅与他们之间的思想距离。

任何历史研究都是为了寻求对象的当代意义，当代人的阐释使其价值重新定位。鲁迅的当代性研究，既指以当下的价值标准以及社会发展要求重新审视鲁迅，也包括对鲁迅在当代文化背景中的传播与境遇的研究。鲁迅确立了中国现代化发展的众多思想基础，鲁迅的道路远远没有结束，今天，中国文化与社会的转型应该仍以鲁迅丰富的思想为资源，对传统惰性与惯性进行批判。从而在对鲁迅思想的研究当中，体现出研究者对当下的思考与关注。

三、鲁迅与周边文化关系比较研究

20世纪80年代以来对鲁迅与外国文学、文化关系的研究一直受到学者们的广泛关注，也取得了丰硕的成果。鲁迅作为一个伟大的文学家，也必然要求被置于世界文学思潮流派中考察，而东北鲁迅研究界在关于鲁迅的比较研究特别是鲁迅与日本文学、文化关系的研究中，取得了令人瞩目的成就。

鲁迅思想的生成创作的发生发展与日本文学、文化的关系密切，而东北学人凭借历史和语言的地域优势，在全国最早开始了这方面的研究。其中，吉林大学刘柏青教授的专著《鲁迅与日本文学》①，写于鲁迅与外国文学研究还没有展开也亟待展开之时，具有重要的开拓意义。在做人治学方面，刘柏青堪称楷模，其人品学风都体现在这本书里。时至今日，每当

---

① 刘柏青：《鲁迅与日本文学》，长春：吉林大学出版社，1985年。

提及鲁迅与日本文学关系的研究时，都必谈及刘柏青的这部杰作，该书已被引用200余次。正如蒋锡金所评："他（刘柏青先生——笔者注）为大家做了许多值得感念的开拓性的探索"，"数十年来，'鲁迅学'的原地踏步现象得到了推进的力量了"①。刘柏青的著作注意对鲁迅所汲取的日本文化资源的考察，比如着重论述了鲁迅与夏目漱石、厨川白村的关系，探讨了鲁迅和两位作家之间在思想以及艺术上的共通之处。许多资料与论述都具有开拓性意义。

彭定安也较早地将比较文学研究方法引入鲁迅研究之中，他主编的《鲁迅：在中日文化交流的坐标上》②一书，关注鲁迅与日本文学、文化的双重影响，具有填补空白的作用，"《坐标》堪称鲁迅学与比较文学的双重丰碑"③。

在鲁迅与日本文学和文化以及日本鲁迅研究方面，吉林大学靳丛林教授做出了突出的贡献。他长期访学日本，专攻鲁迅和日本鲁迅研究，出版发表了一系列的比较研究论著和译介文章。日本对鲁迅的研究侧重于实证性研究，且优于中国学界的研究，因此他对日本研究成果的译介具有重要的交流与促进意义。论文《现代日本文坛和鲁迅》④论证独到，材料扎实，被《中日比较文学研究资料汇编》（中国美术出版社，2002年3月）收录。日本学者竹内好对鲁迅的研究，是国内鲁迅研究的重要参照，"竹内鲁迅"问题不乏研究者。然而，目前，竹内好的鲁迅研究文本，译介到中国的只有《鲁迅》这一本书。在日本，竹内好的鲁迅研究文本还有很多。靳丛林把国内学者未曾谋面的竹内好鲁迅研究译介过来，具有重要

---

① 刘柏青：《鲁迅与日本文学》，长春：吉林大学出版社，1985年，第3页。

② 彭定安主编：《鲁迅：在中日文化交流的坐标上》，沈阳：春风文艺出版社，1995年。

③ 李春林：《"鲁迅学"的奠立和鲁迅与外国文化比较研究的深化——彭定安和他的鲁迅研究》，载《社会科学辑刊》，1997年第6期。

④ 《中日比较文学研究论文集》，长春：时代文艺出版社，1992年。

意义。《上海鲁迅研究》从2006年10月开始连载竹内好的《鲁迅入门》，连载7期。《鲁迅研究月刊》2006年第1期刊载了靳丛林编译的《竹内好鲁迅研究译文集》的序言《关于"竹内鲁迅"及其翻译缘起》，论述了"竹内鲁迅"介绍到中国来的时间及基本内容，接下来分4期连载了竹内好的《鲁迅杂记》之一至之四。这些都为国内的鲁迅研究提供了全新的有价值的参考资料。

除了鲁迅与日本文学、文化关系研究，东北学人进一步拓展了对鲁迅比较研究的领域。随着研究的深入，比较研究的范围扩大开来，从中日、中俄关系的研究扩展为鲁迅与欧洲、美洲等国家文学的研究。在具体内容上，既有总体上的研究，也有就鲁迅和外国某一作家关系的研究。鲁迅与外国文学、外国作家关系的研究是一个大的领域，鲁迅自己的论著中涉及的外国作家人数众多，鲁迅汲取的外国思想资源也较为复杂，作为世界级的文学巨匠，平行研究也有待进行更多的开发，因此，比较研究领域的扩展对于展示丰富而全面的鲁迅世界具有重要的意义。

李春林的《鲁迅与陀思妥耶夫斯基》①是国内较早的对鲁迅与外国作家进行专门比较的论著。著作以科学的态度细致地论述了两位作家建立事实性联系的原因、表现，从作家产生关联的思想与艺术实际出发，而没有受到题材、主题等方面的限制，就他们共通的艺术特性进行阐发，表现了两位作家追求上的共通，如新文学的开拓与对人的解放的追求等方面的一致性，同时也论述了二者在艺术表现上的共通之处。

1999年，王吉鹏、李春林编著的《鲁迅世界性的探寻——鲁迅与外国文化比较研究史》②出版，这是东北鲁迅研究界比较全面探索鲁迅与外国文学关系的著作，具有补充和开拓研究的意义。"搜集、掘发、整理比较研究资料，总结比较研究发展的历史、现状，探求比较研究的特点、

---

① 李春林：《鲁迅与陀思妥耶夫斯基》，合肥：安徽文艺出版社，1985年。

② 王吉鹏、李春林编著：《鲁迅世界性的探寻——鲁迅与外国文化比较研究史》，沈阳：辽宁人民出版社，1999年。

规律、方法，概括出比较研究新的理论思想，点指比较研究中的不足、弱点和缺憾，匡正错误的理论、观点，寻求比较研究发展正确的方向和道路，这就是鲁迅比较研究之研究的历史任务。但这长时间以来是一段空白。"①

2003年出版的由王吉鹏和李春林共同编著的另一本著作《鲁迅与外国文学关系研究》②，是具有整体性、全面性与创新性的比较研究著作。著作是对鲁迅与外国文学关系的整体梳理，同时将纲要、整体论述与具体作家作品的比较相结合，既厘清了比较关系，又有具体的例证与立论的基础。论纲作为上编的研究内容，与作家关系的具体研究作为下编的研究内容。此书注重的是影响研究，注重"事实性关系"，而不是平行研究。平行研究作为对影响研究的补充而存在，最有代表性的几位作家与鲁迅的平行比较关系都得到展现，如莎士比亚、巴尔扎克、乔伊斯、莫泊桑等。全书的意义和特点体现为两个方面：第一，具有导引意识，提供研究的引领性功能；第二，研究角度求新，以"尽量说别人没说过的话，尽量涉及别人尚未涉及的领域"③为指导思想。

近年来王吉鹏的鲁迅研究具有比较开阔的视野，除出版了多部专题性研究论著，还注意建立鲁迅研究与当下社会及文学的联系，更注意培养青年对于鲁迅思想与研究的传承，他与学生们为此共同做出努力，许多文章沟通了鲁迅与当前文学以及其他作家的精神联系，"对于王吉鹏先生，和学生一起研究鲁迅，不仅是为了培养新的人才，更是为了寻找沟通鲁迅和当代青年，与当代社会对话的途径"④。许多文章预示着比较研究新的领

---

① 袁少杰：《谨严经纬掘发精微——王吉鹏、李春林〈鲁迅世界性的探寻〉读后》，载《鲁迅研究月刊》，2001年第8期。

② 李春林主编：《鲁迅与外国文学关系研究》，长春：吉林人民出版社，2003年。

③ 李春林主编：《鲁迅与外国文学关系研究》，长春：吉林人民出版社，2003年，第877页。

④ 钱理群：《精神火种的传递——读王吉鹏和他的学生的鲁迅研究论著》，载《鲁迅研究月刊》，1999年第9期。

域，如《新时期女作家写作与鲁迅文学精神》①《呐喊的"过客"与封闭的"女巫"——鲁迅、张爱玲小说比较论》②《论鲁迅和余华小说的精神同构性》③《鲁迅、高晓声对农民心路探寻的比较》④等。经过这些作者的努力，与鲁迅产生了重要联系的外国作家大多进入了研究者的视野。

　　比较文学不是对比文学，不仅需要注重关系、史料研究，也要注意比较理论的深化。关于鲁迅比较文学理论的研究，主要表现为在对鲁迅的比较文学论文《摩罗诗力说》的研究上，刘中树的《鲁迅的启示：走向世界，创造自我》⑤对《摩罗诗力说》以外的鲁迅的比较文学理论进行了整体性论说。作者不仅阐释理论，同时发现了鲁迅理论选择的独特性，即结合实践，联系中国新文学运动的创作实际，对外国文学及思想进行了选择性吸收。"他（鲁迅——笔者注）接受了西方和日本的进化论学说的影响，但是却根据自己的理解。"

　　陈方竞的文章《关于中国现代文学走向世界的思考——鲁迅与世界文学》⑥认为鲁迅对中国与日本、俄国及欧美的思考的重心是不同的：中日两国文化背景相通，但"境遇"不同；中俄两国文化背景不同，但"生存境遇"相近；对于欧美，其与中国在"文化"与"境遇"上都不相同。鲁

---

① 　王吉鹏、赵欣：《新时期女作家写作与鲁迅文学精神》，载《通化师范学院学报》，2002年第6期。

② 　王吉鹏、马琳：《呐喊的"过客"与封闭的"女巫"——鲁迅、张爱玲小说比较论》，载《扬州大学学报》，2002年第5期。

③ 　王吉鹏、赵月霞：《论鲁迅和余华小说的精神同构性》，载《内蒙古师范大学学报》，2003年第5期。

④ 　王吉鹏、赵月霞：《鲁迅、高晓声对农民心路探寻的比较》，载《北方论丛》，2003年第2期。

⑤ 　刘中树：《鲁迅的启示：走向世界，创造自我》，载《鲁迅研究月刊》，1994年第11期。

⑥ 　陈方竞：《关于中国现代文学走向世界的思考——鲁迅与世界文学》，载《鲁迅研究月刊》，1994年第11期。

迅于是提出了不同于日本、俄国的思路，强调的是在东西方文化交汇中确立中国现代文学的文化品格，这样才能避免成为文化的附庸。

对研究状况的总结、判定也是这方面重要的成果。李春林、王吉鹏的文章《近十年鲁迅与外国文化比较研究综述》①是比较研究成果的展示与经验的总结，在宏观上对本研究进行了清晰的梳理，其中对于研究不足之处的总结具有重要的启示作用："一、仍罕见平行研究的力作；二、个别宏观论文尚嫌空泛，缺乏新意。"张福贵的文章《意识的强化与中日比较文学研究的再发展》②是对中日比较文学研究现状的总结，文章基于中日文化与历史的特殊性，认识到中日比较文学也存在特殊性，对此应当加以重视。文章提出了三点建设性观点：重视实证研究，但要避免以事实为起点而又以此为终点，而要强化理论意识；重视作家间的影响、促进，同时不应忽视影响的消极方面；中国对日本的宗主国意识，将影响研究的学理性，应当持有人类的同一性尺度。

总之，在研究者的努力下，大量比较研究在进行着，显示了这一研究领域的丰富性以及待开发性。

从单一价值评价的"学鲁迅"到多元化、个性化的"鲁迅学"，是中国学术思想的重大转化，表明中国学者学术研究主体意识的确立和视野的开拓。从历史渊源来看，东北远离鲁迅，但从中国鲁迅研究的发展史来看，东北学人在此之中以独到的视角和辛勤的努力，为中国鲁迅研究的发展和深化，做出了自己突出的贡献。

---

① 李春林、王吉鹏：《近十年鲁迅与外国文化比较研究综述》，载《鲁迅研究月刊》，1999年第3、4期。

② 张福贵：《意识的强化与中日比较文学研究的再发展》，载《吉林大学学报（社会科学版）》，2001年第1期。

异域的理解：日本 20 世纪 90 年代初期的鲁迅研究

日本的鲁迅研究总是给人以日新月异之感，新资料、新问题、新观点被不断提出，显示出其在海外鲁迅研究领域所具有的领先地位与强大实力。从 20 世纪 90 年代的状况来看，日本鲁迅研究界依然保持着这种强劲的势头。在这段时间里，至少有五部著作和数十篇文章问世。

说实话，要用几个固有的框子，来归纳这不长时间内的鲁迅研究状况及其特点，实在是有些过于人工化了。因此，我们在这里主要想从研究对象和内容上入手，来描述和评价研究者的具体状态与学术个性。

一、关于"鲁迅本体"研究

需要指出的是，"鲁迅本体"与后面的"周围关系"并不是日本研究者在研究中形成的概念。"鲁迅本体"所指称的是对鲁迅思想和文学自身的内在研究，即把鲁迅作为一个独立的世界进行本体批评，属于一种相对封闭式的研究。对于鲁迅这样一个半个多世纪以来一直为人们所关注的重要研究对象来说，本体研究极易走入重复和俗套。因此，这一研究对象的选择本身便具有很大的难度，要在前人充分研究的基础上有所突破就需要有相当的功力。在这一点上，日本的许多研究者很充分地证实了自己的功力。

鲁迅的自身世界也是丰富多样的，对其世界的内在把握可以有不同的视角与对象选择。

（一）整体性研究

把鲁迅世界作为一个整体，全面地把握其文学和思想的构成，是日本鲁迅研究的一个制高点。经过几十年的传播与研究，这种整体把握早已超越了原初那种评价性的全面介绍和一般解读阶段，而进入美学和历史的更高研究层次。

这里首先应该提到的是东京大学教授丸尾常喜的专著《鲁迅：人与鬼的纠葛》①。丸尾常喜早年师从鲁迅弟子增田涉，一直致力于鲁迅研究，著述颇丰，《鲁迅：人与鬼的纠葛》一书是作为博士论文提出的，并受到了高度评价。著名鲁迅研究专家东京女子大学教授伊藤虎丸认为，"此书从'鬼'的视点来考察鲁迅小说的主题走向，从整体上把握鲁迅思想发展，这不仅在日本，而且在中国也是从未有过的"②。

全书以对"鬼"——"国民性之鬼"与"民俗之鬼"的考察为线索，以理想的"人"为价值尺度，主要通过对鲁迅小说中的三个人物形象——孔乙己、阿Q和祥林嫂的分析论证确定了鲁迅"改造国民性"思想的实质：变"鬼"为"人"。如果单就结论来看，丸尾常喜的努力最终不过是把恒定的旧说改换一下用词，把通常的"国民性"——欠缺性以"鬼"代替而已。然而值得注意的是，他把抽象的精神论析纳入具体的民俗考据的框架之中，用具体的"民俗之鬼"来索隐抽象的"精神之鬼"，从而为人

---

① ［日］丸尾常喜：《鲁迅：人与鬼的纠葛》，东京：岩波书店，1993年。

② 1994年4月4日，笔者在东京女子大学与伊藤虎丸先生谈话记录。

们对小说人物形象、作品构造以及鲁迅思想史的理解提供了新的思路。

"国民性之鬼"与"民俗之鬼"是丸尾常喜考查阿Q时所使用的两个尺度，但实质上二者贯穿全书，最后汇合于对鲁迅思想史中文化批判意识焦点的认识与理解之中。

第一，孔乙己们——"科场之鬼"的精神"隔绝"。

丸尾常喜认为，孔乙己、陈士成等人物，是鲁迅用自己亲族中的落第文士与"目连戏"中"科场鬼"的形象重合而成的，他们都是人间和阴世中的"孤魂野鬼"。这一理解的价值倒不在于艺术形象与生活原型、民俗观念间的印证和索隐，而在于作为知识分子的孔乙己们在精神上与民众之间相隔绝的认识。丸尾常喜把这一部分的题目确定为"隔绝与寂寞"，表现由"隔绝"到"寂寞"是一种社会的现实存在，也是中国知识分子精神演进的连续过程。可以说，作为日本学者，这是极为深刻的认识，也是本书中最有价值的部分。

孔乙己在追逐科场过程中失去了与民众进行正常交流的口语，而下意识地使用文言，因为正是在由文言构成的这一观念世界里他才是自由的。可是，这一世界与现实中民众共有的日常世界却是隔绝的，不能使自己参与其中。而对于民众来说，孔乙己只有与权威结合，其头脑中的知识才具有价值，其长衫的实际身份才被承认。否则，他就只能作为落魄的"科场鬼"而存在于一般的社会生活之外。丸尾常喜的这一理解虽说可能受到中国学者的某种启示，但就论析自身来说无疑是极为深刻、独到的，把握住了中国传统文化和知识分子命运、价值的实质。

在中国传统文化系统中，"道德文章"是知识的主体，而这种内在的道德知识本身并不能创造具体价值，如果不通过科举这一中介而与封建权威结合在一起，便失去其存在的功利价值，而知识分子的地位也正是由此来决定的。丸尾常喜指出，孔乙己与咸亨酒店的人们是隔绝的，即使他有着强烈的渴望理解的善良之心。人们对孔乙己的不关心乃至嘲弄，不仅表现出人类固有的同情心的欠缺，也表现为文化传统的一贯作用。这里，虽说丸尾常喜没有明确指出，但实质上表明了中国两种不同文化系统——雅文化与俗文化；两种不同社会群落——知识分子与庶民社会的隔绝与对立。正如丸尾常喜所说的那样，从一开始，儒家便崇尚道德而排斥技能。道德为君子之务，技能为小人之事。"君子以德，小人以力，力者，德之役也。"①因此，"礼不下庶人"，把精神劳动与生产劳动的差异以理论体系确定为统治者与被统治者的关系，即"劳心者治人，劳力者治于人"②。从而造成了雅文化与俗文化、知识分子与一般民众之间隔绝的历史与现实。知识分子一旦不能进入权威阶层，无论其反叛传统还是顺应传统，都很难与一般民众有心灵和生活上的沟通，内心必定是寂寞而孤独的，其地位也跌落至一般民众之下。关于这一点，在鲁迅小说中屡见不鲜。孔乙己之不幸地被嘲弄、夏瑜之死被利用、魏连殳的被遗弃都是必然的，是文化传统使然。因此，丸尾常喜认为，"现代知识分子以自立为目的的寂寞与孔乙己的寂寞的精神联系是不可否认的"。

鲁迅在《孔乙己》中所批判的，并不只是或不重在封建科举制和被科举制所毒害的主人公，而是对一般民众文人价值观以及制造和促成这一价值观的封建传统文化的批判。形成孔乙己的心态和处境的直接原因，是他本人未完成科举，而更深层的原因是在于一般社会的功利性价值观念。孔乙己因落第而未能与封建权威结合，因而在人们的眼中便丧失了价值。而相比之下，同样是知识分子的丁举人却因科举的成功而获得了截然不同的价值："他家的东西，偷得的么？"这一非逻辑的认识却成了人们的共识。于是，传统文化与它的子民们都被纳入作者批判的视野。

第二，"阿Q——阿鬼"："国民性之鬼"与"民俗之鬼"。

这是丸尾常喜提出的一个很新的论题，亦是全书的核心命题。他赋予这一命题以极其重要的意义："《阿Q正传》与阿Q的重要性、冒险性即在于这一人物名字的功夫。"他认为，"阿Q"这一名字实现了作者探讨国

---

① 《荀子·富国》。

② 《孟子·滕文公上》。

民性和传统小说风格相结合的意图。

丸尾常喜首先从作者的创作活动中寻找"阿Q=阿鬼"的证据。《理水》中说"人里面，是有个叫作阿禹的"，而据顾颉刚等考证"禹=禺=鬼"。丸尾常喜又从"阿Q——阿Quei"的发音上进一步推定阿Q即阿鬼。至于鲁迅所说的"阿贵"和"阿桂"之类亦不过是他自己惯用的谐音传统手法而已。接着，丸尾常喜更从小说第一章中记叙作者为阿Q作传时的心理状态——"仿佛思想里有鬼似的"一句得到启迪，认为鲁迅正是要通过"阿鬼"来"写出一代国人的魂灵来"，而这名字的利用是极其自然和便利的。丸尾常喜以此为切入点，联系鲁迅的杂文来论析变"鬼"为"人"的思想过程。他深刻地指出，小说的结尾"鬼"（阿Q）被"鬼"（阿Q幻觉中的狼）吞噬的循环构图正显示了"鬼"——国民性病根的超时代、超个体性。

当然，对"国民性之鬼"的论析并不是《人与鬼》一书的主要目的所在。丸尾常喜意通过对民俗学、宗教学的考察和索隐，来找寻阿Q与"阿鬼"之间的重合点。因此，他对"民俗之鬼"进行了细致入微的繁复考据。他在小说中寻找每一个与中国民俗或宗教里的"鬼"可能有关的细节、字词，把阿Q描绘成一个具体存在的"鬼"的形象。背景材料丰富、细致，显示出他渊博的知识和飞动的联想，并且在一定程度上丰富了阿Q形象的社会、文化内蕴，也提供了进一步认识理解阿Q形象的可能。如对阿Q"儿子打老子"一语由来的考察（来自"目连戏"）、从儒家的"孝道"与祖先祭祀及鬼神的关系，来考察阿Q的"恋爱悲剧"的文化意蕴等都颇有建树。本来对阿Q形象和小说主题理解到这一层次已经恰到好处。但由于他对"鬼"的民俗学价值的追求过于执着，而"阿Q=阿鬼"的想象又来自"大胆的假设"，所以在阐述自己的这一理解的过程中，往往煞费苦心地寻找联结二者的证据，以致偏于技术性的考据，甚至不时有"臆测"和穿凿之嫌。例如，阿Q因为头上有癞疮而忌讳"光"字，他理解为"鬼"怕光；阿Q失去生计饥饿难挨，于是出外找吃的，他视之为

"饿鬼求食";阿Q"中兴"归来,未庄人皆"敬畏"是《论语》中"敬鬼神而远之"的暗示;阿Q临刑前因不识字画圈而不圆,于是憎恨笔墨是因为"文字为鬼大敌"。即使对于鲁迅使用"巴人"这一笔名,他也做了"巴"="四川"=丰都="鬼城"的牵强理解。这样一来,便把本来十分普遍而深刻的形象意义给局限化了,烦琐的考据意义大于作品的形象意义,给人以"大题小做"之感。因此,我们认为丸尾常所付出的巨大努力与结论和实际价值并不都是平衡的。

在论析《祝福》中祥林嫂的命运时,丸尾常喜着意从中国传统的生死观出发,思考了祥林嫂对待死后成鬼的心理状态,指出阿Q最后是为了求生而对待死,而祥林嫂则是为死后成鬼而对待死。二者虽说都是受制于传统鬼神观的影响,但祥林嫂的人生欲求无疑比阿Q还要低下。在此论析中,民俗的、宗教的色彩更浓。

1992年9月,汲古书院出版了一部《鲁迅研究的今天》的论文集,收录了10位学者的研究成果。其中,明治大学教授尾崎文昭的论文《试论鲁迅"多疑"的思维方式》从思维科学的角度对鲁迅创作的具体分析,全面把握鲁迅思想史中思维内容与思维形式的辩证统一。他对鲁迅历来被认为"多疑"的思想特点进行了科学的解释,认为这"实际上是多方观察事物、否定并摆脱先有观念从而突进到深层理解"[1]的严密的思维方式。文中分析了鲁迅小说《狂人日记》《故事新编》以及《野草》和一些杂文后认为,鲁迅"多疑"的思维方式包括"定向否定的深化""往复否定""自我否定""对凝固静止观的否定"等多种思维模式。统而言之,鲁迅的思维是否定、批判性的思维,是长期以来对历史与现实深入观察的结果。我们知道,思维形式是人类对客体及自身认识的方法,是人的思想借以实现的形式。尾崎文昭认为,在鲁迅"多疑"的思维方式统摄下,"社会上存在的几乎所有姿态、假象、主张、言论等,理所当然地全部受到多方面多层次的推敲、否定,社会上通行意识的虚伪也一目了然"。而对于鲁

---

[1]　此篇引文参考了孙歌的译文,载《鲁迅研究月刊》,1993年第1期。

迅自身来说，这种思维方式则打破青年时代支配他的"超人观念"。尾崎文昭的论证本身亦富有逻辑性，梳理了鲁迅否定现实自我——空虚——抵抗空虚的辩证思维过程。

在全面把握鲁迅思想和艺术的论著中，石川忠司的论文《鲁迅小论》①是一篇颇有气势、思辨色彩很浓的力作。石川忠司从言语论的视角论析了鲁迅思想中的"现代意识"及其构成，并把它与日本作家相对比，从个人、阶级、国家（民族）和人类（世界）不同层次，展示鲁迅现代意识的特质与价值。我们拟从"个体的"和"群体的"两个范畴来评介石川忠司的思考。

首先看"个体的"现代意识。实际上这亦是从文学活动入手，认为鲁迅"立人"的思想内容即是形成人之"主体"，要达成一种"内曜"的精神，而这种"主体精神"要靠人为的启发才能实现。于是鲁迅与周作人译介出版了《域外小说集》。这一翻译出版活动的失败，即在于兄弟俩没有注意到发挥文学功效的"物质性基础"。石川忠司认为，这一"物质性基础"就是言语，言语是"近代化的装置"。这一点上，鲁迅的认识是比胡适晚一步的。文学的语言从文言向口语转变是和对儒教意识形态、封建性的政治、社会体制的批判联系在一起的，因为文言文与这些旧事物紧密相关。石川忠司又把中国的白话文运动与日本的"言文一致"运动相比较，认为二者的共同效用是通过白话文——口语的建立，确立了人的主体性："言文一致产生'主体'，使全体社会成员以平等资格要求政治性的参与、建立公民国家而成为可能。"鲁迅参加文学革命之后，其早年的"立人"思想进一步完善。石川忠司认为，从此鲁迅对于"外在的言语"的敌意与批判，在其思想核心中深深地扎下了根。因为这些"外在的言语"妨害"主体"的形成。而且其外延亦不再限于文言，而是泛指一切远离"自我"的外在事物。这在后来的"革命文学"论争中有更明确的体现。石川忠司把此时期的鲁迅与日本作家小林秀雄相比较，认为二者在反对"外在

---

① ［日］石川忠司：《鲁迅小论》，载《群象》，1993年第10期。

的言语"，坚持"内在的自我"、重建纯文学方面具有同样的价值，并且从中可看到鲁迅坚持独立人格、忠实内心自我的主体意识。

其次看"群体的"现代意识。由批判"文言"而形成的思想是文学思想也是政治思想，鲁迅对人的主体建立的期待之后即是对"现代国家"主体，亦即"公民国家"的期待。鲁迅曾期待的"现代国家"形态，按照另一位日本鲁迅研究专家东京大学教授藤井省三的分析，在20世纪30年代已经基本建立起来了：中国当时"尽管处于半内战的状态，但是铁路、公路、电信邮政制度飞跃发展。通过币制改革近代的统一币制也已确立，中央集权、国内市场亦已建立。中华民国的空前繁荣是值得讴歌的。在国民党政权下，促进了高等教育的充实、政府机关的整备、产业的发展等，不仅学生、教师迅速增加，而且脑力劳动者也开始大量出现"①。然而众所周知，鲁迅却与之发生了激烈的对抗。石川忠司认为，这不仅表现了鲁迅对现实国家的批判，同时也表明鲁迅对"现代的公民国家"这一理念以及"现代国家"的意识形态——国家主义的敌视。这样一来，鲁迅在"现代意识"的群体性追求上便表现为一种矛盾形态：既期待着现代国家又拒绝现代国家。石川忠司论文的后半部分便以此为中心进行了论析、解释。

石川忠司认为，这一矛盾表明鲁迅内在言语的歧义，即鲁迅对个人主体与国家主体不同意义的理解。一方面，言文一致而确立了个人的主体，使人得以超越先验的社会等级制，也使其从现世的社会关系中摆脱出来。我们知道这实际上是鲁迅早年"张个性"的"立人"思想的核心。而"人立而后凡事举"，于是"沙聚之邦"即可"转为人国"，"人国既建"，即可"屹然独见于天下"②。由"立人"到"立国"，强调的都是"主体性"。石川忠司认为，把这一"超越性"的"主体"作为纯粹现代国家意

---

① ［日］藤井省三：《中国文学百年》，东京：新潮社，1991年。

② 鲁迅：《坟·文化偏至论》，见《鲁迅全集》第1卷，北京：人民文学出版社，2005年，第57页。

识形态的言论本身就有中间性、模糊性，人们可以做出不同的解释，"主体"成了纯粹的言语形式。在鲁迅这里解释为"个性"，而在统治者那里解释为"同一"。而这既是言语的分歧，又是政治性的分歧。而且鲁迅自身对"主体"的理解，也是根据不同的对象而有所不同的。归根结底，在鲁迅这里，"现代国家"既不等于"列强"也不等于暴政，而是平等、和平、保持"个性"的"人之国"。最后，石川忠司通过中日民族心理和言语形态的对比，突出强调了鲁迅的辩证思维方式和战斗性人格的重要意义。他总结性地写道："鲁迅的'矛盾'，就是刻印着他的'自我'的'革命'的产物。正是'革命'这一词才是最终表现其一切的话语。"这种把鲁迅作为精神楷模来解读的研究是近年来比较少见的，因此也使我们倍加重视。

（二）局部性研究

与整体性研究相比，对鲁迅世界进行局部探索在近年来的收获要丰富得多。

首先应给予高度重视的，是大阪市立大学教授片山智行的专著《〈野草〉全释》①（以下简称《全释》）。《全释》是日本第一部全面而系统地评释《野草》的专著，可谓近年日本鲁迅学界重要的成果之一。与丸尾常喜一样，片山智行早年也曾师从增田涉，此前著述亦颇丰。

《野草》对于中国学者来说也是一部难解的作品，是鲁迅文学世界中深邃而朦胧的部分。然而《野草》的解读对于理解和把握鲁迅内部最本质的丰富思想就具有特别重要的意义。日本学者始终重视《野草》，竹内好称，"在鲁迅的作品群中，就艺术上的完美来讲，我首推《野草》"②。迄今为止，日本已有《野草》的三种以上译本。但是正如片山智行所说的那样，这些译本"都只做简单的注而未加评释"。正因为如此，连论者自

---

① ［日］片山智行：《〈野草〉全释》，东京：平凡社，1991年。

② 转引自［日］片山智行：《〈野草〉全释》，李冬木译，长春：吉林大学出版社，1993年。本文参考了李冬木的译本。

己也打破日本学者固有的谦恭习惯，不无自豪地称自己的著作"当是具有划时期意义的读物。日本的读者可通过本书更细致咀嚼《野草》，会比以前更深地理解鲁迅的文学吧"。片山智行以自己三十几年鲁迅研究的功力和自信，大胆地走进了这个世界，积六年的时间完成了这部著作，并表现出自己对鲁迅的深刻理解。

《全释》从"自我牺牲的进化论"视角出发，认为《野草》所表达的思想基调是鲁迅的"过渡思想"，即"中间物意识"。论者与中国学者的一些既成观点相悖，对此做了非意识形态的生命哲学解释。

第一，"自我牺牲的进化论"视点。

从对《题辞》的解读开始，论者的这一视点便确立了。针对孙玉石认为此文表现了鲁迅"不断否定自己的过去，同世界观中旧的东西实行决裂，是一个永远前进的革命战士最可宝贵的精神"的结论，片山智行则指出，"从贯穿《野草》全篇的基调来讲，这个部分的解释，作为不惜牺牲自己的鲁迅式的'进化论'的一种表现来接受更为恰当吧"。这种进化论的内涵便是鲁迅"过渡思想"，即"中间物意识"。鲁迅在《写在〈坟〉后面》中认为，自己"应该和光阴偕逝，逐渐消亡，至多不过是桥梁中的一木一石"。片山智行从此获得了解读《野草》的钥匙，把握了贯穿其中的进化论流脉，并给予高度的评价："作者之所以一方面知道'死灭'和'腐朽'行将到来，一方面又坦然地说'我坦然，欣然'，就是因为有鲁迅式'进化论'的那种'过渡的人'的精神准备和气概的缘故。"通过对《过客》《墓碣文》《影的告别》《死火》《雪》等篇章的解读，论者认为这种鲁迅式进化论并非简单的新陈代谢，而是以旧质的毁灭获得新质的生成发展，是具有否定批判意义的，是与早期的"反抗的个人主义"一脉相承的。片山智行对此有敏锐的感受，他明确地指出："鲁迅的反抗的'个人主义'，对一己之失败是决不看重的，（他甚至断言）'在进化的锁链中，一切都是中间物'，这是一种对'过渡期的人'任务的自觉，所以不能不说这是以对'黑暗与虚无'的绝望状况无所畏惧的他的独特的

'不是个人主义的个人主义'。"

把"反抗的个人主义"与"进化论"联结，是日本学者对鲁迅早期思想一个相当普遍的理解，尾上兼英说："尼采被介绍到日本的时候亦即鲁迅留日时期，尼采是作为进化论者被理解的。"他说自己由此而"仿佛终于看到初期的鲁迅"[①]。

鲁迅的"自我牺牲的进化论"，把自己看成人类社会和文化思想演化链条中的一环，视自己的生命与思想是一个进化过程。就中国社会文化的变革来说，"进化论"的接受和形成，是鲁迅对中国文化传统和社会现状深刻认识的结果，从鲁迅的社会发展观来看，追求变革是其整体指向，但具体构成实际上有着两个不同的层次。而针对不同的层次则有不同的认识：政治变革——革命论，文化变革——进化论。政治上的胜利并不等于文化上的成功，鲁迅不止一次地谈到假若革命胜利后自己所可能招致的命运。可以说，进化论是文化变革困境中最有希望的路向，是没有办法的办法。对中国来说，这也是最为切实的期待。因为无论什么时候，鲁迅的思维方式之中都是伴随着沉重而深广的历史内容的，对进化论的执着也恰恰表明了鲁迅对中国文化变革艰巨性的深刻认识。正如片山智行所指出的那样，"在作者的'进化论'的信念当中，已掺杂进一些苦涩"。而且，我们认为，对于鲁迅进化论的认识不能只限于"青年必胜于老年""将来必胜于过去"等具体内容的理解，而要从思维方式上做更宽泛、抽象的理解。

第二，"生命哲学"的解释。

一般说来，中国学者基于固定的标准对鲁迅的进化论内涵多做意识形态的解说，而片山智行则从鲁迅与厨川白村的影响关系入手，认为《野草》的思想情绪是作者生命存在的深层表现，"是赤裸裸地表现作者内面世界原形质（'苦闷'与'希望'）的作品"。"进一步讲，厨川白村介绍的'求自由、求解放、永不停息的'、张扬'生命力的突进跳跃'的柏格森式的'生命哲学'，对《野草》世界的形成，起了很大的作用。——

---

① ［日］尾上兼英：《鲁迅私论》，东京：汲古书院，1988 年。

对此是不能不充分留意的。《野草》全体所贯穿的堪称鲁迅'进化论'的牺牲自我的反抗精神，是'生命哲学'在中国的现实中，最有效、最强劲的具体化。也可以说，《野草》是鲁迅所消化的'生命哲学'的形象的自我表现。"他认为，《野草》即便有着看似消极的地方，也正是厨川说的"生命的进行曲""进军的号角"，是讴歌"求自由、求解放、永不停息的生命力"的鲁迅文学的结晶。在险恶的政治环境中，鲁迅直视着自己的生存本身，亦把这个问题予以普遍化。因此，片山智行进一步指出，在对《野草》的解释中，如果不考虑"存在先于本质"意义上的存在主义理念，恐怕是很难切近作者灵魂深处的。

在对《复仇》的解读中，片山智行认为，从开篇到"而其自身，则永远沉浸于生命的飞扬的极致的大欢喜中"的部分，说明作者是把"生"作为普遍的而且是艺术的对象来把握的。这里，拥抱带来的性的快乐，利剑带来的杀人的兴奋，都作为"生命的飞扬的极致的大欢喜"而被等值齐观，生命的深奥以超越常识的形式被表现出来。据藤井省三考证，这种生命形式的表现是受了长谷川如是闲的《血的奇论》①一诗影响的结果②。长谷川一方面主张"爱的风暴"之优越，一方面又主张人们"贪婪地彼此杀戮""贪婪地彼此拥抱"，而二者的根源是相同的，那就是"血"即人。这里体现为一种"生命哲学"：一切人的行为之根源，是"血"所象征的"生命力"本身。片山智行于是得出结论说，《复仇》只是对这种"生命哲学"进行解释进而艺术地刻画出来的"散文诗"。"血"的作用在这里被追究到极限，甚至被假定性地设置了近乎被虐狂的场面来强化。而"生命的飞扬的极致的大欢喜"则表示了感情（包括悲伤、愤怒、痛苦等情感）达到极点前的激越，表示了精神昂奋时所获得充实的巨大"欢喜"。对此，鲁迅也做过相似的解释。

在对《过客》的理解中，片山智行亦依据厨川白村的理论，认为其主

---

① ［日］长谷川如是闲：《真实如此虚伪集》，东京：改造社，1924年。

② ［日］藤井省三：《鲁迅：〈故乡〉的风情》，东京：平凡社，1986年。

题是"把生命的力量看作人的生活之根本"的"生命哲学"。那种"几乎是盲目地突进不止的生命力"的形象化，便是过客。

具体说来，渗透于《野草》世界复杂情绪之中的生命价值观是什么呢？片山智行通过对《秋夜》中"小飞虫"形象的分析，认为鲁迅生命价值观的基本信念是"人不能不活着"（这可能是受李长之《鲁迅批判》一书观点的影响）。而此中又具有二重意义：第一，"敬重死"："执着于业已流过的牺牲者的'血'，并对其事实决不做过低的评价"；第二，渴望生命："他不愿有无谓的牺牲者出现，有着'一种纯粹生物学的信念'。"

《全释》在前人研究的基础上加以创造、深入，建立了自己的价值体系，所以全书中不乏完整而独到的解说。例如，对《颓败线的颤动》一诗中老妇人"赤身裸体"站在旷野中的场景分析，可以说是从以下三个层次进行的。第一，"生命哲学"。在表现包含复仇性心理的"内心的深刻痛苦"的同时，也表现了对新世界痛切希求的生命力的爆发。第二，文化批判。"不能不活到'生'的极限"，远离伦理道德的"衣裳"（"名"），以求得那难有的"真"。第三，实践原则。"以自己的身体来行动"，独立于世界。由此，片山智行认为，把篇章的背景限定在作者的一种具体经验内几乎是没有意义的，这篇作品已经完全超越了日常性水准。可以说，《全释》无论对日本学者还是对中国学者进一步理解《野草》，都是一个新的启示。

丸尾常喜对《野草》篇章的研究《颓败了的"进化论"——论鲁迅的〈死火〉与〈颓败线的颤动〉》一文，是在他早些时候出版的专著《鲁迅——为了鲜花而甘作野草》中个别篇章的基本观点上加以修改而成的。他对《颓败线的颤动》的解说与片山智行有所不同。虽说片山智行在《全释》中肯定丸尾常喜所说的《颓》一诗，"表现了鲁迅内面的'进化论发生了根本动摇、破碎时的通体剧烈的创痛'"的观点，但是由于二者论析的视点有所不同，解析的疑义也是存在的。片山智行通过老妇人形象所强调的是"牺牲"与"生命力"，着眼于"进化论"那过去的一环；而丸尾常喜强调的则是未来的一环："决裂"与"战斗"。他认为，那最残酷的一声出自天真的儿童之口，使得文中儿孙们对母亲的背叛超出了个体人性的层次，而表现为一种普遍的、整体的社会和人生形态。也正是因为这样，使鲁迅的"进化论"出现裂沟进而崩溃。

像中国学界一样，对《故事新编》的研究也是日本鲁迅研究界近年的一个热点。先有东京女子大学教授代田智明的《鲁迅小说对话性和形象世界——关于〈故事新编〉等作品群的非实证性考察》①，后有鲁迅研究大家伊藤虎丸的《〈故事新编〉之哲学》（序言）②。

代田接受了接受美学和结构主义批评的论析方法，着重解说了《故事新编》所具有的"对话性"。"对话性"在他那里是一个泛指概念，既包含作品实存人物间的"对白"，亦包含作品与读者、作品与作品之间的"对话"。论者力图从其中的"相关性"来理解鲁迅小说世界，尤其是《故事新编》的丰富性，由此对于鲁迅在历史世界中插入现实生活而表现出来的"油滑"做了新的解释：突破历史世界的具体性和局限性，打通古代与现代之间的联系性——"相关性"，以表现某种精神或"根性"延续不断的继承关系，从而加深对传统文化转型和国民性改造艰巨性、沉重性的认识。最终，论者从艺术方法分析入手而得出对作品精神内容深刻认识的结论。

伊藤虎丸的文章《〈故事新编〉之哲学》（序言）论证严密，具有很强的思辨性，表现出他一贯的学术风格。伊藤虎丸通过对《故事新编》篇章的时间排列，发现作者"创造了一个'新故事'的世界"，认为鲁迅由此"对承担四千年之重负的中国传统文明整体，做了一番回顾，也表明作者已明确地看到了'国粹'与'洋化'之间的关系"。伊藤虎丸的这一发现印证了鲁迅思想史的整个主题，他随即又由此而着重探讨了《故事新编》世界所表现出来的，鲁迅思想中进化论与马克思主义、西方思想

---

① 见《鲁迅研究的今天》，东京：汲古书院，1992年。

② 载《鲁迅研究月刊》，1993年第5期，庄玮译文。笔者引文均出于此。

与传统思想之间的关系。最值得注意的是，他对后一问题两极两面观的辩证理解。我们知道，从早期开始，鲁迅的文化观中便存在着两极：西方文化与传统文化。而对于这两极的认识又往往不是单面的，而是两面的：一方面，他信奉西方近代科学和文化，并以此来彻底否定传统文化；另一方面，从"自然""率真"等人之天性标准来批判浅薄的洋化、肯定古朴的民族之心性。伊藤虎丸富有总结性地阐明了鲁迅思想中文化观念复杂关系的实质："鲁迅对欧洲近代'精神'从本质上的把握与肯定，以及在此思想基础上对传统思想的彻底否定，从一开始便与从拥有四千年传统的民众思想中去发掘抵制这种'精神'的主体这一志向并行不悖。"至于《故事新编》手法的古今之汇，伊藤虎丸认为，"其主要动机还在于试图让曾使鲁迅年轻时受到剧烈震荡并感到精神'激奋'的外来'精神'，与承受四千年沉重而丰富的重负的传统文明进行直接的碰撞。其中融合了两个目的：其一，有关'洋化'问题，鲁迅将与传统思想完全异质的外来'精神'塑造成为可以为中国人所接受的、具有现实性的新的人物形象；其二，则从相反的角度试图重新发现能够作为主体力量抵抗这种外来精神的'国粹'"。这一见解可以说是论者深刻而独到的发现，加深了人们对鲁迅文化观的理解。

二、关于"周围关系"研究

相对而言，本体研究注重发掘鲁迅自身的内面世界，其视野是内向的，具有相对封闭性。然而要全面而准确地把握鲁迅世界及其价值，必须将其置于历史的情境、时代的关系之中进行开放性研究。环境形成主体，关系显示本质。日本鲁迅研究界对鲁迅与其他作家、思想家，尤其是同时代的人与文的关系研究一直格外关注，其研究成果每每令中国同行瞩目。

（一）"文"与"文"的关系研究，即鲁迅创作与其他中外作家创作之关系研究

九州大学秋吉收的《徐玉诺与鲁迅》和《鲁迅〈野草〉的执笔与北京〈晨报副刊〉》①两篇文章，围绕《野草》的创作来源进行了大胆的推断和认真的考证，其很多结论令人一惊。

《徐玉诺与鲁迅》一文通过对作者和作品关系的分析论证，很自信地认为《野草》与徐玉诺散文诗集《将来之花园》某些篇章存在承袭关系。

鲁迅在自己的著述中只有一次谈到徐玉诺，即在1934年10月9日致萧军的信中称："徐玉诺的名字我很熟，但好像没有见过他，因为他是做诗的，我却不留心诗，所以未必会面。现在久不见他的作品，不知道那里去了？"秋吉收依据徐玉诺后来的回忆，认为鲁迅不仅与徐会过面，还曾支持和口头评价过他的创作，说明鲁迅对徐的小说与诗极为关注。而鲁迅之所以否认是因为其中有难言之隐、有一种忌讳。他从《过客》与徐玉诺的《墓地之花》《死后》与《死的蕴藉》《死火》与《鬼火》等作品的某种相似中得到启示，认为二者都是以"生与死"为基本主题，情绪上都带有浓重的"暗黑"色调。秋吉收又具体比较了《影的告别》《别》《狗的驳诘》与《可怕的字》等篇章的内容与语句，发现鲁迅的《野草》"恰好与徐玉诺的散文诗重合"。对于这种由作品形态的相似性而得出二者之间存在着承袭关系的结论，秋吉收做了进一步的考察分析。他认为，鲁迅对徐诗的承袭是与他对李贺、李商隐等古典诗意的汲取、与对夏目漱石的《梦十夜》和厨川白村等日本文学接受的影响，特别是与他对尼采、波特莱尔、屠格涅夫等欧洲文学的吸收是一致的。鲁迅正是通过这种"有时和剽窃只隔一纸"的承袭，才构筑了自己艺术品位极高的《野草》世界。然而对于公开声称"尊重独创"的鲁迅来说，连载于《语丝》上的唯一真正的

① 见九州大学《中国文学论集》第20号，1991年12月。

新体诗《野草》，从如此众多的其他作家那里受到显著影响，也许总不是一件很荣誉的事情，特别是承袭徐玉诺这样一位既不是外国著名作家，又非自己前辈的后人的作品，可能给鲁迅意识中投下了更大的阴影。因此他才在致萧军的信中有意掩饰。秋吉收的这一推断如果成立，便具有很大的挑战性，包括人们很不愿看到的对鲁迅人格的怀疑。论者可以称得上是徐玉诺研究专家，曾有《徐玉诺年谱试稿（上、下）》^①和《作为"乡土文学"作家的鲁迅与徐玉诺》^②等论著面世。此文中的某些说法虽说不大容易为中国学者所接受，还存在着待商榷的地方，但论者能毫无拘束地把鲁迅作为一个普通的学术研究对象，平等、自由地进行认真严肃的考察，形成自己独到的推断，其行为本身就显示了鲁迅那种不迷信任何权威和偶像的主体精神。

论者的《鲁迅〈野草〉的执笔与北京〈晨报副刊〉》一文继续了前文的话题，但对关系的考察已不再仅限于徐玉诺，而是扩大到《野草》执笔之前在北京《晨报副刊》上所发表的一些外国诗作。论者把《野草》中的部分篇章与这些诗歌的译作进行了对照比较，确定了如下关系（当时《晨报副刊》连载的"屠格涅夫散文诗五十篇"除外）：

《狗的驳诘》的材料——晨曦《新鬼汇》（1919年7月30、31日）；

《立论》的材料——伊慈玛罗夫《奇异的少年》（1920年5月3日）；

《影的告别》的材料——散文诗《你为什么爱我》（1920年10月2日，周作人译）；

《野草》题辞——谢野晶子《野草》（1920年10月16日，周作人译）。

秋吉收在进行了细致的比较之后，对鲁迅为何在自己唯一的一部诗集中接受了如此众多的外来影响的原因，做了如下分析：一是因为屠格涅夫散文诗当时在文坛上脍炙人口，鲁迅有意以其为蓝本；二是因为模仿与用

---

① 见《天山牧歌》，1990年10月、1991年3月，天山牧歌诗社编。

② 见九州大学《中国文学论集》第20号，1991年12月。

典本来即是中国诗歌的一般传统，鲁迅亦不例外。而其中更重要的原因是在于鲁迅积极引入欧洲进步文艺的一贯主张和实践本身，而《野草》就是这积极实践的又一成果。与此同时，秋吉收进一步推论，鲁迅为何一言及自己的诗作时就总表现为一种"不自然的谦虚"的原因，即是鉴于自己这唯一的新诗集亦并非纯粹创作的事实，因此他才对新诗缺少自信。秋吉收的考证无疑是严肃认真的，使用的材料有些是前所未有的。从他的研究中我们发现，《野草》与这些诗作间确实存在着很明显的相似性。《野草》的题名及《题辞》之情绪与谢野晶子的诗作相通且不必说，而且《立论》与伊兹玛罗夫《奇异的少年》的构思和行文酷似，亦对秋吉收的推论构成了强有力的支持。但是，此文的材料和结论让人感到与前文存在着一定的不一致性，论者在注释中的解释也还似乎缺少更有力的说服力。[①]由此而言，论者的推论究竟具有何种程度的确实性，还需要论者做更深入的考察。

（二）"人"与"人"的关系研究，即鲁迅与同时代人的非创作关系研究

说到底，鲁迅与同时代人关系的研究是一种历史考察，即非仅是文学关系的考察。由于所处学术环境和采用的研究方法不同，日本学者在这一领域显示出强大的实力，其所取得的成就令中国同行折服。近年来，日本学者在这方面又取得许多令人瞩目的新成果。

樱美林大学教授丸山升的《由〈答徐懋庸并关于抗日统一战线问题〉手稿所引发的思考——谈晚年鲁迅与冯雪峰》[②]长文，显示了论者作为实证派大家所具有的一贯风格：材料翔实、论证严密，富有极强的逻辑性。本文在胡风《关于三十年代前期和鲁迅有关的二十二条提问》公开发表一年后问世，通过对《答徐懋庸》的起草、修改过程的考据和论析，与当事人胡风的回忆一样切近了历史真相，亦是对原有问题进一步的科学论证。

---

① 论者对同一材料源出两处认为是影响之一。

② ［日］中国社会文化学会：《中国：社会与文化》第8号，1993年6月。

丸山升对于《答徐懋庸并关于抗日统一战线问题》一向被认为是表述了鲁迅关于抗日统一战线和"两个口号"论争性质及关系等焦点问题的看法（因为鲁迅对于冯雪峰起草的这部分几乎未加改动），提出了极其有力的质问和推断：如果完全把冯雪峰的意见等同于鲁迅的意见的话，其中是否存在着这样的一种危险性——由于把《答徐懋庸》几篇由冯雪峰起草的文章都视为鲁迅自己的作品的话，那么以此为前提而形成的思考类型便不知不觉地渗入了批评者的思维。与此相反，也可以做另外一种解释：鲁迅的修改重在后半部分是因为与统一战线问题相比，他更关注当时文艺界的人际关系问题。丸山升虽说亦同意用两人观点"基本方面"的一致来解释这一现象，但他并不止于此，又进一步把晚年鲁迅的思想、文学用其整个人格来一以贯之，用包容了鲁迅自己思考的完整生存形态来把握，认为鲁迅当时处于一种无法摆脱的矛盾状态，即在政治上对统一战线包含了国民党的疑惑和对周扬等人的不信任感，以及在文艺界对其他作家的不信任感。鲁冯二人对于"无产阶级领导权"的使用和理解也是有着微妙差异的：冯雪峰认为，坚持无产阶级领导权是无产阶级及其政党的神圣使命，而且党也具备这种领导力量；而鲁迅则是"基于对左翼文学整体力量还很弱小的自觉来认识无产阶级领导权问题的"。"鲁迅期待的不是掌握'领导权'，而是保卫最低限度的'主体性'。"[①]由此，丸山升便把已往的定论推到了可能要被重新确认的严峻境地。他的推论令人触目惊心，极有可能颠覆一座大厦，因为长期以来人们一直是依据"无产阶级领导权"等关键词来确定后期鲁迅的地位和价值的。看来。丸山升把自己的考察切切实实变成一个证伪过程。

中国现代文学史专家国学院教授芦田肇的论文《鲁迅冯雪峰的马克思主义文艺理论受容之一——水沫版、光华版〈科学的艺术论丛书〉的书志学考察》，通过对《丛书》原作、翻译、编辑和出版史实的辨析、勘定，追溯了20世纪30年代鲁迅与冯雪峰以及施蛰存、苏汶、戴望舒等人围绕着

---

① 载《鲁迅研究月刊》，1993年11期，孙歌译文。

《丛书》出版之关系。芦田肇是冯雪峰研究专家，文中对于这方面情况的描述、分析极其扎实，如数家珍。与论者的其他论著一样，对中国现代文学史料具有重要的补证价值。

松阪大学教授小山三郎在《现代中国的政治文学》一书中也是着眼于鲁迅20世纪30年代的文艺活动，并且是一般并没有"定论"的"公案"——"革命文学"论争和"两个口号"论争，鲁迅与左翼文学阵营中的其他人在文学思想和文学活动上的关系研究。通过对比分析，论者高度评价了文艺思想与文学活动的独特历史价值。

另外，被收入在《鲁迅的今天》一书中的《鲁迅与艾芜、沙汀——对〈关于小说题材的通讯〉的考察》（手冢山学院大学讲师杉本雅子）和《鲁迅、茅盾、胡风——围绕着文学遗产的继承》（横滨大学副教授白水纪子）两篇文章，也是关于鲁迅与20世纪30年代作家关系的研究。前者可以说是"发生学"的研究——从两位文学青年给鲁迅写信的动机入手，层层深入地追溯和分析了当时文学青年为何如此尊敬鲁迅的时代原因，并评价了20世纪30年代左联文艺理论的是与非。后者论证的是一种文学关系——三位20世纪30年代的重要文学家关于文学遗产继承问题观点的异同。虽说基本上属于一种横向的静态比较，但也指出了三者之间在文艺思想和文学活动上的联系。

关于鲁迅与周作人之间非文学关系的研究，一直是日本学界的一个老话题，而对于至今尚未明了的兄弟失和之谜更是擅长考据研究的日本学者们关注的焦点。曾编写过《鲁迅过目的书目（日文书籍）》的中岛长文的近作《道听途说——周氏兄弟的情况》[1]，应该说是日本鲁迅研究界关于此问题最新最有力的成果。

众所周知，关于周氏兄弟的失和历来大致存在着三种解释，即政治分歧、经济矛盾和性爱纠葛。目前来看，关于第一种解释的虚拟和牵强已得到证明，而人们的思索越来越集中于后两种解释上。从表面上看，中岛

---

[1] 载《鲁迅研究月刊》，1993年9期，赵英译文。

长文的长篇论文并没有提出更新的解释，似乎只是对经济问题和性爱问题的重新辨析。但令人信服的是，他通过对大量翔实的材料的严密论证和对事件背景的逻辑推理，拂去种种惑论，认为事件的真正原因是家庭经济问题，而甚为朦胧却又甚为流行的"性爱纠葛"，不过是周作人的妻子羽太信子由此编造的谎言。他从鲁迅的容忍、周作人的糊涂和信子的刁蛮的人格分析中，表示了自己鲜明的情感倾向（但却不是非科学的），揭示出这场被"性爱"流言所掩盖的一个普通家庭都可能发生的一般矛盾冲突。我们不能不承认这是目前关于此问题最具说服力的解释。而且，作为日本学者，中岛长文思想的敏锐深刻、情感的公正大度也不能不为我们所钦佩。

纵观20世纪90年代初期日本鲁迅研究的状况，不难看出日本研究者队伍的不断扩大和研究对象的不断深入。总的说来，以实证的方法进行细密而繁复的考证也愈来愈成为一种倾向。所谓中青年研究者趋向于宏观思辨的现象基本没有出现。相反，正如现代文学专家神户大学教授山田敬三早些时候所指出的那样，"阐述鲁迅的论文，探幽索隐的日渐增多，以鲁迅整体为着眼点，全面把握鲁迅文学和思想的已不多见；追究细节、局部、论证事实之间关系，成为时下的风尚。这些研究本身都是很重要的，但是如果一步走错，便会招致'捡了芝麻，丢了西瓜'的后果"。山田敬三的指责很有见地，作为日本学者，我们以为山田敬三的概括是更能切近事实本质的。而近年来一些日本学者的鲁迅研究，似乎正在走入山田敬三所说的路数之中。

薪火相传：百年中国鲁迅研究的回顾与前瞻

　　1913年4月25日出版的《小说月报》第4卷第1号发表了署名"周逴"的文言小说《怀旧》，杂志的主编恽铁樵不仅对这篇小说进行了随文点评，还在篇末写下了《焦木附志》对小说予以好评。这是一个具有标志性的历史时刻："周逴"就是后来以笔名"鲁迅"享誉世界的著名作家周树人，《怀旧》作为鲁迅创作的第一篇小说也成为中国现代文学的先声，而恽铁樵对《怀旧》的评论也成为中国鲁迅研究的开端。

　　从1913年算起，中国鲁迅研究至今已经有100多年的历史了，其间，虽然因社会风云的变幻而经历了很多的曲折，但是仍然涌现了一大批著名的专家学者，取得了一大批重要的学术成果，并在20世纪80年代逐渐发展成为一门具有重要影响的学科——"鲁学"。回顾中国百年鲁迅研究史，可以看出政治因素极大地影响了鲁迅研究的历史进程，由此，我们可以从政治的角度把百年中国鲁迅研究史大致划分为中华民国时期和中华人民共和国时期。

　　中华民国时期的鲁迅研究可以说是中国百年鲁迅研究的萌芽期和奠基期。

　　中国百年鲁迅研究的萌芽期是在中华民国"北洋军阀"政府期间。据不完全统计，这一期间，国内报刊共发表关于鲁迅的文章96篇，其中鲁迅生平史料类文章22篇，鲁迅思想研究类文章3篇，鲁迅作品研究类文章40

篇，其他类文章31篇。在这些文章中，比较重要的只有张定璜在1925年发表的《鲁迅先生》和周作人的《〈阿Q正传〉》2篇。另外，随着鲁迅在文化上影响的逐渐扩大，越来越多的批评家开始从事鲁迅的相关研究，在1926年出版了中国第一本鲁迅研究论文集《关于鲁迅及其著作》。

　　中国百年鲁迅研究的奠基期是在中华民国南京国民政府期间。据不完全统计，在这一期间，国内报刊共发表关于鲁迅的文章1276篇，其中鲁迅生平史料类文章336篇，鲁迅思想研究类文章191篇，鲁迅作品研究类文章318篇，其他类文章431篇。重要的文章有方壁（茅盾）的《鲁迅论》、何凝（瞿秋白）的《〈鲁迅杂感选集〉序言》、毛泽东的《鲁迅论》和《新民主主义的政治与新民主主义的文化》、周扬的《一个伟大的民主主义者的路》、鲁座（李平心）的《思想家鲁迅》，以及许寿裳、景宋（许广平）、冯雪峰等人撰写的回忆鲁迅的文章。另外，国内出版的关于鲁迅研究的著作共79部，其中鲁迅生平及史料研究类著作27部，鲁迅思想研究类著作9部，鲁迅作品研究类著作9部，其他类鲁迅研究著作（专题研究及辑录类研究著作）34部。重要的著作有李长之的《鲁迅批判》、鲁迅纪念委员会编辑的《鲁迅先生纪念集》、萧红的《回忆鲁迅先生》、郁达夫的《回忆鲁迅及其他》、茅盾主编的《论鲁迅》、许寿裳的《鲁迅的思想与生活》和《亡友鲁迅印象记》、林辰的《鲁迅事迹考》、王士菁的《鲁迅传》等。这一时期的鲁迅研究，虽然从整体上来说学术水平不高，但在鲁迅史料研究、作品研究和思想研究等方面为中国百年鲁迅研究奠定了基础。

　　中华人民共和国时期的鲁迅研究其发展历程比较曲折，因为受到政治因素的影响而划分为多个阶段：发展期、异化期、拨乱反正期、高峰期、分化期、深化期。

　　中华人民共和国"十七年"期间是中国百年鲁迅研究的发展时期。新中国成立之后，国家很重视纪念与研究鲁迅的工作，相继建立了上海鲁迅纪念馆、北京鲁迅博物馆、绍兴鲁迅纪念馆、厦门鲁迅纪念馆、广东鲁迅纪念馆等纪念鲁迅的机构，多次在鲁迅诞辰或逝世的纪念日举行一些纪念活动，并在1956年到1958年出版了新版的《鲁迅全集》。《人民日报》也多次结合现实政治需要在鲁迅逝世纪念日刊登纪念鲁迅的社论，如《学习鲁迅，坚持思想斗争》（1951.10.19）、《继承鲁迅的革命爱国主义的精神遗产》（1952.10.19）、《伟大的作家　伟大的战士》（1956.10.19）等，以此来引导学者和作家开展鲁迅研究。在政府的大力推动下，国内的鲁迅研究逐渐发展起来。

据不完全统计，这一期间，国内报刊共发表关于鲁迅研究的文章3206篇，其中鲁迅生平史料类文章707篇，鲁迅思想研究类文章697篇，鲁迅作品研究类文章1146篇，其他类文章656篇。重要的文章有王瑶的《鲁迅对于中国文学遗产的态度和他所受中国文学的影响》、陈涌的《一个伟大的知识分子的道路》、周扬的《发扬"五四"文学革命的战斗传统》、唐弢的《论鲁迅的美学思想》等。另外，国内出版的关于鲁迅研究的著作共162部，其中鲁迅生平及史料研究类著作49部，鲁迅思想研究类著作共19部，鲁迅作品研究类著作57部，其他类鲁迅研究著作（专题研究及辑录类研究著作）37部。重要的著作有《鲁迅先生逝世二十周年纪念大会论文集》、王瑶的《鲁迅与中国文学》、唐弢的《鲁迅杂文的艺术特征》、冯雪峰的《论野草》、陈白尘执笔的《鲁迅》（电影文学剧本）、周遐寿（周作人）的《鲁迅的故家》《鲁迅小说里的人物》《鲁迅的青年时代》等。这一时期的鲁迅研究在鲁迅作品研究领域、鲁迅思想研究领域、鲁迅生平史料研究领域可以说都取得了一批重要的学术成果，在整体学术水平上比中华民国时期的鲁迅研究有了极大深入，是中国百年鲁迅研究史的第一个快速发展时期。

"文革"十年是中国百年鲁迅研究的异化期。在"文革"初期，中共中央为了推动"无产阶级文化大革命"，并反击苏联借鲁迅来攻击中国"文革"的言论，举行了有7万多人参加的纪念鲁迅逝世30周年大会，把鲁迅塑造成毛泽东的红小兵，号召红卫兵学习鲁迅的造反精神，将"文化大革命"进行到底，这不仅极大地歪曲了鲁迅的真实形象，而且开始把鲁迅纳入"文革"的话语体系之中，利用鲁迅为"文革"服务。此后，在"批林批孔"运动、"反击右倾翻案风"运动、批判《水浒》运动中又利用鲁迅来为这些运动服务，以达到一定的政治目的。"文革"后期，毛泽东在1975年底发出了"读点鲁迅"的号召，在全国掀起了学习鲁迅的热潮，极大地推动了鲁迅在全国各地的普及工作，为鲁迅研究在20世纪80年代的蓬勃发展打下了基础。

据不完全统计，整个"文革"期间，国内报刊共发表关于鲁迅的研究文章1876篇，其中鲁迅生平史料类文章130篇，鲁迅思想研究类文章660篇，鲁迅作品研究类文章1018篇，其他类文章68篇。这些文章大都是结合政治运动而撰写的，重要的文章有《人民日报》在1966年10月20日为纪念鲁迅逝世30周年而发表的社论《学习鲁迅的革命硬骨头精神》，《红旗》杂志刊登的在纪念鲁迅逝世30周年大会上姚文元、郭沫若、许广平等人的会议发言及社论《纪念我们的文化革命先驱鲁迅》，《人民日报》在1976年10月19日为纪念鲁迅逝世40周年而发表的社论《学习鲁迅 永远进击》等。另外，国内出版的关于鲁迅研究的著作共213部，其中鲁迅生平及史料研究类著作30部，鲁迅思想研究类著作9部，鲁迅作品研究类著作88部，其他类鲁迅研究著作（专题研究及辑录类研究著作）86部。这些著作都是结合政治运动的需要而编撰的，学术水平较低，如北京大学中文系写作教学小组撰写的《鲁迅作品选讲》系列丛书、人民文学出版社出版的《学习鲁迅深入批修》等。这一时期没有能够延续"十七年"期间所开创的鲁迅研究的良好局面，对鲁迅的学术研究几乎停滞，公开发表的各类关于鲁迅的论著都是歪曲和利用鲁迅的宣传品，这对于中国的鲁迅研究来说无疑是一场劫难。

"文革"结束之后到1980年是中国百年鲁迅研究的拨乱反正期。1976年10月，"文革"结束之后，"文革"对鲁迅的歪曲与利用所造成的不良影响仍存在着，国家有关部门在"文革"结束之后很快就开始着手清除这些不良影响，不仅加强了鲁迅著作的出版工作，筹备新版《鲁迅全集》的出版，而且成立了中国鲁迅研究学会，并组建了鲁迅研究室，极大地修正了"文革"对鲁迅研究所造成的破坏。另外，人民文学出版社在1974年启动了以知识分子与工农兵三结合的方式注释鲁迅著作单行本的工作，从1975年8月到1979年2月陆续印刷了"征求意见本"（也被称为"红皮本"），在粉碎"四人帮"之后，这批"征求意见本"都在做了较大修改之后从1979年12月开始陆续出版（也被称为"绿皮本"）。毫无疑问，20世纪70年代末，按照"三结合"原则建立的鲁迅著作各卷本的注释组对鲁迅著作所作的注释带有明显的时代色彩，但是相比"文革"期间对鲁迅著作的歪曲和利用，已经有所进步，所以这些"红皮本"鲁迅著作单行本在粉碎"四人帮"之后能很快地加以修改并以"绿皮本"的形式出版，对在"文革"后传播鲁迅做出了重要的贡献。

据不完全统计，这一期间，国内报刊共发表关于鲁迅的研究文章2243篇，其中鲁迅生平史料类文章179篇，鲁迅思想研究类文章692篇，鲁迅作品研究类文章1272篇，其他类文章100篇。重要的文章有陈涌的《关于鲁迅思想发展问题》、唐弢的《关于鲁迅思想发展的问题》、袁良骏的《鲁迅思想完成说质疑》、林非和刘再复的《鲁迅在五四时期倡导"民主"和"科学"的斗争》、李希凡的《"五四"文学革命的战斗檄文——从〈狂人日记〉看鲁迅小说的"呐喊"主题》、许杰的《重读鲁迅先生的〈狂人日记〉》、周建人的《回忆鲁迅片段》、冯雪峰的《有关一九三六年周扬等人的行动以及鲁迅提出"民族革命战争中的大众文学"口号的经过》、赵浩生的《周扬笑谈历史功过》等。另外，国内出版的关于鲁迅研究的著作共134部，其中鲁迅生平及史料研究类著作27部，鲁迅思想研究类著作11部，鲁迅作品研究类著作42部，其他类鲁迅研究著作（专题研究及辑录类研究著作）54部。重要的著作有袁良骏的《鲁迅思想论集》、林非的《鲁迅小说论稿》、刘再复的《鲁迅与自然科学》、朱正的《鲁迅回忆录正误》等。总体来说，这一时期的鲁迅研究对"文革"歪曲鲁迅的现象开始拨乱反正，逐步走上正确的道路，陆续取得了一批重要的学术成果，为20世纪80年代的鲁迅研究打下了良好的基础。

20世纪80年代是中国百年鲁迅研究的高峰期。1981年，中共中央为了彻底清除"文革"的影响，在人民大会堂隆重举行了纪念鲁迅100周年诞辰的大会，极大地清除了"文革"时期歪曲和利用鲁迅所造成的不良影响。《人民日报》在1981年10月19日发表了社论《鲁迅精神永在》，结合当时的国际和国内形势对鲁迅精神做了全新的解读，指出了继承和发扬鲁迅精神的重要现实意义，并向全国人民发出"学习鲁迅、研究鲁迅"的号召，极大地推动了鲁迅在全国的传播，掀起了80年代研究鲁迅的高潮。不仅王瑶、唐弢、李何林等老一辈鲁迅研究专家在经历"文革"之后重新开始了学术研究工作，写出了一批重要的鲁迅研究论著，而且涌现出了一批在三四十年代出生的鲁迅研究专家，如林非、孙玉石、刘再复、王富仁、钱理群、杨义、倪墨炎、袁良骏、王得后、陈漱渝、张梦阳、金宏达等，中国鲁迅研究已经蔚然成为时代的显学，在推动民族思想解放方面发挥了重要的作用。但是，在80年代末，因为政治的原因，鲁迅又逐渐被官方边缘化。

据不完全统计，整个20世纪80年代，国内共发表鲁迅研究文章7866篇，其中鲁迅生平事迹类文章935篇，鲁迅思想研究类文章2495篇，鲁迅作品研究类文章3406篇，其他类文章1030篇。鲁迅生平事迹类重要的文章有胡风的《关于"左联"及与鲁迅关系的若干回忆》、阎愈新的《鲁迅致红军贺信的新发现》、陈漱渝的《东有启明西有长庚——鲁迅周作人失和前后》、蒙树宏的《鲁迅生平史实探微》等，鲁迅思想研究类重要的文章有王瑶的《鲁迅思想的一个重要特点——清醒的现实主义》、陈涌的《鲁迅与无产阶级文学问题》、唐弢的《论鲁迅早期"为人生"的文艺思想》、钱理群的《鲁迅心态研究》和《试论鲁迅与周作人的思想发展道路》、金宏达的《鲁迅的"改造国民性"思想及其文化批判》等，鲁迅作品研究类的重要文章有王瑶的《鲁迅与中国古典文学》、严家炎的《鲁迅小说的历史地位》、孙玉石的《〈野草〉与中国现代散文诗》、刘再复的《论鲁迅杂感文学中的"社会相"类型形象》、王富仁的《中国反封建思想革命的一面镜子——论〈呐喊〉〈彷徨〉的思想意义》和《两条因果链的辩证统一——论〈呐喊〉〈彷徨〉的结构艺术》、杨义的《论鲁迅小说的艺术生命力》、林非的《论〈故事新编〉与中国现代文学中的历史题材小说》、汪晖的《历史的"中间物"与鲁迅小说的精神特征》和《自由意识的发展与鲁迅小说的精神特征》及《"反抗绝望"的人生哲学与鲁迅小说的精神特征》等，其他类重要的文章有汪晖的《鲁迅研究的历史批判》、张梦阳的《论六十年来鲁迅杂文研究的症结》等。另外，国内出版的关于鲁迅研究的著作共373部，其中鲁迅生平及史料研究类著作71部，鲁迅思想研究类著作43部，鲁迅作品研究类著作102部，其他类鲁迅研究著作（专题研究及辑录类研究著作）157部。一批著名的鲁迅研究专家出版了重要的鲁迅研究著作，如戈宝权的《鲁迅在世界文学上的地位》、王瑶的《鲁迅与中国古典小说》和《鲁迅作品论集》、唐弢的《鲁迅的美学思想》、刘再复的《鲁迅美学思想论稿》、陈涌的《鲁迅论》、李希凡的《〈呐喊〉〈彷徨〉的思想与艺术》、孙玉石的《〈野草〉研究》、刘中树的《鲁迅的文学观》、范伯群和曾华鹏的《鲁迅小说新论》、倪墨炎的《鲁迅后期思想研究》、王得后的《〈两地书〉研究》、杨义的《鲁迅小说综论》、王富仁的《鲁迅前期小说与俄罗斯文学》、金宏达的《鲁迅文化思想探索》、袁良骏的《鲁迅研究史（上卷）》、林非和刘再复合著的《鲁迅传》，以及鲁迅诞生一百周年纪念委员会学术活动组编辑的《纪念鲁迅诞生一百周年学术讨论会论文选》等。总体来说，这一时期的鲁迅研究可以说是中国百年鲁迅研究史上的一个爆发期，在经历过"文革"十年的压抑之后，以王瑶、唐弢为代表的老一代学者，以王富仁、钱理群为代表的中年学者，以汪晖为代表的青年学者在鲁迅思想研究领域和鲁迅作品研究领域都取得了丰硕的研究成果，不仅涌现了一批著名的鲁迅研究专家，极大地推动了中国鲁迅研究的进程，也使鲁迅研究在推动民族思想解放方面发挥了引领潮流的核心作用。

20世纪90年代是中国百年鲁迅研究的分化期。90年代初，为了清理80年代以来国内出现的资产阶级自由化思潮，1991年10月19日为纪念鲁迅110周年诞辰中共中央在中南海隆重举行了纪念鲁迅的大会，江泽民代表中共中央在《进一步学习和发扬鲁迅精神》的讲话中对鲁迅做了新的解读，并对鲁迅研究乃至整个人文社科研究提出了新的要求，指明了新的方向，明确以鲁迅为榜样和武器来扭转思想文化战线的政治方向，鲁迅也因此再次被请上了神坛。但是随着市场经济的发展，在市场经济大潮的冲击下，90年代中后期官方又逐渐把鲁迅边缘化，鲁迅研究也逐渐陷入低谷，但仍然崛起了一批在五六十年代出生的中青年鲁迅研究专家，如汪晖、张福贵、王晓明、杨剑龙、黄健、高旭东、朱晓进、王乾坤、孙郁、林贤治、王锡荣、李新宇、张闳等，他们以新的理论和新的研究方法，进一步拓展了鲁迅研究的空间。90年代末，韩冬等一些青年作家和葛红兵等一些青年批评家又掀起了批判鲁迅的热潮。这一切都表明鲁迅已经开始走下神坛。

据不完全统计，20世纪90年代国内共发表鲁迅研究文章4485篇，其中鲁迅生平事迹类文章549篇，鲁迅思想研究类文章1050篇，鲁迅作品研究类文章1979篇，其他类文章907篇。鲁迅生平事迹类的重要文章有周正章的《鲁迅死因新探》、吴俊的《鲁迅的病史与暮年心理》等，鲁迅思想研究类的重要文章有林贤治的《鲁迅的反抗哲学及其命运》、张福贵的《鲁迅宗教观与科学观的悖论》、张钊贻的《鲁迅与尼采"反现代性"的契合》、王乾坤的《鲁迅世界的哲学解读》、黄健的《历史"中间物"的价值与意义——论鲁迅的文化意识》、李新宇的《鲁迅人学思想论纲》、郜元宝的《鲁迅与中国现代的自由主义》、高远东的《论鲁迅与墨子的思想联系》等，鲁迅作品研究类的重要文章有高旭东的《论鲁迅"恶"的文学观及其渊源》、朱晓进的《鲁迅小说的杂感化倾向》、王嘉良的《诗情观念：鲁迅杂感文学的诗学内蕴》、杨剑龙的《文本互涉：鲁迅乡土小说的意向分析》、薛毅的《论〈故事新编〉的寓言性》、张闳的《〈野草〉中的声音意象》等，其他类的重要文章有彭定安的《鲁迅学：中国现代文化文本的理论构造》、朱晓进的《鲁迅的文体意识及其文体选择》、孙郁的《当代文学与鲁迅传统》等。另外，国内出版的关于鲁迅研究的著作共220部，其中鲁迅生平及史料研究类著作50部，鲁迅思想研究类著作36部，鲁迅作品研究类著作61部，其他类鲁迅研究著作（专题研究及辑录类研究著作）73部。其中重要的鲁迅生平及史料研究类著作有王晓明的《无法直面的人生：鲁迅传》、吴俊的《鲁迅个性心理研究》、孙郁的《鲁迅与周作人》、林贤治的《人间鲁迅》、王彬彬的《鲁迅：晚年情怀》等，鲁迅思想研究类的重要著作有汪晖的《反抗绝望：鲁迅的精神结构与〈呐喊〉〈彷徨〉研究》、高旭东的《文化伟人与文化冲突：鲁迅在中西文化撞击的漩涡中》、王乾坤的《由中间寻找无限：鲁迅的文化价值观》和《鲁迅的生命哲学》、黄健的《反省与选择：鲁迅文化观的多维透视》等，鲁迅作品研究类的重要著作有杨义的《鲁迅作品综论》、林非的《中国现代小说史上的鲁迅》、袁良骏的《现代散文的劲旅》、钱理群的《心灵的探寻》、朱晓进的《鲁迅文学观综论》、张梦阳的《阿Q新论：阿Q与世界文学中的精神典型问题》等，其他类的鲁迅研究著作（专题研究及辑录类研究著作）有袁良骏的《当代鲁迅研究史》、王富仁的《中国鲁迅研究的历史与现状》、陈方竞的《鲁迅与浙东文化》、叶淑穗的《从鲁迅遗物认识鲁迅》、李允经的《鲁迅与中外美术》等。总体来说，随着鲁迅在90年代中后期开始走下神坛，国内的鲁迅研究虽然受到市场经济的很大冲击，一时显得比较萧条，但是仍然有一批中年学者和新崛起的年轻学者通过采用新的理论和研究方法，在鲁迅思想研究领域和鲁迅作品研究领域陆续取得一批标志性成果，可以说，90年代的鲁迅研究成果虽然在数量方面明显落后于80年代的鲁迅研究成果，但是在学术质量上明显高于80年代的鲁迅研究成果。这种现象不仅标志着鲁迅研究已经基本摆脱了政治因素的影响回归正轨，也在很大程度上拓展了鲁迅研究的空间。

21世纪的第一个10年是中国百年鲁迅研究的深化期。进入21世纪，国家纪念鲁迅的活动明显降温，在2001年鲁迅120周年诞辰之际，国家没有举行纪念鲁迅的大会，《人民日报》也没有发表关于鲁迅的社论。与此同时，批判鲁迅的言论却层出不穷，这标志着鲁迅已经完全走下了神坛，回归人间社会。但是，鲁迅研究却依然在发展着，不仅严家炎、孙玉石、钱理群、王富仁、汪晖、郑心伶、张梦阳、张福贵、高旭东、黄健、孙郁、林贤治、王锡荣、姜振昌、许祖华、靳丛林、李新宇等一批学者在坚守着鲁迅研究的阵地，而且郜元宝、王彬彬、高远东、王学谦、汪卫东、王家平等20世纪60年代出生的鲁迅研究专家也逐渐成长起来，使得鲁迅研究得以薪火相传。

据不完全统计，2000年至2009年，国内共发表了鲁迅研究文章7410篇，其中鲁迅生平史实类文章759篇，鲁迅思想研究类文章1352篇，鲁迅作品研究类文章3794篇，其他类文章1505篇。鲁迅生平事迹类的重要文章有阎愈新的《再谈鲁迅茅盾致红军贺信》、陈平原的《经典是如何形成的——周氏兄弟为胡适删诗考》、王晓明的《"横站"的命运》、史纪辛的《再论鲁迅与中国共产党关系的一则史实》、钱理群的《作为艺术家的鲁迅》、王彬彬的《鲁迅与中国托派的恩怨》等，鲁迅思想研究类的重要文章有王富仁的《时间·空间·人：鲁迅哲学思想刍议》、温儒敏的《鲁迅对文化转型的探求与焦虑》、钱理群的《以"立人"为中心：鲁迅思想与文学的逻辑起点》、高旭东的《论鲁迅与屈原的深层精神联系》、郜元宝的《为天地立心——鲁迅著作中所见"心"字通诠》等，鲁迅作品研究类的重要文章有严家炎的《复调小说：鲁迅的突出贡献》、王富仁的《鲁迅小说的叙事艺术》、逢增玉的《鲁迅小说中的非对话性和失语现象》、姜振昌的《〈呐喊〉〈彷徨〉：中国小说叙事方式的深层嬗变》、许祖华的《鲁迅小说的基本幻象与音乐》等，其他类的重要文章有钱理群的《鲁迅：

远行之后（1949—2001）》、李新宇的《1949：进入新时代的鲁迅》、李继凯的《论鲁迅与书法文化》等。另外，国内出版的关于鲁迅研究的著作共431部，其中鲁迅生平及史料研究类著作96部，鲁迅思想研究类著作55部，鲁迅作品研究类著作67部，其他类鲁迅研究著作（专题研究及辑录类研究著作）213部。其中鲁迅生平及史料研究类的重要著作有倪墨炎的《鲁迅与许广平》、王锡荣的《鲁迅生平疑案》、林贤治的《鲁迅的最后十年》、周海婴的《鲁迅与我七十年》等，鲁迅思想研究类的重要著作有钱理群的《与鲁迅相遇》、李新宇的《鲁迅的选择》、朱寿桐的《孤独的旗帜：论鲁迅传统及其资源》、张宁的《无数人们与无穷远方：鲁迅与左翼》、高远东的《现代如何"拿来"——鲁迅思想与文学论集》等，鲁迅作品研究类的重要著作有孙玉石的《现实的与哲学的：〈野草〉研究》、王富仁的《中国文化的守夜人——鲁迅》、钱理群的《鲁迅作品十五讲》等，鲁迅专题研究及辑录类研究的重要著作有张梦阳的《中国鲁迅学通史》、彭定安的《鲁迅学导论》、冯光廉主编的《多维视野中的鲁迅》、钱理群的《远行之后：鲁迅接受史的一种描述（1936—2000）》、王家平的《鲁迅域外百年传播史（1909—2008）》等。总体来说，21世纪第一个10年的鲁迅研究基本摆脱了政治因素的影响，更侧重对鲁迅作品的研究，更重视鲁迅作品的文学价值和美学价值，所取得的学术成果不仅在数量上处于中国百年鲁迅研究的高峰期，而且在学术质量上也处于中国百年鲁迅研究的高峰期。

进入21世纪第二个10年，中国鲁迅研究在老、中、青三代学者的努力下，依然处于一个良好的发展时期。

据不完全统计，2010年国内共发表关于鲁迅的文章977篇，其中鲁迅生平史实类文章140篇，鲁迅思想研究类文章148篇，鲁迅作品研究类文章531篇，其他类文章158篇。另外，2010年国内共出版关于鲁迅研究著作37部，其中鲁迅生平及史料研究类著作7部，鲁迅思想研究类著作4部，鲁迅作品研究类著作3部，其他类鲁迅研究著作（专题研究及辑录类研究著作）23部。大多都是重新翻印的鲁迅研究旧作。新出版的鲁迅研究重要的著作有王得后的《鲁迅与孔子》、张福贵的《"活着的鲁迅"：鲁迅文化选择的当代意义》、吴康的《书写沉默：鲁迅存在的意义》等。2011年国内共发表关于鲁迅的文章845篇，其中鲁迅生平史实类文章128篇，鲁迅思想研究类文章178篇，鲁迅作品研究类文章279篇，其他类文章260篇。另外，2011年国内共出版关于鲁迅研究著作共66部，其中鲁迅生平及史料研究类著作18部，鲁迅思想研究类著作12部，鲁迅作品研究类著作8部，其他类鲁迅研究著作（专题研究及辑录类研究著作）28部。重要的著作有刘再复的《鲁迅论》、周令飞主编的《鲁迅社会影响调查报告》、张钊贻的《鲁迅：中国"温和"的尼采》等。2012年国内共发表关于鲁迅文章750篇，其中鲁迅生平史实类文章105篇，鲁迅思想研究类文章148篇，鲁迅作品研究类文章260篇，其他类文章237篇。另外，2012年国内共出版关于鲁迅研究著作37部，其中鲁迅生平及史料研究类著作14部，鲁迅思想研究类著作4部，鲁迅作品研究类著作8部，其他类鲁迅研究著作（专题研究及辑录类研究著作）11部。重要的著作有许祖华的《鲁迅小说跨艺术研究》、张梦阳的《鲁迅传》（第一部）、葛涛的《"网络鲁迅"研究》等。从上述统计数据可以看出，国内的鲁迅研究在21世纪第一个10年所取得成就的基础上，处于一个良好的发展时期。

最后，回顾百年鲁迅研究史，还需要对国内发表的鲁迅研究文章和出版的鲁迅研究论著进行一个宏观的量化分析。据不完全统计，从1913年到2012年国内共发表关于鲁迅的文章31030篇，其中鲁迅生平史实类文章3990篇，占总数的12.9%；鲁迅思想研究类文章有7614篇，占总数的24.5%；鲁迅作品研究类文章有14043篇，占总数的45.3%；其他类文章5383篇，占总数的17.3%。从上述统计结果可以看出，国内鲁迅研究在整体上以鲁迅作品类的文章为主，其次是鲁迅思想研究类的文章，最为薄弱的是鲁迅生平史实类的研究文章，希望鲁迅研究界今后能进一步加强这个领域的研究。此外，从统计结果中也可以看出：中华民国期间共发表了1372篇鲁迅研究文章，仅占中国鲁迅研究文章总数的4.4%，平均每年38篇；中华人民共和国时期共发表了鲁迅研究文章29658篇，占中国鲁迅研究文章总数的95.6%，平均每年470篇，其中"文革"后期的3年、20世纪80年代和21世纪第一个10年期间是鲁迅研究文章的高产期，中国鲁迅研究的文章中有56.4%的文章（共17519篇）是在这三个时期发表的，"文革"后期的3年平均每年近748篇，20世纪80年平均每年发表近787篇，21世纪第一个10年平均每年发表740篇。另外，"十七年"期间和"文革"期间是新中国成立后鲁迅研究文章发表的低潮期，其中"十七年"期间共发表鲁迅研究文章3206篇，平均每年188篇；"文革"期间共发表鲁迅研究文章1876篇，平均每年发表187篇。而20世纪90年代是发表鲁迅研究文章的平稳时期，共发表文章4485篇，平均每年448篇，接近新中国成立后发表鲁迅研究文章的年平均数451篇。

另外，据不完全统计，国内共出版关于鲁迅研究的著作1716部，其中鲁迅生平及史料研究类著作382部，占总数的22.3%；鲁迅思想研究类著作198部，占总数的11.5%；鲁迅作品研究类著作442部，占总数的25.8%；其他类鲁迅研究著作（专题研究及辑录类研究著作）694部，占总数的40.4%。从上述统计结果可以看出，国内出版的鲁迅研究著作以鲁迅作品研究类的著作为主，鲁迅思想研究类的著作较少，希望学术界能进一步加强鲁迅思想的研究，使鲁迅思想能在当代中国发挥更大的作用。此外，从统计结果中也可以看出：中华民国期间共出版80部鲁迅研究著作，大约占中国鲁迅研究著作出版总数的5%，平均每年2部；中华人民共和国时期共出版鲁迅研究著作1636部，占中国鲁迅研究著作出版总数的95%，平均每年近26部，"文革"后期的3年、20世纪80年代和21世纪第一个10年期间是鲁迅研究著作出版的高峰期，这三个时段共出版鲁迅研究著作835部，大约占中国鲁迅研究著作出版总数的48.7%，其中，"文革"后期的3年共出版鲁迅研究著作134部，平均每年近45部；20世纪80年代共出版鲁迅研究著作373部，平均每年37部，21世纪第一个10年期间共出版鲁迅研究著作431部，平均每年43部。另外，"十七年"期间、"文革"期间和20世纪90年代是鲁迅研究著作出版的低潮期，其中"十七年"期间共出版鲁迅研究著作162部，平均每年近10部；"文革"期间共出版鲁迅研究著作213部，平均每年21部；20世纪90年代共出版鲁迅研究著作220部，平均每年22部。

如果说，"文革"后期和20世纪80年代的鲁迅研究文章出现发表的高峰期和鲁迅研究论著出版的高峰期，是和国家的政治意识形态对鲁迅的重新定位和对鲁迅研究的大力推动有关，那么21世纪第一个10年出现的鲁迅研究文章发表的高峰期和鲁迅研究论著出版的高峰期则是与鲁迅回归人间成为学术研究的对象及国内新生的鲁迅研究力量大量涌现有很大的关系。因此，中国的鲁迅研究虽然已经有100多年的曲折发展历史，但是鲁迅研究这门学科还存在着鲜活的生命力，还有着美好的发展前景。

展望未来的中国鲁迅研究，有几个重要的问题需要关注。

首先，要把鲁迅研究工作与国家当前的文化战略紧密结合起来，以鲁迅为媒介进一步促进中外民间文化交流，把鲁迅作为中国文化"软实力"的杰出代表推广到世界各地。鲁迅不仅是中国现代先进文化的杰出代表，也是享誉世界的大文豪。近百年来，鲁迅的作品被翻译成众多的外国文字在世界各地出版发行，外国学者也通过研究鲁迅来了解现代中国。但是，一个无法否认的现实就是，近20年的国外鲁迅研究比较冷清，鲁迅研究队伍显得青黄不接。在这样的背景下，中国鲁迅研究者应当肩负起推动国外鲁迅研究的重任，通过鲁迅研究方面的学术交流，一方面促进鲁迅在国外的传播与研究，另一方面也通过鲁迅展示中华文化的"软实力"，促进中外民间文化交流。由中国学者葛涛参与发起的国际鲁迅研究会已经于2011年在韩国正式注册成立，来自20多个国家和地区的100多位汉学家加入了这个学会。在国际鲁迅研究会各位领导人特别是会长朴宰雨教授的推动下，印度中国研究所及印度尼赫鲁大学、美国哈佛大学、韩国外国语大学及全南大学陆续举办了国际鲁迅研讨会，今后还规划在埃及艾因夏姆斯大学、俄罗斯圣彼得堡大学、日本东京大学、马来西亚博特拉大学等陆续举办国际鲁迅研讨会，以此来推动世界各国的鲁迅研究工作。在国外鲁迅研究重新活跃的大好形势下，中国鲁迅研究者也要抓住这一时机，一方面呼应国家推动中国文化走出去，向国外展示中国文化"软实力"，另一方面也要和国外鲁迅研究者密切配合，共同推动鲁迅在外国的传播与研究工作。

其次，要把鲁迅研究工作与中国当代现实紧密结合起来。回顾百年鲁迅研究史，可以看出鲁迅研究与20世纪90年代以前的中国历史进程有着紧密的联系。但是从20世纪90年代之后，随着社会思潮的转变，鲁迅研究也逐渐和现实社会脱离，成为一种学院式的研究。这种学院式的鲁迅研究虽然不无其学术价值，但是却在很大程度上背离了鲁迅的精神，失去了鲁迅研究所应当具有的介入中国社会现实生活的鲜活的生命力。在党的十八大之后，习近平总书记多次提出要实现中国梦，其实鲁迅早在1906年就在《文化偏至论》中提出先"立人"后"立国"的设想："取今复古，别立新宗，人生意义，致之深邃，则国人之自觉至，个性张，沙聚之邦，由是转为人国。"中国鲁迅研究者应当抓住这一机遇期，通过鲁迅研究来弘扬鲁迅精神，从而帮助国人实现中国梦，同时也是实现建立"人国"的"鲁迅梦"。

最后，中国的鲁迅研究也要高度重视创新。国家在"十二五"规划中提出了"哲学与社会科学创新工程"，中国的鲁迅研究也需要实施创新工程。撰写过《中国鲁迅学通史》的张梦阳在20世纪90年代举行的一次鲁迅研究会议上说，中国的鲁迅研究成果90%都是重复前人已经取得的研究成果。在引起一些学者的议论之后，张梦阳又重新思考了这一观点，并做了修改：中国的鲁迅研究成果99%都是重复前人已经取得的研究成果。虽然这一说法有很大的争议，但是毫无疑问，百年以来的中国鲁迅研究在整体上可以说创新性不足，有很多的研究成果都是在重复前人的劳动。"青出于蓝而胜于蓝"，近年崛起的年轻一代的鲁迅研究者在知识结构等方面具有优势，加之又遇到了良好的学术环境，因此也希望他们能够刻苦钻研，在创新方面有所突破，从而提升中国鲁迅研究的学术水平。

"中国鲁迅研究名家精选集"丛书编委会

2013年1月1日

后　记

这次应邀出版的这部论文选集，有的是过去出版的著作中的篇章，有的是在以前刊物上发表的论文，而有的则是未曾发表过的文章。按照丛书策划者的构想，也可以算是专题性的自选集。这次出版大多做了或多或少的修改，与原文或原著有很大差别，特别是对文中引文出处和注释做了许多的增加和调整。

文集所选的文章写作时间跨度长达23年，其中有稚嫩和偏激，也有苦涩和反思。但是无论如何，这点点滴滴都是我所走过的鲁迅研究之路的粒粒基石，有我的学术感受和思想轨迹。

文集从动议到选编，葛涛、卢坡兄等提出了很多的宝贵建议，难得他们的一片热心和苦心，他们的建议和辛劳再一次让我发出内心的声音。虽说我知道书的后记不必写那么多的内容，不必写那么多的感谢，但是我从心底里感谢我的老师和朋友、家人和学生。最后说一句，我也得感谢这个给了我一切的时代。

2013年2月12日寒夜

读者须知

　　本书已接入版权链正版图书查证溯源交易平台，"一本一码、一码一证"。扫描上方二维码，您将可以：

　　1. 查验此书是否为正版图书，完成图书记名，领取正版图书证书。

　　2. 领取吉林人民出版社赠送的购书券，可用于在版权链书城购买吉林人民出版社其他书籍。

　　3. 领取数字会员卡，成为吉林人民出版社读者俱乐部会员。

　　4. 加入本书读者社群，有机会和本书作者、责任编辑进行交流。还有机会受邀参加本社举办的读书活动，以书会友。

　　5. 享受吉林人民出版社赠予的其他权益（通过读者俱乐部进行公示）。

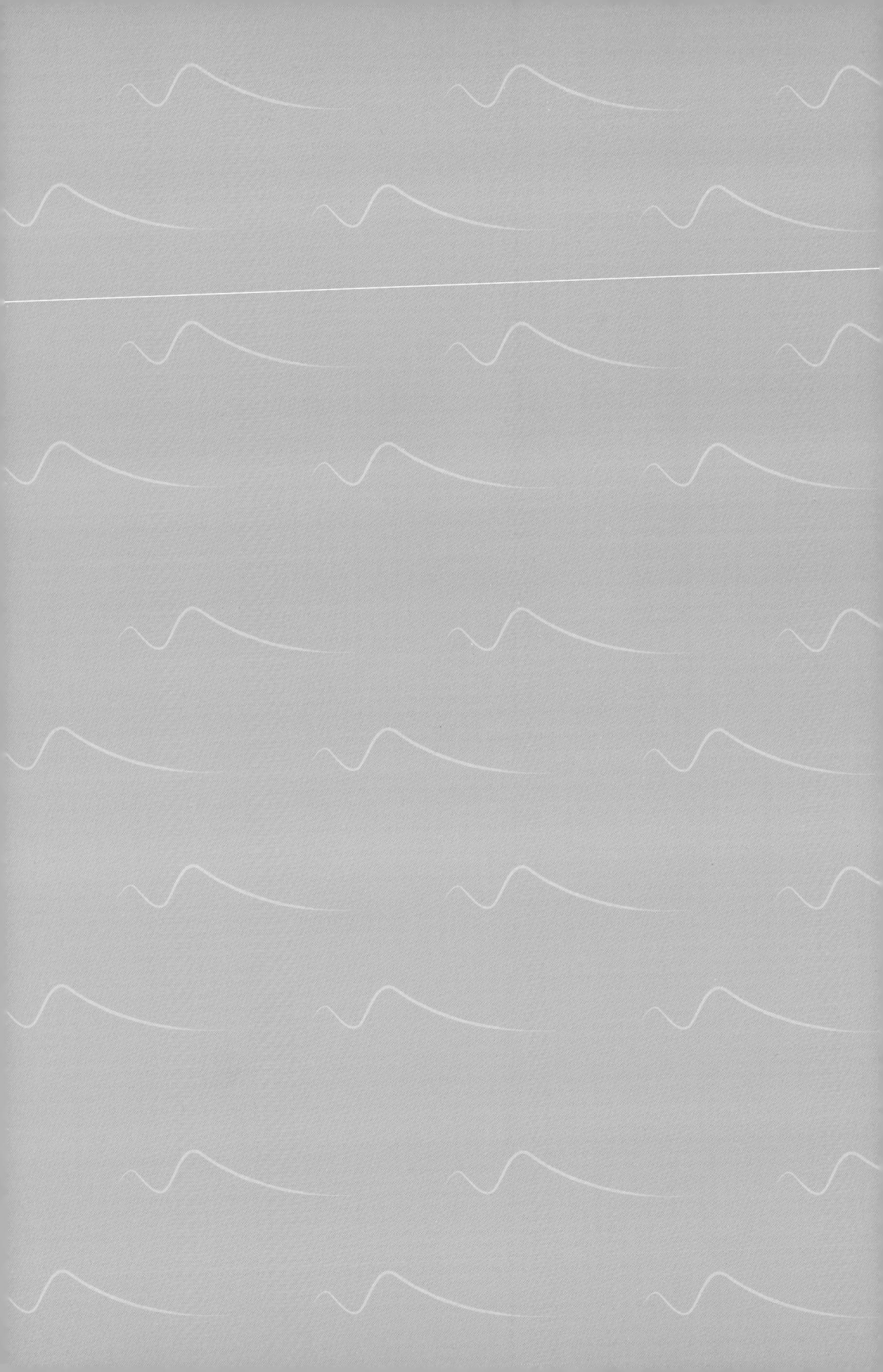